P. D. JAMES nació en Oxford en 1920. Estudió en Cambridge y trabajó durante treinta años en la Administración Pública. Es autora de veinte libros. Publicó su primera novela en 1963, dando inicio a la exitosa serie protagonizada por Adam Dalgliesh. Entre otros premios, ha recibido el grand Master Award, el Diamond Dagger y el Carvalho otorgado por el festival BCNegra. Es autora, entre otras obras, de *La octava víctima, Sangre inocente, Intrigas y deseos, Hijos de hombres, Muerte en el seminario, La sala del crimen* y *El faro* (todos en esta misma colección).

ZETA

Título original: *The Private Patient*
Traducción: Juan Soler
1.ª edición: junio 2010
1.ª reimpresión: octubre 2010

© P. D. James, 2008
© Ediciones B, S. A., 2010
  para el sello Zeta Bolsillo
  Consell de Cent, 425-427 - 08009 Barcelona (España)
  www.edicionesb.com

Printed in Spain
ISBN: 978-84-9872-397-7
Depósito legal: B. 42.088-2010

Impreso por LIBERDÚPLEX, S.L.U.
Ctra. BV 2249 Km 7,4 Polígono Torrentfondo
08791 - Sant Llorenç d'Hortons (Barcelona)

Muerte en la clínica privada

P. D. JAMES

ZETA

Este libro está dedicado a Stephen Page, editor,
y a todos mis amigos, viejos y nuevos, de Faber and Faber,
para celebrar mis cuarenta y seis años ininterrumpidos
como autora de la editorial

Nota de la autora

Dorset es notable por la historia y variedad de sus casas solariegas, pero quienes viajen a este bello condado no hallarán la Mansión Cheverell entre ellas. La Mansión y todo lo relacionado con la misma, así como los lamentables hechos que ahí tienen lugar, sólo existen en la imaginación de la autora y de sus lectores, y no tienen relación alguna con ninguna persona pasada o presente, viva o muerta.

PRIMERA PARTE

21 de noviembre-14 de diciembre

Londres, Dorset

1

El 21 de noviembre, el día que cumplía cuarenta y siete años, tres semanas y dos días antes de ser asesinada, Rhoda Gradwyn fue a Harley Street a una primera cita con su cirujano plástico, y allí, en un consultorio diseñado, al parecer, para inspirar confianza y disipar aprensiones, tomó la decisión que la conduciría inexorablemente a la muerte. Más tarde ese mismo día, almorzaría en el Ivy. La hora de las dos citas era fortuita. El señor Chandler-Powell no podía asignarle una hora más temprana, y el posterior almuerzo con Robin Boyton, previsto para la una menos cuarto, había sido concertado desde hacía dos meses: en el Ivy era imposible conseguir mesa sin reserva. Ella no consideraba ninguna de esas dos citas como una celebración de cumpleaños. Nunca se mencionó este detalle de su vida privada, como tantas otras cosas. Dudaba de si Robin había descubierto su fecha de nacimiento o, en su caso, si le importaría. Sabía que era una periodista respetada, incluso distinguida, pero no se imaginaba precisamente aparecer en la lista del *Times* de los personajes VIP que cumplen años.

Tenía que estar en Harley Street a las once y cuarto. Por lo general, cuando tenía una cita en Londres prefería caminar al menos parte del trayecto, pero hoy había pedido un taxi para las diez y media. El viaje desde la City no debía requerir tres cuartos de hora, aunque el tráfico de Londres era impredecible. Estaba entrando en un mundo que le era extraño y no quería hacer peligrar la relación con su cirujano llegando tarde a la primera reunión.

Ocho años atrás había alquilado una vivienda en la City, parte de una estrecha hilera de casas adosadas situadas en un pequeño patio al final de Absolution, cerca de Cheapside, y en cuanto se mudó supo que ése era el barrio de Londres en el que siempre había querido vivir. El contrato de alquiler era largo y renovable; le habría gustado comprar la casa, pero sabía que nunca se pondría a la venta. De todos modos, el hecho de no poder llegar a considerarla del todo suya no le afligía. La mayor parte de la construcción databa del siglo XVII. Muchas generaciones habían vivido allí, habían nacido y muerto allí, dejando atrás sólo sus nombres en arcaicos y amarillentos contratos, y ella se sentía contenta de estar en su compañía. Aunque las habitaciones de abajo, con sus ventanas divididas con parteluces, eran oscuras, las del estudio y el salón de la primera planta estaban abiertas al cielo y disfrutaban de la vista de las torres y los campanarios de la City y más allá. Una escalera de hierro iba desde una angosta galería de la tercera planta hasta una azotea apartada en la que había una hilera de tiestos de terracota, y las mañanas soleadas de los domingos, se sentaba con un libro o los periódicos mientras la calma dominical se prolongaba hasta el mediodía y la tranquilidad sólo se veía interrumpida por los habituales repiques de campanas de la City.

La City que yacía abajo era un osario construido sobre múltiples capas de huesos, varios siglos más viejos que los de las *cities* de Hamburgo y Dresde. ¿Acaso este conocimiento formaba parte del misterio que aquello tenía para ella, un misterio que notaba con más fuerza cuando algún domingo punteado con campanadas exploraba a solas sus plazas y callejones ocultos? El tiempo la había fascinado desde la infancia, su aparente capacidad para transcurrir a distintas velocidades, la disolución que causaba en cuerpos y mentes, la sensación de que cada momento, todos los momentos pasados y futuros, estaban fundidos en un presente ilusorio en el que cada aliento se convertía en el inalterable, indestructible pasado. En la City de Londres, estos momentos habían sido captados y solidificados en piedra y ladrillo, en iglesias y monumentos y en puentes que cruzaban el eterno fluir del gris pardusco Támesis. En primavera o verano salía a caminar a las seis de la mañana; tras cerrar con doble llave la puerta principal a su espalda, se adentraba en un silencio más profundo y misterioso que la ausencia de ruido. A veces, en estos paseos solitarios parecía que daba los pasos con sordina, como si una parte de ella tuviera miedo de despertar a los muertos que habían andado por aquellas calles y habían conocido el mismo silencio. Sabía que los fines de semana estivales, a unos centenares de metros, los turistas y las multitudes pronto invadirían el Puente del Milenio, los cargados barcos de vapor del río se apartarían con majestuosa torpeza de sus atracaderos, y la ciudad pública se volvería estridentemente viva.

Sin embargo, nada de esto penetraba en Sanctuary Court. La casa que había elegido no podía ser más distinta del chalé pareado claustrofóbico y con cortinas ubicado en Laburnum Grove, Silford Green, el suburbio del este de Londres donde había nacido y donde había pasado los primeros dieciséis años de su vida. Ahora iba a dar el primer paso en un camino que acaso la reconciliara con aquellos años o, si la reconciliación no era posible, al menos les quitara su capacidad destructiva.

Eran las ocho y media y estaba en el cuarto de baño. Cerró la ducha, y envuelta en una toalla se dirigió al espejo del lavabo. Alargó la mano y la pasó por el cristal empañado y vio aparecer su cara, pálida y anónima como una pintura emborronada. Hacía meses que no se tocaba la cicatriz a propósito. Ahora pasó lenta y delicadamente por ella la punta del dedo, notando el brillo plateado en su centro, el duro perfil irregular del borde. Colocándose la mano izquierda en la mejilla, intentó imaginar a la desconocida que, en el espacio de unas semanas, se miraría en el mismo espejo y vería un doble de sí misma, aunque incompleto, sin marcas, quizá sólo con una fina línea blanca para mostrar el lugar donde había estado esa grieta arrugada. Mientras contemplaba la imagen que no parecía más que un vago palimpsesto de su antiguo yo, comenzó de manera lenta y pausada a derribar sus cuidadosamente construidas defensas y dejar que el turbulento pasado, primero como un torrente impetuoso y luego como un río crecido, irrumpiera sin encontrar resistencia para apoderarse de su mente.

2

Estaba de nuevo en la pequeña habitación trasera, cocina y sala de estar a la vez, en la que ella y sus padres mentían en connivencia y soportaban su exilio voluntario de la vida. La habitación delantera, con su ventana salediza, era para ocasiones especiales, fiestas familiares que nunca se celebraban y visitas que nunca aparecían, su silencio olía levemente a cera para muebles perfumada de lavanda y a aire viciado, un aire tan siniestro que ella procuraba no aspirarlo nunca. Era la única hija de una madre asustada e ineficiente y de un padre borracho. Así es como se había definido a sí misma durante más de treinta años y como aún se definía. Su infancia y su adolescencia habían estado marcadas por la vergüenza y la culpa. Los arranques periódicos de violencia de su padre eran impredecibles. Ella no podía traer a casa tranquilamente a amigos de la escuela, no organizaban fiestas de cumpleaños o de Navidad, y como no mandaban nunca invitaciones, tampoco las recibían. El instituto de secundaria al que fue era sólo para chicas, y las amistades entre ellas eran estrechas. Un signo especial de aceptación era ser invitada a pasar la noche en casa de una amiga. Pero en el 239 de Laburnum Grove no durmió jamás ningún invitado. El aislamiento no le preocupaba. Se sabía más inteligente que sus camaradas y fue capaz de convencerse de que no necesitaba ninguna compañía que resultaría ser intelectualmente insatisfactoria y que además nunca le sería ofrecida.

Eran las once y media de un viernes, la noche en que su padre recibía la paga, el peor día de la semana. Oyó el temido, brusco portazo de la puerta de la calle. Él entró dando traspiés, y ella vio a su madre ponerse delante del sillón, algo que Rhoda sabía que despertaría la furia de su padre. Porque ése tenía que ser el sillón de su padre. Él lo había escogido, lo había pagado, y lo habían traído esa mañana. Sólo después de que se hubiera ido la furgoneta descubrió la madre que era del color equivocado. Deberían haberlo cambiado, pero no hubo tiempo antes de que cerrara la tienda. Rhoda sabía que la voz quejumbrosa, de disculpa, lloriqueante de su madre lo enfurecería, que su propia presencia huraña no ayudaría a ninguno de los dos, pero no podía irse a la cama. El sonido de lo que pasaría debajo de su habitación sería más aterrador que formar parte de ello. Y ahora él llenaba la estancia, su cuerpo torpe, su hedor. Oyendo sus bramidos de indignación, su perorata, Rhoda sintió un súbito acceso de furia, acompañada de coraje. Se oyó decir:

—No es culpa de mamá. Cuando el hombre se ha marchado, el sillón aún estaba envuelto. Ella no podía saber que era de otro color. Tendrán que cambiarlo.

Entonces la emprendió con ella. Rhoda no recordaba las palabras. Quizás en aquel momento no sonaron palabras, o ella no las oyó. Sólo hubo el crujido de una botella rota, como el disparo de una pistola, la peste a whisky, un momento de dolor punzante que pasó casi en cuanto lo notó, la cálida sangre que fluyó de su mejilla, goteando en el asiento del sillón, y el angustiado grito de la madre.

—Oh, Dios mío, mira lo que has hecho, Rhoda. ¡La sangre! Ahora ya no se lo llevarán. No nos lo cambiarán.

Su padre le dirigió una mirada antes de salir a trompicones y arrastrarse a la cama. En los segundos en que se cruzaron sus miradas, a ella le pareció que veía una confusión de emociones: desconcierto, horror e incredulidad. Entonces la madre por fin prestó atención a su hija. Rhoda había estado intentando mantener juntos los bordes de la herida, con las manos pegajosas de sangre. La madre fue en busca de toallas y un paquete de tiritas, que trató de abrir con manos temblorosas, mientras sus lágrimas se mezclaban con la sangre. Rhoda le cogió cuidadosamente el paquete, quitó la protección de las tiritas y al fin se las arregló para cerrar la mayor parte de la herida. Al rato, menos de una hora después, se hallaba tumbada rígidamente en la cama, la hemorragia estaba restañada y el futuro planificado. Nunca habría visita al médico ni explicación veraz; no asistiría a la escuela durante uno o dos días, su madre llamaría diciendo que se encontraba mal. Y cuando volviera a ir, su historia estaría preparada: había chocado con el canto de la puerta abierta de la cocina.

Y ahora el afilado recuerdo de ese momento único y despiadado se suavizó y se convirtió en los recuerdos más triviales de los años siguientes. La herida, que se infectó gravemente, sanó despacio y con dolor, pero ni el padre ni la madre hablaron nunca de ello. A él siempre le costaba mirarla a los ojos; ahora casi nunca se le acercaba. Sus compañeras de clase apartaban la mirada, pero a ella le parecía que el miedo había sustituido a la aversión activa. En el instituto nadie mencionó nunca la desfiguración en su presencia hasta que estuvo en sexto curso y un día, hablando con su profesora de inglés, ésta intentó convencerla de que fuera a Cambridge —su propia universidad— y no a Londres. Sin levantar la vista de sus papeles, la señorita Farrell dijo: «Rhoda, en cuanto a tu cicatriz facial, es maravilloso lo que llegan a hacer los cirujanos plásticos. Quizá sería sensato pedir hora de visita con tu médico de cabecera antes de que empieces la carrera.» Sus miradas se cruzaron, y ante la ultrajada rebeldía que expresaban los ojos de Rhoda, la señorita Farrell se encogió en la silla y se concentró de nuevo en sus papeles mientras su rostro se cubría de un inflamado sarpullido escarlata.

Empezó a ser tratada con respeto cauteloso. No le preocupaban el respeto ni la aversión. Tenía su vida privada, un interés en averiguar qué ocultaban los demás, en hacer descubrimientos. Investigar los secretos de otras personas fue una obsesión durante toda su vida, el sustrato y la dirección de su actividad. Se convirtió en una acechadora de mentes. Dieciocho años después de abandonar Silford Green, el barrio se vio conmocionado por un crimen muy célebre. Ella había estudiado las granulosas fotos de la víctima y el asesino en los periódicos sin especial interés. El asesino confesó en cuestión de días, se lo llevaron y el caso quedó cerrado. Como periodista de investigación, cada vez con más éxito, estaba menos interesada en la breve notoriedad de Silford Green que en sus más sutiles, lucrativas y fascinantes líneas de investigación.

Se fue de casa el día de su decimosexto cumpleaños y alquiló una habitación amueblada en el distrito contiguo de las afueras. Hasta su muerte, su padre le estuvo mandando cada semana un billete de cinco libras. Ella nunca acusaba recibo, pero cogía el dinero porque lo necesitaba para complementar lo que ganaba por las noches y los fines de semana como camarera, diciéndose a sí misma que seguramente era menos de lo que habría costado su comida en casa. Cuando, cinco años después, con un sobresaliente en Historia y ya instalada en su primer empleo, su madre la telefoneó para decirle que su padre había muerto, notó una ausencia de emoción que paradójicamente parecía más fuerte y más fastidiosa que la pena. Lo habían encontrado ahogado en un riachuelo de Essex de cuyo nombre ella nunca se acordaba, con un nivel de alcohol en la sangre que revelaba su estado de embriaguez. Como cabía esperar, el veredicto del juez de instrucción fue de muerte accidental, y en opinión de Rhoda seguramente acertaba. Era lo que ella esperaba. No sin un leve atisbo de vergüenza, se dijo a sí misma que el suicidio habría sido un juicio final demasiado memorable y racional para una vida tan inútil.

La carrera del taxi fue más rápida de lo que había pensado. Llegaba a Harley Street demasiado temprano y pidió al conductor que se detuviera en el extremo de Marylebone Road, desde donde iría andando a la cita. Como en las raras ocasiones en que había hecho lo mismo, quedó sorprendida por la calle vacía, la misteriosa calma que se cernía sobre esas tradicionales casas del siglo XVIII. Casi todas las puertas tenían una placa de latón con una lista de nombres que confirmaban lo que seguramente sabía todo londinense, que se trataba del centro de la experiencia y los conocimientos médicos. Tras esas relucientes puertas y esas ventanas con discretas cortinas, habría pacientes esperando en diversas fases de ansiedad, aprensión, esperanza o desespero, aunque pocas veces vio a alguien entrar o salir. Iban y venían los ocasionales proveedores o mensajeros, pero por lo demás la calle podía haber sido un plató vacío esperando la llegada del director, el cámara y los actores.

Al llegar a la puerta, examinó el panel de nombres. Había dos cirujanos y tres médicos, y el que ella esperaba ver estaba arriba. G.H. Chandler-Powell, FRCS, FRCS (plástico), MS —estas dos últimas letras correspondientes a *Master of Surgery*, Maestro en Cirugía, acreditativas de que un cirujano ha alcanzado la cima de la competencia y la reputación—. Maestro en Cirugía. Pensó que sonaba bien. Los cirujanos-barberos a quienes concedió sus licencias Enrique VIII se sorprenderían al saber lo lejos que habían llegado.

Abrió la puerta una joven de cara seria que lucía una bata blanca cortada para resaltar su silueta. Era atractiva pero no hasta el punto de desconcertar, y su breve sonrisa de bienvenida era más amenazante que afectuosa. *Delegada de clase, jefa de patrulla exploradora*, pensó Rhoda. *En todos los sextos cursos había una.*

La sala de espera a la que la hicieron pasar se ajustaba tanto a sus expectativas que por un momento tuvo la impresión de que ya había estado antes allí. El lugar conseguía alcanzar cierta opulencia aun sin contener nada de verdadera calidad. La gran mesa central de caoba, con sus ejemplares de *Country Life* y *Horse and Hound* y las más distinguidas revistas de mujeres cuya pulcra alineación disuadía a uno de leerlas, era imponente pero no elegante. Las sillas variadas, unas de respaldo recto, otras más cómodas, parecían haber sido adquiridas en la liquidación de una casa de campo y a la vez haber sido muy poco utilizadas. Los cuadros de caza eran grandes y lo bastante mediocres para desanimar a los ladrones, y Rhoda dudó de si los dos jarrones de balaustre alto en la repisa de la chimenea eran auténticos.

Ninguno de los pacientes salvo ella daba ninguna pista sobre la habilidad concreta que requerirían. Como siempre, Rhoda fue capaz de observarlos discretamente sabiendo que no habría ojos curiosos que se fijaran en ella mucho rato. Cuando entró, alzaron la vista, pero no hubo breves inclinaciones de cabeza a modo de reconocimiento. Convertirse en un paciente era renunciar a una parte de uno mismo, ser recibido en un sistema que, por benigno que fuera, le robaba a uno sutilmente la iniciativa, casi la voluntad. Estaban todos sentados, pacientemente conformes, en sus mundos privados. Una mujer de mediana edad, con una niña sentada a su lado, miraba inexpresiva al vacío. La niña, aburrida, los ojos inquietos, se puso a golpetear suavemente con los pies la pata de la mesa hasta que la mujer, sin mirarla, tendió una mano de contención. Frente a ellas, un hombre joven, que por el traje que llevaba parecía la personificación de un financiero de la City, sacó el *Financial Times* del maletín y, tras desplegarlo con pericia de experto, concentró su atención en la página. Una mujer vestida a la moda se acercó en silencio a la mesa y examinó las revistas, y acto seguido, tras descartar la opción, volvió a su asiento junto a la ventana y siguió con la mirada fija en la calle desierta.

Rhoda no tuvo que esperar mucho rato. La misma joven que la había hecho pasar se le acercó y le comunicó discretamente que el señor Chandler-Powell podía atenderla. Siendo su especialidad la que era, la discreción evidentemente comenzaba en la sala de espera. La joven la acompañó a una habitación grande y luminosa situada al otro lado del vestíbulo. Las dos altas ventanas dobles que daban a la calle tenían puestas cortinas de hilo grueso y unos visillos casi transparentes que suavizaban el sol invernal. En cuanto a muebles o complementos, la estancia no tenía prácticamente nada de lo que ella habría esperado; era más un salón que un despacho. Un atractivo biombo lacado, decorado con una escena rural de prados, río y montañas lejanas, estaba colocado oblicuamente a la izquierda de la puerta. Sin duda era antiguo, tal vez del siglo XVIII. Quizá, pensó Rhoda, ocultaba un lavamanos, o incluso un sofá, aunque esto no parecía probable. Era difícil imaginar a alguien quitándose la ropa en este escenario doméstico bien que opulento. Había dos sillones, uno a cada lado de la chimenea de mármol, y una mesa de caoba con pie central, y delante de la misma dos sillas de respaldo recto. La única pintura al óleo estaba sobre la repisa de la chimenea, un gran cuadro de una casa estilo Tudor con una familia del siglo XVIII esmeradamente agrupada delante, el padre y dos hijos varones montados a caballo, la esposa y tres hijas pequeñas en un faetón. En la pared del otro lado había una hilera de grabados coloreados del Londres del siglo XVIII. Éstos y el óleo contribuyeron a que Rhoda tuviera la sutil sensación de hallarse en otra época.

El señor Chandler-Powell estaba sentado a la mesa y, al entrar ella, se puso en pie y se acercó a estrecharle la mano indicándole una de las dos sillas. El contacto fue firme pero momentáneo, la mano fría. Rhoda creía que él llevaría un traje oscuro, pero vestía una elegante chaqueta de *tweed* gris pálido, de espléndido corte, que paradójicamente daba mayor impresión de formalidad. Situados uno enfrente del otro, ella veía un rostro huesudo, fuerte, con una larga boca móvil y unos brillantes ojos color avellana bajo unas cejas marcadas. El cabello castaño, arreglado y algo rebelde, estaba peinado sobre una frente alta, de modo que unos mechones le caían casi sobre el ojo derecho. La impresión inmediata que daba era de confianza, y ella lo reconoció al instante: una pátina que tenía algo que ver con el éxito, aunque no todo. Era diferente de la confianza con la que estaba familiarizada como periodista: celebridades, con los ojos siempre ávidos del siguiente fotógrafo, listas para adoptar la postura correcta; personas insignificantes que parecían saber que su notoriedad era un montaje de los medios de comunicación, una fama transitoria que sólo su desesperado autoconvencimiento podía mantener. El hombre que estaba delante de ella tenía la íntima convicción de alguien que se halla en lo más alto de su profesión, seguro, inviolable. También detectó una pizca de arrogancia no del todo disimulada, pero se dijo a sí misma que esto podía ser un prejuicio. Maestro en Cirugía. Bueno, encajaba bien en el papel.

—Señorita Gradwyn, viene usted sin una carta de su médico de cabecera. —Quedó establecido como un hecho, no como un reproche. Su voz era profunda y atractiva, pero con un rastro de acento que ella no supo identificar y que no esperaba.

—Me pareció una pérdida de tiempo, para él y para mí. Me inscribí en la consulta del doctor Macintyre hace unos ocho años como paciente del Servicio Nacional de Salud y nunca he necesitado consultarle a él ni a ninguno de sus colegas. Sólo voy dos veces al año a que me tomen la presión. Y esto normalmente lo hace la enfermera.

—Conozco al doctor Macintyre. Hablaré de esto con él.

Sin decir nada más, se le acercó y giró la lámpara de mesa para que su brillante haz de luz le diera en plena cara. Sus dedos eran fríos mientras tocaban la piel de cada mejilla, pellizcándola y haciendo pliegues. El tacto era tan impersonal que parecía un insulto. Rhoda se preguntó por qué el hombre no había desaparecido tras el biombo para lavarse las manos, aunque quizá, si lo consideró necesario en esta cita preliminar, lo había hecho antes de entrar ella en la habitación. Hubo un momento en que, sin tocar la cicatriz, el médico la inspeccionó en silencio. Luego apagó la luz y volvió a sentarse. Con los ojos puestos en el expediente que tenía delante, dijo:

—¿Cuánto tiempo hace de esto?

Ella se sobresaltó al oír la frase.

—Treinta y cuatro años.

—¿Cómo ocurrió?

—¿Es necesario responder a esta pregunta? —dijo ella.

—No, a menos que la herida fuera autoinfligida. Presumo que no lo fue.

—No, no fue autoinfligida.

—Y ha esperado usted treinta y cuatro años a hacer algo al respecto. ¿Por qué ahora, señorita Gradwyn?

Hubo una pausa; luego ella dijo:

—Porque ya no la necesito.

El médico no replicó, pero la mano que tomaba notas en el expediente se quedó inmóvil por unos instantes. Levantó la vista de los papeles.

—¿Qué espera de esta operación, señorita Gradwyn?

—Me gustaría que la cicatriz desapareciera, pero comprendo que esto es imposible. Supongo que lo que espero es una línea fina, no esta cicatriz ancha y hundida.

—Creo que con la ayuda de un poco de maquillaje podría ser casi invisible. Si hace falta, después de la intervención podemos derivarla a una enfermera CC para un camuflaje cosmético. Estas enfermeras son muy hábiles. Es sorprendente lo que se puede hacer.

—Preferiría no tener que utilizar camuflaje.

—Quizá sea preciso muy poco o nada, pero es una cicatriz profunda. Como supongo que sabe, la piel consta de capas y hará falta abrirlas y reconstruirlas. Después de la operación, durante un tiempo la cicatriz estará roja, como en carne viva, bastante peor antes de que empiece a mejorar. También deberemos ocuparnos del efecto del pliegue nasolabial, esta pequeña caída del labio, y de la parte superior de la herida, que tira de la comisura del ojo hacia abajo. Al acabar, utilizaré una inyección de grasa para hinchar y corregir cualquier irregularidad de contorno. De todos modos, cuando la vea el día previo a la operación le explicaré con más detalle lo que pienso hacer y le enseñaré un diagrama. La intervención se hará con anestesia general. ¿La han anestesiado en alguna ocasión?

—No, será la primera vez.

—El anestesista la verá antes de la operación. Quiero que le hagan algunas pruebas, incluyendo análisis de sangre y un ECG, pero prefiero que se lleven a cabo en Saint Angela. Fotografiaremos la cicatriz antes y después de la operación.

—En cuanto a la inyección de grasa que ha mencionado —dijo ella—, ¿qué clase de grasa será?

—Suya. Obtenida de su estómago mediante una jeringa.

Por supuesto, pensó Rhoda, vaya pregunta más tonta.

—¿Cuándo está pensando en hacerlo? —preguntó él—. Tengo camas privadas en Saint Angela, pero si prefiere estar fuera de Londres también podría venir a la Mansión Cheverell, mi clínica privada de Dorset. La fecha más temprana que puedo proponerle este año es el viernes 14 de diciembre. Pero tendría que ser en la Mansión. En esa época usted sería uno de los dos únicos pacientes, pues reduciré la actividad de la clínica por las vacaciones de Navidad.

—Prefiero estar fuera de Londres.

—Después de esta consulta, la señora Snelling la acompañará a la oficina. Allí mi secretaria le dará un folleto sobre la Mansión. El tiempo que permanezca allí dependerá de usted. Seguramente los puntos se le quitarán el sexto día, y muy pocos pacientes necesitan o desean quedarse más de una semana después de la intervención. Si se decide por la Mansión, será útil que encuentre tiempo para hacer una visita preliminar, sea de día o por una noche. Si disponen de tiempo, me gusta que los pacientes vean dónde van a ser operados. Llegar a un lugar totalmente desconocido es desconcertante.

—¿La herida va a doler, quiero decir después de la operación? —preguntó ella.

—No, no es probable que duela. Quizás un poco de irritación, y también una hinchazón considerable. Y si hay dolor, sabemos cómo combatirlo.

—¿La cara vendada?

—Nada de vendaje. Un simple apósito.

Había otra pregunta, que Rhoda formuló sin inhibiciones aunque creía saber la respuesta. No preguntaba porque tuviera miedo, y esperaba que él lo entendería, aunque no le preocupaba que no fuera así.

—¿Podríamos considerarla una operación peligrosa?

—Con la anestesia general siempre hay cierto riesgo. Por lo que se refiere a la cirugía, la operación será larga, delicada, y es probable que surjan algunos problemas. Pero éstos son responsabilidad mía, no suya. Yo no la calificaría de peligrosa desde el punto de vista quirúrgico.

Rhoda se preguntó si él estaba dando a entender que podía haber otros peligros, problemas psicológicos derivados de un cambio completo de aspecto. Ella no esperaba ninguno. Había afrontado las consecuencias de la cicatriz durante treinta y cuatro años. Afrontaría también su desaparición.

El médico quiso saber si tenía más preguntas. Ella contestó que no. Él se puso en pie y se dieron la mano, y por primera vez el hombre sonrió. Esto transformó su cara.

—Mi secretaria le mandará las fechas en que podremos hacerle las pruebas en Saint Angela. ¿Supone esto algún problema? ¿Estará usted en Londres las dos próximas semanas?

—Estaré en Londres.

Siguió a la señora Snelling a una oficina situada en la parte trasera de la planta baja, donde una mujer de mediana edad le dio un folleto sobre las instalaciones de la Mansión en el que también se incluía el coste tanto de la visita preparatoria que, explicó, el señor Chandler-Powell consideraba útil para los pacientes pero que, naturalmente, no era obligatoria, como el coste de la operación y de la estancia de una semana en el postoperatorio. Rhoda había previsto que el precio fuera elevado, pero la realidad superó sus expectativas. Sin duda las cifras reflejaban ventajas más sociales que médicas. Le pareció recordar haber oído por casualidad a una mujer decir «desde luego, yo voy siempre a la Mansión», como si esto supusiera su admisión en un círculo de pacientes privilegiados. Sabía que podía operarse en el Servicio Nacional de Salud, pero había una lista de espera para casos no urgentes, y además ella necesitaba intimidad. En todas las esferas, la rapidez y la intimidad habían llegado a ser un lujo caro.

Trascurrida media hora desde su llegada, la acompañaron a la puerta. Aún le quedaba una hora hasta su cita en el Ivy. Iría andando.

4

El Ivy era un restaurante demasiado popular para garantizar el anonimato, pero la discreción social, que entre todos los demás ámbitos era importante para ella, nunca le había preocupado en lo concerniente a Robin. En una edad en que la notoriedad requería indiscreciones cada vez más escandalosas, ni la página de chismorreos más desesperada desperdiciaría un párrafo sobre la revelación de que Rhoda Gradwy, la distinguida periodista, había estado almorzando con un hombre veinte años más joven. Estaba acostumbrada a él; la divertía. Le daba acceso a esferas de la vida que ella necesitaba experimentar aunque fuera de forma indirecta. Y lo compadecía, aunque esto no era precisamente la base de la intimidad, que por parte de Rhoda no existía. Él le confiaba sus cosas; ella escuchaba. Rhoda suponía que ella debía de obtener cierta satisfacción de la relación, si no ¿por qué seguía dispuesta a permitirle que se apropiara siquiera de un área limitada de su vida? Cuando pensaba en esa amistad, algo que sucedía rara vez, le parecía un hábito que no imponía obligaciones más arduas que un almuerzo o una cena ocasional a su cargo. También creía que interrumpir ese hábito resultaría más complicado y largo que mantenerlo.

Él la estaba esperando, como de costumbre, en su mesa favorita junto a la puerta, que había reservado ella, y cuando entró, Rhoda pudo observarlo durante medio minuto antes de que él alzara los ojos del menú y la viera. Como de costumbre, ella se sintió sobrecogida por la belleza de Robin, que parecía no ser consciente de la misma, aunque era difícil creer que alguien tan solipsista no se diera cuenta del premio que le habían concedido los genes y el destino o no sacara provecho de ello. Hasta cierto punto sí lo hacía, si bien no parecía importarle demasiado. A ella siempre le costaba creer lo que le había enseñado la experiencia: que los hombres y las mujeres podían ser físicamente hermosos sin poseer a la vez algunas cualidades mentales y espirituales comparables, que la belleza podía desperdiciarse en las personas superficiales, ignorantes o estúpidas. Era su físico, sospechaba ella, lo que había ayudado a Robin Boyton a conseguir plaza en la escuela de arte dramático, sus primeros contratos, su breve aparición en una serie de televisión que prometía mucho pero duró sólo tres episodios. Nada duraba mucho. Incluso el director o el productor más indulgente o más favorablemente predispuesto acababan frustrados por los papeles que Robin no se aprendía o los ensayos a los que no asistía. Cuando fallaba la actuación, Robin aplicaba numerosas iniciativas imaginativas, algunas de las cuales habrían tenido éxito si su entusiasmo hubiera durado más de seis meses. Rhoda se había resistido a las lisonjas de Robin para que invirtiera en alguna de ellas, y él había aceptado las negativas sin resentimiento. Sin embargo, las negativas no evitaban que lo intentara de nuevo.

Mientras se acercaba a la mesa, él se levantó y, sosteniéndole la mano, la besó con decoro en la mejilla. Rhoda advirtió que la botella de Meursault, que desde luego pagaría ella, ya estaba en el cubo de hielo, consumido un tercio de la misma.

—Un placer volver a verte, Rhoda. ¿Cómo te ha ido con el gran George?

Nunca utilizaban expresiones de cariño. Una vez él la llamó querida, pero no se había atrevido a volver a usar la palabra.

—¿El gran George? —dijo ella—. ¿Es así como llaman a Chandler-Powell en la Mansión Cheverell?

—No en su presencia. Pareces muy tranquila después de la dura prueba, pero claro, siempre es así. ¿Qué ha pasado? Estaba aquí sentado lleno de ansiedad.

—No ha pasado nada. Me ha visto. Me ha mirado la cara. Hemos fijado una fecha.

—¿Qué te ha parecido George? Suele causar impresión.

—Su aspecto es imponente. No he estado con él el tiempo suficiente para evaluar su personalidad. Me ha parecido competente. ¿Has pedido ya?

—Nunca lo hago antes de que llegues. Pero he maquinado un menú genial para los dos. Sé lo que te gusta. Con el vino he sido más imaginativo que de costumbre.

Tras examinar la carta de vinos, Rhoda vio que también había sido imaginativo con el precio.

Apenas habían empezado el primer plato cuando Robin introdujo lo que para él era la finalidad del encuentro.

—Estoy buscando algo de capital. No mucho, unos cuantos miles. Es una oportunidad de inversión de primera, poco riesgo, bueno, de hecho ninguno, y devolución garantizada. Jeremy calcula en torno a un diez por ciento anual. Pensé que a lo mejor te interesaba.

Describía a Jeremy Coxon como su socio. Rhoda dudó de si alguna vez había sido algo más que esto. Lo había visto sólo en una ocasión y le había parecido parlanchín pero inofensivo y con sentido común. Si tenía alguna influencia sobre Robin, seguramente era para bien.

—Siempre estoy interesada en inversiones sin riesgo al diez por ciento y con una devolución garantizada —dijo ella—. Me sorprende que no te hayas quedado todas las acciones. ¿De qué va este negocio en el que andas con Jeremy?

—Lo mismo que te conté cuando cenamos en septiembre. Bueno, desde entonces han cambiado cosas, pero recuerdas la idea básica, ¿no? En realidad es mía, no de Jeremy, pero hemos trabajado juntos en ella.

—Mencionaste que tú y Jeremy Coxon estabais pensando en organizar clases de etiqueta para nuevos ricos que se sienten socialmente inseguros. No sé por qué pero no te veo como profesor, de hecho ni como experto en etiqueta.

—Me he empollado libros. Es asombrosamente fácil. Y el experto es Jeremy, así que no hay problema.

—¿Acaso vuestros incompetentes sociales no podrían también aprenderlo directamente de los libros?

—Supongo que sí, pero prefieren el contacto humano. Les damos confianza. Por eso es por lo que pagan. Rhoda, hemos identificado una verdadera oportunidad de mercado. A un montón de jóvenes, bueno, sobre todo hombres y no sólo ricos, les preocupa no saber qué ponerse en determinadas ocasiones, qué hacer si invitan a una chica a un buen restaurante por primera vez. No están seguros de cómo comportarse con los demás, de cómo causar buena impresión al jefe. Jeremy tiene una casa en Maida Vale que compró con el dinero que le dejó una tía rica, así que la estamos utilizando en este momento. Debemos ser discretos, por supuesto. Jeremy no está seguro de si podemos usarla legalmente para un negocio. Vivimos con miedo a los vecinos. Una de las habitaciones de la planta baja está acondicionada como restaurante en el que ensayamos. Al cabo de un tiempo, cuando ya tienen más confianza, llevamos a los clientes a un restaurante de verdad. No a sitios como éste sino a otros no demasiado populares que nos hacen precios especiales. Pagan los clientes, naturalmente. Nos va bastante bien y el negocio está creciendo, pero necesitamos otra casa, o al menos un piso. Jeremy está harto de renunciar prácticamente a su planta baja y de que aparezcan estos tipos raros cuando él quiere agasajar a sus amigos. Y luego está la oficina. Ha tenido que adaptar uno de los dormitorios. Se lleva el setenta y cinco por ciento de los beneficios debido a la casa, pero sé que piensa que ya es hora de que yo le pague mi parte. Como es lógico no podemos utilizar mi piso. Ya sabes cómo es, no tiene precisamente el ambiente que estamos buscando. En todo caso, creo que no me quedaré allí mucho tiempo. El dueño se está volviendo muy poco servicial. En cuanto tengamos otra dirección haremos grandes progresos. Bueno, ¿qué piensas, Rhoda? ¿Te interesa?

—Me interesa oír hablar de ello. No me interesa aportar dinero. Pero podría salir bien. Es más razonable que la mayoría de tus entusiasmos anteriores. En cualquier caso, buena suerte.

—O sea, la respuesta es no.

—La respuesta es no —dijo Rhoda, que añadió sin pensar—: Debes esperar a mi testamento. Prefiero hacer las obras de beneficencia después de muerta. Es más fácil contemplar el desembolso de dinero cuando uno ya no lo necesita para nada.

En el testamento le dejaba veinte mil libras, no suficiente para financiar uno de sus delirios más excéntricos pero sí para asegurar que el alivio de haber recibido algo superaría la decepción ante la cantidad. Esto le permitía a ella mirarle la cara con deleite. Rhoda sentía un leve pesar, demasiado próximo a la vergüenza y por tanto incómodo, por haber provocado maliciosamente y estar disfrutando de aquel primer sonrojo de sorpresa y placer, del destello de avaricia en los ojos de Robin y luego del rápido descenso a la realidad. ¿Por qué se había tomado la molestia simplemente de confirmar una vez más lo que sabía sobre él?

—¿Te has decidido definitivamente por la Mansión Cheverell, no por una de las camas privadas de Chandler-Powell en Saint Angela? —preguntó él.

—Prefiero estar fuera de Londres, donde haya más posibilidades de tranquilidad e intimidad. El día 27 voy a pasar allí una noche preliminar. Él me lo ha propuesto. Le gusta que sus pacientes estén familiarizados con el lugar antes de la operación.

—También le gusta el dinero.

—Y a ti, Robin, no critiques.

Con los ojos fijos en el plato, él dijo:

—Estoy pensando en visitar la Mansión cuando estés ingresada. Quizás aceptes de buen grado un poco de cotilleo. Las convalecencias son aburridísimas.

—No, Robin, no quiero cotilleos. He hecho la reserva en la Mansión expresamente para asegurarme de que me dejen tranquila. Supongo que el personal se encargará de que nadie me moleste. ¿No es ésta la finalidad esencial del lugar?

—Es un poco mezquino por tu parte, teniendo en cuenta que yo te recomendé la Mansión. ¿Irías allí si no hubiera sido por mí?

—Como no eres médico ni te han hecho nunca una operación de cirugía estética, no estoy segura del valor de tu recomendación. Has mencionado la Mansión de vez en cuando, nada más. Yo ya había oído hablar de George Chandler-Powell. Lo cual no debe sorprender, toda vez que se le considera uno de los seis mejores cirujanos plásticos de Inglaterra, probablemente de Europa. Fui a verle, verifiqué su historial, me asesoré con un experto y lo elegí. Pero tú no me has contado cuál es tu relación con la Mansión Cheverell. Debería saberlo por si menciono informalmente que te conozco y me encuentro con miradas frías y me relegan a la peor habitación.

—Eso podría pasar. No soy exactamente su visita preferida. De hecho no me quedo en la casa, esto sería ir un poco lejos por ambas partes. Tienen un chalet para las visitas, el Chalet Rosa, y hago la reserva ahí. También tengo que pagar, demasiado a mi entender. Ni siquiera te llevan la comida. Por lo general en verano no consigo habitación, pero difícilmente pueden decir que la casa no está libre en diciembre.

—Dijiste que tenías cierto parentesco.

—No con Chandler-Powell, sino con su ayudante, Marcus Westhall, que es primo mío. Le ayuda en las intervenciones y cuida de los pacientes cuando el gran George está en Londres. Marcus vive ahí con su hermana, Candace, en el otro chalet. Ella no tiene nada que ver con los pacientes; ayuda en la oficina. Soy su único pariente vivo. Uno pensaría que esto significaría algo para ellos.

—¿Y no es así?

—Si no te aburre, mejor te cuento un poco de historia familiar. Se remonta a bastante tiempo atrás. Intentaré ser breve. Tiene que ver con dinero, naturalmente.

—Es lo habitual.

—Es una historia muy triste sobre un pobre niño huérfano que es arrojado al mundo sin un céntimo. Lamento desgarrarte el corazón con esto. No me gustaría que cayeran lágrimas saladas en tu delicioso cangrejo.

—Correré el riesgo. También me servirá para saber algo del lugar antes de ir.

—Me preguntaba qué había tras esta invitación a almorzar. Bueno, si quieres ir preparada, has encontrado a la persona idónea. Bien vale el precio de una buena comida.

Él hablaba sin rencor, pero tenía una sonrisa divertida. Rhoda se recordó a sí misma que no era prudente infravalorarlo. Robin nunca le había hablado de su historia familiar ni de su pasado. Siendo un hombre tan dispuesto a comunicar las minucias de su existencia cotidiana, sus pequeños triunfos y sus más habituales fracasos en el amor y los negocios, contados en general con humor, era notablemente reservado con respecto a su vida anterior. Rhoda sospechaba que había tenido una infancia muy desgraciada y que sus primeros traumas, de los que nadie se recupera del todo, acaso estuvieran en la raíz de su inseguridad. Dado que ella no tenía intención de responder a las confidencias con una franqueza recíproca, la de Robin era una vida que Rhoda no había sentido el impulso de explorar. Pero había cosas acerca de la Mansión Cheverell que sería útil saber con antelación. Iría a la Mansión como paciente y, para ella, esto suponía vulnerabilidad y una cierta sumisión física y emocional. Llegar sin estar informada significaría ponerse en desventaja desde el principio.

—Háblame de tus primos —dijo ella.

—Son gente acomodada, al menos con arreglo a mi criterio, y muy ricos según el criterio de cualquiera. Su padre, mi tío Peregrine, murió hace nueve meses y les dejó unos ocho millones. Él había heredado de su padre, Theodore, que murió sólo unas semanas antes. La fortuna familiar venía de Theodore. Habrás oído hablar de *Latin Primer* [Manual de latín] y *First Steps in Learning Greek* [Primeros pasos para aprender griego], de T.R. Westhall, algo así en todo caso. Yo no los utilicé, no fui a esta clase de escuela. De todos modos, los libros de texto, si llegan a ser estándar, a consagrarse por el uso continuado, dan sorprendentemente mucho dinero. Nunca se dejan de imprimir. Y el viejo era hábil manejando el dinero. Tenía el don de hacerlo crecer.

—Me sorprende que tus primos hayan heredado tanto habiendo sido las muertes tan seguidas, el padre y el abuelo. El impuesto de sucesiones habrá sido tremendo.

—El viejo abuelo Theodore ya había pensado en ello. Ya te he dicho que era muy listo con el dinero. Antes de que le aquejara su última enfermedad se hizo una especie de seguro. Sea como sea, el dinero está ahí. Ellos lo tendrán tan pronto se autentifique el testamento.

—Y a ti te gustaría recibir una parte.

—Francamente, creo que la merezco. Theodore Westhall tuvo dos hijos, Peregrine y Sophie. Sophie fue mi madre. Su matrimonio con Keith Boyton nunca gustó mucho a su padre, de hecho me parece que intentó impedirlo. Entendía que Keith era una nulidad, un indolente cazafortunas que sólo quería el dinero de la familia, y para ser sincero seguramente no andaba muy equivocado. La pobre mamá murió cuando yo contaba siete años. Me crio mi padre, bueno, mejor sería decir que me crie solo. En cualquier caso, al final se cansó y me dejó en el internado Dotheboys Hall. Una mejora con respecto a Dickens, aunque no gran cosa. Pese a todo, una organización benéfica pagó la matrícula. No era el lugar para un niño presumido, en especial si llevaba la etiqueta de inclusero colgada al cuello.

Robin agarraba la copa de vino como si fuera una granada, con los nudillos blancos. Por un momento Rhoda tuvo miedo de que se le rompiera en las manos. Luego él dejó de apretar con tanta fuerza, le sonrió y se llevó la copa a los labios.

—Desde la boda de mamá —dijo—, los Boyton quedaron marginados en la familia. Los Westhall no olvidan ni perdonan.

—¿Dónde está ahora tu padre?

—Pues la verdad, Rhoda, es que no tengo la menor idea. Cuando conseguí la beca para la escuela de arte dramático, emigró a Australia. No hemos vuelto a estar en contacto. Por lo que sé, puede que esté casado, o muerto, o ambas cosas. Nunca estuvimos lo que se diría muy unidos. Y él ni siquiera nos ayudó. La pobre mamá aprendió a escribir a máquina y ganaba una miseria en un servicio de dactilografía. Servicio de dactilografía, curiosa expresión. No creo que existan ahora. El de mamá era especialmente lóbrego.

—¿No habías dicho que eras huérfano?

—Y quizá lo sea. De todos modos, si mi padre no está muerto, tampoco está presente. En ocho años ni siquiera una postal.

Si no está muerto, seguro que le está yendo bien. Era quince años mayor que mi madre, así que tendrá más de sesenta.

—Por lo que no es probable que aparezca pidiendo un poco de ayuda económica de la herencia.

—Bueno, si lo hiciera, no sacaría nada. No he visto el testamento, pero cuando telefoneé al abogado de la familia, por puro interés, como comprenderás, me dijo que no me daría ninguna copia. Dijo que sólo podía obtener una copia cuando se hubiera autentificado. No creo que me tome la molestia. Los Westhall dejarían dinero antes a un asilo para gatos que a un Boyton. Mi reclamación se basa en la justicia, no en la legalidad. Soy primo suyo. Hemos estado en contacto. Tienen dinero de sobra, y en cuanto se legalice el testamento serán muy ricos. No les haría ningún daño mostrar ahora algo de generosidad. Por eso los visito. Me gusta recordarles que existo. El tío Peregrine sólo sobrevivió treinta y cinco días al abuelo. Seguro que el viejo Theodore aguantó todo lo posible con la esperanza de sobrevivir a su hijo. No sé qué habría pasado si el tío Peregrine hubiera muerto primero, pero al margen de las complicaciones legales, no habría habido nada para mí.

—Pero tus primos habrán estado preocupados. En todos los testamentos hay una cláusula según la cual el legatario ha de sobrevivir veintiocho días tras la muerte del testador si quiere heredar. Imagino que se preocuparon mucho de mantener a su padre con vida, es decir, si efectivamente sobrevivió durante esos vitales ocho días. Quizá lo metieron en un congelador y lo sacaron fresco e impecable el día adecuado. Éste es el argumento de un libro de un novelista detective, Cyril Hare. Creo que se titula *Untimely Death* [Muerte inoportuna], pero quizás originalmente se publicó con otro nombre. No recuerdo mucho de qué va. Lo leí hace años. Era un escritor elegante.

Robin estaba en silencio, y Rhoda vio que servía vino como si tuviera la mente en otro sitio. *Dios mío, ¿está realmente tomando en serio este disparate?*, pensó divertida y algo preocupada. En este caso, y si él empezaba a luchar por eso, su acusación probablemente pondría punto final a la relación con sus primos.

Se le ocurrían pocas cosas con más probabilidades de cerrarle para siempre las puertas del Chalet Rosa y la Mansión Cheverell que una acusación de fraude. Había recordado inesperadamente la novela y había hablado sin pensar. Era curioso que él tomara en serio sus palabras.

—Esta idea es una chifladura, claro —dijo él como sacudiéndosela de encima.

—Desde luego. ¿Te imaginas a Candace y Marcus Westhall apareciendo en el hospital mientras su padre está in extremis, insistiendo en llevárselo a casa para meterlo en un oportuno congelador en el momento en que se muere a fin de descongelarlo ocho días después?

—No habría hecho falta que fueran al hospital. Candace lo atendió en casa los últimos dos años. Los dos viejos, el abuelo Theodore y el tío Peregrine, estaban en la misma clínica, en las afueras de Bournemouth, pero suponían tal tribulación para las enfermeras que la dirección decidió que uno de ellos debía irse. Peregrine pidió que lo alojara Candace, en cuya casa se quedó hasta el final, cuidado por un chocho médico de cabecera local. Durante estos dos años no lo vi. Se negaba a recibir visitas. Podía haber funcionado.

—No lo creo, la verdad —dijo ella—. Háblame de las otras personas de la Mansión aparte de tus primos. Las principales, en todo caso. ¿A quién conoceré?

—Bueno, está el propio gran George, naturalmente. Luego la abeja reina de los servicios de enfermería, la enfermera Flavia Holland, muy sexy si los uniformes te ponen. No te agobiaré con el resto del personal. La mayoría viene en coche desde Wareham, Bournemouth o Poole. El anestesista era un especialista del Servicio Nacional de Salud, donde aguantó todo lo que pudo hasta retirarse a una agradable casita en la costa de Purbeck. Un trabajo a tiempo parcial en la Mansión le viene muy bien. La más interesante es Helena Haverland, de soltera Cressett. La llaman administradora general, y se encarga prácticamente de todo, desde gobernar la casa hasta llevar la contabilidad. Llegó a la Mansión tras su divorcio, hace seis años. Lo intrigante de Helena es su nombre. Su padre, sir Nicolas Cressett, vendió la Mansión a George después de la debacle de Lloyds. Estaba en una organización equivocada y lo perdió todo. Cuando George puso el anuncio en que pedía un administrador general, Helena hizo la solicitud y consiguió el puesto. Alguien más sensible que George no la habría contratado. Pero ella conocía la casa a fondo, y parece que se ha vuelto indispensable, qué lista. No le caigo bien.

—Qué poco razonable.

—Sí, ¿verdad? Pero también creo que no le cae bien prácticamente nadie. En su actitud hay cierta altivez familiar. Al fin y al cabo, su familia fue dueña de la Mansión durante casi cuatrocientos años. Ah, he de mencionar a los dos cocineros, Dean y Kim Bostock. George seguramente los birló de algún sitio bueno, me han dicho que la comida es estupenda, pero nunca me han invitado a probarla. Está también la señora Frensham, la vieja gobernanta de Helena, que está al cargo de la oficina. Es la viuda de un sacerdote de la Iglesia de Inglaterra y encaja en el papel, es como tener una incómoda conciencia pública sobre dos patas acechando por todas partes para recordarle a uno sus pecados. Y también hay una chica extraña que habrán encontrado por ahí, Sharon Bateman, una especie de mensajera que realiza cometidos indeterminados en la cocina y para la señorita Cressett. Deambula por la casa llevando bandejas. En lo que a ti respecta, esto es prácticamente todo.

—¿Cómo sabes todo esto, Robin?

—Porque tengo los ojos abiertos y los oídos atentos cuando estoy bebiendo con los vecinos en el pub del pueblo, el Cressett Arms. Soy el único que lo hace. No es que sean dados a cotillear con desconocidos. En contra de lo que comúnmente se cree, los del pueblo no. Pero he captado algunas naderías. A finales del siglo XVII, la familia Cressett tuvo una disputa tremebunda con el párroco local y no volvió a la iglesia nunca más. El pueblo se puso del lado del cura, y la enemistad se mantuvo a lo largo de los siglos, como pasa a menudo. George Chandler-Powell no ha hecho nada para cerrar las heridas. En realidad, la situación le conviene. Los pacientes van allí en busca de privacidad, y él no quiere que se hable de ellos en el pueblo. Un par de vecinas forman parte del equipo de limpieza, pero la mayoría del personal viene de más lejos. Y también está el viejo Mog, el señor Mogworthy. Trabajaba como jardinero-factótum para los Cressett, y George se ha quedado con él. Es una mina de información si uno sabe cómo sacársela.

—No me lo creo.

—¿No te crees qué?

—No me creo este nombre. Es completamente ficticio. Nadie puede llamarse Mogworthy.

—Él sí. Me dijo que había un párroco llamado así en Holy Trinity Church, Bradpole, a finales del siglo XV. Mogworthy afirma descender de él.

—Pues me extrañaría. Si el primer Mogworthy era sacerdote, sería un célibe católico romano.

—Bueno, descendería de la misma familia. De todos modos, ahí está Mogworthy. Vivía en el chalet que ahora ocupan Marcus y Candace, pero George quería la casa y lo echó. Ahora vive con su anciana hermana en el pueblo. Sí, Mog es una mina de información. Dorset está lleno de leyendas, la mayoría de ellas horrendas, y Mog es el experto. En realidad, no nació en el condado. Sus antepasados sí, pero el padre se trasladó a Lambeth antes de nacer Mog. Haz que te hable de las Piedras de Cheverell.

—Nunca he oído hablar de ellas.

—Pues si Mog anda cerca, oirás. Y no puedes perdértelas. Es un círculo del neolítico en un campo que hay junto a la Mansión. La historia es ciertamente horripilante.

—Cuéntame.

—No, se lo dejo a Mog o a Sharon. Según Mog, ella está obsesionada con esas piedras.

El camarero estaba sirviendo el segundo plato y Robin se quedó callado, contemplando la comida con satisfecha aprobación. Rhoda tuvo la impresión de que él estaba perdiendo interés en la Mansión Cheverell. La charla pasó a ser inconexa, la cabeza de Robin estuvo obviamente en otra parte hasta el momento del café. Entonces él la miró, y ella volvió a quedar impresionada por la profundidad y la claridad de aquellos ojos azules casi inhumanos. El poder de su concentrada mirada era turbador. Robin extendió la mano en la mesa.

—Rhoda —dijo—, vuelve al piso esta tarde. Ahora. Por favor. Es importante. Hemos de hablar.

—Hemos estado hablando.

—Sobre todo de ti y de la Mansión. No de nosotros.

—¿No te espera Jeremy? ¿No deberías estar aleccionando a tus clientes sobre cómo hacer frente a camareros aterradores y al vino que huele a corcho?

—La mayoría de los míos vienen por la noche. Por favor, Rhoda.

Ella se inclinó para coger el bolso.

—Lo siento, Robin, pero no puede ser. Antes de ir a la Mansión tengo mucho que hacer.

—Puede ser, siempre puede ser. Lo que pasa es que no quieres venir.

—Puede ser, pero en este momento no es conveniente. Hablemos después de la operación.

—Entonces tal vez sea demasiado tarde.

—¿Demasiado tarde para qué?

—Para un montón de cosas. ¿No ves que me aterra que acaso estés planeando abandonarme? Vas a experimentar un gran cambio, ¿verdad? A lo mejor estás pensando en librarte de algo más que de la cicatriz.

Era la primera vez en seis años de relación que se pronunciaba la palabra. Se había roto un tabú tácito. Levantándose de la mesa, con la cuenta ya pagada, Rhoda intentó disimular el tono de ultraje en su voz. Sin mirarle dijo:

—Lo lamento, Robin, hablaremos después de la operación. Voy a coger un taxi para volver a la City. ¿Te dejo en algún sitio?

—Esto era habitual. Él nunca tomaba el metro.

Rhoda comprendió que las palabras «te dejo» habían sido inoportunas. Robin meneó la cabeza, pero no contestó y la siguió en silencio hasta la puerta. Fuera, se volvieron para seguir cada uno su camino, y él dijo de pronto:

—Cuando digo adiós siempre tengo miedo de no volver a ver a esa persona. Cuando mi madre iba a trabajar yo solía mirar por la ventana. Me horrorizaba la idea de que no regresara nunca. ¿Has sentido esto alguna vez?

—No a menos que la persona de la que me estoy despidiendo tenga más de noventa años o sufra alguna enfermedad terminal. A mí no me pasa ni una cosa ni otra.

Sin embargo, cuando por fin se separaron, ella se paró y por primera vez se dio la vuelta para observar la espalda de Robin alejándose hasta desaparecer del campo visual. Rhoda no tenía miedo de la operación, ni ningún presentimiento de muerte. El señor Chandler-Powell había dicho que con la anestesia general siempre había algún riesgo, pero en manos expertas podía descartarse. No obstante, mientras él desaparecía, Rhoda comenzó a alejarse y por un instante compartió el miedo irracional de Robin.

5

A las dos del jueves 27 de noviembre, Rhoda estaba preparada para ir a hacer su primera visita a la Mansión Cheverell. Sus tareas pendientes habían sido completadas y entregadas a tiempo, como de costumbre. Nunca era capaz de salir de casa, ni siquiera para una sola noche, sin efectuar una limpieza rigurosa, recoger, vaciar papeleras, guardar papeles en el estudio y comprobar finalmente las puertas y ventanas interiores. Cualquier lugar que ella denominara casa debía estar inmaculado antes de irse, como si esta meticulosidad garantizara su regreso sin novedad.

El folleto sobre la Mansión incluía instrucciones sobre cómo llegar a Dorset; de todos modos, como siempre que hacía un recorrido nuevo, lo anotó en una cartulina que colocó en el salpicadero. La mañana había sido soleada a ratos, pero pese a haber arrancado tarde, la salida de Londres había sido lenta y cuando casi dos horas después había dejado la M3 y tomado la carretera de Ringwood, ya caía la noche y con ella un chubasco que en cuestión de segundos se convirtió en un aguacero. Los limpiaparabrisas, dando sacudidas como seres vivos, se mostraban impotentes ante el diluvio. Rhoda no veía nada al frente salvo el brillo de los faros en los rizos de agua que a toda prisa se convertían en un pequeño torrente. Distinguía pocas luces de otros coches. Era imposible seguir conduciendo, y entornando los ojos miró a través de la cortina de lluvia, en busca de un arcén de hierba que le ofreciera una posición estable. En cuestión de minutos fue capaz de conducir con prudencia por unos metros de terreno llano frente a la pesada verja de una granja. Al menos aquí no había peligro de que hubiera una zanja oculta o barro blando en el que se hundieran las ruedas. Apagó el motor y escuchó la lluvia que aporreaba el techo como una ráfaga de balas. Bajo el ataque, el BMW conservaba una paz metálica enclaustrada que realzaba el tumulto exterior. Rhoda sabía que más allá de los invisibles setos podados estaba parte del paisaje más bello de Inglaterra, pero ahora se sentía encerrada en una inmensidad tanto extraña como potencialmente hostil. Había desconectado el móvil, como siempre con alivio. Nadie en el mundo sabía dónde estaba ni podía llegar hasta ella. No pasaban coches, y, mirando a través del parabrisas, veía sólo la cortina de agua, y más allá, temblorosas manchas de luz que ubicaban las casas en la lejanía. Por lo general, agradecía el silencio y era capaz de disciplinar su imaginación. Contemplaba la inminente operación sin miedo aun reconociendo que había cierta causa racional para estar preocupada; la anestesia general siempre comportaba algún riesgo. Pero ahora era consciente de una desazón que era algo más que preocupación sobre esa visita preliminar o la propia intervención. Reparó en que le incomodaba porque se parecía demasiado a la superstición, como si una realidad antes desconocida para ella o una ofensiva de la conciencia hicieran sentir poco a poco su presencia y exigieran ser reconocidas.

Era inútil escuchar música por encima del tumulto de la tormenta, así que abatió el respaldo y cerró los ojos. Diversos recuerdos, algunos viejos, otros más recientes, inundaron su mente sin encontrar resistencia. Revivió de nuevo el día de mayo, siete meses atrás, que la había llevado a hacer este viaje, hasta este tramo de carretera desierta. La carta de su madre había llegado con un montón de correo aburrido: circulares, avisos de reuniones a las que no pensaba asistir, facturas. Las cartas de su madre eran aún más infrecuentes que sus breves llamadas telefónicas; cogió el sobre, más cuadrado y grueso que los utilizados normalmente, con un leve presentimiento de que pasaba algo malo, una enfermedad, problemas con el bungalow, la necesidad de su presencia. Pero era la invitación a una boda. La tarjeta, impresa en letra florida rodeada de imágenes de campanas de boda, anunciaba que la señora Ivy Gradwyn y el señor Ronald Brown esperaban que sus amigos les acompañaran en la celebración de su casamiento. Aparecían la fecha, la hora y el nombre de la iglesia, y un hotel donde los invitados serían recibidos en recepción. Una nota de puño y letra de su madre decía: «Ven si puedes, Rhoda. No sé si te he mencionado a Ronald en mis cartas. Es viudo, y su esposa era una gran amiga mía. Él tiene ganas de conocerte.»

Recordó sus sensaciones, sorpresa seguida de alivio, de las que se avergonzó ligeramente, al pensar que ese matrimonio pudiera liquidar parte de la responsabilidad para con su madre, que acaso atenuara su culpa por las infrecuentes cartas y llamadas telefónicas y los encuentros aún más excepcionales. Cuando se veían, se comportaban como desconocidas educadas y cautelosas, todavía inhibidas por las cosas que no podían decir, por los recuerdos que procuraban no suscitar. Rhoda no recordaba haber oído hablar de Ronald y no tenía ningún deseo de conocerle, pero se trataba de una invitación que estaba obligada a aceptar.

Y ahora revivía conscientemente el solemne día que prometía sólo aburrimiento soportado con diligencia, pero que la había conducido hasta este momento azotado por la lluvia y todo lo que tenía por delante. Había salido con tiempo, pero una camioneta había volcado y derramado su carga por la autopista, y cuando llegó al exterior de la iglesia, un lúgubre edificio del gótico victoriano, oyó el aflautado e incierto canto de lo que sería el último himno. Aguardó en el coche un trecho más abajo hasta que salió la congregación, sobre todo ancianas y personas de mediana edad. Un coche con cintas blancas había aparecido y había aparcado, pero ella estaba demasiado lejos para ver a su madre o al novio. Mientras los demás abandonaban la iglesia, siguió al coche hasta el hotel, que se hallaba a unos seis kilómetros costa abajo, un edificio eduardiano con muchos torreones flanqueado por bungalows y bordeado por un campo de golf. Las numerosas vigas negras de la fachada daban a entender que el arquitecto había intentado imitar el estilo Tudor, pero al final su orgullo desmedido le había empujado a añadir una cúpula central y una puerta delantera de carácter palladiano.

El vestíbulo de recepción tenía una atmósfera de esplendor largamente marchito, cortinas de damasco rojo colgaban en ornamentales pliegues y la alfombra parecía haber sucumbido a décadas de polvo. Rhoda se unió al torrente de invitados, quienes con ciertas dudas se dirigían a una estancia en la parte de atrás que proclamaba su función mediante un tablero y un aviso impreso: «Salón de alquiler para fiestas privadas.» Se detuvo un momento en la puerta, indecisa, y luego entró y enseguida vio a su madre. Estaba de pie con su novio, rodeada por un pequeño grupo de mujeres que parloteaban. Rhoda pasó casi inadvertida al entrar, pero al ir avanzando poco a poco hacia ellos vio que la cara de su madre componía una sonrisa vacilante. Hacía cuatro años que no se veían, pero Ivy parecía más joven y feliz, y al cabo de unos segundos besó algo dubitativa a Rhoda en la mejilla derecha y luego se dirigió al hombre que había a su lado. Era viejo —al menos setenta años, estimó Rhoda—, bastante más bajo que su madre, y tenía una cara tersa, de mejillas redondeadas, agradable pero inquieta. Parecía algo confuso, y la madre tuvo que repetir el nombre de Rhoda dos veces antes de que él sonriera y extendiera la mano. Se hicieron las presentaciones. Los invitados pasaban por alto resueltamente la cicatriz. Unos cuantos niños que correteaban la miraron con descaro, y acto seguido echaron a correr gritando y atravesaron las puertas de vidrio para jugar fuera. Rhoda recordaba fragmentos de la conversación. «Tu madre habla muy a menudo de ti.» «Está muy orgullosa de ti.» «Qué bien que hayas venido de tan lejos.» «Y además un día precioso, ¿verdad?» «Me alegra verla tan feliz.»

La comida y el servicio fueron mejores de lo que había esperado. El mantel de la larga mesa estaba inmaculado, las copas y los platos brillaban, y el primer mordisco confirmó que el jamón de los bocadillos estaba recién cortado. Tres mujeres de mediana edad vestidas como doncellas atendían con una alegría que desarmaba. Se sirvió té fuerte de una tetera inmensa, y tras un rato de cuchicheos entre el novio y la novia, llegaron diversas bebidas del bar. La conversación, que hasta entonces había sido tan silenciosa como si todos hubieran asistido recientemente a un entierro, se animó, y se alzaron las copas, algunas conteniendo líquidos de un color que no presagiaba nada bueno. Tras una ansiosa consulta entre la madre y el barman, aparecieron copas altas de champán con cierta ceremonia. Habría un brindis.

El acto estaba en manos del párroco que había dirigido el oficio religioso, un joven pelirrojo que, despojado de la sotana, ahora llevaba un alzacuello, pantalones grises y americana. Acarició suavemente el aire como para acallar el alboroto y pronunció un breve discurso. Por lo visto, Ronald era el organista de la iglesia y el párroco hizo gala de cierto humor forzado al hablar de tocar todos los registros y que los dos vivieran en armonía hasta el fin de sus vidas, todo ello intercalado con chistes inofensivos, ahora olvidados, que los invitados más generosos acogieron con risas azoradas.

Se produjo una aglomeración en torno a la mesa, de modo que, con el plato en la mano, Rhoda se dirigió a la ventana, agradecida por ese momento en que los invitados, obviamente hambrientos, no era probable que la abordaran. Los observaba con una mezcla placentera de atención crítica y distracción irónica: los hombres con sus mejores trajes, algunos algo tirantes sobre redondeados estómagos y anchas espaldas; las mujeres, que con toda evidencia se habían esforzado y habían aprovechado la oportunidad para estrenar un conjunto. La mayoría, como su madre, lucía un vestido veraniego estampado con una chaqueta a juego, y un sombrero de paja de tono pastel posado de manera incongruente sobre el cabello recién peinado. Rhoda pensó que podían haber tenido un aspecto muy parecido en los años treinta o cuarenta. Se sintió incomodada por una emoción nueva y desagradable compuesta de compasión y enojo. *Yo no formo parte de esto*, pensó. *No soy feliz con ellos y ellos no son felices conmigo. Su embarazosa cortesía mutua no puede salvar la distancia entre nosotros. Pero vengo de aquí, es mi gente, la clase trabajadora cualificada fundiéndose con la clase media, este grupo amorfo e inadvertido que combatió en dos guerras defendien-*

do a su país, pagaba sus impuestos, se aferraba a lo que quedaba de sus tradiciones. Habían vivido para ver ridiculizado su simple patriotismo, desdeñada su moralidad, devaluados sus ahorros. No creaban problemas. Millones de libras de dinero público no eran introducidos regularmente en sus barrios con el fin de sobornarlos, engatusarlos o coaccionarlos para que practicaran la virtud civil. Y si se quejaban de que sus ciudades se habían vuelto extrañas, ajenas, o de que a sus hijos les daban clase en escuelas atestadas en las que el noventa por ciento de los niños no hablaban inglés, los que vivían en circunstancias más holgadas y cómodas les sermoneaban sobre el pecado capital del racismo. Sin protección por parte de los contables, eran las vacas lecheras de la rapaz Hacienda Pública. No había surgido ninguna empresa lucrativa de preocupación social y análisis psicológico para analizar y compensar sus insuficiencias derivadas de la privación o la pobreza. Quizá Rhoda debería escribir sobre ellos antes de renunciar por fin al periodismo, pero sabía que, teniendo retos más interesantes y provechosos a la vista, nunca lo haría. Ellos no tenían sitio en sus planes de futuro igual que no lo tenían en su vida.

Su último recuerdo era el de estar sola con su madre en el lavabo de mujeres, mirándose sus perfiles en un largo espejo que había sobre un jarrón de flores artificiales.

—A Ronald le caes bien —dijo su madre—. Me he dado cuenta. Me alegro de que hayas venido.

—Y yo. Y él también me gusta. Espero que seáis muy felices.

—Lo seremos, seguro. Hace cuatro años que nos conocemos. Su esposa cantaba en el coro. Una encantadora voz de contralto, algo no habitual en una mujer. Ron y yo siempre nos llevamos bien. Es muy buena persona. —Sonaba satisfecha de sí misma. Mirando con ojo crítico el espejo, se puso bien el sombrero.

—Sí, parece buena persona —dijo Rhoda.

—Lo es, desde luego. No causa ninguna molestia. Y sé que esto es lo que Rita habría querido. Lo insinuó más o menos antes de morir. Ron nunca se las ha arreglado muy bien solo. Y estaremos bien, en cuanto al dinero me refiero. Va a vender su casa y se mudará al bungalow conmigo. Parece sensato ahora que tiene setenta años. De modo que ya no tienes por qué seguir enviándome las quinientas libras mensuales.

—Yo lo dejaría todo como está, a menos que a Ronald le incomode.

—No es eso. Un extra siempre viene bien. Sólo pensaba que podías necesitarlo tú.

Se volvió y tocó la mejilla izquierda de Rhoda, un toque tan suave que ésta fue consciente sólo de los dedos temblando levemente sobre la cicatriz. Cerró los ojos, deseando con todas sus fuerzas no estremecerse. Pero no retrocedió.

—No era un mal hombre, Rhoda —dijo su madre—. Era la bebida. No deberías culparlo. Tenía una enfermedad, y la verdad es que te quería. Ese dinero que estuvo enviándote desde que te fuiste de casa... no era fácil conseguirlo. No gastaba nada en sí mismo.

Salvo en bebida, pensó Rhoda, pero no lo dijo. Nunca había dado las gracias a su padre por esas cinco libras semanales; desde que se marchó de casa no volvió a hablar con él.

La voz de su madre pareció surgir de un silencio.

—¿Recuerdas aquellos paseos por el parque?

Recordaba los paseos por el parque de las afueras donde parecía que siempre era otoño, los rectos senderos cubiertos de grava, los arriates rectangulares o redondos llenos de dalias de colores discordantes, una flor que detestaba, caminando al lado de su padre, callados los dos.

—Cuando no bebía, se portaba bien —dijo la madre.

—No le recuerdo sin beber. —¿Había pronunciado esas palabras o sólo las había pensado?

—Teniendo en cuenta que trabajaba para el ayuntamiento, para él no resultó fácil. Sé que tuvo suerte al conseguir ese empleo tras haber sido despedido del bufete de abogados, pero aquello era superior a él. Era listo, Rhoda, de ahí sacaste tu inteligencia. Le dieron una beca para la universidad y fue el primero.

—¿El primero? ¿Quieres decir que sacó un sobresaliente?

—Creo que esto es lo que dijo. En todo caso, significa que era listo. Es por eso por lo que estuvo tan orgulloso cuando entraste en el instituto.

—No sabía que había ido a la universidad. Nunca me dijo nada.

—¿No te lo dijo? Pensaría que no tenías interés. No era de los que hablaban mucho, y menos de sí mismo.

Nadie hablaba mucho. Aquellos estallidos de violencia, la rabia impotente, la vergüenza, habían hablado por todos ellos. Las cosas importantes habían sido indecibles. Y mirando el rostro de su madre, se preguntó cómo podía empezar ahora. Pensó que su madre tenía razón. No tuvo que ser fácil para su padre encontrar ese billete de cinco libras una semana tras otra. Lo acompañaban unas palabras, a veces con letra temblorosa, que decían simplemente «De tu padre, con amor». Ella aceptaba el dinero porque le hacía falta y tiraba el papel. Con la despreocupada crueldad de un adolescente, no le había considerado digno de ofrecerle su amor, un regalo mucho más difícil que el dinero, como bien había sabido siempre ella. Quizá la verdad era que Rhoda no había sido digna de recibirlo. Durante treinta años había incubado su desprecio, su rencor y, sí, su odio. Sin embargo, ese cenagoso riachuelo de Essex, esa muerte solitaria, lo había colocado fuera de su poder para siempre. Ella se había hecho daño a sí misma, y reconocerlo acaso fuera el principio de su curación.

—Nunca es demasiado tarde para encontrar a alguien a quien amar —dijo su madre—. Eres una mujer atractiva, Rhoda, deberías hacer algo con esta cicatriz.

Palabras que contaba con no oír jamás. Palabras que desde la señorita Farrell nadie se había atrevido a pronunciar. Recordaba poco de lo que pasó después, sólo su respuesta dicha en voz baja y sin énfasis.

—Me desharé de ella.

Seguramente dormitó a ratos. Despertó a la conciencia plena con un sobresalto y descubrió que ya no llovía. Había oscurecido. Miró el salpicadero y vio que eran las cinco menos cinco.

Había estado en la carretera casi tres horas. En la quietud inesperada, el ruido del motor sacudió el aire silencioso mientras el vehículo salía del arcén contoneándose cautamente. El resto del viaje transcurrió sin novedad. Las curvas de la carretera aparecían cuando se las esperaba y los faros iluminaban nombres tranquilizadores en los letreros. Antes de lo previsto vio el nombre Stoke Cheverell, y para recorrer el último kilómetro giró a la derecha. La calle del pueblo estaba desierta, brillaban luces tras las cortinas corridas y sólo mostraba señales de vida la tienda de la esquina con su abarrotado escaparate a través del cual se podían entrever dos o tres clientes de última hora. Y luego la señal que estaba buscando, Mansión Cheverell. Las grandes puertas de hierro estaban abiertas. La esperaban. Condujo por el corto camino que al final se ensanchaba formando un semicírculo; y ya tenía la casa delante.

En el folleto que le habían dado tras la primera consulta había una imagen de la Mansión Cheverell, pero sólo guardaba un burdo parecido con la realidad. La luz de los faros le permitía ver el contorno de la casa, que parecía más grande de lo que había imaginado, una masa oscura recortada en un cielo más oscuro. Se extendía a cada lado de un gran tejado central a dos aguas con dos ventanas encima. Éstas revelaban una luz tenue, pero la mayoría estaba a oscuras salvo otras cuatro divididas con parteluces, a la izquierda de la puerta, muy iluminadas. Condujo con cuidado y aparcó bajo los árboles; entonces se abrió la puerta, de la que brotó una intensa luz que inundó la grava.

Rhoda apagó el motor, se apeó y abrió la portezuela trasera para coger el neceser, el aire frío resultó un alivio agradable al final del viaje. Apareció en el umbral una figura masculina que se le acercó. Aunque la lluvia había cesado, el hombre llevaba un impermeable de plástico con una capucha que le cubría la cabeza como el gorrito de un bebé, lo que le daba el aspecto de un niño malvado. Caminaba con firmeza y tenía la voz fuerte, pero Rhoda vio que ya no era joven. El hombre cogió con decisión el neceser de manos de ella y dijo:

—Señora, si me da la llave, yo le aparcaré el coche. A la señorita Cressett no le gustan los coches aparcados fuera. La están esperando.

Ella le dio la llave y lo siguió al interior de la casa. La inquietud, la ligera desorientación que había sentido mientras estaba sola en la tormenta, aún no la habían abandonado. Vacía de emociones, sólo notaba un leve alivio por haber llegado y, al entrar en el amplio vestíbulo con su escalera en el centro, fue consciente de la necesidad de volver a estar sola, eximida del requisito de estrechar manos, de una bienvenida ceremoniosa, cuando todo lo que quería era el silencio de su casa y, más tarde, la familiar comodidad de su cama.

El vestíbulo era imponente —como ella imaginaba—, pero no acogedor. Su bolsa estaba al pie de las escaleras. De pronto, se abrió una puerta a la izquierda y el hombre anunció en voz alta «señorita Gradwyn, señorita Cressett», cogió la bolsa y empezó a subir las escaleras.

Al entrar en la habitación Rhoda se encontró en un gran salón que le hizo recordar imágenes vistas quizás en la infancia o en visitas a otras casas solariegas. En contraste con la oscuridad de fuera, estaba llena de luz y color. En lo alto, las arqueadas vigas se veían ennegrecidas por el paso del tiempo. Paneles esculpidos en relieve cubrían la parte baja de las paredes, en cuya parte superior había una hilera de retratos de estilo Tudor, regencia, victoriano, caras que reflejaban talentos variados, algunas de las cuales, sospechaba ella, debían su presencia allí más a la devoción familiar que al mérito artístico. Enfrente había una chimenea de piedra rematada por un escudo de armas, también de piedra. Crepitaba un fuego de leña, cuyas danzantes llamas lanzaban destellos rojos sobre las tres figuras que se levantaron para recibirla.

Evidentemente habían estado sentados tomando té, en los dos sofás con fundas de hilo colocados formando ángulo recto con el fuego, los únicos muebles modernos de la estancia. Entre ellos, en una mesa baja se apreciaba una bandeja con los restos de la comida. El grupo de bienvenida constaba de un hombre y dos mujeres, aunque la palabra «bienvenida» no era del todo adecuada, pues Rhoda se sentía como una intrusa que llegaba inoportunamente tarde al té y era esperada sin entusiasmo.

Hizo las presentaciones la más alta de las mujeres.

—Soy Helena Cressett. Ya hemos hablado. Me alegro de que haya llegado sin novedad. Hemos tenido una fuerte tormenta, pero a veces son muy locales, de modo que quizá se habrá librado de ella. Le presento a Flavia Holland, la enfermera del quirófano, y Marcus Westhall, que ayudará al señor Chandler-Powell en la operación.

Se estrecharon las manos, los rostros fruncidos en sonrisas. Con los desconocidos, la impresión de Rhoda era siempre fuerte e inmediata, una imagen visual implantada en su mente, que nunca se borraría del todo, llevando consigo una percepción de la personalidad básica que el tiempo y el trato más íntimo podían, como bien sabía, demostrar que era perversa y a veces peligrosamente engañosa, aunque casi nunca lo era. Ahora, cansada, su percepción algo embotada, veía a los otros casi como estereotipos. Helena Cressett llevaba un entallado traje de chaqueta y pantalón y un jersey de cuello alto que conseguía no parecer demasiado elegante para lucirlo en el campo mientras proclamaba que no era de confección. Nada de maquillaje excepto un poco de lápiz de labios; fino cabello pálido con un toque de castaño rojizo que enmarcaba unos pómulos altos y prominentes; una nariz demasiado larga; una cara que cabría describir como atractiva aunque desde luego bonita no. Unos ojos singularmente grises la contemplaban con más curiosidad que amabilidad formal. Ex delegada de clase, pensó Rhoda, ahora directora de colegio, o más probablemente directora de un *college* de Oxbridge. Su apretón de manos era firme, la chica nueva siendo recibida con cautela, aplazada toda evaluación.

La enfermera Holland vestía de modo más informal, tejanos, un jersey negro y una chaqueta de ante sin mangas, ropa cómoda reveladora de que se había liberado del uniforme impersonal de su trabajo y ahora no estaba de servicio. Tenía el cabello oscuro y una cara con rasgos marcados que expresaba una sexualidad segura de sí misma. Su mirada, desde unos ojos brillantes y de pupilas grandes tan oscuros que parecían negros, captó la cicatriz como si estuviera calibrando mentalmente cuántos problemas cabía esperar de esa nueva paciente.

El señor Westhall era sorprendente: delgado, con una frente alta y un rostro delicado, el rostro de un poeta o un profesor más que de un cirujano. Rhoda no sintió nada del poder o la confianza que tan intensamente emanaban del señor Chandler-Powell. La sonrisa de Westhall era más afectuosa que las de las mujeres, pero su mano, pese al calor del fuego, estaba fría.

—Seguramente querrá un té —dijo Helena Cressett—, o tal vez algo más fuerte. ¿Lo quiere tomar aquí o en su propia sala de estar? En todo caso ahora la acompañaré allí para que pueda instalarse.

Rhoda dijo que prefería tomar el té en su habitación. Subieron juntas las anchas y enmoquetadas escaleras y recorrieron un pasillo con las paredes cubiertas de mapas y lo que parecían imágenes antiguas de la casa. La bolsa de Rhoda estaba frente a una puerta a mitad de camino del pasillo de los pacientes. La señorita Cressett la cogió, abrió la puerta y se hizo a un lado mientras entraba Rhoda. La señorita Cressett le mostró las dos habitaciones asignadas con la actitud de un hotelero que mostrara al cliente las comodidades de una suite de hotel, una rutina realizada tan a menudo que no pasaba de ser una simple obligación.

Rhoda advirtió que la sala de estar tenía unas dimensiones agradables y estaba muy bien amueblada, obviamente con muebles de época. La mayoría parecía de estilo georgiano. Había un buró de caoba con un escritorio lo bastante grande para escribir con comodidad. El único mobiliario moderno eran los dos sillones colocados delante de la chimenea y una lámpara de lectura, alta y angulada, junto a uno de ellos. A la izquierda del fuego había un televisor moderno en una mesita con un reproductor de DVD en un estante de la misma, un añadido incongruente pero probablemente necesario en una habitación que era elegante a la par de acogedora.

Pasaron a la puerta siguiente. Aquí había la misma elegancia, sin que nada diera a entender que era una habitación de enfermo rigurosamente excluida. La señorita Cressett dejó la bolsa de Rhoda en una banqueta plegable, y luego se acercó a la ventana y corrió las cortinas.

—Ahora está demasiado oscuro para ver nada, mañana podrá hacerlo. Entonces volveremos a vernos. Bien, si no hay nada más, mandaré que le suban el té y el menú del desayuno de mañana. Si prefiere bajar, la cena se sirve en el comedor a las ocho, pero nos encontramos en la biblioteca a las siete y media para tomar antes un aperitivo. Si quiere acompañarnos, marque mi número (las extensiones están anotadas junto al teléfono) y alguien subirá para mostrarle el camino. —Y luego se fue.

De momento Rhoda ya había visto bastante de la Mansión Cheverell y no tenía ganas de participar en una conversación múltiple. Pediría que le subieran la cena y se acostaría temprano. Poco a poco fue tomando posesión de una habitación a la que, lo sabía ya, regresaría en apenas dos semanas sin temores ni malos presentimientos.

6

Eran las siete menos veinte del mismo martes cuando George Chandler-Powell terminaba de visitar a sus pacientes privados en el Hospital Saint Angela. Tras quitarse la bata, se sentía paradójicamente tanto exhausto como inquieto. Había comenzado temprano y trabajado sin descanso, lo que era habitual pero necesario si quería concluir su lista de pacientes privados de Londres antes de partir para sus acostumbradas vacaciones invernales en Nueva York. Desde los desgraciados primeros años de su infancia, la Navidad se había convertido para él en un horror y nunca la pasaba en Inglaterra. Su ex esposa, casada ahora con un financiero americano claramente capaz de mantenerla en las condiciones que tanto él como ella consideraban razonables para una mujer muy hermosa, defendía contundentes opiniones sobre la necesidad de que todos los divorcios fueran lo que ella calificaba como «civilizados». Chandler-Powell sospechaba que la palabra se aplicaba sólo a la generosidad del acuerdo económico, aunque con la fortuna americana obtenida ella había sido capaz de sustituir la apariencia pública de generosidad por la más prosaica satisfacción del beneficio monetario. Les gustaba verse una vez al año, y él disfrutaba de Nueva York y del programa de entretenimiento refinado que Selina y su esposo le organizaban. Nunca se quedaba más de una semana, tras la cual volaba a Roma, donde se alojaba en la misma *pensione* de las afueras que había ocupado en su primera visita —cuando estaba en Oxford—, era recibido con discreción y no veía a nadie. Pero el viaje anual a Nueva York se había convertido en una costumbre que por el momento no tenía motivos para incumplir.

En la Mansión no le esperaban hasta la noche del miércoles, para la primera operación del jueves por la mañana, pero dos salas del Servicio Nacional de Salud habían sido cerradas por una infección, y la lista del día siguiente había tenido que ser aplazada. Ahora, ya en su piso de Barbican y mirando las luces de la City, la espera le parecía eterna. Necesitaba salir de Londres, sentarse en el gran salón de la Mansión ante un fuego de leña, caminar por la senda de los limeros, respirar un aire menos cargado, con el sabor a humo de madera, tierra y hojas del mantillo en la brisa sin trabas. Metió en una bolsa de viaje lo que necesitaba para los próximos días con la descuidada euforia de un colegial que inicia sus vacaciones y, demasiado impaciente para esperar el ascensor, bajó corriendo las escaleras hasta el garaje y el Mercedes que le aguardaba. Tuvo las dificultades habituales para salir de la City, pero una vez en la autopista le embargaron el placer y el alivio del movimiento, como sucedía invariablemente cuando conducía solo de noche y le venían a la mente recuerdos inconexos, como una serie de fotos oscuras y descoloridas, que no lo perturbaban. Puso un CD del *Concierto para violín* de Bach, y con las manos agarrando el volante con suavidad, dejó que la música y los recuerdos se fundieran en una calma contemplativa.

El día que cumplió quince años había llegado a ciertas conclusiones sobre tres cuestiones que desde la infancia habían ocupado cada vez más sus pensamientos. Decidió que Dios no existía, que no quería a sus padres y que sería cirujano. La primera no requería ninguna acción por su parte, tan sólo la aceptación de que como no cabía esperar ayuda ni consuelo de un ser sobrenatural, su vida estaba sometida, como cualquier otra, al tiempo y al azar y que era cosa suya asumir tanto control como pudiera. La segunda exigía de él algo más. Y cuando, con cierto embarazo —y, en el caso de su madre, algo de vergüenza—, le dieron la noticia de que pensaban divorciarse, mostró su pesar —parecía lo más adecuado— mientras sutilmente los animaba a poner fin a un matrimonio que a todas luces estaba haciéndoles desdichados a los tres. Las vacaciones de verano habrían sido mucho más agradables si no hubieran sido interrumpidas por silencios sombríos o explosiones de rencor. Cuando murieron en un accidente de carretera mientras estaban disfrutando de unas vacaciones planeadas con la esperanza de una nueva reconciliación —había habido varias—, sintió por un instante miedo al pensar que podía existir un poder tan fuerte como el que había rechazado, aunque más implacable y poseído de cierto humor irónico, antes de decirse a sí mismo que era un desatino abandonar una superstición benigna en favor de otra menos complaciente, quizás incluso maligna. Su tercera conclusión se resumía en una ambición: confiaría en los hechos verificables de la ciencia y se concentraría en su proyecto de ser cirujano.

Sus padres le habían dejado poco más que deudas, lo que apenas tuvo importancia. Siempre había pasado la mayor parte de sus vacaciones de verano con su abuelo viudo en Bournemouth, y ahora aquí estaba su casa. Si era capaz de sentir un afecto humano intenso, a quien quería era a Herbert Chandler-Powell. Le habría querido aunque el viejo hubiera sido pobre, pero por suerte era rico. Había ganado una fortuna gracias a su talento para diseñar cajas de cartón elegantes y originales. Para muchas empresas acabó siendo un prestigio el hecho de repartir sus mercancías en un recipiente Chandler-Powell, pues los regalos iban en una caja con el logotipo característico C-P. Herbert descubrió y promocionó a nuevos diseñadores jóvenes, y algunas de las cajas, fabricadas en un número limitado, llegaron a ser artículos de coleccionista. Su empresa no necesitaba publicidad más allá de los objetos que producía. Cuando tenía sesenta y cinco años y George diez, vendió el negocio a su principal competidor y se retiró con sus millones. Fue él quien pagó la cara formación de George, hizo que fuera a Oxford, y no exigió de él nada a cambio excepto su compañía durante las vacaciones de la escuela y la universidad y, más adelante, durante sus tres o cuatro visitas al año. Para George, estos requisitos nunca fueron una imposición. Mientras caminaban o iban juntos en coche, escuchaba la voz de su abuelo contando historias de su triste infancia, sus éxitos comerciales, los años en Oxford. Antes de que el propio George fuera a Oxford, su abuelo había sido más explícito. Ahora esa voz recordada, fuerte y dominante, atravesaba la temblorosa belleza de los violines.

—Yo era un chico de instituto, ya sabes, con una beca del condado. Es difícil que lo entiendas. Quizá las cosas ahora sean distintas, pero lo dudo. No lo son tanto. No se burlaban de mí, ni me despreciaban ni me hacían sentir diferente, era diferente. Nunca me sentí aceptado, y desde luego no lo fui. Desde el primer momento supe que no tenía derecho a estar allí, que algo en el ambiente de esos patios interiores me rechazaba. No era el único en sentir esto, como es lógico. Había chicos que no venían de institutos sino de los menos prestigiosos colegios privados, lugares que procuraban no mencionar. Me daba cuenta. Ésos estaban ansiosos por ser admitidos en ese grupo exclusivo de la clase alta privilegiada. Solía imaginármelos, abriéndose paso con inteligencia y talento en las cenas académicas de Boars Hill, actuando como bufones de la corte en las fiestas de fin de semana en el campo, ofreciendo sus patéticas poesías, su ingenio y su gracia para entrar en el círculo de los elegidos. Yo no tenía ningún don salvo la inteligencia. Los despreciaba, pero sabía lo que respetaban todos. El dinero, chico, esto es lo que importaba. La buena cuna era importante, pero la buena cuna con dinero era mejor. Y gané dinero. A su debido tiempo será para ti, lo que quede después de que el voraz gobierno haya extraído su botín. Haz buen uso de él.

Herbert era aficionado a visitar casas solariegas abiertas al público, a las que iba en coche por rutas cuidadosamente ideadas con ayuda de mapas poco fiables, conduciendo su inmaculado Roll-Royce, erguido como el general victoriano que parecía. Se desplazaba magistralmente por carreteras comarcales y caminos poco transitados, George se encontraba a su lado leyendo la guía en voz alta. Le parecía extraño que un hombre tan sensible a la elegancia georgiana y a la solidez Tudor viviera en un ático de Bournemouth por muy espectacular que fuera la vista del mar. Con el tiempo acabó entendiéndolo. Al acercarse a la vejez, su abuelo había simplificado su vida. Era atendido por un bien pagada cocinera, una ama de llaves y una encargada de la limpieza que iban de día, hacían su trabajo eficiente y discretamente y se marchaban. Los muebles eran caros pero mínimos. No coleccionaba ni codiciaba los artefactos que le entusiasmaban. Podía admirar sin poseer. Desde temprana edad, George supo que él sí iba a ser un poseedor.

Y la primera vez que visitó la Mansión Cheverell supo que ésa era la casa que quería. La tenía delante, bajo el suave sol de un día de principios de otoño, cuando las sombras empezaban a alargarse y los árboles, el césped y las piedras adoptaban un color más vivo e intenso gracias al sol agonizante: hubo un momento en que todo —la casa, los jardines, las grandes puertas de hierro forjado— se mantenía en una perfección tranquila, casi sobrenatural, de luz, forma y colores que prendió en su corazón. Al final de la visita, tras volverse para echar la última mirada, dijo:

—Quiero comprar esta casa.

—Bueno, quizás un día lo harás, George.

—Pero la gente no vende casas como ésta. Yo no lo haría.

—La mayoría no. Algunos tal vez tengan que hacerlo.

—¿Por qué, abuelo?

—El dinero se acaba, no pueden mantenerla. El heredero gana millones en la City y no tiene interés en su herencia. O acaso caiga muerto en una guerra. Los miembros de la aristocracia rural tienen cierta propensión a morirse en las guerras. O la casa se pierde debido a conductas insensatas relacionadas con las mujeres, el juego, la bebida, las drogas, la especulación, el despilfarro. Quién sabe.

Al final, lo que permitió a George conseguir la casa fue la desgracia del propietario. Sir Nicholas Cressett se arruinó en el desastre de Lloyds de la década de 1990. George sólo supo que la casa estaba en el mercado al reparar en un artículo de una publicación financiera sobre los miembros inversores de Lloyds, llamados los «Nombres de Lloyds», que más habían sufrido, entre los que destacaba Cressett. Ahora no recordaba quién lo había escrito, una mujer con cierta fama en el periodismo de investigación. No era un artículo amable, hacía más hincapié en la insensatez y la codicia que en la mala suerte. George actuó deprisa y adquirió la Mansión tras una dura negociación, pues sabía exactamente qué bienes quería incluir en la venta. Los mejores cuadros se habían guardado para una subasta, pero no le interesaban. Lo que en aquella primera visita de chico le había llamado la atención y estaba decidido a coleccionar eran los muebles, entre ellos un sillón Reina Ana. Se había adelantado un poco a su abuelo, entró en el comedor y vio el sillón. Estaba sentado en él cuando una niña seria y poco agraciada, que no parecía tener más de seis años y llevaba pantalones de montar y una blusa desabrochada en el cuello, apareció de repente y dijo con tono agresivo:

—No puedes sentarte en este sillón.

—Entonces debería haber un cordón alrededor.

—Tendría que haber uno. Normalmente está.

—Pues ahora no.

Sin decir palabra, la niña arrastró el sillón con sorprendente facilidad hasta el cordón blanco que separaba el comedor del estrecho espacio dispuesto para las visitas y se sentó con firmeza, las piernas colgando, y luego lo miró fijamente como si le desafiara a poner objeciones.

—¿Cómo te llamas? —dijo.

—George. ¿Y tú?

—Helena. Vivo aquí. No puedes cruzar los cordones blancos.

—No lo he hecho. El sillón estaba en este lado.

El encuentro era demasiado aburrido para alargarlo, y la niña demasiado pequeña y fea para suscitar interés. George se encogió de hombros y se alejó.

Y ahora el sillón estaba en su estudio, y Helena Haverland, Cressett de soltera, era su ama de llaves, y si ella recordaba ese primer encuentro de infancia, nunca lo había mencionado; y él tampoco. George había utilizado toda la herencia de su abuelo para comprar la Mansión y había previsto conservarla convirtiendo el ala oeste en una clínica privada, de modo que cada semana estaba en Londres de lunes a miércoles operando pacientes del Servicio Nacional de Salud y los de su consulta particular de Saint Angela, y regresaba a Stoke Cheverell el miércoles por la noche. La labor de adaptar el ala se llevó a cabo con sensibilidad, haciendo los cambios mínimos. El ala era una restauración del siglo XX realizada sobre una reconstrucción anterior del siglo XVIII, y no se había tocado ninguna otra parte original de la Mansión. Dotar de personal a la clínica no había supuesto ningún problema; él sabía lo que quería y estaba dispuesto a pagar lo que fuera para conseguirlo. Pero había resultado más fácil encontrar gente para el quirófano que para la Mansión. Los meses en que estuvo esperando el permiso de obras y a partir de que el trabajo ya estuvo en marcha no hubo dificultad alguna. Acampaba en la Mansión, a menudo con toda la casa para él, atendido por una vieja cocinera, el único miembro de la plantilla de Cressett, aparte del jardinero, Mogworthy, que se quedó. Ahora miraba atrás y consideraba ese año uno de los más satisfactorios y felices de su vida. Disfrutaba de su posesión, desplazándose cada día en el silencio desde el gran salón a la biblioteca, desde la larga galería al ala este con un júbilo tranquilo que no mermaba. Sabía que la Mansión no podía rivalizar con el espléndido gran salón o los jardines de Athelhampton, la pasmosa belleza del entorno de Encombe, o la nobleza y la historia de Wolfeton. En Dorset abundaban las grandes casas. Pero ésta era la suya y no quería otra.

Los problemas comenzaron cuando se inauguró la clínica y llegaron los primeros pacientes. Puso un anuncio pidiendo un ama de llaves pero, como le habían vaticinado algunos conocidos con una necesidad similar, ninguna resultó satisfactoria. A los viejos sirvientes del pueblo cuyos antepasados habían trabajado para los Cressett no les seducían los altos salarios ofrecidos por el intruso. Pensó que su secretaria de Londres tendría tiempo de ocuparse de las facturas y la contabilidad. No fue así. Esperaba que Mogworthy, el jardinero ahora ayudado por una empresa cara, que acudía cada semana a encargarse del trabajo duro, se dignaría ayudar más en la casa. Dijo que no. No obstante, el segundo anuncio solicitando un ama de llaves, esta vez colocado y expresado de forma distinta, dio como resultado Helena, quien recordaba que lo había entrevistado más ella a él que él a ella. Ésta explicó que se había divorciado hacía poco, que tenía piso propio en Londres, y que quería hacer algo mientras se planteaba el futuro. Sería interesante volver a la Mansión, aunque fuera con carácter temporal.

Esto había ocurrido seis años atrás y Helena aún seguía allí. De vez en cuando, George se preguntaba cómo se las arreglaría cuando ella decidiera irse, lo que seguramente haría de un modo tan simple y resuelto como cuando apareció el primer día. Pero estaba demasiado ocupado. Había problemas, algunos creados por él mismo, con la enfermera de quirófano, Flavia Holland, y con su cirujano ayudante, Marcus Westhall, y aunque era un planificador por naturaleza, nunca había encontrado sentido a prever una crisis. Helena había contratado a su vieja gobernanta, Letitia Frensham, para llevar la contabilidad. La mujer seguramente estaba viuda, divorciada o separada, pero él no hizo indagaciones. Las cuentas se llevaban con meticulosidad, y en la oficina surgió el orden del caos. Mogworthy abandonó sus irritantes amenazas de marcharse y se volvió más complaciente. De manera misteriosa, se pudo contar con personal del pueblo a tiempo parcial. Helena dijo que ningún cocinero bueno toleraría aquella cocina, y George proveyó de buena gana el dinero necesario para su mejora. Se encendieron chimeneas, había flores y plantas en las habitaciones utilizadas, incluso en invierno. La Mansión estaba viva.

Cuando se paró frente a la verja cerrada y se apeó del Mercedes para abrirla, vio que el camino a la casa estaba a oscuras. Sin embargo, al pasar frente al ala este para aparcar, se encendieron las luces y ante la puerta abierta fue recibido por el cocinero, Dean Bostock. Éste lucía pantalones azules a cuadros y su chaquetilla blanca, como era habitual cuando se disponía a servir la cena.

—La señorita Cresset y la señora Frensham han salido a cenar fuera, señor —dijo—. Me han dicho que le dijera que iban a visitar a unos amigos en Weymouth. Tiene la habitación preparada, señor. Mogworthy ha encendido la chimenea de la biblioteca y también la del gran salón. Hemos pensado que, si está solo, quizá preferiría cenar ahí. ¿Traigo las bebidas, señor?

Atravesaron el gran salón. Chandler-Powell se quitó la americana de un tirón y, tras abrir la puerta de la biblioteca, la arrojó a una silla junto con el periódico de la tarde.

—Sí. Whisky, por favor, Dean. Lo tomaré ahora.

—¿Y la cena en media hora?

—Sí, muy bien.

—¿Va a salir antes de cenar, señor?

En la voz de Dean se apreciaba una pizca de ansiedad. Al reconocer la causa, Chandler-Powell dijo:

—Dime, ¿qué habéis cocinado entre tú y Kimberley?

—Habíamos pensado en suflé de queso, señor, y buey strogonoff.

—Entiendo. El primero exige que me quede esperando, y el segundo se prepara enseguida. No, no saldré, Dean.

Como de costumbre, la cena fue excelente. George se preguntó por qué deseaba tanto el momento de la comida durante las horas más tranquilas de la Mansión. Los días de operación comía con el personal médico y de enfermería y apenas se enteraba de lo que había en el plato. Después de cenar se sentó y leyó durante media hora junto al fuego de la biblioteca, y luego, tras coger la chaqueta y una linterna, descorrió el cerrojo de la puerta del ala oeste y salió, y en la oscuridad sembrada de estrellas caminó por la senda de los limeros hasta el pálido círculo de las Piedras de Cheverell.

Un muro de baja altura, más un mojón que una barrera, separaba el jardín de la Mansión y el círculo de piedras, y George lo superó sin dificultad. Como solía pasar después de oscurecer, el círculo de doce piedras parecía volverse más pálido, misterioso e inquietante, hasta el punto de absorber un tenue reflejo de la luna o las estrellas. A la luz del día, era un montón de piedras vulgares y corrientes, tan comunes como los cantos rodados en una ladera, de tamaño irregular y forma extraña, su único rasgo distintivo el coloreado liquen que se escurría en las grietas. En la puerta de la cabaña situada junto al aparcamiento, una nota explicaba a los visitantes que estaba prohibido ponerse de pie sobre las piedras o dañarlas, y que el liquen era viejo y singular y no se podía tocar. Para Chandler-Powell, acercarse al círculo, incluso a la piedra central más alta que se erguía como un augurio maléfico en su entorno de hierba muerta, suscitaba poca emoción. Pensó brevemente en la mujer que, en 1654, fue amarrada a esa piedra y quemada viva por ser bruja. ¿Por qué? ¿Por ser de lengua mordaz, tener ideas delirantes, actuar como una excéntrica? ¿Para satisfacer una venganza personal, la necesidad de una cabeza de turco en una época de enfermedades o de malas cosechas, o quizá como sacrificio para aplacar la voluntad de algún innominado dios maligno? George sintió sólo una compasión vaga y dispersa, no lo bastante intensa para originar siquiera un vestigio de aflicción. Se trataba sólo de una de tantos millones de personas que a lo largo de los tiempos han sido víctimas inocentes de la ignorancia y la crueldad del ser humano. En su mundo ya veía suficiente dolor. No tenía por qué alimentar la piedad.

Pretendía prolongar el paseo más allá del círculo, pero decidió que éste debía ser el límite de su ejercicio y, tras sentarse en la piedra más baja, miró a lo largo del camino hacia el ala oeste de la Mansión, ahora a oscuras. Se quedó totalmente quieto, escuchando atentamente los ruidos de la noche, el leve roce de la hierba alta en el borde de las piedras, un grito lejano cuando algún depredador sorprendía a su presa, el susurro de las hojas secas cuando soplaba de pronto la brisa. Las preocupaciones, los rigores e inconvenientes nimios del largo día se disipaban. Estaba sentado en un lugar nada ajeno, tan inmóvil que incluso su respiración no parecía más que un testimonio de vida desatendido, suavemente rítmico.

Pasó el tiempo. Miró el reloj y vio que llevaba ahí tres cuartos de hora. Era consciente de que estaba cogiendo frío, de que la dureza de la piedra empezaba a volverse incómoda. Tras relajar las acalambradas piernas, superó de nuevo el muro y tomó la senda de los limeros. De repente, en la ventana central de la planta de los pacientes apareció una luz, se abrió y asomó la cabeza de una mujer, inmóvil, mirando la noche. George se detuvo de manera instintiva y la miró fijamente, ambos tan estáticos que por un momento él creyó que ella podía verlo y que entre los dos pasaba cierta comunicación. Recordó quién era, Rhoda Gradwyn, y que se encontraba en la Mansión con motivo de su estancia preliminar. Pese a las meticulosas notas que tomaba y al examen de los pacientes antes de la operación, pocos se le quedaban en la memoria. Era capaz de describir con precisión la cicatriz de la cara pero de ella recordaba poco salvo una frase. Quería quitarse la desfiguración porque ya no la necesitaba. Él no había pedido explicaciones y ella no se las había dado. En apenas dos semanas se habría librado de la cicatriz, y no era asunto de George cómo sobrellevaría Rhoda su ausencia.

Se volvió para retomar el camino de regreso a la casa, momento en el que una mano cerró a medias la ventana y las cortinas quedaron parcialmente corridas; al cabo de unos minutos la luz de la habitación se apagó y el ala oeste quedó sumida en la oscuridad.

7

Dean Bostock siempre sentía un sobresalto cuando el señor Chandler-Powell llamaba para decir que llegaría antes de lo previsto y que estaría en la Mansión a la hora de cenar. Era una comida que a Dean le gustaba preparar, en especial cuando el jefe tenía tiempo y tranquilidad para disfrutarla y elogiarla. El señor Chandler-Powell traía consigo algo del vigor y la agitación de la capital, los olores, las luces, la sensación de estar en el meollo de las cosas. Al llegar, George cruzaba el salón casi dando saltos, se quitaba la chaqueta y arrojaba el periódico vespertino de Londres a una silla de la biblioteca como liberado de un cautiverio temporal. Incluso el periódico, que Dean recuperaría más tarde para leerlo en sus ratos libres, era para éste un recordatorio del lugar al que en esencia pertenecía. Había nacido y se había criado en Balham. Su sitio era Londres. Kim había nacido en el campo, y había llegado a la capital desde Sussex para estudiar en la escuela de cocina, donde Dean ya estaba en el segundo curso. Y al cabo de dos semanas de conocerse, él ya sabía que la quería. Así era como siempre lo había considerado: no se había enamorado, no estaba enamorado, amaba. Esto era para toda la vida, la suya y la de ella. Y por primera vez desde que se casaron, Dean sabía que ella nunca había sido tan feliz como ahora. ¿Cómo podía echar de menos Londres mientras Kim disfrutaba de su vida en Dorset? Kim, que estaba tan nerviosa ante personas y lugares nuevos, no tenía ningún miedo en las noches oscuras de invierno. A Dean la negrura total de las noches sin estrellas lo desorientaba y asustaba, la noche era más aterradora por los chillidos casi humanos de las presas entre las fauces de sus depredadores. Esta hermosa y aparentemente tranquila campiña estaba llena de dolor. Echaba en falta las luces, el cielo nocturno contusionado por los grises, púrpuras y azules de la incesante vida de la ciudad, el patrón cambiante de los semáforos, la luz que se derramaba desde los pubs y las tiendas sobre las relucientes calzadas lavadas por la lluvia. Vida, movimiento, ruido, Londres.

Su trabajo en la Mansión le gustaba pero no le satisfacía. No exigía mucho a sus habilidades. El señor Chandler-Powell sabía apreciar lo que era bueno, pero los días que operaba, las comidas nunca se prolongaban en una sobremesa. Dean sabía que el jefe se habría quejado enseguida si la comida no hubiera tenido la calidad requerida, pero daba por sentada su excelencia, comía deprisa y se iba. Por lo general, los Westhall comían en su casa, donde la señorita Westhall había estado atendiendo a su padre hasta la muerte de éste en febrero, y la señorita Cressett normalmente comía en su habitación. De todos modos, era la única que pasaba tiempo en la cocina hablando con Kim y con él, analizando los menús, agradeciéndole los esfuerzos especiales que hacía. Las visitas eran quisquillosas pero por lo común no tenían hambre, y el personal no residente que almorzaba al mediodía en la Mansión lo elogiaba de pasada, comía a toda prisa y volvía al trabajo. Todo era muy diferente en el sueño de su propio restaurante, sus menús, sus clientes, el ambiente que él y Kim crearían. De vez en cuando, tumbado al lado de ella, desvelado, le horrorizaban sus tímidas esperanzas de que, por alguna razón, la clínica fracasara, de que el señor Chandler-Powell la considerara demasiado agotadora y no lo bastante lucrativa para trabajar en Londres y Dorset, y de que él y Kim tuvieran que buscar otro empleo. Quizás el señor Chandler-Powell o la señorita Cressett les ayudarían a establecerse. Pero no podrían volver a trabajar en la frenética cocina de un restaurante londinense. Kim nunca se adaptaría a esa vida. Aún recordaba aterrado el espantoso día en que fue despedida.

El señor Carlos le había mandado llamar al sanctasanctórum con tamaño de armario situado en la parte trasera de la cocina, que él dignificaba con el nombre de oficina, y había posado su ancho trasero en la silla labrada heredada de su abuelo. Esto nunca era buena señal. He ahí a Carlos, imbuido de autoridad genética. Un año antes anunció que había vuelto a nacer. Fue una renovación incomodísima para el personal, y hubo un alivio general cuando, en el espacio de nueve meses, gracias a Dios el viejo Adam volvió a reafirmarse y la cocina dejó de ser una zona libre de palabrotas. Pero quedaba un vestigio del nuevo nacimiento: no se permitía ninguna palabra más fuerte que «puñetero», y ahora Carlos la utilizó a discreción.

—No hay otro puñetero remedio, Dean. Kimberley debe irse. Sinceramente, no puedo permitírmela, ningún restaurante podría. Y qué puñeteramente lenta. Intentas meterle prisa, y te mira como un cachorro azotado. Se pone nerviosa y nueve veces de cada diez echa a perder el puñetero plato. Y esto afecta a los demás. Nicky y Winston siempre la están ayudando a emplatar. La mayor parte del tiempo sólo tenéis la mitad de la puñetera cabeza en lo que estáis haciendo. Dirijo un restaurante, no un jardín de infancia.

—Kim es una buena cocinera, señor Carlos.

—Pues claro que es una buena cocinera. Si no lo fuera, no estaría aquí. Puede seguir siendo una buena cocinera, pero no en este restaurante. ¿Por qué no la animas a que se quede en casa? Que se quede embarazada, entonces podrás ir a casa y comerás la mar de bien sin tener que cocinar tú, y ella será feliz. Lo he visto muchas veces.

Cómo iba a saber Carlos que la casa era una habitación amueblada en Paddington, que ésta y el empleo formaban parte de un plan minuciosamente elaborado, ahorrar cada semana el sueldo de Kim, trabajando los dos, y que cuando tuvieran capital suficiente montarían un restaurante. El de Dean. El de los dos. Y cuando estuvieran asentados y ella no hiciera falta en la cocina, entonces tendría el bebé que tanto deseaba. Sólo contaba treinta y tres años; había tiempo de sobra.

Una vez dada la noticia, Carlos se había recostado, preparado para ser magnánimo.

—No tiene sentido que Kimberley trabaje el tiempo de preaviso. Ya puede hacer las maletas esta semana. A cambio le pagaré el salario de un mes. Tú te quedas, desde luego. Tienes madera para ser un chef puñeteramente bueno. Tienes aptitudes, imaginación. No te asusta el trabajo duro. Puedes llegar lejos. Pero otro año con Kimberley en la cocina y me declaro en puñetera bancarrota.

Dean había recuperado la voz, un vibrato quebrado con su bochornosa nota de súplica.

—Siempre hemos querido trabajar juntos. No creo que a Kim le guste estar sola en otro empleo.

—Ella sola no duraría una puñetera semana. Lo lamento, Dean, pero es lo que hay. Quizás encuentres un lugar para los dos, pero no en Londres. Alguna población pequeña en el campo, quién sabe. Ella es bonita, tiene buenos modales. Puede hornear tortas, hacer pasteles caseros, preparar meriendas, servidas amablemente con tapete, esa clase de cosas; esto no la estresará.

La nota de desdén en su voz fue como una bofetada. Dean deseaba no estar ahí de pie, sin apoyo, vulnerable, empequeñecido, que hubiera una silla con respaldo a la que pudiera agarrarse para controlar su creciente agitación, el resentimiento, la desesperación, la cólera. Pero Carlos tenía razón. Esta llamada a la oficina no había sido una sorpresa. Llevaba meses temiéndola. Hizo otro ruego.

—Me gustaría quedarme, al menos hasta que encontremos un lugar adonde ir.

—Me parece bien. ¿Te he dicho que tienes madera para ser un chef puñeteramente bueno?

Por supuesto que se quedaría. El plan del restaurante tal vez se desvanecería, pero tenían que comer.

Kim se había ido al final de la semana, y dos semanas después vieron el anuncio en que se pedía una pareja casada —cocinero y ayudante— en la Mansión Cheverell. El día de la entrevista fue un martes de mediados de junio del año anterior. Les habían indicado que fueran en tren desde Waterloo a Wareham, donde les esperarían. Mientras lo recordaba, a Dean le parecía que habían viajado como en trance, siendo transportados hacia delante, sin consentimiento de su voluntad, a través de un paisaje verde y mágico hacia un futuro lejano e inimaginable. Mirando el perfil de Kim recortado en las subidas y bajadas de los cables del telégrafo y, más adelante, en los campos y setos, deseó que ese día extraordinario acabara bien. No había rezado desde que era niño, pero se sorprendió a sí mismo recitando en silencio la misma petición desesperada: «Por favor, Dios mío, haz que todo salga bien. Por favor, no dejes que ella quede decepcionada.»

Cuando se acercaban a Wareham, Kim se volvió hacia él y dijo:

—¿Guardas las referencias, cariño? —Lo había preguntado cada hora.

En Wareham, un Range Rover aguardaba en el patio delantero, al volante un hombre mayor y fornido. No se apeó, sino que les hizo señas de que se acercaran.

—Supongo que son ustedes los Bostock. Me llamo Tom Mogworthy. ¿No llevan equipaje? No, para qué. No se van a quedar. Suban atrás, pues.

Dean pensó que no era una bienvenida apropiada. Sin embargo, esto apenas importaba cuando el aire olía a limpio y estaban siendo conducidos a través de tanta belleza. Era un día perfecto de verano, el cielo despejado y azul. Por las ventanillas abiertas del Range Rover les daba en la cara una brisa refrescante, no lo bastante fuerte para agitar las delicadas ramas de los árboles o hacer susurrar la hierba. Los árboles estaban frondosos, aún con la lozanía de la primavera, las ramas todavía no paralizadas por la polvorienta pesadez de agosto. Fue Kim quien, tras diez minutos de trayecto silencioso, se inclinó hacia delante y dijo:

—¿Trabaja usted en la Mansión Cheverell, señor Mogworthy?

—Llevo allí sólo cuarenta y cinco años. Empecé de chico, podando el jardín clásico estilo Tudor. Aún lo hago. Entonces el dueño era sir Francis, y después vino sir Nicholas. Ustedes trabajarán para el señor Chandler-Powell, si las mujeres los contratan.

—¿No nos entrevistará él? —preguntó Dean.

—Está en Londres. Opera allí los lunes, martes y miércoles. La entrevista se la harán la señorita Cressett y la enfermera Holland. El señor Chandler-Powell no se ocupa de los asuntos domésticos. Si convencen a las mujeres, están dentro. Si no, cojan el portante y adiós.

No había sido un inicio prometedor, y a primera vista incluso la belleza de la Mansión, silenciosa y plateada bajo el sol estival, intimidaba más que tranquilizaba. Mogworthy los dejó en la puerta, señaló simplemente el timbre y regresó al coche, que condujo hacia el ala este de la casa. Dean tiró con decisión de la campanilla de hierro. No oyeron nada, pero al cabo de medio minuto se abrió la puerta y vieron a una mujer joven. El pelo rubio le llegaba a los hombros —Dean pensó que no parecía demasiado limpio—, llevaba los labios muy pintados y lucía unos tejanos debajo de un delantal de colores. La catalogó como alguien del pueblo que iba a echar una mano, una primera impresión que resultó ser acertada. Durante unos instantes ella los contempló con cierto desagrado, y luego dijo:

—Soy Maisie. La señorita Cressett me ha dicho que les sirva té en el salón.

Al recordar su llegada, Dean se sorprendía de que hubiera acabado tan acostumbrado a la magnificencia del gran salón. Ahora entendía cómo los dueños de casas así podían habituarse a su belleza, moverse con seguridad por los pasillos y las habitaciones sin advertir apenas los cuadros y objetos, la suntuosidad que les rodeaba. Sonrió, recordando que, cuando preguntó si podían lavarse las manos, fueron conducidos a través del vestíbulo hasta una habitación situada en la parte posterior que obviamente era aseo y cuarto de baño. Maisie desapareció, y como Kim entró primero, él se quedó fuera.

Al cabo de tres minutos, Kim salió, con los ojos abiertos de sorpresa, diciendo entre susurros:

—Es muy extraño. La taza del váter está pintada por dentro. Todo azul, con flores y follaje. Y el asiento es enorme... de caoba. Y no hay una cisterna propiamente dicha. Has de tirar de una cadena como en el baño de mi abuela. Pero el papel pintado es precioso, y hay montones de toallas. No sabía cuál utilizar. Y también un jabón caro. Apresúrate, cariño. No quiero quedarme sola. ¿Crees que el baño es tan viejo como la casa? Seguro que sí.

—No —dijo él, queriendo demostrar un conocimiento superior—, cuando se construyó esta casa no habría cuartos de aseo, al menos no como éste. Parece más bien victoriano. De principios del siglo XIX, diría yo.

Hablaba con una seguridad en sí mismo que no sentía realmente, resuelto a no permitir que la Mansión lo intimidara. Kim esperaba de él tranquilidad y apoyo. Dean no debía dar a entender que necesitaba lo mismo.

Regresaron al vestíbulo y vieron a Maisie en la puerta del gran salón.

—Su té está aquí —dijo—. Dentro de un cuarto de hora volveré y les acompañaré a la oficina.

Al principio, el salón los abrumó; avanzaron como niños bajo las enormes vigas, observados, o eso parecía, por caballeros isabelinos en jubones y calzas de malla y jóvenes soldados posando arrogantes sobre sus corceles. Desconcertado por el tamaño y la grandiosidad, sólo más tarde se fijó Dean en los detalles. Ahora era consciente del inmenso tapiz en la pared derecha, debajo del cual había una larga mesa de roble con un gran jarrón de flores.

Les esperaba el té, dispuesto sobre una mesa baja frente a la chimenea. Vieron un juego de té elegante, una bandeja de bocadillos, tortas con mermelada y mantequilla y un pastel de frutas. Los dos estaban sedientos. Kim sirvió el té con dedos temblorosos mientras Dean, que ya se había hartado de bocadillos en el tren, cogió una torta y la untó generosamente con mantequilla y mermelada. Tras dar un mordisco, dijo:

—La mermelada es casera, la torta no. Es mala señal.

—El pastel también es comprado —dijo Kim—. Está bastante bueno, pero claro, a saber cuándo se marchó el último cocinero. Nosotros no les daríamos pastel comprado. Y esa chica que ha abierto la puerta será eventual. No entiendo que contraten a alguien así. —Acabaron hablándose en susurros como si fueran conspiradores.

Maisie regresó puntualmente, todavía sin sonreír. Con tono algo pomposo, dijo:

—¿Quieren seguirme, por favor? —Y les condujo por el cuadrado vestíbulo hasta la puerta opuesta; la abrió y dijo—: Los Bostock están aquí, señorita Cressett. Les he servido el té. —Y desapareció.

La habitación era pequeña, revestida con paneles de roble y evidentemente muy funcional, el escritorio grande en contraste con los paneles ondulados y la hilera de cuadritos encima. Tres mujeres sentadas frente a la mesa les indicaron que tomaran asiento en las sillas dispuestas al efecto.

—Me llamo Helena Cressett —dijo la más alta—, les presento a la enfermera Holland y a la señora Frensham. ¿Han tenido buen viaje?

—Muy bueno, gracias —contestó Dean.

—Bien. Antes de decidirse han de ver las habitaciones y la cocina, pero primero me gustaría explicarles algo sobre el trabajo. En cierto modo es diferente del habitual de un cocinero. El señor Chandler-Powell opera en Londres de lunes a miércoles. Esto significa que, para ustedes, el principio de la semana es relativamente fácil. El ayudante, el señor Marcus Westhall, vive en uno de los chalets con su hermana y su padre, y yo normalmente me preparo la comida en mi apartamento, aunque de vez en cuando organizo una pequeña cena y pido que cocinen para mí. La segunda parte de la semana es muy ajetreada. Están el anestesista y todo el personal auxiliar y de enfermería, que pasan aquí la noche o regresan a su casa al final del día. Toman algo cuando llegan, un almuerzo caliente, y una comida que denominaríamos merienda-cena antes de irse. La enfermera Holland también es residente, igual que, naturalmente, el señor Chandler-Powell y los pacientes. De vez en cuando, el señor Chandler-Powell se marcha de la Mansión muy temprano, a las cinco y media, para ver a sus pacientes de Londres. Por lo general está de regreso a la una y necesita un buen almuerzo, que le gusta tomar en su propia sala de estar. Dada su necesidad de volver a veces a Londres durante parte del día, sus comidas pueden ser irregulares aunque siempre son importantes. Decidiré el menú con ustedes con antelación. La enfermera es responsable de las necesidades de todos los pacientes, así que ahora le pido a ella que explique lo que espera de ustedes.

—Antes de una anestesia —dijo la enfermera Holland—, los pacientes han de ayunar, y por lo común después de la intervención comen poco, siempre en función de su gravedad y de lo que se les haya hecho. Cuando están lo bastante bien para comer, suelen ser exigentes y quisquillosos. Algunos siguen una dieta, que supervisamos el dietista y yo. Normalmente, los pacientes comen en su habitación, y no se les sirve nada sin mi permiso. —Se volvió hacia Kimberley—. En general, una de las enfermeras lleva la comida al ala de los pacientes, pero ustedes quizá tengan que servirles té o bebidas ocasionales. ¿Entiende que incluso éstas requieren autorización?

—Sí, enfermera, lo entiendo.

—Aparte de la comida de los pacientes, recibirán las instrucciones de la señorita Cressett o, si ella no está, de su segunda, la señora Frensham. Ahora la señora Frensham les hará algunas preguntas.

La señora Frensham era una señora de edad avanzada, alta y angulosa, con un pelo gris acero recogido en un moño. Pero su mirada era tierna, y Dean se sintió más en casa con ella que con la mucho más joven, morena y —pensaba él— bastante guapa enfermera Holland o con la señorita Cressett, con su cara singular y extraordinariamente pálida. Seguro que muchas personas la encontrarían atractiva, pero no podía decirse que fuera bonita.

Las preguntas de la señora Frensham estuvieron dirigidas sobre todo a Kim y no fueron difíciles. ¿Qué galletas serviría con el café por la mañana y cómo las haría? Kim, sintiéndose inmediatamente a sus anchas, explicó su receta para galletas finas especiadas con pasas de Corinto. ¿Y cómo haría los profiteroles? De nuevo Kim no tuvo ninguna dificultad. A Dean le preguntaron cuál de tres afamados vinos serviría con el pato a la naranja, la vichyssoise y el solomillo de buey asado, y qué comidas sugeriría para un día de verano muy caluroso o en la difícil época posterior a la Navidad. Dio respuestas que evidentemente fueron consideradas satisfactorias. No había sido una prueba difícil, y notó que Kim se relajaba.

Fue la señora Frensham quien los condujo a la cocina. Luego se volvió hacia Kim y dijo:

—Señora Bostock, ¿cree que será feliz aquí?

Entonces Dean decidió que la señora Frensham le caía bien.

Y Kim era feliz. Para ella, conseguir este empleo había sido una liberación milagrosa. Él recordaba esa mezcla de sobrecogimiento y placer con que su mujer se desplazó por la cocina grande y reluciente, y luego, como en un sueño, por las habitaciones, la sala de estar, el dormitorio y el lujoso cuarto de baño que sería suyo, tocando los muebles con incrédulo asombro, corriendo a mirar por todas las ventanas. Al final habían ido al jardín, y ella había extendido los brazos al soleado paisaje, y le había cogido la mano como un niño y lo había mirado con ojos radiantes.

—Es maravilloso. No me lo puedo creer. No hemos de pagar alquiler y tenemos la manutención. Podremos ahorrar los dos sueldos.

Para ella había sido un nuevo comienzo, lleno de esperanza, con prometedoras imágenes de los dos trabajando juntos, volviéndose indispensables, el cochecito en el césped, su hijo corriendo por el jardín vigilado desde las ventanas de la cocina. Al mirarla a los ojos, Dean sabía que eso había sido el principio del fin de un sueño.

8

Rhoda despertó, como siempre, no a un lento ascenso a la conciencia plena sino a un estado de vigilia inmediato, los sentidos alerta ante el nuevo día. Se quedó tumbada en silencio durante unos minutos, disfrutando de la calidez y la comodidad de la cama. Antes de dormir había descorrido un poco las cortinas, y ahora una estrecha franja de luz pálida revelaba que había dormido más de lo esperado, desde luego más que de costumbre, y que estaba despuntando un día invernal. Había dormido bien, pero ahora era imperiosa la necesidad de un té caliente. Marcó el número anotado en la mesilla de noche y oyó una voz masculina.

—Buenos días, señorita Gradwyn. Le habla Dean Bostock desde la cocina. ¿Desea que le lleve algo?

—Té, por favor. Indio. Una tetera grande, con leche y sin azúcar.

—¿Quiere pedir el desayuno ahora?

—Sí, pero, por favor, espere media hora a traerlo. Zumo de naranjas natural, un huevo escalfado en una tostada de pan blanco, y luego una tostada integral con mermelada. Lo tomaré en mi habitación.

El huevo escalfado sería un test. Si venía en su punto, y la tostada iba ligeramente untada con mantequilla y no era dura ni pastosa, podía contar con buena comida cuando regresara para la operación y una estancia más larga. Regresaría... y a esta misma habitación. Tras ponerse el salto de cama, se dirigió a la ventana y vio el paisaje de valles y colinas boscosos. Había niebla, de modo que las redondeadas cumbres parecían islas en un mar de plata pálida. Había sido una noche despejada y fría. El estrecho tramo de césped que había bajo las ventanas se veía blanquecino y endurecido por la escarcha, pero ya el sol empañado empezaba a volverlo verde y ablandarlo. En las ramas altas de un roble sin hojas estaban encaramados tres grajos, inusitadamente silenciosos e inmóviles, como negros augurios colocados con esmero. Más abajo se extendía una senda de limeros que conducía a una pared baja de piedra más allá de la cual se apreciaba un pequeño círculo de piedras. Al principio sólo era visible la parte superior, pero mientras miraba se disipó la niebla y apareció el círculo en su totalidad. A esa distancia y con el redondel parcialmente oculto por la pared, Rhoda alcanzaba a ver sólo que las piedras eran de diferentes tamaños, bultos toscos y deformes alrededor de una piedra central más alta. Pensó que serían prehistóricas. De repente, sus oídos captaron el débil sonido de la puerta de la salita al cerrarse. Había llegado el té. Sin dejar de mirar, a lo lejos vio una fina franja de luz plateada y, levemente exaltada, cayó en la cuenta de que sería el mar.

Renuente a abandonar la vista, aún se quedó unos segundos antes de volverse y ver, con un pequeño sobresalto, que una mujer joven había entrado sin hacer ruido y estaba mirándola en silencio. Era una persona menuda que llevaba un vestido azul a cuadros y encima una informe rebeca beige, lo que revelaba un estatus ambiguo. Con toda evidencia no era una enfermera, si bien no tenía en absoluto la seguridad de una sirvienta, la confianza nacida de un empleo reconocido y familiar. Rhoda pensó que probablemente era mayor de lo que parecía, pero el uniforme, en especial la inadecuada rebeca, le daba un aire infantil. Tenía la cara pálida y el pelo castaño y liso, sujeto todo en un lado mediante un largo pasador con adornos. La boca era pequeña, el labio superior un arco perfecto tan lleno que parecía hinchado, pero el inferior más fino. Los ojos eran azul claro y algo saltones bajo unas cejas rectas, vigilantes, casi cautelosos, incluso un poco sentenciosos en su examen impasible.

Con una voz que era más de ciudad que de campo, una voz corriente con un tono de deferencia que Rhoda consideró engañoso, dijo:

—He traído el té de la mañana, señora. Me llamo Sharon Bateman y ayudo en la cocina. La bandeja está fuera. ¿Quiere que la entre?

—Sí, en un instante. ¿El té está recién hecho?

—Sí, señora. Lo he subido enseguida.

Rhoda estuvo tentada de decir que la palabra «señora» era inapropiada, pero lo dejó correr.

—En este caso, déjelo reposar un par de minutos. He estado mirando el círculo de piedras. Me habían hablado de él pero no imaginaba que estuviera tan cerca de la Mansión. Supongo que son prehistóricas.

—Sí, señora. Las Piedras de Cheverell. Son bastante famosas. La señorita Cressett dice que tienen más de tres mil años de antigüedad. Dice que en Dorset los círculos de piedras son poco comunes.

—Anoche —dijo Rhoda—, cuando descorrí la cortina, vi una luz parpadeante. Parecía una linterna. Venía de esa dirección. Quizás había alguien caminando entre las piedras. Seguramente el círculo atrae a muchos visitantes.

—No tantos, señora. Creo que la mayoría de la gente no sabe que están aquí. Los habitantes del pueblo no se acercan. Sería el señor Chandler-Powell. Le gusta pasear por ahí de noche. No le esperábamos, pero llegó a última hora. Nadie del pueblo va a las piedras una vez ha oscurecido. La gente tiene miedo de ver el fantasma de Mary Keyte andando y vigilando.

—¿Quién es Mary Keyte?

—Las piedras están encantadas. En 1654, la ataron a la piedra del centro y la quemaron. Es diferente de las otras piedras, más alta y más oscura. La condenaron por bruja. Era habitual quemar a viejas acusadas de ser brujas, pero ella tenía sólo veinte años. Aún se puede ver la parte oscura donde estaba el fuego. En medio de las piedras ya no crece nunca la hierba.

—Sin duda porque a lo largo de los siglos la gente se habrá

encargado de que así sea —dijo Rhoda—. A lo mejor echando algo para matar la hierba. No me dirás que te crees este disparate.

—Dicen que sus gritos se oían hasta en la iglesia. Mientras ardía, Mary maldijo el pueblo, y después murieron casi todos los niños. En el cementerio de la iglesia aún se ven los restos de algunas de las lápidas, aunque los nombres están muy borrosos y no se pueden leer. Mog dice que el día en que fue quemada aún es posible oír sus gritos.

—En una noche ventosa, me imagino.

La conversación se estaba volviendo un fastidio, pero a Rhoda le costaba ponerle punto final. Con toda evidencia, la muchacha —parecía poco más que eso y seguramente no era mucho mayor de lo que había sido Mary Keyte— estaba morbosamente obsesionada con la historia de la bruja.

—Los niños del pueblo —explicó Rhoda— murieron de infecciones propias de la infancia, tal vez tuberculosis, o de calentura. Antes de ser condenada, culparon a Mary Keyte de las enfermedades, y después de ser quemada le achacaron las muertes.

—Entonces, ¿usted no cree que los espíritus de los muertos pueden volver para visitarnos?

—Los muertos no vuelven a visitarnos ni como espíritus, al margen de lo que esto signifique, ni de ninguna otra manera.

—¡Pero los muertos están aquí! Mary Keyte no descansa en paz. Los retratos de la casa. Esas caras... no han abandonado la Mansión. Sé que no me quieren aquí.

No sonaba histérica ni siquiera especialmente preocupada. Era una simple exposición de hechos.

—Esto es absurdo —dijo Rhoda—. Están muertos. Ya no piensan. En la casa donde vivo tengo un viejo retrato. Un caballero estilo Tudor. A veces intento imaginar qué pensaría él si pudiera verme viviendo y trabajando ahí. Pero la emoción es mía, no suya. Aunque yo me convenciera a mí misma de que puedo comunicarme con él, el caballero no hablaría conmigo. Mary Keyte está muerta. No puede regresar. —Hizo una pausa y añadió con tono autoritario—: Ahora tomaré el té.

Apareció la bandeja, porcelana fina, una tetera del mismo diseño, la jarra de la leche a juego.

—Debo preguntarle una cosa sobre el almuerzo, señora —dijo Sharon—. Si querrá que se lo sirvan aquí o en el salón de los pacientes. Está en la galería larga de abajo. Hay un menú a elegir.

Sacó un papel del bolsillo de la rebeca y se lo dio. Había dos opciones. Rhoda dijo:

—Dígale al chef que tomaré el consomé, las escalopas sobre crema de chirivías y espinacas con patatas a la duquesa, y de postre sorbete de limón. Y también me apetece un vaso de vino blanco frío. Un Chablis estaría bien. En mi sala de estar a la una.

Sharon se fue de la habitación. Mientras tomaba el té, Rhoda pensó en lo que identificaba como emociones confusas. No había visto antes a la chica ni había oído hablar de ella, y la suya era una cara que no habría olvidado fácilmente. Y sin embargo era, si no familiar, sí al menos un incómodo recordatorio de cierta emoción pasada, no sentida con entusiasmo en su momento pero alojada aún en algún lugar recóndito de la memoria. Y el breve encuentro había reforzado la sensación de que la casa contenía algo más que los secretos encerrados en los cuadros o elevados al rango de folclore. Sería interesante explorar un poco, dar rienda suelta a la pasión de siempre de describir la verdad sobre las personas, como individuos o en sus relaciones de trabajo, las cosas que revelaban sobre sí mismas, los caparazones cuidadosamente construidos que ofrecían al mundo. Era una curiosidad que ahora estaba decidida a disciplinar, una energía mental que pretendía utilizar para un fin distinto. Ésta podría ser muy bien su última investigación, si se le podía llamar así; era improbable que fuera su última curiosidad. Y se dio cuenta de que aquel sentimiento ya estaba perdiendo su capacidad, de que ya no era una compulsión. Quizá cuando se hubiera librado de la cicatriz, desaparecería para siempre o permanecería como poco más que un útil complemento para investigar. De todos modos, le gustaría saber más sobre los habitantes de la Mansión Cheverell; y si en efecto había verdades interesantes que descubrir, Sharon, con su innegable necesidad de charlar, acaso fuera la más susceptible de revelarlas. Rhoda había hecho la reserva sólo hasta después del almuerzo, pero medio día sería insuficiente para explorar siquiera el pueblo y los terrenos de la Mansión, y porque además tenía una cita con la enfermera Holland para echar un vistazo al quirófano y a la sala de recuperación. La niebla de primera hora presagiaba buen tiempo, por lo que estaría bien pasear por el jardín y quizás un poco más allá. Le gustaba el lugar, la casa, la habitación. Preguntaría si podía quedarse hasta la tarde siguiente. Y al cabo de dos semanas volvería para operarse y comenzaría su nueva vida partiendo de cero.

9

La capilla de la Mansión estaba a unos ochenta metros del ala
este, medio oculta por un círculo de matas de laurel moteadas. No
quedaba constancia de su historia ni de la fecha en que fue construida, pero desde luego era más antigua que la Mansión. Se trataba de una sencilla celda rectangular con un altar de piedra bajo la
ventana orientada al este. Sólo se podía iluminar con velas, que
estaban en una caja de cartón sobre una silla a la izquierda de la
puerta, junto con un surtido de palmatorias, muchas de madera,
que parecían desechadas de antiguas cocinas y dormitorios de sirvientes victorianos. Como no había cerillas, el visitante fortuito e
imprevisor tenía que rezar sus oraciones, dado el caso, a oscuras.
La cruz del altar de piedra había sido esculpida con escaso arte,
quizá por algún carpintero de la finca que obedecía órdenes o que
estaba bajo el efecto de algún impulso piadoso o de afirmación religiosa. Difícilmente pudo haber sido algún Cressett muerto hacía
tiempo, pues habría preferido plata o una talla de más empaque.
Aparte de la cruz, en el altar no había nada más. Sin duda el primer
mobiliario había cambiado con la gran agitación de la Reforma,
antaño debió de estar primorosamente engalanado y más adelante sin adorno ninguno.

La cruz estaba directamente en la línea de visibilidad de Marcus
Westhall, quien a veces, y durante largos períodos de silencio, la
miraba fijamente como si esperase de ella algún poder misterioso, una ayuda para cierto propósito, una gracia que, como bien

comprendía, siempre le sería negada. Bajo ese símbolo se habían librado batallas, grandes convulsiones sísmicas del Estado y la Iglesia habían cambiado la faz de Europa, hombres y mujeres habían sido torturados, quemados y asesinados. Con su mensaje de amor y perdón, había sido transportado a los infiernos más sombríos de la imaginación humana. A Marcus le servía de ayuda para concentrarse, hilvanar los pensamientos que se arrastraban, se elevaban y se arremolinaban en su mente como frágiles hojas pardas en un viento racheado.

Había entrado en silencio y, tras tomar asiento como de costumbre en el banco de madera de atrás, fijó la mirada en la cruz pero sin rezar, toda vez que no tenía ni idea de cómo se hacía ni de con quién exactamente quería comunicarse. A veces se preguntaba cómo sería descubrir esa puerta secreta que por lo visto se abría al más leve contacto, y sentir que se desprendía de sus hombros esa carga de culpa e indecisión. Sin embargo, sabía que una dimensión de la experiencia humana le estaba tan vedada como la música a quien no tiene buen oído. Quizá Lettie Frensham la hubiera encontrado. Los domingos por la mañana, a primera hora, la veía pasando en bicicleta ante la Casa de Piedra, con gorra de lana, su figura angulosa batallando contra la ligera pendiente de la carretera, convocada por campanas no oídas a algún pueblo lejano innominado del que ella nunca había hablado. Jamás la había visto en la capilla. Si iba, sería a horas en las que él estaría con George en el quirófano. Marcus pensó que no le habría importado compartir este santuario si ella hubiera entrado alguna vez a sentarse a su lado en cordial silencio. No sabía nada de Lettie salvo que en otro tiempo había sido gobernanta de Helena Cressett, y no tenía ni idea de por qué había regresado a la Mansión al cabo de tantos años. Pero con su discreción y su tranquila sensatez, ella le parecía a Marcus un estanque de agua quieta en una casa donde había profundas y turbulentas corrientes submarinas, no menos que en su propia mente atribulada.

Del resto de la Mansión, sólo Mog asistía a la iglesia del pueblo; de hecho era un incondicional del coro. Marcus sospechaba que la todavía poderosa voz de barítono de Mog en Evensong era su forma de expresar una lealtad, al menos parcial, al pueblo frente a la Mansión, y a la administración vieja frente a la nueva. Estaría al servicio del intruso mientras la señorita Cressett estuviera al cargo y le pagaran bien; el señor Chandler-Powell podía comprar sólo una parte cuidadosamente racionada de su fidelidad.

Aparte de la cruz del altar, la única señal de que esa celda constituía, en cierto sentido, algo distinto era una tablilla de bronce conmemorativa colocada en la pared junto a la puerta:

EN MEMORIA DE CONSTANCE URSULA 1896-1928,
ESPOSA DE SIR CHARLES CRESSETT BT,
QUE ENCONTRÓ LA PAZ EN ESTE LUGAR.
PERO AÚN MÁS FUERTE, EN LA TIERRA Y EL AIRE
Y EL MAR, EL HOMBRE DE ORACIÓN,
Y MUY POR DEBAJO DE LA MAREA;
Y EN EL ASIENTO A LA FE ASIGNADO
DONDE PEDIR ES TENER, DONDE BUSCAR
ES ENCONTRAR
DONDE LLAMAR ES ABRIR DE PAR EN PAR.

Conmemorada como esposa, pero no como esposa amada, y muerta a los treinta y dos años. Así pues, un matrimonio breve. Marcus había descubierto que los versos, tan distintos de las devociones habituales, eran de un poema del siglo XVIII de Christopher Smart, pero no hizo averiguaciones sobre Constance Ursula. Como al resto de personas de la casa, le cohibía preguntarle a Helena por su familia. De todos modos, consideró que el bronce era una intromisión discordante. La capilla tenía que ser sólo de piedra y madera.

En ningún otro sitio de la Mansión había tanta tranquilidad, ni siquiera en la biblioteca, donde a veces se sentaba solo. Siempre tenía miedo de que la soledad se viera interrumpida, de que la puerta se abriera y dejara pasar las temidas palabras tan familiares desde su infancia: «Oh, estás aquí, Marcus, te hemos estado buscando.» Pero nadie lo había buscado nunca en la capilla. Era extraño que esa celda de piedra fuera tan tranquila. Incluso el altar era un recordatorio de conflicto. En los inciertos días de la Reforma, había habido disputas teológicas entre el sacerdote local, adherido a la vieja religión, y sir Francis Cressett, que prefería las nuevas formas de culto y pensamiento. Como necesitaba un altar para esa capilla, envió de noche a los hombres de la casa a robar el de la Lady Chapel, un sacrilegio que provocó la ruptura entre la iglesia y la Mansión durante generaciones. Después, durante la guerra civil, la Mansión estuvo ocupada brevemente por tropas parlamentarias tras una triunfante escaramuza, y los legitimistas muertos quedaron tendidos en el suelo de piedra.

Marcus espantó pensamientos y recuerdos y se concentró en su dilema. Debía tomar una decisión, ahora mismo, sobre si quedarse en la Mansión o ir a África con un equipo quirúrgico. Sabía lo que quería su hermana, lo que él había llegado a considerar como la solución a todos sus problemas, pero ¿suponía este abandono escapar de algo más que de su trabajo? Había oído la mezcla de enfado y súplica en la voz de su amante. Eric, que trabajaba de enfermero de quirófano en Saint Angela, había querido que él participara en una marcha gay. La pelea no fue inesperada. Era la primera vez que surgía un conflicto. Recordaba sus propias palabras.

—No entiendo la razón. Si yo fuera heterosexual, tú no esperarías que yo me manifestara por la calle para proclamarlo. ¿Por qué tenemos que hacerlo? ¿No se trata simplemente de que tenemos derecho a ser lo que somos? No hay por qué justificarlo, ni anunciarlo, ni declarárselo a la gente. No entiendo por qué mi sexualidad debe interesarle a nadie salvo a ti.

Intentó olvidar la dureza de la riña que siguió después, la voz de Eric quebrada al final, la cara cubierta de lágrimas, la cara de un niño.

—No tiene nada que ver con que sea algo privado; huyes. Te avergüenzas de lo que eres, de lo que soy yo. Y con el empleo pasa lo mismo. Estás con Chandler-Powell, desperdiciando tus aptitudes con una panda de mujeres ricas, presumidas y extravagantes, obsesionadas con su aspecto cuando podrías estar trabajando a tiempo completo aquí en Londres. Encontrarías un trabajo..., claro que lo encontrarías.

—Ahora no es tan fácil, y no pienso desperdiciar mi talento. Me voy a África.

—Para alejarte de mí.

—No, Eric, para alejarme de mí mismo.

—¡Nunca lo harás! ¡Nunca, nunca! —Las lágrimas de Eric y el portazo quedaron como el último recuerdo.

Marcus había estado mirando el altar con tal atención que la cruz parecía difuminarse y convertirse en un borrón móvil. Cerró los ojos y aspiró el olor húmedo y frío del lugar, notó la dura madera del banco en la espalda. Recordaba la última operación importante de Saint Angela en la que había estado, una mujer mayor del Servicio Nacional de Salud en cuya cara se había ensañado un perro. Ya estaba enferma y, dado su pronóstico, sólo le quedaba como mucho un año de vida, pero con qué paciencia, con qué destreza, durante largas horas, había George reconstruido un rostro que pudiera soportar el cruel examen del mundo. Nunca se desatendía nada, nada se hacía con prisas ni de manera forzada. ¿Qué derecho tenía George a desaprovechar esa entrega y esas habilidades siquiera tres días a la semana con mujeres ricas a quienes desagradaba la forma de su nariz, su boca o sus pechos, y que querían que la gente supiera que podían permitirse una operación con el señor Chandler-Powell? ¿Qué era para él tan importante para dedicar tiempo a un trabajo que podía hacer un cirujano menos cualificado, y hacerlo igual de bien?

Sin embargo, dejarle ahora seguiría siendo una traición a un hombre a quien veneraba. No dejarle sería una traición a sí mismo y a Candace, la hermana que, como le quería, sabía que debía liberarse y le animaba a tener el valor de actuar. A ella nunca le había faltado valor. Marcus había dormido en la Casa de Piedra y pasado suficiente tiempo allí durante la última enfermedad de su padre para llegar a tener alguna idea de lo que Candace había tenido que aguantar aquellos dos años. Y ahora ella se había quedado sin trabajo, sin ningún otro a la vista, y con la posibilidad de que él se marchara a África. Es lo que Candace quería para él, se había esforzado para hacerlo factible y le había animado a ello, pero Marcus sabía que entonces ella se quedaría sola. Estaba a punto de abandonar a las dos personas que lo amaban —Candace y Eric—, y a George Chandler-Powell, el hombre a quien más admiraba.

Su vida era un lío. Cierta parte de su carácter, tímido, indolente, sin confianza en sí mismo, había generado el hábito de mostrarse indeciso, de dejar que las cosas se arreglaran solas, como si Marcus hubiera puesto su fe en una providencia benevolente que, si se la dejaba, actuaría en su nombre. En los tres años que había pasado en la Mansión, ¿cuánto de eso correspondía a la lealtad, la gratitud, la satisfacción de aprender de un hombre situado en lo más alto de su profesión, el deseo de no decepcionarle? Todo había desempeñado su papel, pero básicamente se había quedado porque eso era más fácil que afrontar la decisión de marcharse. Pero la afrontaría ahora. Soltaría amarras y no sólo físicamente. En África todo sería diferente, más profundo, más duradero que cualquier cosa que hubiera hecho en la Mansión. Tenía que hacer algo nuevo, y si esto exigía escapar, escaparía hacia la gente que necesitaba desesperadamente su destreza, hacia niños de ojos muy abiertos con atroces labios leporinos no tratados, hacia víctimas de la lepra que precisaban ser aceptadas y reconstruidas, hacia quienes tuvieran cicatrices, hacia los desfigurados y los rechazados. Le hacía falta respirar un aire más fuerte. Si no se enfrentaba ahora a Chandler-Powell, nunca tendría el coraje de actuar.

Se levantó con rigidez y caminó como un viejo hasta la puerta, se paró un instante, y acto seguido echó a andar decidido hacia la Mansión, como un soldado dirigiéndose a la batalla.

10

Marcus encontró a Chandler-Powell en la sala de operaciones. Estaba solo, ocupado en revisar un nuevo envío de instrumentos, examinando cada uno minuciosamente, dándole vueltas en la mano y devolviéndolo a la bandeja con una especie de reverencia. Era un trabajo para un ayudante de quirófano, y Joe Maskell llegaría a las siete de la mañana siguiente para preparar la primera operación del día. Marcus sabía que verificar los instrumentos no significaba que Chandler-Powell tuviera poca confianza en Joe —no contrataba a nadie en quien no pudiera confiar—, pero tenía dos grandes pasiones, su trabajo y su casa, y ahora era como un niño con sus juguetes favoritos.

—Si tienes tiempo, me gustaría hablar un momento contigo —dijo Marcus.

Incluso a él mismo su voz le pareció poco natural, con un tono extraño. Chandler-Powell no levantó la vista.

—Depende de lo que entiendas por un momento. ¿Se trata de una conversación seria?

—Supongo que sí.

—Entonces terminaré esto e iremos a la oficina.

Para Marcus había algo intimidante en la idea. Le recordó demasiado las veces que su padre lo mandaba llamar cuando niño. Ojalá pudiera hablar ahora y acabar de una vez. Pero esperó a que se hubiera cerrado el último cajón; entonces George Chandler-Powell dirigió sus pasos a la puerta del jardín, y cruzando la parte trasera de la casa y el vestíbulo, ambos llegaron a la oficina. Lettie Frensham estaba sentada ante su ordenador, pero, cuando los vio entrar, murmuró una disculpa en voz baja y se fue discretamente. Chandler-Powell se sentó frente a una mesa, indicó a Marcus una silla y se quedó esperando. Marcus intentó convencerse a sí mismo de que el silencio no era una impaciencia cuidadosamente controlada.

Como parecía improbable que George fuera el primero en hablar, Marcus dijo:

—He tomado una decisión sobre África. Quiero hacerte saber que finalmente me incorporaré al equipo del señor Greenfield. Te agradeceré que en el espacio de tres meses me releves de mis obligaciones.

—Supongo que has estado en Londres y has hablado con el señor Greenfield —dijo Chandler-Powell—. Y sin duda él te haría notar algunos problemas, el futuro de tu carrera entre ellos.

—Sí, así es.

—Matthew Greenfield es uno de los mejores cirujanos plásticos de Europa, seguramente está entre los seis mejores del mundo. También es un profesor brillante. Podemos dar por sentada su capacidad: FRCS,* FRCS (plástico), Maestro en Cirugía. Va a África a dar clase y a abrir un centro de excelencia. Esto es lo que quieren los africanos, aprender a arreglárselas solos, que no tengan que ir siempre los blancos a ocuparse de todo.

—No pensaba en ocuparme de nada, sólo en ayudar. Hay mucho que hacer. El señor Greenfield cree que yo podría ser útil.

—Naturalmente que lo cree; de lo contrario no desperdiciaría su tiempo contigo. Pero ¿qué crees que estás ofreciendo exactamente? Eres FRCS y un cirujano competente, pero no estás cualificado para enseñar, ni siquiera para enfrentarte sin ayuda a los casos más complicados. Además, un año en África afectará seriamente a tu carrera, bueno, eso si consideras que tienes una. Quedarte aquí no te ha resultado práctico, te lo dije el primer día. Esta

* Miembro del real Colegio de Cirujanos. *(N. del T.)*

nueva ACM, Actualización de Carreras Médicas, hace que los planes de formación sean mucho más rígidos. Los internos se han convertido en médicos tras un año preparatorio, y todos sabemos el lío que está montando aquí el gobierno, los especialistas se van, los jefes de admisiones son aprendices de cirujano en prácticas, y quién sabe cuánto durará esto antes de que se les ocurra algo, más formularios que rellenar, más burocracia, más dificultades para la gente que quiere seguir trabajando. Pero una cosa es segura. Si quieres hacer una carrera como cirujano, has de estar en el plan de formación, y esto se ha vuelto muy rígido. Sería posible reincorporarte, y yo echaría una mano, pero no si te vas de excursión a África. Porque no es que vayas por motivos religiosos. Si así fuera, no lo apoyaría pero podría comprenderlo... bueno, si no comprenderlo, aceptarlo. Hay gente así, pero nunca te he tenido por alguien especialmente devoto.

—No, no pretendo serlo.

—Bueno, ¿qué reivindicas, entonces? ¿La beneficencia universal? ¿La culpa poscolonial? Sé que esto aún goza de cierta popularidad.

—George, tengo un trabajo útil que hacer. No reivindico nada salvo esta clara convicción de que África me iría bien. No puedo quedarme aquí indefinidamente, tú mismo lo has dicho.

—No te estoy pidiendo que te quedes. Sólo te pido que reflexiones detenidamente sobre qué rumbo quieres que tome tu carrera. Si quieres hacer carrera como cirujano, claro. Pero si ya has tomado una decisión, no voy a gastar saliva intentando convencerte. Sugiero que te lo pienses bien; de momento me queda claro que en tres meses necesitaré a alguien que te sustituya.

—Sé que para ti será un inconveniente, y lo lamento. Y sé cuánto te debo. Te estoy agradecido. Siempre lo estaré.

—Estos gimoteos de gratitud sobran. Entre colegas «gratitud» nunca es una palabra agradable. Damos por hecho que te vas dentro de tres meses. Espero que en África encuentres lo que estás buscando, sea lo que fuere. ¿O la cuestión está en quitarte de encima algo de lo que estás huyendo? Si esto es todo, ahora me gustaría poder usar la oficina.

Había otra cosa, y Marcus se armó de valor para decirla. Se habían pronunciado palabras que habían destruido una relación. Ya nada podía ser peor.

—Se trata de una paciente, Rhoda Gradwyn. Ahora está aquí.

—Ya lo sé. Y regresará en dos semanas para su operación, a menos que no le guste la Mansión y prefiera una cama en Saint Angela.

—¿No sería esto más conveniente?

—¿Para ella o para mí?

—Me preguntaba si quieres realmente animar a los periodistas de investigación a que vengan a la Mansión. Si viene ella, vendrán otros después. Y ya me imagino lo que escribirá Gradwyn. «Mujeres ricas se gastan fortunas porque no están satisfechas con su aspecto. Las aptitudes de valiosos cirujanos podrían aprovecharse mejor.» Descubrirá algo que criticar, es su trabajo. Los pacientes confían en nuestra discreción y esperan confidencialidad absoluta. Porque, ¿no es éste el sentido de este lugar?

—No del todo. No quiero distinguir entre los pacientes por razones que no sean las médicas. Y francamente, no levantaría un dedo para amordazar a la prensa popular. Si pensamos en las intrigas y las zorrerías de los gobiernos, vemos que hace falta alguna organización lo bastante fuerte para gritar de vez en cuando. Antes creía que vivía en un país libre. Ahora he de reconocer que no es así. Pero al menos tenemos una prensa libre, y estoy dispuesto a soportar cierta cantidad de vulgaridad, populismo, sentimentalismo y tergiversación para garantizar que siga siendo libre. Supongo que Candace está detrás de esto. Sería raro que se te hubiera ocurrido a ti solo. Si su antagonismo hacia la señorita Gradwyn obedece a razones personales, no necesita tener nada que ver con ella. No se le exige esto, los pacientes no son asunto suyo. No tiene por qué verla ahora ni cuando regrese. No selecciono a mis pacientes para complacer a tu hermana. Y ahora, si ya has terminado, seguro que los dos tenemos cosas que hacer. Yo al menos sí.

George se puso en pie y se quedó junto a la puerta. Sin decir ni una palabra más, Marcus pasó delante de él rozándole la manga y salió. Se sentía como un criado incompetente, caído en desgracia. Ése era el mentor al que había venerado, casi adorado, durante años. Ahora, horrorizado, sabía que lo que sentía estaba más cerca del odio. Se apoderó de su mente una idea, casi una esperanza, desleal y vergonzosa. Quizás el ala oeste, la empresa propiamente dicha, se vería obligada a cerrar si se producía un desastre, un incendio, una infección, un escándalo. Si se agotaba la provisión de pacientes ricos, ¿cómo podría Chandler-Powell seguir adelante? Intentó cerrar la mente a las imaginaciones más viles, pero ya eran imparables. Una, la más vil y tremenda de todas, llegó a causarle repugnancia: la muerte de un paciente.

11

Chandler-Powell aguardó a que los pasos de Marcus se apagaran; luego salió de la Mansión para ir a ver a Candace Westhall. No era su intención pasar ese miércoles enredado en discusiones con Marcus o su hermana, pero ahora que se había tomado una decisión sería bueno saber qué tenía ella en la cabeza. Iba a ser un fastidio que Candace también hubiera decidido marcharse; pero seguramente, ahora que su padre estaba muerto, querría volver a su puesto en la universidad para el siguiente trimestre. Aunque no fuera éste el plan, para su trabajo en la Mansión, que consistía en sustituir a Helena cuando ésta se encontraba en Londres y echar una mano en la oficina, no hacía falta exactamente una carrera. A George no le gustaba interferir en la gestión doméstica de la Mansión, pero si ahora Candace tenía pensado irse, cuanto antes lo supiera él mejor.

Caminó hasta el sendero que conducía a la Casa de Piedra bajo el intermitente sol de invierno y, al aproximarse, vio que había un sucio coche deportivo aparcado frente al Chalet Rosa. Así que había llegado Robin Boyton, el primo de los Westhall. Recordaba haber oído a Helena decir algo sobre su visita con una notoria falta de entusiasmo, que, sospechaba, era también compartida por los Westhall. Boyton solía hacer la reserva con poca antelación, pero como el chalet estaba desocupado, evidentemente a Helena le había resultado imposible negárselo.

Siempre le había llamado la atención lo distinta que parecía la

Casa de Piedra desde que llegaron Candace y su padre hacía unos dos años y medio. Ella era una jardinera diligente. Chandler-Powell sospechaba que se trataba de una excusa legítima para alejarse de la cabecera de Peregrine Westhall. Él sólo visitó al anciano dos veces antes de su muerte, pero sabía, como imaginaba que le ocurría a todo el pueblo, que era un paciente egoísta, exigente e ingrato. Y ahora que estaba muerto y Marcus se disponía a abandonar Inglaterra, sin duda Candace, liberada de esa servidumbre, tendría sus propios planes de futuro.

Candace estaba rastrillando el césped de la parte trasera. Llevaba su vieja chaqueta de *tweed*, pantalones de pana y botas que se ponía cuando trabajaba en el jardín, el pelo fuerte y oscuro cubierto con una gorra de lana calada hasta las orejas. Esto resaltaba el gran parecido con su padre, la nariz dominante, los ojos hundidos bajo unas cejas pobladas y rectas, la longitud y la delgadez de los labios, un rostro enérgico e inflexible que, con el cabello oculto, parecía andrógino. De qué forma tan extraña se habían repartido los genes de los Westhall, pues era en Marcus, no en ella, en quien los rasgos del viejo se habían suavizado y convertido casi en delicadeza femenina. Al verle, Candace dejó el rastrillo apoyado en el tronco de un árbol y fue a su encuentro.

—Buenos días, George —dijo—. Creo que sé a qué has venido. Iba a tomarme un descanso para tomar café. Entra, vamos.

Ella lo condujo a través de la puerta lateral, la utilizada habitualmente, hasta la vieja despensa que, con las paredes y el suelo de piedra, parecía más un excusado exterior, un almacén práctico para herramientas usadas, dominado por un aparador galés lleno de una mezcolanza de tazas y copas, manojos de llaves y diversos platos y bandejas. Se trasladaron a la pequeña cocina contigua. Estaba meticulosamente ordenada, pero Chandler-Powell se dijo para sus adentros que ya era hora de hacer algo para agrandar y modernizar el lugar, y se asombró de que Candace, con fama de buena cocinera, no se hubiera quejado al respecto.

Candace encendió una cafetera eléctrica y cogió dos tazas del aparador, y los dos se quedaron callados hasta que el café estuvo listo. Ella sacó una jarra de leche de la nevera, y ambos pasaron a la salita. Tomaron asiento uno frente a otro en una mesa cuadrada, y él volvió a pensar en lo poco que se había hecho en la casa. La mayor parte de los muebles eran de ella, de grandes almacenes, algunos envidiables, otros demasiado grandes. Tres paredes estaban cubiertas de estanterías de madera, traídas a la casa por Peregrine Westhall como parte de su biblioteca cuando el viejo se trasladó desde su casa de reposo. Había legado la bilioteca a su vieja escuela, y los libros que valía la pena conservar habían sido reunidos y recogidos, con lo que las paredes parecían un panal, con espacios vacíos en los que los ejemplares superfluos caían unos sobre otros, tristes símbolos de rechazo. En el conjunto de la estancia se respiraba un ambiente de transitoriedad y pérdida. Sólo el banco de madera con cojines colocado en ángulo recto respecto a la chimenea prometía algo de comodidad.

—Marcus acaba de darme la noticia de que dentro de tres meses se va a África —dijo sin preámbulos—. Me preguntaba hasta qué punto has influido tú en este plan tan poco inteligente.

—¿Insinúas que mi hermano no es capaz de tomar decisiones propias sobre su vida?

—Sí puede. Que se sienta libre de llevarlas a la práctica es otro cantar. Es evidente que tienes algo que ver. Lo contrario sería una sorpresa. Le llevas ocho años. Tu madre estuvo inválida durante la mayor parte de la infancia de Marcus, luego es lógico que te escuche. Prácticamente lo educaste tú, ¿no?

—Pareces saber mucho de mi familia. Si he influido en él ha sido para alentarlo. Ya es hora de que se vaya. Entiendo que esto sea un inconveniente para ti, George, y a él le sabe mal. A los dos. Pero encontrarás a otro. Hace un año que estabas al corriente de esta posibilidad. Ya debes de tener un sustituto en mente.

Candace estaba en lo cierto. Ya tenía sustituto. Un cirujano retirado de su misma disciplina, muy competente aunque no brillante, que se alegraría de ayudarle tres días a la semana.

—No es esto lo que me preocupa —dijo—. ¿Qué se propone Marcus? ¿Quedarse en África para siempre? Esto no parece muy factible. ¿Trabajar allí uno o dos años y luego volver? ¿A qué? Debe pensar muy en serio sobre lo que quiere hacer con su vida.

—Como todos —dijo Candace—. Ya lo ha pensado. Está convencido de que es algo que debe hacer. Y ahora que ha sido legalizado el testamento de mi padre, dispondrá de dinero. En África no será una carga. No irá con las manos vacías. Seguramente entenderás esto, la necesidad de hacer lo que te dictan todos los instintos de tu cuerpo. ¿No has vivido tú una vida así? ¿No tomamos todos, en un momento u otro, decisiones que sabemos que son totalmente acertadas? ¿No tenemos a veces la convicción de que hay iniciativas, cambios, que son imperiosos? Y aunque fracase, resistirse a ello sería un fracaso mayor. Supongo que algunas personas lo considerarían como una llamada de Dios.

—En el caso de Marcus más bien parece una excusa para huir.

—Es que también llega el momento de esto, de escapar. Marcus necesita alejarse de este lugar, del trabajo, de la Mansión, de ti.

—¿De mí? —Fue una exclamación en voz baja, sin enojo, como si fuera una sugerencia sobre la que tuviera que meditar. Su rostro no delataba nada.

—De tu éxito, tu brillantez, tu fama, tu carisma. Tiene que ser él mismo.

—No he sido consciente de que le impedía ser él mismo, al margen de lo que signifique esto.

—No, no eres consciente. Es por eso por lo que tiene que irse y yo tengo que ayudarle.

—Lo echarás de menos.

—Sí, George, lo echaré de menos.

Preocupado por no sonar indiscretamente curioso pero deseoso de saber, George dijo:

—¿Te quedarás un tiempo? Si es así, sé que Helena agradecerá la ayuda. Alguien debe reemplazarla cuando viaja a Londres. Pero imagino que quieres regresar a la universidad.

—No, George, ya no es posible. Han decidido cerrar el Departamento de Clásicas. No hay suficientes solicitudes. Me han ofrecido un empleo a tiempo parcial en uno de los departamentos nuevos que están creando, Religión Comparada o Estudios Británicos, a saber qué será eso. Pero como tampoco estoy capacitada para dar clase, no volveré. Me gustaría quedarme al menos seis meses después de la marcha de Marcus. Dentro de nueve meses habré decidido qué voy a hacer. De todos modos, si Marcus se marcha, no estará justificado que siga viviendo aquí sin pagar alquiler. Si aceptas una cantidad, te agradeceré poder quedarme aquí hasta haber resuelto mi futuro.

—No hará falta. Prefiero no cobrar ningún alquiler, pero si puedes quedarte unos nueve meses o así, no hay problema si Helena está conforme.

—Se lo preguntaré, desde luego —dijo ella—. Me gustaría hacer algunos cambios. Mi padre detestaba tanto el alboroto y el ruido, sobre todo cuando entraban los obreros, que no tenía sentido hacer nada. Pero la cocina es deprimente y demasiado pequeña. Si vas a utilizar esta casa para el personal o las visitas después de que me vaya, creo que debes hacer algo al respecto. Lo razonable sería convertir la vieja despensa en una cocina y ampliar el salón.

Ahora Chandler-Powell no tenía ganas de discutir sobre el estado de la cocina.

—Bueno, hablaremos de esto con Helena —dijo—. Y tú deberías hablar con Lettie sobre lo que costaría volver a pintar y decorar el chalet. Hace falta. Creo que podríamos llevar a cabo algunas renovaciones.

Se había terminado el café y se había enterado de lo que necesitaba saber, pero antes de que llegara a levantarse, ella dijo:

—Otra cosa. Está aquí Rhoda Gradwyn y tengo entendido que volverá dentro de dos semanas para operarse. Tienes camas privadas en Saint Angela. En todo caso, Londres es más apropiado para ella. Si se queda aquí, se aburrirá, y es entonces cuando las mujeres así se vuelven más peligrosas. Y ella es peligrosa.

George tenía razón. Candace estaba detrás de esa obsesión con Rhoda Gradwyn.

—¿Peligrosa en qué sentido? ¿Para quién? —dijo.

—Si lo supiera estaría menos preocupada. Debes de saber algo de su reputación, bueno, si es que lees algo más que revistas sobre cirugía. Es una periodista de investigación, de la peor calaña. Olfatea el cotilleo como el cerdo las trufas. Su trabajo consiste en descubrir sobre los demás cosas que podrían causarles angustia o dolor, o algo peor, y que despertarían la curiosidad del gran público británico si llegaran a conocerse. Cambia secretos por dinero.

—¿No es una burda exageración? —dijo él—. Aunque fuera verdad, no justificaría que yo me negara a tratarla donde ella escoja. ¿Por qué tanto interés? Aquí es improbable que encuentre nada que le abra el apetito.

—¿Estás seguro de esto? Descubrirá algo.

—¿Y qué excusa le doy para que no vuelva?

—No tienes por qué contrariarla. Dile tan sólo que ha habido una duplicación de reservas y que no tienes cama.

A George le costaba controlar su irritación. Aquello era una intromisión imperdonable, inmiscuirse en la gestión de sus pacientes.

—Candace —dijo—, ¿qué es todo esto? Normalmente eres razonable. Esto suena a paranoia.

Candace se dirigió a la cocina y se puso a lavar las dos tazas y a vaciar la cafetera. Tras un momento de silencio, dijo:

—También yo a veces pienso en ello. Admito que suena rebuscado e irracional. En cualquier caso, no tengo derecho a entrometerme, pero creo que a los pacientes que vienen aquí en busca de intimidad no les va a hacer mucha gracia encontrarse en compañía de una periodista famosa. Pero no tienes por qué preocuparte. No la veré, ni ahora ni cuando regrese. No me propongo clavarle un cuchillo de cocina. Sinceramente, no merece la pena.

Candace lo acompañó a la puerta.

—Veo que Robin Boyton ha vuelto —dijo George—. Creo que Helena mencionó que había hecho una reserva. ¿Sabes por qué ha venido?

—Porque Rhoda Gradwyn está aquí. Al parecer son amigos, y él cree que ella quizá quiera compañía.

—¿Para una estancia de una noche? ¿Y planea hacer una reserva en el Chalet Rosa cuando ella vuelva? Si lo hace, no la verá.

Ella dejó claro que viene aquí buscando privacidad absoluta, y yo se la voy a garantizar.

Tras cerrar la puerta del jardín a su espalda, George empezó a pensar en todo aquello. Debía de haber alguna razón personal poderosa para explicar una aversión que por lo demás parecía poco razonable. ¿Estaba Candace acaso desahogando en Gradwyn los dos años de frustración atada a un viejo cascarrabias huraño y la perspectiva de perder el empleo en la universidad? Y encima la intención de Marcus de irse a África. Ella tal vez respaldaba la decisión, pero difícilmente podía alegrarse. Caminando resueltamente a zancadas hacia la Mansión, alejó de su mente a Candace Westhall y sus problemas y se concentró en los suyos. Encontraría un sustituto para Marcus y, si Flavia decidía que era hora de irse, también afrontaría esto. Se la veía agitada. Había señales que incluso él había notado, ocupado como estaba. Quizá ya era hora de que terminara la aventura. Ahora, con las vacaciones de Navidad a las puertas y el trabajo ralentizado, George debía armarse de valor para terminar con aquello.

De regreso en la Mansión, decidió hablar con Mogworthy, que, aprovechando un período incierto de sol invernal, seguramente estaría trabajando en el jardín. Había que plantar bulbos, y ya era hora de mostrar interés en los planes de Helena y Mog para la primavera. Cruzó la puerta norte que conducía al bancal y al jardín clásico Tudor. No había ni rastro de Mogworthy, pero vio dos figuras caminando una al lado de la otra hacia el hueco de la lejana hilera de hayas por el que se llegaba a la rosaleda. La más bajita era Sharon, y George identificó a su compañera como Rhoda Gradwyn. Sharon le estaba enseñando el jardín, tarea normalmente desempeñada, a petición del visitante, por Helena o Lettie. Se quedó mirando a la extraña pareja que iba desapareciendo del campo visual, andando con familiaridad, obviamente hablando, Sharon mirando a su compañera. Por algún motivo, la imagen lo desconcertó. Los malos presentimientos de Marcus y Candace lo habían irritado más que preocupado, pero ahora, por primera vez, sintió una punzada de angustia, la sensación de que había entrado en su terreno algo incontrolable y acaso peligroso. La idea era demasiado irracional, incluso supersticiosa, para ser tomada en serio, y la desechó. Sin embargo, era extraño que Candace, inteligente y normalmente tan razonable, tuviera esta obsesión con Rhoda Gradwyn. ¿Sabía quizá sobre la mujer algo que él desconocía, algo que no estaba dispuesta a revelar?

Decidió no buscar a Mogworthy y, tras volver a entrar en la Mansión, cerró la puerta firmemente a su espalda.

12

Helena sabía que Chandler-Powell había ido a la Casa de Piedra y no se sorprendió cuando, al cabo de veinte minutos de que George hubiera regresado, apareció en la oficina Candace, que dijo sin rodeos:

—Hay algo de lo que quería hablar contigo. Dos cosas, de hecho. Rhoda Gradwyn. Ayer la vi llegar, al menos vi un BMW que pasaba y supuse que era ella. ¿Cuándo se va?

—No se va, al menos no hoy. Ha hecho una reserva para otra noche.

—¿Y has aceptado?

—No podía negarme sin darle una explicación, y no tenía ninguna. La habitación estaba desocupada. He llamado a George, y no parecía importarle.

—Claro. Los ingresos por un día adicional y sin ninguna molestia para él.

—Sin ninguna molestia para nosotros tampoco —matizó Helena.

Habló sin resentimiento. Para ella, George Chandler-Powell se comportaba de manera razonable. De todos modos, ya encontraría el momento de hablar con él sobre esas estancias de una noche. ¿De veras hacía falta echar un vistazo preliminar a las instalaciones? Helena no quería que la Mansión degenerase en una pensión. Pensándolo bien, quizá sería más sensato no plantear el asunto. Él siempre se había mostrado ferviente partidario de dar a los pacientes la oportunidad de ver antes dónde tendría lugar la intervención. Consideraría intolerable cualquier intromisión en su criterio clínico. La relación entre los dos nunca había quedado definida claramente, pero ambos sabían cuál era su sitio. Él nunca se inmiscuía en la gestión interna de la Mansión; ella no tenía ningún papel en la esfera clínica.

—¿Y va a volver? —preguntó Candace.

—Supongo que sí, dentro de dos semanas —dijo Helena. Hubo un silencio—. ¿Por qué te importa tanto? Es una paciente como las demás. Ha reservado habitación para una semana de convalecencia después de la operación, pero siendo diciembre no creo que aguante hasta el final. Probablemente querrá regresar a la ciudad. En todo caso, no veo que vaya a dar la lata más que los otros pacientes. Tal vez menos incluso.

—Depende de lo que entiendas tú por dar la lata. Es una periodista de investigación. Siempre anda a la caza de una historia. Y si quiere material para un artículo nuevo, lo encontrará, aunque sólo sea una diatriba sobre la vanidad y la estupidez de algunos de nuestros pacientes. Al fin y al cabo, les hemos garantizado discreción y seguridad. No entiendo cómo puedes esperar discreción con una periodista de investigación residiendo aquí, ésta en especial.

—Sólo estarán ingresadas ella y la señora Skeffington —señaló Helena—. No lo tendrá fácil para encontrar más de un ejemplo de vanidad y estupidez sobre el que escribir.

Pero hay algo más. ¿Por qué se preocupa Candace de que la clínica prospere o fracase una vez su hermano se haya marchado?

—Es algo personal, ¿verdad? —dijo Helena—. Seguro.

Candace se volvió. Helena lamentó el repentino impulso que le hizo formular la pregunta. Las dos trabajaban bien juntas, se respetaban, al menos en lo profesional. No era cuestión de comenzar a explorar esas esferas privadas que, como la suya, tenían puesto un letrero de «prohibido el paso».

Hubo unos instantes de silencio; luego Helena dijo:

—Decías que eran dos cosas.

—Le he preguntado a George si podía quedarme otros seis

meses, quizás hasta un año. Si crees que puedo ser útil, seguiré ayudando en la contabilidad y en la oficina en general. Evidentemente, en cuanto Marcus se haya ido pagaré un alquiler como es debido. Pero no quiero quedarme si tú no estás conforme. A propósito, la semana que viene faltaré tres días. He de ir a Toronto a tramitar una especie de pensión para Grace Holmes, la enfermera que me ayudó a cuidar a mi padre.

Así que Marcus se marchaba. Ya era hora de que se decidiera. Su pérdida sería un contratiempo importante para George, pero hallaría un sustituto, sin duda.

—Sin ti no nos resultaría fácil —dijo Helena—. Me gustaría que te quedaras, aunque sea sólo por un tiempo. Sé que Lettie opinará igual. ¿Ya has acabado con la universidad, entonces?

—Más bien la universidad ha acabado conmigo. No hay suficientes alumnos para justificar un Departamento de Clásicas. Lo veía venir, desde luego. El año pasado cerraron el Departamento de Física para ampliar el de Ciencia Forense, y ahora cierra el de Clásicas, y Teología se convierte en Religión Comparada. Cuando se considere que esto es demasiado difícil, y con nuestra admisión indudablemente lo sería, entonces seguro que Religión Comparada pasará a ser Religión y Periodismo. O Religión y Ciencias Forenses. El gobierno, que proclama el objetivo de que el cincuenta por ciento de los jóvenes vayan a la universidad y al mismo tiempo garantiza que el cuarenta por ciento sean incultos al terminar la secundaria, vive en un mundo de fantasía. Pero no me hagas hablar de la enseñanza superior. No quiero aburrirte.

Así que ha perdido su empleo, pensó Helena, *va a perder a su hermano y se le vienen encima seis meses atascada en esta casa sin tener una idea clara sobre su futuro.* Mirando el perfil de Candace, sintió una oleada de piedad. La sensación fue transitoria pero sorprendente. No se imaginaba en la situación de Candace. El daño lo había causado ese viejo terrible y dominante, muriéndose lentamente durante dos años. ¿Por qué Candace no se había librado de él? Lo había atendido a conciencia, como habría hecho una hija victoriana, pero ahí no había habido amor. Para ver esto no hacía falta ninguna percepción especial. Ella se mantuvo alejada de la casa todo lo posible, como de hecho hizo la mayoría del personal, pero la verdad de lo que pasaba se sabía gracias a los chismorreos, las indirectas y a lo que la gente veía y oía. Él siempre había despreciado a su hija, había destruido su confianza en sí misma como mujer y como docente. ¿Por qué, con su capacidad, había solicitado Candace un trabajo en una universidad situada en los últimos lugares del escalafón y no en una de prestigio? ¿El viejo tirano le había dejado claro que no merecía nada mejor? Y encima él había necesitado más cuidados de los que ella podía razonablemente proporcionarle, incluso con la ayuda de la enfermera del distrito. ¿Por qué no lo había ingresado en una casa de reposo? Él no había estado contento en la de Bournemouth, donde había sido atendido su padre, pero había otras y a la familia no le faltaba el dinero. Se rumoreaba que el viejo había heredado casi ocho millones de libras de su padre, fallecido sólo unas semanas antes que él. Ahora que se había autentificado el testamento, Marcus y Candace eran ricos.

Candace se fue al cabo de cinco minutos. Helena reflexionó sobre la conversación que habían mantenido. Había algo que no había dicho a Candace. No imaginaba que fuera especialmente importante, pero podía haber supuesto otra fuente de irritación. Difícilmente Candace se habría sentido de mejor humor si hubiera sabido que Robin Boyton también había hecho una reserva en el Chalet Rosa para el día anterior a la operación de la señorita Gradwyn y para la semana de convalecencia.

13

A las ocho del viernes 14 de diciembre, con la operación de Rhoda Gradwyn llevada a cabo de forma satisfactoria, George Chandler-Powell estaba solo en su salón privado del ala este. Era una soledad que buscaba a menudo al final de un día de operaciones, y aunque únicamente había una paciente, ocuparse de aquella cicatriz había sido más complicado y había requerido más tiempo de lo que pensaba. A las siete, Kimberley le había subido una cena ligera, y a las ocho habían sido retirados los platos de la comida y la mesa estaba plegada y guardada. Contaba con dos horas de soledad. A las siete había visto a su paciente y comprobado su evolución, y volvería a hacerlo a las diez. Inmediatamente después de la intervención, Marcus se había ido para pasar la noche en Londres y ahora, sabiendo que la señorita Gradwyn estaba en las expertas manos de Flavia, y estando él mismo de guardia, George Chandler-Powell se dedicó a los placeres privados, no siendo el menor de ellos la licorera de Château Pavie que había en una mesita frente a la chimenea. Movió los troncos para avivar el fuego, se aseguró de que quedaran cuidadosamente alineados y se puso cómodo en su sillón favorito. Dean había decantado el vino, y Chandler-Powell consideró que en otra media hora estaría en su punto.

Algunos de los mejores cuadros, adquiridos cuando compró la Mansión, colgaban en el gran salón y la biblioteca, pero aquí estaban sus preferidos. Entre ellos se incluían seis acuarelas que le había legado una paciente agradecida. Había sido algo totalmente inesperado, y George tardó un tiempo en recordar el nombre de la mujer. Le complacía el hecho de que ella obviamente compartiera su prejuicio hacia las ruinas extranjeras y los paisajes foráneos. Los seis cuadros mostraban escenas inglesas. Tres imágenes de catedrales: una de Canterbury, de Albert Goodwin, una de Gloucester, de Peter de Wint, y una de Lincoln, pintada por Girtin. En la pared de enfrente había colgado una imagen de Kent, de Robert Hill, y dos paisajes, uno de Copley Fielding y el estudio de Turner para su acuarela sobre la llegada del paquebote a Calais, su favorita.

Posó los ojos en la estantería estilo regencia con los libros que más a menudo se prometía a sí mismo releer, unos predilectos desde la infancia, otros de la biblioteca de su abuelo, pero ahora, como solía pasar al final del día, estaba demasiado cansado y era incapaz de reunir la energía necesaria para la satisfacción simbiótica de la literatura y optó por la música. Esta noche le esperaba un placer especial, un nuevo CD de la *Semele*, de Händel, dirigida por Christian Curnyn con su mezzosoprano favorita, Hilary Summers, soberbia música sensual y alegre como una ópera bufa. Estaba poniendo el disco en el reproductor cuando oyó que llamaban a la puerta. Sintió una irritación cercana a la cólera. Muy pocas personas venían a molestarle a su salón privado y aún menos llegaban a llamar. Antes de que pudiera responder, se abrió la puerta y entró Flavia, cerró de golpe a su espalda y se apoyó en la hoja. Aparte de la gorra, aún llevaba el uniforme. Las primeras palabras de George fueron instintivas.

—¿Le pasa algo a la señorita Gradwyn?

—Desde luego que no. Si le pasara algo, no estaría yo aquí. A las seis y cuarto ha dicho que tenía hambre y ha pedido la cena, consomé, huevos revueltos y salmón ahumado, y de postre mousse de limón, por si te interesa. Ha conseguido comérselo casi todo, parecía disfrutar de la comida. He dejado a la enfermera Frazer al cargo hasta que yo vuelva, luego ella acaba el turno y regresará a Wareham. En todo caso no he venido a hablar de la señorita Gradwyn.

La enfermera Frazer pertenecía al grupo de empleados a tiempo parcial.

—Si no es urgente, ¿podemos esperar a mañana?

—No, George, no podemos. Ni a mañana, ni a pasado mañana, ni al otro. No podemos esperar a que tú te dignes encontrar tiempo para escucharme.

—¿Tardaremos mucho tiempo? —dijo él.

—Más del que normalmente estás dispuesto a conceder.

George podía adivinar lo que venía después. Bueno, más pronto o más tarde había que resolver el futuro de su relación, y ya que la noche estaba echada a perder, ahora podía ser un buen momento. Últimamente, los estallidos de rencor de Flavia se habían vuelto más habituales, pero nunca se habían producido estando ambos en la Mansión.

—Cogeré la chaqueta —dijo él—. Caminaremos bajo los limeros.

—¿En la oscuridad? Además empieza a soplar viento. ¿No podemos hablar aquí?

Pero él ya iba en busca de la chaqueta. Volvió, se la puso y se palpó las llaves del bolsillo.

—Hablaremos fuera —dijo—. Sospecho que la discusión será desagradable, y prefiero que las conversaciones desagradables tengan lugar fuera de esta habitación. Mejor que cojas un abrigo. Te espero en la puerta.

No hacía falta especificar qué puerta. Sólo la del ala oeste de la planta baja conducía directamente a la terraza y a la senda de los limeros. Ella le esperaba, con el abrigo puesto y una bufanda de lana anudada a la cabeza. La puerta estaba cerrada pero con el cerrojo descorrido, y él la cerró a su espalda. Caminaron un minuto en silencio, sin que Chandler-Powell tuviera intención de romper el hielo. Aún molesto por perder la noche, no tenía ganas de mostrarse servicial. Flavia había pedido esta reunión. Si tenía algo que decir, adelante.

Caminaron en silencio hasta el final de la senda, y tras unos segundos de indecisión, se dieron la vuelta. Entonces Flavia se detuvo y se plantó frente a él. George no le veía la cara con claridad, pero Flavia tenía el cuerpo rígido y en su voz había una dureza y una determinación que él no había oído antes.

—No podemos seguir así. Hemos de tomar una decisión. Te pido que te cases conmigo.

Así que había llegado el momento que George temía. Sin embargo, la decisión iba a ser de él, no de ella. Se extrañó de no haberlo previsto, pero luego reparó en que la petición, aun en su crudo carácter explícito, no era del todo inesperada. George había decidido pasar por alto las indirectas, el mal humor, la sensación de un agravio tácito que equivalía casi a rencor.

—Me temo que no es posible, Flavia —dijo con calma.

—Pues claro que es posible. Tú estás divorciado, y yo estoy soltera.

—Quiero decir que es algo que ni siquiera he llegado a plantearme. Desde el principio, nuestra relación nunca tuvo este carácter.

—¿Qué carácter crees exactamente que tenía? Estoy hablando de cuando empezamos a ser amantes, hace ocho años por si lo has olvidado. ¿Qué carácter tenía entonces?

—Supongo que había atracción sexual, respeto, afecto. Sé que yo sentía todas estas cosas. Nunca te he dicho que te amaba. Nunca mencioné el matrimonio. Yo no buscaba el matrimonio. Con un fracaso basta.

—Sí, siempre fuiste sincero, sincero y prudente. Ni siquiera podías darme fidelidad, ¿no? Un hombre atractivo, un cirujano distinguido, divorciado, un buen partido. ¿Crees que no sé cuántas veces te has apoyado en mí, o en mi severidad si lo prefieres, para librarte de esas codiciosas cazafortunas que intentaban hacerte caer en sus garras? No estoy hablando de una aventura intrascendente. Para mí nunca lo fue. Estoy hablando de ocho años de compromiso. Dime, cuando estamos separados, ¿piensas en mí? ¿Me imaginas alguna vez salvo con la bata y la mascarilla en el quirófano, previendo todas tus necesidades, sabiendo lo que te gusta y lo que no te gusta, qué música quieres poner mientras trabajas, siempre disponible, discretamente en el margen de tu vida? No es tan diferente del hecho de estar en la cama,

¿verdad? Pero al menos en el quirófano no era fácil encontrar una sustituta.

George habló con calma, pero sabiendo, con cierta vergüenza, que Flavia no pasaría por alto la inequívoca falta de sinceridad.

—Lo siento, Flavia. Estoy seguro de que he sido desconsiderado e involuntariamente cruel. No tenía ni idea de que te sentías así.

—No estoy pidiéndote compasión. Ahórrate esto. Ni siquiera te pido amor. No puedes darlo porque no lo tienes. Estoy pidiendo justicia. Quiero el matrimonio. El estatus de ser una esposa, la esperanza de tener hijos. Tengo treinta y seis años. No quiero trabajar hasta jubilarme. ¿Qué haría entonces? Utilizar el monto de la jubilación para comprar una casita en el campo, esperando que los vecinos me acepten? ¿O un piso de una habitación en Londres cuando ya no pueda permitirme vivir en un barrio decente? No tengo hermanos. He desatendido a amigos para estar contigo, para estar disponible cuando tuvieras tiempo para mí.

—Nunca te pedí que sacrificaras tu vida por mí —dijo él—. Vamos, si tú dices que es un sacrificio.

Pero ella siguió hablando como si él no hubiera dicho nada.

—En ocho años no hemos pasado unas vacaciones juntos, ni en este país ni en el extranjero. ¿Cuántas veces hemos ido a un espectáculo, al cine, a cenar a un restaurante excepto a uno en que no hubiera peligro de encontrarnos a alguien que conocieras? Yo quiero estas cosas corrientes, de la vida social, que otras personas disfrutan.

—Lo siento —volvió a decir George con cierta sinceridad—. Lo siento. Evidentemente he sido egoísta e irreflexivo. Creo que con el tiempo serás capaz de recordar estos años de manera más positiva. No es demasiado tarde. Eres muy atractiva, y todavía joven. Es sensato reconocer cuándo una etapa de la vida ha llegado a su fin, cuándo ha llegado el momento de cambiar de rumbo.

Y ahora, incluso en la oscuridad, George pensó que alcanzaba a ver el desdén en Flavia.

—¿Pretendes dejarme plantada?

—No es eso. Es cambiar de rumbo. ¿No es de eso de lo que estás hablando? ¿De qué va toda esta conversación?

—¿Y no te casarás conmigo? ¿No cambiarás de opinión?

—No, Flavia, no cambiaré de opinión.

—Es la Mansión, ¿verdad? —dijo ella—. No es otra mujer la que se ha interpuesto entre nosotros, es esta casa. Nunca me has hecho el amor aquí, nunca, ¿verdad? No me quieres aquí. De forma permanente, no. Ni como esposa tuya.

—Esto es ridículo, Flavia. No estoy buscando una señora de la casa.

—Si vivieras en Londres, en el piso de Barbican, no tendríamos esta conversación. Allí podríamos ser felices. Pero yo no pertenezco a la Mansión, lo veo en tus ojos. En este lugar todo está en mi contra. Y no creo que los demás ignoren que somos amantes... Helena, Lettie, los Bostock, incluso Mog. Seguramente están preguntándose cuándo vas a mandarme a paseo. Y si lo haces, tendré que soportar la humillación de su lástima. Te lo pregunto otra vez, ¿te casarás conmigo?

—No, Flavia. Lo lamento, pero no. No seríamos felices, y no voy a correr el riesgo de un segundo fracaso. Has de aceptar que esto se ha terminado.

Y de pronto, vio horrorizado que ella lloraba. Flavia agarró la chaqueta de George y se apoyó contra él, y él oyó los fuertes sollozos entrecortados, sintió el pulso del cuerpo de ella en el suyo, la suave lana de la bufanda rozándole la mejilla, el olor familiar de ella, de su aliento. La cogió por los hombros y le dijo:

—Flavia, no llores. Esto es una liberación. Te estoy dejando libre.

Ella se apartó haciendo un intento patético por conservar la dignidad. Reprimiendo los sollozos, dijo:

—Sería extraño que yo desapareciera de repente, y además mañana hay que operar a la señora Skeffington. Y hay que ocuparse de la señorita Gradwyn. Así que me quedaré hasta que te vayas de vacaciones por Navidad; cuando regreses ya no estaré. Pero prométeme una cosa. Nunca te he pedido nada, ¿verdad? Tus regalos de cumpleaños y Navidad eran elegidos por tu secretaria o enviados desde una tienda, siempre lo he sabido. Ven conmigo esta noche, ven a mi habitación. Será por primera y última vez, lo prometo. Ven tarde, hacia las once. No puedo terminar así.

Y como estaba desesperado por librarse de ella, dijo:

—Descuida.

Flavia murmuró un «gracias» y, tras volverse, echó a andar deprisa hacia la casa. De vez en cuando tropezaba, y él tuvo que reprimir el impulso de alcanzarla, encontrar alguna palabra final que la calmara. Pero no se le ocurría ninguna. Sabía que ya estaba dándole vueltas a la cabeza para encontrar otra enfermera de quirófano. También sabía que había sido seducido para hacer una promesa nefasta, pero una promesa que tendría que cumplir.

Aguardó a que la figura se volviera imperceptible y se fundiera en la oscuridad. Siguió sin moverse. Miró el ala oeste y vio el tenue reflejo de dos luces, una de la habitación de la señora Skeffington, y otra de la habitación contigua, la de Rhoda Gradwyn. La lámpara de la cabecera estaría encendida, y ella aún no se disponía a dormir. Recordó aquella noche de dos semanas atrás, cuando se había sentado en las piedras y había contemplado la cara de ella en la ventana. Se preguntó qué tendría esta paciente que despertaba su interés. Quizás era esa enigmática, todavía no explicada, respuesta de ella cuando en la consulta de Harley Street él le había preguntado por qué quería deshacerse ahora de la cicatriz. «Porque ya no la necesito».

14

Cuatro horas antes, Rhoda Gradwyn había recuperado la conciencia poco a poco. El primer objeto que vio al abrir los ojos fue un pequeño círculo. Colgaba suspendido en el aire justo delante de ella, como una luna llena flotante. Su mente, desconcertada pero paralizada, intentaba comprender el sentido de aquello. Pensó que no podía ser la luna. Era algo demasiado sólido e inmóvil. Luego el círculo se volvió claro, y ella vio que era un reloj de pared con un marco de madera y una fina montura interior de latón. Aunque las manecillas y los números se veían cada vez mejor, no era capaz de leer la hora; decidió que daba igual y enseguida abandonó el intento. Rhoda era consciente de que estaba tendida en una cama de una habitación desconocida y que junto a ella había otras personas, que circulaban como sombras pálidas sobre pies silenciosos. Le iban a quitar la cicatriz, de modo que la habrían estado preparando para la operación. Se preguntó cuándo se produciría.

Luego reparó en que en el lado izquierdo de su cara había pasado algo. Le dolía y notaba una pesadez lacerante, como una escayola gruesa que le ocultaba parcialmente el borde de la boca y llegaba hasta la comisura del ojo izquierdo. Levantó tímidamente la mano, no muy segura de si tenía capacidad para ello, y se tocó la cara con cuidado. La mejilla izquierda ya no estaba en su sitio. Sus dedos exploradores hallaron sólo una masa sólida, un poco áspera al tacto y entrecruzada con algo que parecía esparadrapo. Alguien le estaba bajando el brazo suavemente. Una tranquilizadora voz familiar dijo:

—No tiene que tocar el apósito durante un tiempo. —Luego supo que se encontraba en la sala de recuperación y que las dos figuras que tomaban forma junto a la cama eran el señor Chandler-Powell y la enfermera Holland.

Alzó la vista y trató de formar palabras en su impedida boca.

—¿Cómo ha ido? ¿Está usted satisfecho?

Las palabras sonaron como un graznido, pero el señor Chandler-Powell pareció entender. Rhoda oyó la voz del médico, queda, seria, confortadora.

—Muy bien. Y espero que dentro de muy poco también usted esté satisfecha. Ahora descansará aquí un rato, y luego la enfermera la llevará a su habitación.

Permaneció inmóvil mientras los objetos se solidificaban a su alrededor. Se preguntó cuántas horas habría tardado la operación. ¿Una hora? ¿Dos horas? ¿Tres? En cualquier caso, había sido para ella un tiempo perdido, como si hubiera estado muerta. Como la muerte que podría imaginar cualquier ser humano, una aniquilación total del tiempo. Caviló sobre la diferencia entre esta muerte temporal y el sueño. Cuando uno despierta después de dormir, incluso tras un sueño profundo, siempre es consciente de que ha pasado el tiempo. Al despertar, la mente agarra jirones de sueños antes de que se desvanezcan en el olvido. Rhoda intentó verificar la memoria reviviendo el día anterior. Sentada en un coche azotado por la lluvia, llegando luego a la Mansión, entrando en el gran salón por primera vez, deshaciendo el equipaje en su habitación, hablando con Sharon. Pero esto seguramente había sido en la primera visita, dos semanas antes. Comenzaba a llegar el pasado reciente. Ayer había sido diferente, un trayecto agradable y sin complicaciones, los rayos de sol invernal intercalados con breves y súbitos chaparrones. Y esta vez había traído consigo a la Mansión cierto conocimiento pacientemente adquirido que podía utilizar o dejar a un lado. Ahora, en una satisfacción adormilada, pensó que lo dejaría a un lado mientras hacía lo propio con su pasado. No podía ser revivido, nada de él podía cambiarse. Había dado lo peor de sí mismo, pero su poder pronto quedaría sin efecto.

Cerró los ojos y se fue quedando dormida, pensando en la tranquila noche que le esperaba y la mañana a la que nunca llegaría a despertar.

15

Siete horas después, de nuevo en su habitación, Rhoda se agitaba en una vigilia somnolienta. Permaneció unos segundos inmóvil en esa breve confusión que acompaña al despertar repentino. Era consciente de la comodidad de la cama y del peso de su cabeza en las almohadas levantadas, y del olor del aire —distinto del de su dormitorio de Londres—, fresco pero ligeramente acre, más otoñal que invernal, un olor a hierba y tierra que le traía el viento errático. La oscuridad era absoluta. Antes de aceptar finalmente el consejo de la enfermera Holland de que debía acomodarse para dormir, había pedido que descorrieran las cortinas y dejaran un poco abierta la celosía; incluso en invierno le desagradaba dormir sin aire fresco. Pero quizás había sido poco prudente. Mirando fijamente la ventana, veía que la habitación estaba más oscura que la noche exterior, y que en lo alto las constelaciones estaban tachonando el cielo débilmente luminoso. El viento soplaba con más fuerza, y Rhoda alcanzaba a oír su silbido en la chimenea y notaba su aliento en la mejilla derecha.

Tal vez debería sacudirse de encima esa lasitud no deseada y levantarse a cerrar la ventana. El esfuerzo parecía ímprobo. Había rechazado el ofrecimiento de un sedante y encontraba extraño, aunque no preocupante, notar esa pesadez, esas ganas de quedarse donde estaba, arrebujada en calidez y comodidad, fijos los ojos en ese estrecho rectángulo de luz estelar. No sentía dolor y, tras levantar la mano izquierda, palpó el acolchado apósito y el esparadrapo que lo sujetaba. Ahora ya estaba acostumbrada a su peso y rigidez y se sorprendió a sí misma tocándolo con algo parecido a una caricia, como si estuviera volviéndose parte de ella igual que la imaginada herida que tapaba.

Y ahora, en una pausa del viento, oyó un sonido tan débil que sólo gracias a la quietud de la habitación se hizo audible. Más que oír, notó una presencia moviéndose por la salita. Al principio, en su conciencia soñolienta, no tuvo miedo, sólo una vaga curiosidad. Sería primera hora de la mañana. Quizás eran las siete y llegaba el té. Ahora hubo otro sonido, apenas un suave chirrido pero inconfundible. Alguien estaba cerrando la puerta de la habitación. La curiosidad dio paso a la primera sensación fría de desasosiego. Nadie hablaba. No se encendió ninguna luz. Intentó gritar con una voz cascada que el obstructor apósito volvía inútil. «¿Quién es? ¿Qué está haciendo? ¿Quién anda por ahí?» No hubo respuesta. Y ahora Rhoda supo con certeza que no era una visita amistosa, que estaba en presencia de alguien o algo con intenciones malvadas.

Mientras Rhoda permanecía rígida, la figura pálida, vestida de blanco y con mascarilla, estaba junto a su cabecera. Los brazos se movían sobre su cabeza en un gesto ritual parecido a una parodia obscena de bendición. Rhoda hizo un esfuerzo para levantar los brazos —de repente la ropa de cama parecía pesar una enormidad— y estiró la mano en busca del timbre de llamada y la lámpara. El timbre no estaba. Su mano encontró el interruptor, pero no había luz. Alguien habría puesto el timbre fuera de su alcance y quitado la bombilla de la lámpara. No gritó. Todos aquellos años de autocontrol para no delatar el miedo, para no hallar alivio en los chillidos, habían inhibido su capacidad para gritar. Además sabía que gritar no surtiría efecto; el apósito dificultaba incluso el habla. Forcejeó para levantarse de la cama, pero se vio incapaz de moverse.

En la oscuridad, distinguía vagamente la blancura de la silueta, la cabeza cubierta, la boca con la mascarilla. Una mano estaba pasando por el cristal de la ventana entornada... pero no era una mano humana. Por aquellas venas sin huesos jamás había fluido la sangre. La mano, de un color blanco tan rosáceo que parecía haber sido cortada del brazo, avanzaba lentamente por el espacio hacia su misterioso objetivo. En silencio, cerró el pestillo de la ventana y, con un gesto elegante y delicado en su movimiento controlado, corrió la cortina. Se intensificó la oscuridad de la habitación, ya no era sólo un encubrimiento de la luz, sino un espesamiento oclusivo del aire que dificultaba la respiración. Se dijo a sí misma que debía de ser una alucinación provocada por su estado medio adormilado, y durante un bendito momento la miró, desvanecido todo el terror, esperando que la visión se disipara en la oscuridad circundante. Luego se disipó toda esperanza.

La figura estaba a la cabecera de la cama, mirándola. Rhoda no distinguía nada salvo un bulto blanco amorfo, los ojos que la miraban fijamente quizá fueran despiadados, pero todo lo que ella alcanzaba a ver era una raja negra. Oyó palabras, pronunciadas con calma, pero no las entendió. Levantó a duras penas la cabeza de la almohada y trató de protestar con voz ronca. Inmediatamente el tiempo quedó en suspenso, y en su torbellino de terror fue consciente sólo del olor, el ligerísimo olor a lino almidonado. Saliendo de la oscuridad, inclinándose sobre ella, estaba la cara de su padre. No como la había recordado durante más de treinta años sino la que había conocido brevemente en los primeros años de su infancia, joven, feliz, agachándose sobre su cama. Rhoda alzó el brazo para tocarse el apósito, pero pesaba demasiado y lo dejó caer. Quería hablar, moverse. Quería decir «mírame, me he librado de eso». Sentía los miembros recubiertos de hierro, pero ahora, temblando, consiguió levantar la mano derecha y tocarse la gasa sobre la cicatriz.

Sabía que esto era la muerte, y a este conocimiento le acompañaba una paz no buscada, un desligamiento. Y luego la mano fuerte, sin piel e inhumana, se cerró alrededor de su garganta, obligándola a echar la cabeza hacia atrás contra la almohada, y la aparición arrojó su peso hacia delante. Rhoda no cerró los ojos ante la muerte, tampoco luchó. La oscuridad de la habitación la envolvió y se convirtió en la negrura final en la que cesaban todas las sensaciones.

16

A las siete y doce, en la cocina, Kimberley se estaba poniendo nerviosa. La enfermera Holland le había dicho que la señorita Gradwyn había pedido que le subieran el té a las siete. Esto era más temprano que la primera mañana que había estado en la Mansión, pero la enfermera le había dicho a Kim que a las siete debía estar lista para prepararlo, y a las siete menos cuarto ella había dispuesto la bandeja y colocado la tetera encima de la placa de la cocina para calentarla.

Pero ya pasaban doce minutos de las siete y no sonaba ningún timbre. Kim sabía que Dean necesitaba que ella le ayudara con el desayuno, cosa que estaba resultando inesperadamente exasperante. El señor Chandler-Powell había pedido que le sirvieran el suyo en su apartamento, lo que era inhabitual, y la señorita Cressett, que en general se preparaba lo que quería en su pequeña cocina y casi nunca tomaba un desayuno caliente, había llamado para decir que bajaría con los demás al comedor a las siete y media y había sido más quisquillosa que de costumbre sobre lo crujiente del bacón o la frescura del huevo, como si, pensó Kim, un huevo servido en la Mansión fuera otra cosa que fresco y de granja, algo que la señorita Cressett sabía tan bien como ella. Una irritación añadida fue la no comparecencia de Sharon, cuyo cometido consistía en servir la mesa del desayuno y encender el calientaplatos. Kim no sabía si subir a despertarla en caso de que la señorita Gradwyn tocara el timbre.

Preocupada una vez más por el alineamiento exacto de la taza, el platillo y la jarrita de leche en la bandeja, se volvió hacia Dean, con el rostro fruncido de ansiedad.

—Quizá debería subírsela. La enfermera dijo a las siete. A lo mejor quería decir que no hacía falta que esperase el timbre, que la señorita Gradwyn lo esperaba a las siete en punto. Y luego está la señora Skeffington. Puede llamar en cualquier momento.

Su cara, como la de un niño atribulado, inducía siempre en Dean amor y compasión teñidos de irritación. Se acercó al teléfono.

—Enfermera, soy Dean. La señorita Gradwyn no ha llamado para pedir el té. ¿Esperamos o quiere que Kim se lo suba?

La llamada duró menos de un minuto. Dean colgó y dijo:

—Llévaselo a la enfermera. Dice que llames a la puerta antes de entrar. Ya se encargará ella.

—Supongo que tomará el Darjeeling como antes, y las galletas. La enfermera no dijo otra cosa.

Dean, ocupado friendo huevos, dijo secamente:

—Si no quiere las galletas, que las deje.

El agua hirvió enseguida y el té estuvo hecho en cuestión de minutos. Como de costumbre, Dean la acompañó al ascensor, sostuvo abierta la puerta y pulsó el botón a fin de que ella pudiera usar ambas manos para llevar la bandeja. Al salir del ascensor, Kim vio a la enfermera Holland salir de su sala de estar. Esperaba que le cogiera la bandeja de las manos, pero en vez de ello la enfermera, tras una mirada superficial, abrió la puerta de la suite de la señorita Gradwyn, obviamente esperando que Kim la siguiera. Quizá, pensó Kim, esto no debía sorprenderle: no era tarea de la enfermera servir el té de primera hora a los pacientes. En todo caso le habría costado un poco, pues llevaba consigo su linterna.

La sala estaba a osuras. La enfermera encendió la luz y se dirigió a la puerta del dormitorio, que abrió despacio y sin hacer ruido. Esa habitación también estaba a oscuras, y no se oía nada, ni siquiera los ruidos suaves de alguien respirando. La señorita Gradwyn estaría durmiendo profundamente. Kim pensó que era un silencio misterioso, como entrar en una estancia vacía.

Por lo general era consciente del peso de la bandeja, pero ahora ésta parecía pesar más por momentos. Se quedó sosteniéndola en el hueco de la puerta abierta. Si la señorita Gradwyn se levantaba tarde, ella tendría que prepararle luego otro té. No iba a dejar éste ahí tanto rato hasta que se enfriara.

—Si aún duerme, no tiene sentido despertarla —dijo la enfermera con tono despreocupado—. Sólo comprobaré si está bien.

Se acercó a la cama y enfocó con la luz pálida de la linterna la figura supina y luego cambió a un haz más intenso. De pronto la apagó, y en la oscuridad Kim oyó su voz aguda y urgente, que no parecía la de la enfermera:

—Vete, Kim. No entres. ¡No mires! ¡No mires!

Pero Kim había mirado, y durante aquellos segundos desconcertantes antes de que se apagara la linterna, había visto la imagen estrafalaria de la muerte: pelo negro extendido sobre la almohada, los apretados puños levantados como los de un boxeador, el ojo abierto y el lívido cuello con manchas. No era la cabeza de la señorita Gradwyn... no era la cabeza de nadie, una brillante cabeza roja cercenada, un maniquí que no tenía nada que ver con algo vivo. Oyó el estrépito de la porcelana al caer sobre la alfombra y, dando traspiés hasta apoyarse en un sillón de la salita, se inclinó y sintió unas náuseas tremendas. El hedor de su vómito le entró por las ventanas de la nariz, y su último pensamiento antes de desmayarse fue un nuevo horror: ¿Qué diría la señorita Cressett sobre el sillón echado a perder?

Cuando volvió en sí, se encontraba tendida en la cama del dormitorio que compartía con su esposo. Estaba Dean, y detrás el señor Chandler-Powell y la enfermera Holland. Permaneció un momento con los ojos cerrados y oyó la voz de la enfermera y la respuesta del señor Chandler-Powell.

—George, ¿sabías que estaba embarazada?

—¿Y cómo demonios iba a saberlo? No soy tocólogo.

Así que lo sabían. Ella no tendría que dar la noticia. Lo único que le importaba era el bebé. Oyó la voz de Dean.

—Desde que te desmayaste has estado durmiendo. El señor Chandler-Powell te ha traído aquí y te ha dado un sedante. Es casi la hora del almuerzo.

El señor Chandler-Powell se acercó, y ella notó las frías manos del médico en su pulso.

—¿Cómo te sientes, Kimberley?

—Estoy bien. Gracias, señor. —Se incorporó enérgicamente y miró a la enfermera.

—Enfermera, ¿le ha pasado algo al niño?

—No te preocupes —dijo la enfermera Holland—. El bebé estará bien. Si lo prefieres, puedes almorzar aquí, Dean se quedará contigo. La señorita Cressett, la señora Frensham y yo nos ocuparemos del comedor.

—No —dijo Kim—, me encuentro bien. En serio. Y me encontraré mejor trabajando. Quiero volver a la cocina. Quiero estar con Dean.

—Buena chica —dijo Chandler-Powell—. En la medida en que podamos, debemos seguir con nuestra rutina habitual. Pero no hay prisa. Tomemos las cosas con calma. El inspector jefe ha estado aquí, pero al parecer espera que venga una brigada especial de la Policía Metropolitana. He pedido a todo el mundo que, de momento, no hable de lo que pasó anoche. ¿Lo entiendes, Kim?

—Sí, señor, entiendo. La señorita Gradwyn fue asesinada, ¿verdad?

—Supongo que sabremos más cuando llegue la brigada de Londres. Y si es eso lo que ha pasado, descubrirán al culpable. No tengas miedo, Kimberley. Estás entre amigos, como tú y Dean habéis estado siempre, y cuidaremos de ti.

Kim masculló su agradecimiento. Y ahora que se habían ido, se deslizó de la cama y acudió al consuelo de los fuertes brazos de Dean.

SEGUNDA PARTE

15 de diciembre

Londres, Dorset

1

A las diez y media de aquel domingo por la mañana, el comandante Dalgliesh y Emma Lavenham tenían una cita para reunirse con el padre de ella. Conocer al futuro suegro, especialmente con la finalidad de informarle de que uno va a casarse en breve con su hija, es una iniciativa casi nunca desprovista de recelos. Dalgliesh, con un vago recuerdo de otros encuentros similares imaginarios, había previsto que, como suplicante, se esperaba de él que viera al profesor Lavenham a solas, pero Emma le convenció fácilmente de que debían visitar a su padre juntos.

—De lo contrario, cariño, no hará más que preguntar cuál es mi opinión. Al fin y al cabo, nunca te ha visto y yo apenas he mencionado tu nombre. Si no voy yo, no estaré segura de que lo haya asimilado. Tiene realmente cierta tendencia al despiste, aunque nunca tengo claro en qué medida esto es genuino.

—¿Acostumbra a estar despistado?

—Cuando estoy con él, pero a su cabeza no le pasa nada. Más bien le gusta tomar el pelo.

Dalgliesh creía que el despiste y las bromas serían los problemas menos graves con su futuro suegro. Había advertido que, al llegar a viejos, los hombres distinguidos son dados a exagerar sus excentricidades de cuando eran más jóvenes, como si estas rarezas autodefinitorias de la personalidad fueran una defensa contra la pérdida paulatina de las capacidades físicas y mentales, el amorfo aplastamiento del yo en los últimos años. No estaba seguro de lo que sentían Emma y su padre uno hacia otro, pero seguramente era amor —al menos en el recuerdo— y afecto. Emma le había dicho que su hermana pequeña, juguetona, dócil y más bonita que ella, muerta atropellada por un coche que iba a toda velocidad, había sido la favorita de su padre, pero lo había dicho sin ningún tono de crítica ni de rencor. El rencor no era una emoción que él relacionara con Emma. Pero por difícil que fuera la relación, ella quería que esta reunión entre su padre y su amante saliera bien. A él correspondía conseguir que así fuera, que Emma no recordara la entrevista como una situación embarazosa o le quedara un desasosiego perdurable.

Todo lo que Dalgliesh sabía de la infancia de Emma había sido dicho en estos fragmentos inconexos de conversación en el que cada uno exploraba con pasos vacilantes el interior del pasado del otro. Al jubilarse, el profesor Lavenham había rechazado Oxford en favor de Londres y vivía en un piso grande de uno de los edificios eduardianos de Marylebone, dignificado, como la mayoría, con la denominación de «palacete». El edificio no estaba muy lejos de la estación de Paddington, con su línea regular de tren a Oxford, donde el profesor era un frecuente —y, sospechaba su hija, a veces demasiado frecuente— comensal en la mesa de los profesores. Un ex sirviente de la universidad y su esposa, que se habían mudado a Camden Town a vivir con una hija enviudada, acudían a diario a hacer la limpieza y volvían más tarde a preparar la cena del profesor. Cuando se casó, él tenía más de cuarenta años y, aunque ahora tenía sólo setenta, era perfectamente capaz de cuidar de sí mismo, al menos en las cosas esenciales. Sin embargo, los Sawyer se habían convencido a sí mismos, con cierta connivencia por parte del profesor, de que estaban ocupándose con devoción de un distinguido caballero necesitado de ayuda. Sólo el adjetivo «distinguido» era adecuado. Los antiguos colegas que visitaban los palacetes Calverton opinaban que a Henry Lavenham le había ido muy bien.

Dalgliesh y Emma fueron en coche a los Palacetes y llegaron a la hora convenida con el profesor, las diez y media. El edificio había sido repintado hacía poco, el enladrillado era de un desafortunado color que, según Dalgliesh, recordaba al del filete de ternera. El espacioso ascensor, revestido de espejos y con un fuerte olor a cera de muebles, los llevó a la tercera planta.

La puerta del número 27 se abrió tan puntualmente que Dalgliesh sospechó que su anfitrión había estado vigilando la llegada del taxi desde la ventana. El hombre que tenía enfrente era tan alto como él, con un rostro hermoso de huesos prominentes bajo una mata de pelo rebelde de color gris acero. Se ayudaba de un bastón, pero sus hombros estaban sólo ligeramente encorvados, y los ojos oscuros, el único parecido con su hija, habían perdido su brillo pero observaban a Dalgliesh con una mirada tan penetrante que desconcertaba. Iba en zapatillas y vestido de manera informal, pero su aspecto era inmaculado.

—Pasad, pasad —dijo con una impaciencia que daba a entender que se estaban demorando en la puerta.

Fueron conducidos a una gran estancia delantera con una ventana en saledizo. Evidentemente era una biblioteca; de hecho, dado que cada pared era un mosaico de lomos de libros y que en el escritorio y prácticamente en todas las demás superficies no había más que montones de libros en rústica y revistas, no quedaba sitio para otra actividad que no fuera leer. Frente al escritorio, una silla de respaldo alto había sido liberada de sus papeles, que ahora se amontonaban debajo, lo que, a juicio de Dalgliesh, le daba una singularidad desnuda y en cierto modo de mal agüero.

Tras retirar su silla del escritorio y tomar asiento, el profesor Lavenham indicó a Dalgliesh que hiciera lo propio con la silla vacía. Los ojos oscuros, bajo unas cejas ahora grises pero curiosamente con la misma forma que las de Emma, miraban fijamente a Dalgliesh por encima de unas gafas de media luna. Emma se acercó a la ventana. Dalgliesh pensó que ella se estaba disponiendo a pasarlo bien. Después de todo, su padre no podía prohibir el matrimonio. Emma deseaba su aprobación, pero no tenía intención de dejarse influir por el consentimiento o el rechazo. De todos modos, habían hecho bien en ir. Dalgliesh tenía la incómoda sensación de que debía haber ido antes. El comienzo no era propicio.

—Comandante Dalgliesh, supongo que digo bien el rango.

—Sí, gracias.

—Creo que esto es lo que me dijo Emma. He hecho conjeturas sobre por qué está haciendo lo que, para un hombre ocupado como usted, debe de ser una visita a una hora un tanto inoportuna. Me siento obligado a decirle que no figura en mi lista de buenos partidos. De todos modos, estoy dispuesto a incluir su nombre si sus respuestas son las que requiere un padre afectuoso.

Así que estaban en deuda con Oscar Wilde por el diálogo de este interrogatorio personal. Dalgliesh se sintió agradecido; el profesor muy bien pudo recuperar de su obviamente aún buena memoria algún pasaje abstruso de una obra dramática o narrativa, seguramente en latín. Pensó que pese a las dificultades podría aguantar el tipo, por así decirlo. No dijo nada.

—Creo que es lógico —prosiguió el profesor Lavenham— indagar sobre si tiene ingresos suficientes para procurar a mi hija el nivel de vida al que está acostumbrada. Emma se ha mantenido a sí misma desde que se sacó el doctorado, al margen de ocasionales e irregulares subvenciones generosas por mi parte, seguramente destinadas a compensar culpas anteriores como padre. ¿Debo entender que tiene suficiente dinero para que los dos vivan cómodamente?

—Cuento con mi sueldo como comandante de la Policía Metropolitana, y mi tía me dejó una fortuna considerable.

—¿En fincas o inversiones?

—Inversiones.

—Esto me satisface. Entre los impuestos pagados por uno durante su vida y los pagados tras su muerte, las fincas han dejado de ser un negocio y un placer. Dan a uno una posición y le impiden mantenerla. Es todo lo que puede decirse sobre los bienes raíces. ¿Tiene casa propia?

—Tengo un piso con vistas al Támesis en Queenhithe con un usufructo de más de cien años. No poseo ninguna casa, ni siquiera en el lado poco elegante de Belgrave Square.

—Entonces le aconsejo que adquiera una. No creo que una

chica de carácter sencillo y nada mimada como Emma pueda residir en un piso de Queenhithe con vistas al Támesis, aun con un usufructo de cien años.

—Me encanta ese piso, papá —dijo Emma. El comentario fue pasado por alto.

Con toda evidencia, el profesor había llegado a la conclusión que el esfuerzo por seguir tomando el pelo no guardaba proporción con el placer que le procuraba.

—Bien —dijo—, me parece satisfactorio. Y ahora creo que la costumbre es ofreceros a los dos una copa. Personalmente no me gusta el champán, y el vino blanco me sienta mal, pero en la mesa de la cocina hay una botella de borgoña. Las diez cuarenta de la mañana no es precisamente una buena hora para empezar a beber, por lo que sugiero que os la llevéis con vosotros. No creo que vayáis a quedaros mucho rato. O si no —añadió esperanzado—, podríais tomar café. La señora Sawyer me dijo que lo había dejado todo preparado.

—Preferimos el vino, papá —dijo Emma con firmeza.

—En tal caso, encargaos de serviros vosotros mismos.

Fueron a la cocina. Habría sido descortés cerrar la puerta, así que ambos se las arreglaron para reprimir el impulso de romper a reír. El vino era una botella de Clos de Bèze.

—Un vino excelente —dijo Dalgliesh.

—Porque le has caído bien. Me pregunto si, por si se daba el caso contrario, había una botella de peleón esperando en el cajón de su escritorio. De él no me extrañaría.

Regresaron a la biblioteca, Dalgliesh llevando la botella.

—Gracias, señor. La guardaremos para una ocasión especial, que esperamos sea cuando pueda venir a vernos.

—Quizá, quizá. No suelo cenar fuera, sólo en el *college*. Tal vez cuando mejore el tiempo. A los Sawyer no les gusta que me aventure por ahí en las noches frías.

—Esperamos que vengas a la boda, papá —dijo Emma—. Será en primavera, seguramente mayo, pero te lo haremos saber en cuanto sepamos la fecha.

—Pues claro que iré, si me encuentro bien. Considero que es

mi deber. Según el Libro de la Oración Común, que no es mi lectura habitual, parece que tengo un papel no verbal y poco definido en el proceso. Éste fue sin duda el caso de mi suegro en mi boda, también en la capilla del *college*. Le metía prisa por el pasillo a tu pobre madre, como temeroso de que yo cambiara de opinión si me hacían esperar. Si hace falta mi participación espero hacerlo mejor, aunque quizá rechazarás la idea de una hija siendo formalmente entregada a la posesión de otro. Supongo que está deseando retomar sus asuntos, comandante. La señora Sawyer dijo que esta mañana quizá me traería algunas cosas que necesito. Lamentará no haberos visto.

En la puerta, Emma se acercó a su padre y le besó en ambas mejillas. De repente, él la agarró con fuerza, y Dalgliesh advirtió que se le ponían blancos los nudillos. El viejo la apretó con tal fuerza que parecía que necesitaba un apoyo. En los segundos transcurridos mientras estaban abrazados, sonó el móvil de Dalgliesh. En ninguna otra ocasión anterior había sido más inoportuno su inconfundible sonido.

Relajando su abrazo a Emma, el padre dijo de mal talante:

—Aborrezco especialmente los móviles. ¿No podía haber apagado el chisme?

—Éste no, señor. Disculpe.

Se dirigió a la cocina.

—Mejor que cierre la puerta —dijo el profesor a voces—. Como seguramente ya habrá comprobado, aún tengo el oído muy fino.

Geoffrey Harkness, inspector ayudante de la Policía Metropolitana, era experto en transmitir información de manera concisa y en términos concebidos para que no suscitaran preguntas y discusiones. Ahora, a falta de seis meses para su jubilación, aplicaba estratagemas bien comprobadas para asegurar que su vida profesional se acercara discretamente a su celebración final sin mayores trastornos, bochornos sociales ni desastres. Dalgliesh sabía que Harkness se había procurado previsoramente un empleo de jubilado como asesor de seguridad en una importante empresa internacional y con un salario que triplicaba el actual. Mejor para él. Entre Harkness y Dalgliesh había respeto —a veces a regañadientes por parte del primero—, pero no amistad. Ahora la voz del primero sonaba como de costumbre: brusca, impaciente, pero con la urgencia controlada.

—Un caso para la Brigada, Adam. La dirección es Mansión Cheverell, en Dorset, a unos quince kilómetros al oeste de Poole. Un cirujano, George Chandler-Powell, dirige algo a medio camino entre una clínica y una casa de reposo. En todo caso, opera a pacientes ricos que quieren cirugía estética. Uno de ellos ha muerto, Rhoda Gradwyn, al parecer estrangulada.

Dalgliesh hizo la pregunta obvia. No era la primera vez que la formulaba, y nunca era bien recibida.

—¿Por qué la Brigada? ¿No puede encargarse la policía local?

—Podría encargarse, pero nos han pedido que fueras tú. No me preguntes por qué; la orden ha venido del Número Diez, no de aquí. Mira, Adam, ya sabes cómo están ahora las cosas entre nosotros y Downing Street. No es momento de empezar a poner pegas. La Brigada se creó para investigar casos especialmente delicados, y el Número Diez opina que éste se encuadra en dicha categoría. El jefe de policía, Raymond Whitestaff, creo que le conoces, está conforme, y proporcionará los agentes de la escena del crimen (SOCO) y el fotógrafo, si a ti te parece bien. Así ahorraremos tiempo y dinero. No se justifica un helicóptero, pero desde luego es urgente.

—Siempre lo es. ¿Y qué hay del patólogo? Me gustaría que fuera Kynaston.

—Está ocupado en un caso, pero Edith Glenister se encuentra disponible. La tuviste en el asesinato de Combe Island, ¿te acuerdas?

—Sería difícil que no me acordara. Supongo que la policía local podrá facilitarnos un centro de operaciones y cierto apoyo.

—Tienen una casita desocupada a unos cien metros de la Mansión. Había sido la casa del policía del pueblo, pero cuando se jubiló no le buscaron sustituto, y ahora está vacía y esperando que la pongan a la venta. Carretera abajo hay una pensión; supongo que Miskin y Benton-Smith estarán cómodos ahí. En la escena del crimen te espera el inspector jefe Keith Whetstone, de la policía local. No van a tocar el cadáver hasta que lleguéis tú y la doctora Glenister. ¿Quieres que haga algo más?

—No —dijo Dalgliesh—. Yo me pondré en contacto con la inspectora Miskin y el sargento Benton-Smith. Pero ahorraremos tiempo si alguien puede hablar con mi secretaria. El lunes hay reuniones a las que no podré asistir, y será mejor cancelar las del martes. Ya llamaré después.

—De acuerdo —dijo Harkness—, me ocuparé de ello. Buena suerte —añadió antes de colgar.

Dalgliesh regresó a la biblioteca.

—Espero que no sean malas noticias —dijo el profesor Lavenham—. ¿Sus padres están bien?

—Los dos están muertos, señor. Era una llamada oficial. Me temo que debo irme enseguida.

—Entonces no debemos retenerle.

El anciano los acompañó a la puerta con lo que parecía una prisa innecesaria. Dalgliesh temía que el profesor hiciera el comentario de que perder un padre podía considerarse una desgracia, pero perder los dos parecía indicar más bien descuido, pero era evidente que había observaciones que incluso su futuro suegro eludía.

Caminaron deprisa hasta el coche. Dalgliesh sabía que Emma, aunque pudiera tener sus propios planes, no esperaba que él se desviara de su camino para dejarla en algún sitio. Dalgliesh tenía que llegar a la oficina sin perder un minuto. No le hacía falta expresar su decepción; Emma comprendió tanto su intensidad como su inevitabilidad. Mientras caminaban juntos, él le preguntó qué pensaba hacer los próximos dos días. ¿Se quedaría en Londres o volvería a Cambridge?

—Clara y Annie han dicho que, si nos fallaban los planes, esperarían encantadas que pasara con ellas el fin de semana. Las llamaré.

Clara era la mejor amiga de Emma, y Dalgliesh comprendía

lo que Emma valoraba en ella: sinceridad, inteligencia y un férreo sentido común. Ahora él y Clara se llevaban bien, pero al principio de su relación con Emma, las cosas no habían sido fáciles. Clara había hecho patente que, a su juicio, él era demasiado viejo, estaba demasiado absorto en su trabajo y su poesía para establecer un compromiso serio con una mujer, y simplemente no era lo bastante bueno para Emma. Dalgliesh admitía la última acusación, una autoincriminación que no era nada agradable oír en boca de otro, sobre todo de Clara. Emma no debía perder nada a causa de su amor por él.

Clara y Emma se conocían de la escuela, habían ido al mismo *college* de Cambridge el mismo año, y aunque después siguieron rumbos muy distintos, nunca dejaron de estar en contacto. A primera vista se trataba de una amistad sorprendente, comúnmente explicada por la atracción de los contrarios. Emma, heterosexual con su inquietante y perturbadora belleza que Dalgliesh sabía que podía ser más una carga que la envidiada y pura hermosura de la imaginación popular; Clara, bajita, con una cara redonda y alegre, ojos brillantes tras unas grandes gafas y con los andares de un labriego. El hecho de que atrajera a los hombres era para Dalgliesh otro ejemplo del misterio del atractivo sexual. A veces se había preguntado si la primera reacción de Clara ante él había estado motivada por los celos o el pesar. Ambas cosas parecían improbables. Clara era a todas luces feliz con su pareja, la dulce y delicada Annie, de quien Dalgliesh sospechaba que era más dura de lo que parecía. Fue Annie quien había convertido su piso de Putney en un lugar en el que nadie entraba sin —en palabras de Jane Austen— la optimista expectativa de la felicidad. Tras sacar un sobresaliente en matemáticas, Clara había comenzado a trabajar en la City, donde era una gestora de fondos muy próspera. Sus colegas iban y venían, pero Clara firmaba un contrato tras otro. Emma le había dicho que Clara tenía pensado dejar el trabajo al cabo de tres años, cuando ella y Annie utilizarían el considerable capital acumulado para empezar una nueva vida. Entretanto, buena parte de lo que ganaba lo gastaba en causas buenas que despertaban la compasión de Annie.

Tres meses atrás, Emma y él habían asistido a la ceremonia de unión civil de Clara y Annie, una celebración discreta y agradable a la que sólo fueron invitados los padres de Clara, el padre viudo de Annie y unos cuantos amigos íntimos. Después hubo un almuerzo que preparó Annie en el piso. Una vez terminado el segundo plato, Clara y Dalgliesh recogieron la mesa y fueron juntos a la cocina para servir el budín. Fue entonces cuando ella se dirigió a él con una resolución indicadora de que había estado esperando la oportunidad.

—Debe de parecer algo perverso que nosotras establezcamos un vínculo legal cuando vosotros, los héteros, estáis enfrentados en miles de divorcios o viviendo juntos sin las ventajas del matrimonio. Éramos perfectamente felices tal como estábamos, pero necesitábamos asegurar que cada una fuera el pariente más cercano y reconocido de la otra. Si Annie ha de ir al hospital, yo tengo que estar ahí. Y luego está el asunto de la propiedad. Si me muero yo primero, pasará a Annie libre de impuestos. Supongo que gastará la mayor parte en casos perdidos, pero esto es asunto suyo. No lo derrochará. Annie es muy sensata. La gente cree que nuestra relación perdura porque yo soy la fuerte y Annie me necesita. En realidad sucede al revés, y tú eres uno de los pocos que lo ha visto desde el principio. Gracias por haber estado hoy con nosotras.

Dalgliesh sabía que aquellas últimas palabras pronunciadas con brusquedad eran la confirmación de una aceptación que, una vez concedida, sería incuestionable. Le complacía que al margen de las personas, los problemas y los desafíos desconocidos que le esperaban los días siguientes, el fin de semana de Emma permanecería vivo en su imaginación y para ella sería un recuerdo feliz.

2

Para la inspectora de policía Kate Miskin, su piso en la orilla norte del Támesis, río abajo desde Wapping, era la demostración de un logro en la única forma que, para ella, tenía alguna expectativa de permanencia: solidificado en acero, ladrillos y madera. Cuando entró a vivir en el piso, sabía que era demasiado caro para ella, y los primeros años de la hipoteca habían exigido sacrificios. Pero los había hecho de buen grado. No había perdido esa emoción inicial de caminar por las habitaciones llenas de luz, de despertar y quedarse dormida con el cambiante pero eterno palpitar del Támesis. El suyo era el piso de la esquina de la última planta, con dos balcones que ofrecían amplias vistas río arriba y de la orilla opuesta. Si no hacía muy mal tiempo, podía estar ahí en silencio contemplando los humores variables del río, el poder místico del dios marrón de T. S. Eliot, la turbulencia de la marea repentina, el centelleante tramo de azul pálido bajo el cielo del caluroso verano, y, después de oscurecer, la piel negra y viscosa acuchillada por la luz. Contemplaba las familiares embarcaciones como si fueran amigos de regreso: las lanchas de la Autoridad Portuaria de Londres y la policía fluvial, los dragadores, las cargadas barcazas, en verano los botes de recreo y los pequeños cruceros y, lo más fascinante de todo, los altos veleros, sus jóvenes tripulantes alineados a lo largo de las barandas, mientras se desplazaban con majestuosa lentitud río arriba para pasar bajo las grandes levas levantadas del Tower Bridge en dirección al puerto.

El piso no podía ser más diferente de las claustrofóbicas habitaciones de la séptima planta de Ellison Fairweather Buildings, donde había sido criada por su abuela, del olor, los ascensores destrozados, los cubos de basura volcados, los gritos, la permanente conciencia de peligro. Cuando niña, había andado asustada y con ojos cautelosos por una jungla urbana. Para ella, su infancia había quedado definida por las palabras de su abuela a una vecina, que Kate había oído por casualidad y no había olvidado: «Si su madre tenía que tener una hija ilegítima, al menos podía haber sobrevivido para cuidarla, ¡y no endilgármela a mí! Nunca supo el nombre del padre, o en todo caso no lo dijo.» En la adolescencia, aprendió por su cuenta a perdonar a su abuela. Cansada, abrumada de trabajo, pobre, ésta asumió sin ayuda una responsabilidad que no había esperado ni deseaba. Lo que le quedaba a Kate, y siempre le quedaría, era saber que por el hecho de no haber conocido a sus padres viviría la vida faltándole una parte esencial de sí misma, un agujero en la psique que nunca podría ser llenado.

Sin embargo, tenía su piso, un trabajo que le encantaba y en el que destacaba, y hasta hacía seis meses había tenido también a Piers Tarrant. Habían estado a punto de amarse, aunque ninguno de los dos llegó a pronunciar la palabra; pero ella sabía qué grado de plenitud había alcanzado su vida gracias a él. Piers había dejado la Brigada de Investigaciones Especiales para incorporarse a la Divisón Antiterrorista de la Met, y aunque gran parte de su trabajo era secreto, podían revivir los viejos tiempos en que habían sido colegas. Utilizaban el mismo lenguaje, él comprendía las ambigüedades del mantenimiento del orden más de lo que podría hacerlo jamás ningún civil. Ella siempre lo había considerado sexualmente atractivo, pero, mientras fueran colegas, sabía que una aventura podía ser desastrosa. Adam Dalgliesh, AD, era intransigente con cualquier cosa que pudiera dañar la eficacia de la Brigada, y uno de los dos, o los dos, habría sido trasladado. Pero a ella le parecía que los años en que habían trabajado juntos, el peligro compartido, los desengaños, el agotamiento y los éxitos, incluso a veces la rivalidad por la aprobación de AD, los habían unido de tal modo que convertirse en amantes pareció una confirmación lógica y natural de algo que siempre había existido.

Sin embargo, seis meses atrás ella había puesto fin a la relación y no lo lamentaba. Para Kate era insoportable tener una pareja infiel. Nunca había esperado que ninguna relación fuera permanente; nada de su infancia y su juventud le había prometido eso. Pero si para él aquello había sido una bagatela, para ella había sido una traición. Lo había mandado a paseo y desde entonces no había tenido noticias. Mientras recordaba, se dijo a sí misma que había sido ingenua desde el principio. Al fin y al cabo, ya sabía de la fama de Piers. La ruptura se produjo cuando Kate decidió en el último instante acudir a la fiesta de despedida de Sean McBride, que amenazaba con ser el típico festejo regado con alcohol. Hacía tiempo que Kate había dejado atrás las fiestas de despedida, pero había trabajado con Sean un tiempo, cuando éste era agente de policía, y había sido un buen jefe, servicial y carente de los entonces tan habituales prejuicios contra las agentes. Haría acto de presencia para desearle buena suerte.

Mientras se abría paso a duras penas entre la multitud, vio a Piers en el centro de un grupo estridente. La rubia que estaba enroscada a su alrededor llevaba tan poca ropa que a los hombres les costaba decidir si mirarle la entrepierna o los pechos. No cabía ninguna duda sobre su relación; lo pasaban en grande en la cama y estaban encantados de exhibirlo. Él vio a Kate a través del hueco de la multitud apiñada. Sus miradas se cruzaron fugazmente, pero antes de que Piers tuviera tiempo de acercársele, ella se había ido.

Piers llegó por la mañana temprano, y entonces se formalizó la ruptura. Ella había olvidado gran parte de lo que dijo él, pero en su mente aún resonaban como un mantra fragmentos inconexos.

—Escucha, Kate, no es importante. No significaba nada. Ella no significa nada.

—Lo sé. De eso me quejo.

—Me estás pidiendo mucho, Kate.

—No te estoy pidiendo nada. Si es así como quieres vivir, es asunto tuyo. Simplemente te digo que no quiero tener relaciones sexuales con un hombre que se acuesta con otras mujeres. Quizá suene pasado de moda en un mundo en el que un ligue de una noche significa otra muesca en la cachiporra, pero yo soy así y no puedo cambiar, de modo que esto ha terminado. Menos mal que ninguno de los dos se había enamorado. Nos ahorraremos el tedio habitual de lágrimas y recriminaciones.

—Podría dejarla.

—¿Y la próxima? ¿Y la siguiente? No entiendes nada. Yo no ofrezco sexo como un premio por buena conducta. No quiero explicaciones, excusas ni promesas. Se acabó.

Y se había acabado. Él había desaparecido totalmente de su vida durante seis meses. Se dijo a sí misma que se estaba acostumbrando a estar sin Piers, pero no había sido fácil. Echaba de menos algo más que la satisfacción mutua en sus relaciones sexuales, la risa, las copas en sus pubs preferidos en la orilla del río, el compañerismo libre de estrés, las comidas que preparaban juntos en su piso; todo eso había dejado en ella una desenfadada confianza en la vida como no había conocido antes.

Quería hablar con él sobre el futuro. No había nadie más en quien pudiera confiar. Su siguiente caso podía ser muy bien el último. Era seguro que la Brigada de Investigaciones Especiales no seguiría en su configuración actual. Hasta el momento, el comandante Dalgliesh había conseguido frustrar los planes oficiales de racionalizar el personal no convencional, definir sus funciones en el argot contemporáneo ideado para oscurecer más que para esclarecer, e incorporar la Brigada a una estructura burocrática más ortodoxa. La Brigada había sobrevivido debido a su éxito indudable, a que resultaba relativamente barata —una virtud no muy conveniente en opinión de algunos— y a que estaba dirigida por uno de los detectives más distinguidos del país. El molino de rumores de la Met funcionaba sin parar, y de vez en cuando producía un grano de trigo entre las granzas. Habían llegado a sus oídos todos los chismes actuales: Dalgliesh, lamentando la politización de la Met, quería retirarse; AD no tenía intención de retirarse y en breve asumiría la responsabilidad de un departamento especial mixto involucrado en la formación de detectives; había recibido ofertas de dos departamentos universitarios de criminología; alguien de la City lo quería para desempeñar un trabajo no especificado con un sueldo cuatro veces superior al que cobraba actualmente el inspector jefe.

Kate y Benton habían respondido a todos los interrogantes con el silencio. No había hecho falta autodisciplina. No sabían nada, pero confiaban en que cuando AD hubiera tomado su decisión, se contarían entre los primeros en ser llamados. El jefe para el que ella había trabajado desde que llegó a sargento detective se casaría con Emma dentro de pocos meses. Tras tantos años juntos, una y otro ya no formarían parte del mismo equipo. Kate lograría su prometido ascenso a inspector jefe de detectives, quizás en cuestión de semanas, y tenía esperanzas de subir incluso más. El futuro acaso fuera solitario, pero si lo era, ella tenía su trabajo, el que había querido siempre, el que le había dado todo lo que tenía. Y sabía mejor que nadie que había destinos peores que la soledad.

La llamada llegó a las diez cincuenta. No tenía que ir a la oficina hasta la una y media, y estaba a punto de abandonar el piso para dedicarse a los quehaceres rutinarios que siempre le ocupaban horas de su medio día libre: ir al supermercado a comprar comida, pasar a buscar un reloj que había que arreglar, llevar unas prendas de ropa a la tintorería. La llamada le llegó al móvil especial, y enseguida supo qué voz oiría. Escuchó con atención. Era un caso de asesinato, como había imaginado. La víctima, Rhoda Gradwyn, periodista de investigación hallada muerta a las siete y media en su cama, al parecer estrangulada, tras una operación en una clínica privada de Dorset. Él le dio la dirección de la Mansión Cheverell, en Stoke Cheverell. Ninguna explicación de por qué se encargaba del asunto la Brigada, pero por lo visto el Número Diez estaba implicado. Viajarían en coche, en el de ella o en el de Benton; se trataba de que los miembros del equipo llegaran juntos.

—Sí, señor —dijo ella—. Llamaré a Benton y me reuniré con él en su piso. Creo que iremos en su coche. El mío ha de pasar la revisión. Tengo mi kit y sé que él tiene el suyo.

—Bien. Debo llamar al Yard, Kate. Nos vemos en Shepherd's Bush hacia la hora que llegues tú, espero. Entonces te daré todos los detalles que conozca.

Luego ella llamó a Benton, y en cuestión de veinte minutos se había cambiado y puesto los pantalones de *tweed* y la chaqueta que solía llevar cuando se trataba de un caso en territorio rural. Siempre tenía lista una bolsa de viaje con otra ropa que pudiera necesitar. Comprobó rápidamente las ventanas y los enchufes, cogió el kit, hizo girar las llaves en las dos cerraduras de seguridad y se puso en camino.

3

La llamada de Kate al sargento Francis-Benton-Smith se produjo mientras éste se hallaba comprando en el mercado de campesinos de Notting Hill. Había planeado cuidadosamente la jornada y tenía el excelente humor de un hombre con ganas de disfrutar de un merecido día de descanso que auguraba más placer por la actividad que por el descanso. Había prometido preparar el almuerzo a sus padres en la cocina de su casa de South Kensington, a continuación pasaría la tarde en la cama con Beverley en el piso que ella ocupaba en Shepherd's Bush, y pensaba terminar lo que se anunciaba como una perfecta mezcla de deber y placer llevándola a ver la nueva película que ponían en el Curzon. Para él, el día también sería una celebración privada de su reciente rehabilitación como novio de Beverley. La ubicua palabra le molestaba un poco, pero parecía inadecuado describirla como su amante, pues ello le sugería un mayor grado de compromiso.

Beverley era actor —ella insistía en que no la podían definir como actriz—, y se estaba abriendo camino en la televisión. Desde el principio dejó claro cuál era su prioridad. Le gustaba variedad en sus novios, pero en cuanto a la promiscuidad era tan intolerante como un predicador fundamentalista. Su vida sexual era una procesión estrictamente cronológica de aventuras individuales, pocas, como explicó consideradamente a Benton, y con ninguna esperanza de que durasen más de seis meses. Pese a la delgadez de su cuerpo, robusto y bien proporcionado, le encantaba comer, y él sabía que parte de su éxito con ella se debía a las comidas, fuera en restaurantes cuidadosamente elegidos que a duras penas se podía permitir, o, si ella lo prefería, preparadas por él en casa. Este almuerzo, al que ella había sido invitada, estaba planeado en parte para recordarle a Beverley lo que se había estado perdiendo.

Él había visto a los padres de ella una vez y sólo un rato, y le sorprendía que esa pareja sólidamente cebada, convencional, bien vestida y físicamente anodina, hubiera engendrado una chica tan exótica. Le encantaba mirar a Beverley: la pálida cara oval y el pelo oscuro con un flequillo sobre los ojos ligeramente oblicuos le conferían un atractivo algo oriental. Beverley venía de un ambiente tan privilegiado como el de Francis, y la joven, pese a sus esfuerzos, no había conseguido deshacerse de todos los indicios que delataban una buena educación general. Pero los despreciados valores y accesorios burgueses habían sido sacrificados en el altar del arte, y en cuanto a su habla y aspecto se había convertido en Abbie, la díscola hija del dueño de un pub, en un culebrón televisivo ambientado en un pueblo de Suffolk. Cuando las cosas empezaron a ir bien, sus posibilidades de actuar mejoraron notablemente. Había planes para una aventura con el organista de la iglesia, un embarazo y un aborto ilegal, y un tumulto general en el pueblo. Pero se habían recibido quejas de espectadores para quienes ese idilio rural competiría con *Eastenders*, y ahora corría el rumor de que Abbie iba a ser redimida. Hubo incluso la propuesta de un matrimonio fiel y una maternidad virtuosa. Fue un desastre, se quejaba Beverley. Su agente ya estaba tanteando el terreno para sacar provecho de su presente notoriedad mientras durase. Francis —sólo era Benton para sus colegas y la Met— no tenía ninguna duda de que el almuerzo sería un éxito. Sus padres siempre sentían curiosidad por aprender cosas sobre los mundos misteriosos a los que no tenían acceso, y a Beverley le alegraría hacer una vehemente interpretación del último capítulo, probablemente con diálogo.

Francis sentía que su propio aspecto era tan engañoso como

el de Beverley. Su padre era inglés, su madre india, y había heredado la belleza de ella pero nada del profundo vínculo que la unía con su país, que no había perdido y que compartía con su esposo. Cuando se casaron, ella tenía dieciocho años y él doce más. Habían estado perdidamente enamorados y lo seguían estando, y su visita anual a la India era lo más importante del año. Cuando niño, Francis les había acompañado, pero siempre sintiéndose extraño, incómodo, incapaz de participar en un mundo al que su padre, que parecía más feliz y alegre en la India que en Inglaterra, se había adaptado fácilmente en lo referente a la forma de hablar, vestir y comer. Desde la infancia temprana, también había notado que el amor de sus padres era demasiado devorador para admitir a una tercera persona, aunque fuera un hijo único. Sabía que lo querían, pero en compañía de su padre, un director de colegio retirado, siempre se había sentido más un prometedor y apreciado alumno de secundaria que un hijo. La benigna no injerencia de sus padres era desconcertante. Cuando Francis tenía dieciséis años y escuchaba las quejas de algún compañero de la escuela sobre sus padres —la ridícula norma de llegar a casa antes de medianoche, las advertencias sobre las drogas, el alcohol o el sida, la insistencia en que el deber tenía prioridad sobre el placer, los constantes reproches sobre el pelo, la ropa y el estado de su habitación que, al fin y al cabo, se suponía que era privada—, de algún modo Francis tenía la impresión de que la tolerancia de los suyos equivalía a un desinterés próximo a la negligencia emocional. En principio, la crianza de los hijos no era eso.

Cuando eligió profesión, la reacción de su padre fue una que, sospechaba Francis, ya había sido utilizada antes. «Sólo hay dos cosas importantes a la hora de elegir empleo: que sea algo que fomente la felicidad y el bienestar de los demás y que te dé satisfacción a ti. El cuerpo de policía satisface la primera y espero que también la segunda.» Casi se había tenido que morder la lengua para no decir «gracias, señor». De todos modos, sabía que quería a sus padres y a veces era calladamente consciente de que no sólo había distanciamiento por parte de ellos sino que él también los visitaba muy poco. Este almuerzo iba a ser una pequeña expiación por su desatención.

Recibió la llamada en el móvil especial a las diez cincuenta y cinco, mientras hacía su selección de verduras orgánicas. Era la voz de Kate.

—Tenemos un caso. El presunto asesinato de una paciente en una clínica privada de Stoke Cheverell, Dorset. En una mansión.

—Esto supone un cambio, señora. Pero ¿por qué la Brigada? ¿Por qué no la policía de Dorset?

La voz de Kate sonaba impaciente. No había tiempo para cháchara.

—Quién sabe. Se muestran evasivos, como de costumbre, pero parece que tiene algo que ver con el Número Diez. Te daré toda la información que tengo cuando estemos en camino. Sugiero que vayamos en tu coche, el comandante Dalgliesh quiere que lleguemos a la Mansión al mismo tiempo. Él va con su Jag. Estaré contigo tan pronto pueda. Dejaré mi coche en tu garaje, él se reunirá allí con nosotros. Supongo que tienes tu kit. Y trae la cámara. Podría ser de utilidad. ¿Dónde estás ahora?

—En Notting Hill, señora. Con suerte estaré de vuelta en el piso en menos de diez minutos.

—Bien. También podrías coger algunos bocadillos, tortillas y algo de beber. AD no querrá que lleguemos con hambre.

Cuando Kate colgó, Benton pensó que ya sabía eso. Tenía que hacer dos llamadas, una a sus padres y otra a Beverley. Contestó su madre, que, sin perder tiempo, le dijo que lo lamentaba mucho y colgó. Beverley no contestaba el móvil, pero a Benton le dio igual. Dejó un simple mensaje diciendo que se cancelaban los planes y que llamaría luego.

Tardó sólo unos minutos en comprar los bocadillos y las bebidas. Salió corriendo del mercado y mientras cruzaba Holland Park Avenue, vio que un autobús con el número 94 estaba reduciendo la velocidad al llegar a su parada, por lo que esprintó y logró saltar adentro antes de que se cerraran las puertas. Ya había olvidado sus planes para ese día y estaba pensando en la más exigente tarea que le esperaba, la de aumentar su fama en la Brigada. Le preocupaba, aunque sólo ligeramente, que esta euforia, la sensación de que el futuro inmediato rebosaba de excitación y desafíos, dependiera de un cadáver desconocido que se estaba poniendo rígido en una casa solariega de Dorset, dependiera de la pena, la angustia y el miedo. Admitía, y no sin un pequeño arrebato de mala conciencia, que sería decepcionante llegar a Dorset y enterarse de que, después de todo, era sólo un asesinato común y corriente y que el autor ya había sido identificado y detenido. Nunca había sucedido, y sabía que era improbable. Nunca llamaban a la Brigada para que se encargara de un asesinato del montón.

De pie junto a las puertas del autobús, esperó impaciente que se abrieran, y acto seguido echó a correr hasta su edificio de apartamentos. Tras pulsar el botón del ascensor, permaneció sin aliento escuchándolo mientras bajaba. Fue entonces cuando cayó en la cuenta, sin que le importara lo más mínimo, de que se había dejado en el autobús la bolsa con las verduras orgánicas cuidadosamente escogidas.

4

Era la una y media, seis horas después del descubrimiento del cadáver, pero para Dean y Kimberley Bostock, que estaban esperando en la cocina hasta que llegara alguien que les dijera qué hacer, la mañana se hacía eterna. Éste era su dominio, el lugar donde se encontraban como en casa, con todo bajo control, nunca agobiados, sabiendo que eran valorados aunque las palabras no se pronunciaran a menudo, confiados en sus aptitudes profesionales, y sobre todo juntos. Pero ahora iban de la mesa a los fogones como aficionados desorganizados en un entorno desconocido e intimidante. Como si fueran autómatas, habían deslizado por encima de la cabeza las cintas de sus delantales de cocina y se habían puesto el gorro blanco, pero no habían trabajado mucho. A las nueve y media, y a petición de la señorita Cressett, Dean había llevado cruasanes, mermelada corriente y de naranjas amargas y una jarra grande de café a la biblioteca, pero al ir a retirar después los platos advirtió que estaba casi todo intacto, aunque se había acabado el café, cuya demanda parecía no tener fin. Cada dos por tres aparecía la enfermera Holland para llevarse otro termo. Dean empezaba a pensar que estaba encarcelado en su propia cocina.

Notaban que la casa estaba envuelta en un silencio inquietante. Incluso había amainado el viento, sus ráfagas moribundas parecían suspiros desesperados. Kim estaba avergonzada por su desmayo. El señor Chandler-Powell había sido muy amable y le había dicho que no volviera a trabajar hasta que se encontrara bien, pero ella se alegraba de volver a estar en su sitio, con Dean en la cocina. El señor Chandler-Powell tenía la cara cenicienta, parecía más viejo y, por alguna razón, distinto. A Kim le recordó el aspecto de su padre cuando regresó a casa después de su operación, como si se le hubiera agotado la fuerza y algo más vital que la fuerza, algo que volvía a su padre único. Todos habían sido considerados con ella, pero tenía la sensación de que esta deferencia había sido expresada con sumo cuidado, como si cualquier palabra pudiera ser peligrosa. Si se hubiera producido un asesinato en su pueblo, qué diferente habría sido todo. Los gritos de horror e indignación, los brazos consoladores a su alrededor, la calle entera volcada en su casa para verla, para enterarse y lamentar, una confusión de voces preguntando y especulando. Las personas de la Mansión no eran así. El señor Chandler-Powell, el señor Westhall y su hermana y la señorita Cressett no mostraban sus sentimientos, cuando menos no en público. En cualquier caso, tendrían sentimientos, como todo el mundo. Kim era consciente de que lloraba con demasiada facilidad, pero seguramente ellos también lloraban a veces, aunque parecía una presunción indecorosa imaginarlo siquiera. Los ojos de la enfermera Holland estaban rojos e hinchados. Tal vez había llorado. ¿Porque había perdido una paciente? Pero ¿no estaban las enfermeras acostumbradas a estas cosas? Deseaba saber qué estaba pasando fuera de la cocina, que, pese a su tamaño, se había vuelto claustrofóbica.

Dean le había explicado que el señor Chandler-Powell les había hablado a todos en la biblioteca. Les dijo que estaba prohibido ir al ala de los pacientes y tomar el ascensor, si bien la gente debía seguir con sus actividades habituales en la medida de lo posible. La policía querría interrogar a todos, pero recalcó que, entretanto, era mejor que no hablaran entre ellos sobre la muerte de la señorita Gradwyn. No obstante, Kim sabía que sí hablarían, si no en grupo al menos en parejas: los Westhall, que habían regresado a la Casa de Piedra; la señorita Cressett con la señora Frensham; y seguramente el señor Chandler-Powell con la enfermera. Mog probablemente se quedaría en silencio —si le convenía, podía—, y no era capaz de imaginar a nadie hablando de la señorita Gradwyn con Sharon. Si ésta entraba en la cocina, ella y Dean desde luego no lo harían. Pero ella y Dean habían hablado, en voz baja, como si así de algún modo sus palabras se volvieran inocuas. Y ahora Kim no podía aguantarse las ganas de volver sobre el mismo tema.

—Supongamos que la policía me pregunta qué pasó cuando subí el té a la señora Skeffington. ¿Debo contarles todos los detalles?

Dean intentaba tener paciencia. Ella lo notó en su voz.

—Kim, esto ya lo hemos aclarado. Sí, debes contarlo todo. Si ellos hacen una pregunta directa, hemos de responder y decir la verdad, de lo contrario podemos vernos en un aprieto. Pero lo que pasó no es importante. Tú no viste a nadie ni hablaste con nadie. Las preguntas no tendrán nada que ver con la muerte de la señorita Gradwyn. Podrías armar un lío sin motivo alguno. Quédate tranquila hasta que pregunten.

—¿Seguro que cerraste la puerta?

—Sí. Pero si la policía empieza a darme la lata con eso, a lo mejor acabo no estando seguro de nada.

—Está todo muy tranquilo —dijo Kim—. Pensaba que a estas horas ya habría llegado alguien. ¿Por qué hemos de estar aquí solos?

—Nos han dicho que siguiéramos con nuestro trabajo —dijo Dean—. La cocina es donde trabajamos. Éste es tu sitio, aquí conmigo.

Se acercó sin hacer ruido y la abrazó. Se quedaron inmóviles durante un minuto, sin hablar, y eso la consoló.

Tras soltarla, él dijo:

—En todo caso, deberíamos pensar en el almuerzo. Ya es la una y media. Hasta ahora sólo han tomado café y galletas. Tarde o temprano querrán algo y no les apetecerá estofado.

El estofado de buey había sido preparado el día anterior y estaba listo para ser recalentado en el horno inferior de la cocina tradicional de hierro fundido. Había suficiente para todos y para Mog, cuando éste llegara de trabajar en el jardín. Pero ahora a Kim el intenso olor le daba náuseas.

—No, no querrán nada pesado —dijo Dean—. Podría hacer sopa de guisantes. Nos queda caldo del hueso de jamón. Y luego quizá bocadillos, huevos, queso... —Se le fue apagando la voz.

—Pero no creo que Mog haya ido a buscar pan —dijo Kim—. El señor Chandler-Powell ha dicho que nos quedásemos aquí.

—Podríamos hacer un poco de pan de soda; siempre tiene éxito.

—¿Y qué hay de los policías? ¿Qué tenemos para ellos? Decías que, cuando llegara, al inspector Whetstone no le darías más que café, pero están los que vienen de Londres. Es un largo trecho.

—No sé. Tendré que preguntarle al señor Chandler-Powell.

Y entonces Kim se acordó. Qué raro, pensó, que se le hubiera olvidado. Dijo:

—Era hoy cuando íbamos a decirle lo del bebé, después de la operación de la señora Skeffington. Ahora lo saben y no parecen preocupados. La señorita Cressett dice que en la Mansión hay sitio de sobra para el niño.

Kim pensó que detectaba una pequeña nota de impaciencia, incluso de satisfacción contenida, en la voz de Dean.

—No es cuestión de decidir si queremos quedarnos aquí con el bebé cuando ni siquiera sabemos si la clínica continuará funcionando. ¿Quién querrá venir aquí ahora? ¿A ti te gustaría dormir en esa habitación?

Mirándole, Kim advirtió que los rasgos de Dean se endurecían por momentos, como en actitud resuelta. De pronto se abrió la puerta, y ambos se volvieron para verse frente al señor Chandler-Powell.

Chandler-Powell miró el reloj y vio que era la una cuarenta. Quizá debería hablar con los Bostock, que estaban encerrados en la cocina. Tenía que comprobar de nuevo si Kimberley se había recuperado del todo y si estaban pensando en la comida. Nadie había comido todavía. Las seis horas transcurridas desde el descubrimiento del asesinato habían parecido una eternidad en la que se recordaban con claridad pequeños episodios inconexos en una pérdida de tiempo no registrado: cuando precintó la habitación del asesinato, tal como había ordenado el inspector Whetstone; cuando encontró el rollo más ancho de cinta adhesiva en lo más recóndito de su escritorio; cuando por descuido no fijó el extremo de modo que saltó y la cinta se volvió inservible; cuando Helena la tomó de sus manos y se encargó de ello; cuando, a sugerencia de ella, marcaron la cinta con iniciales para asegurarse de que nadie la tocaba. No había sido consciente de la luz en aumento, de la oscuridad total convirtiéndose en una gris mañana de invierno, de las ráfagas ocasionales de viento agonizante, como disparos erráticos. Pese a los fallos de memoria, la confusión del tiempo, confiaba en haber hecho lo que se esperaba de él: afrontar la histeria de la señora Skeffington, examinar a Kimberley Bostock y dar instrucciones para su cuidado, intentando que todos mantuvieran la calma mientras esperaban ansiosos a que llegara la policía local.

El olor a café caliente que invadía la casa parecía intensificarse. ¿Por qué siempre lo había considerado tan reconfortante? Se preguntó si volvería a olerlo sin sentir una punzada recordatoria del fracaso. Caras familiares se habían convertido en rostros de desconocidos, en caras esculpidas como las de los pacientes que soportan un dolor inesperado, en caras fúnebres tan anormalmente solemnes como las de dolientes que recobrasen la adecuada compostura para las exequias de alguien poco conocido, poco llorado, pero a quien la muerte atribuía un poder aterrador. La cara abotagada de Flavia, con los párpados hinchados, los ojos apagados por las lágrimas. De todos modos, en realidad no la había visto llorar, y las únicas palabras de ella que recordaba le habían parecido insufriblemente irrelevantes.

—Hiciste un magnífico trabajo. Ahora ella nunca lo verá, con lo mucho que había esperado. Todo ese tiempo y ese talento desperdiciados, desperdiciados sin más.

Ambos habían perdido una paciente, la única muerte producida en la clínica de la Mansión. Las lágrimas de ella, ¿eran de frustración o de fracaso? Difícilmente serían de pesar.

Y ahora tenía que ocuparse de los Bostock. Debía afrontar su petición de palabras tranquilizadoras y de consuelo, tomar decisiones sobre asuntos al parecer intrascendentes pero que para ellos no lo eran. En la reunión de las ocho y cuarto en la bilioteca había dicho todo lo necesario. Al menos había asumido la responsabilidad. Se había propuesto ser breve y había sido breve. Su voz había sido tranquila, terminante. Ahora todos estaban enterados de la tragedia que afectaría a sus vidas. La señorita Rhoda Gradwyn había sido hallada muerta en su habitación a las siete y media de esa mañana. Había ciertos indicios de que la muerte no había sido natural. *Bueno*, pensó, *esto era una manera de decirlo*. Habían llamado a la policía, y un inspector de la fuerza local venía de camino. Como es lógico, todos colaborarían con las investigaciones policiales. Entretanto, debían estar tranquilos, abstenerse de chismorreos y especulaciones y seguir con sus tareas. Qué tareas exactamente, se preguntó. La intervención de la señora Skeffington había sido anulada. Habían telefoneado al anestesista y al personal de quirófano; Flavia y Helena se habían encargado de eso. Y tras este breve discurso, evitando preguntas, había abandonado la biblioteca. Pero esta forma de irse, con todas las miradas posadas en él, ¿no había sido un gesto histriónico, un modo de eludir responsabilidades de forma deliberada? Recordaba haberse quedado un momento al otro lado de la puerta, como un desconocido en la casa que se preguntara adónde ir.

Y ahora, sentado a la mesa de la cocina con Dean y Kimberley, tenía que mostrar interés por la sopa de guisantes y el pan de soda. Desde el mismo instante en que entró en la estancia que casi nunca tenía necesidad de visitar se sintió tan inepto como intruso. ¿Qué palabras de tranquilidad, de consuelo, esperaban de él? Las dos caras frente a la suya, como niños asustados, buscaban la respuesta a una pregunta que no tenía nada que ver con la sopa ni con el pan.

Dominando su irritación ante la obvia necesidad de ellos de recibir instrucciones firmes, estuvo a punto de decir «haced lo que mejor os parezca», cuando oyó los pasos de Helena. Había llegado silenciosamente detrás de él. Y ahora oía su voz.

—Sopa de guisantes es una gran idea, caliente, nutritiva y reconfortante. Como ya tenéis el caldo, se puede hacer en un momento. Vayamos a lo sencillo, ¿de acuerdo? No quiero que esto parezca una fiesta parroquial de la cosecha. Servid el pan de soda caliente y con abundante mantequilla. Una tabla de quesos sería un buen complemento de las carnes frías, pero no os paséis. Haced que parezca apetitoso, como de costumbre. Nadie tiene hambre, pero la gente ha de comer. Sería una buena idea sacar la crema casera de limón de Kimberley y mermelada de albaricoque con el pan. Las personas en estado de shock a menudo tienen ganas de algo dulce. Y ya podéis ir trayendo café, muchísimo café.

—¿Hemos de dar de comer a la policía, señorita Cressett? —preguntó Kimberley.

—Yo diría que no. Pero lo sabremos a su debido tiempo. Como sabéis, no será el inspector Whetstone quien se encargue de la investigación. Viene una brigada especial de la Policía Metropolitana. Imagino que comerán por el camino. Habéis estado magníficos, los dos, como siempre. Es probable que durante un tiempo llevemos todos una vida algo alterada, pero sé que sabréis afrontarlo. Si tenéis dudas o preguntas, venid a verme.

Más tranquilos, los Bostock murmuraron su agradecimiento. Chandler-Powell y Helena se fueron juntos.

—Gracias. Tenía que haberte dejado los Bostock para ti —dijo él intentando sin éxito inyectar calidez a su voz—. ¿Y qué demonios es el pan de soda?

—Se hace con harina integral y sin levadura. Aquí lo has comido a menudo. Te gusta.

—Al menos hemos resuelto la próxima comida. Me da la sensación de que he dedicado la mañana a insignificancias. Pido a Dios que este comandante Dalgliesh y su brigada lleguen de una vez y se pongan a investigar. Hay una distinguida patóloga forense perdiendo el tiempo por ahí esperando que Dalgliesh se digne llegar. ¿Por qué no puede ella empezar su trabajo? Y seguro que Whetstone tenía algo mejor que hacer que estar aquí de plantón.

—¿Y por qué la Met? —dijo Helena—. La policía de Dorset está totalmente capacitada, ¿por qué no puede ocuparse de la investigación el inspector Whetstone? Esto me hace pensar que quizás haya algo secreto e importante relacionado con Rhoda Gradwyn, algo que no sabemos.

—Siempre hubo algo que no sabíamos de Rhoda Gradwyn.

Habían llegado al vestíbulo. Se oyeron fuertes portazos de puertas de coches, sonido de voces.

—Mejor que salgas afuera —dijo Helena—. Parece que ha llegado la brigada de la Met.

6

Era un buen día para conducir por el campo, un día que normalmente Dalgliesh habría dedicado a explorar caminos apartados, parando de vez en cuando para disfrutar contemplando los imponentes troncos de los grandes árboles desnudos para el invierno, las ramas ascendentes y las oscuras complejidades de las altas ramitas estampadas en un cielo despejado de nubes. El otoño se había alargado, pero ahora él conducía bajo la deslumbrante bola blanca de un sol invernal, cuyo raído borde emborronaba un azul tan claro como el de un día de verano. Su luz se apagaría pronto, pero ahora, bajo su intenso brillo, los campos, las colinas bajas y las arboledas tenían un contorno nítido y carecían de sombra.

Una vez lejos del tráfico de Londres, avanzaron más rápidos y dos horas y media después estaban en el este de Dorset. Se detuvieron un rato en un área de descanso para tomar su almuerzo, y Dalgliesh consultó el mapa. Al cabo de quince minutos llegaban a un cruce que los encaminaría a Stoke Cheverell, y unos dos kilómetros después del pueblo vieron una señal que indicaba la Mansión Cheverell. Se detuvieron frente a dos puertas de hierro forjado, tras las cuales vieron un paseo de hayas. Al otro lado de las puertas, un hombre de edad avanzada con un abrigo largo estaba sentado en lo que parecía una silla de cocina leyendo un periódico. Lo dobló con cuidado, tomándose su tiempo, y luego se acercó a abrir. Dalgliesh no sabía si apearse y ayudarle, pero las puertas se abrieron fácilmente, y Dalgliesh las cruzó seguido del coche de Kate y Benton. El viejo cerró tras ellos y luego se dirigió al primer vehículo.

—A la señorita Cressett no le gusta que el camino de entrada se llene de coches. Tendrán que ir a la parte trasera del ala este.

—Lo haremos —dijo Dalgliesh—, pero es algo que puede esperar.

Los tres sacaron sus bolsas de los coches. Ni siquiera la urgencia del momento, o el hecho de que hubiera un grupo de personas esperándolos en diversos estados de ansiedad o temor, disuadieron a Dalgliesh de hacer una pausa de unos segundos para observar la casa. Sabía que estaba considerada como una de las casas Tudor más hermosas de Inglaterra, y ahora estaba frente a él, en su perfección de formas, su confiada reconciliación de solidez y elegancia; una casa construida para certezas, nacimientos, muertes y ritos de iniciación, por hombres que sabían en qué creían y qué estaban haciendo. Una casa cimentada en la historia, imperecedera. Delante de la Mansión no había hierba ni jardín ni estatuas. Se mostraba a sí misma sin adornos, su dignidad no precisaba aderezos. La estaba viendo en su plenitud. El blanco resplandor matutino del sol invernal se había suavizado, bruñendo los troncos de las hayas y bañando las piedras de la casa con un brillo plateado, de modo que por un instante, en la quietud, pareció temblar y volverse tan insustancial como una visión. La luz diurna pronto se apagaría; era el mes del solsticio de invierno. Pronto oscurecería y se haría de noche. Él y el equipo estarían investigando un hecho oscuro en la oscuridad de pleno invierno. Para alguien a quien le gustaba la luz, esto suponía una desventaja tanto psicológica como práctica.

Cuando él y los miembros del equipo echaron a andar, se abrió la puerta del gran porche y salió un hombre a recibirles. Por momentos pareció indeciso a la hora de saludar; luego extendió la mano y dijo:

—Inspector Keith Whetstone. Se han dado ustedes prisa, señor. El jefe dijo que necesitarían agentes SOCO. Ahora mismo sólo tenemos disponibles dos, pero aún tardarán unos cuarenta minutos. El fotógrafo está de camino.

No había duda de que Whetstone era policía, pensó Dalgliesh, o eso o soldado. Era corpulento pero mantenía un porte erguido. Tenía una cara ordinaria pero agradable, las mejillas rojizas, la mirada fija y vigilante bajo un pelo del color de la paja vieja, cortado a cepillo y pulcramente rasurado alrededor de unas orejas enormes. Iba vestido de *tweed* rural y llevaba un gabán.

Hechas las presentaciones, dijo:

—¿Sabe usted por qué se encarga del caso la Met, señor?

—Me temo que no. Deduzco que usted se sorprendió cuando le llamaron.

—Sé que al jefe le pareció un poco raro, pero de hecho nosotros no necesitamos buscar trabajo. Se habrá enterado de las detenciones en la costa. Tenemos encima a los chicos del Servicio de Aduanas. El Yard dijo que a ustedes no les vendría mal un agente. Dejo a Malcolm Warren. Es un tipo callado pero muy listo, y sabe cuándo mantener la boca cerrada.

—Callado, fiable y discreto —dijo Dalgliesh—. No tengo nada en contra. ¿Dónde está ahora?

—Frente a la puerta de la habitación, custodiando el cadáver. Los de la casa, bueno los seis miembros más importantes, supongo, esperan en el gran salón. Está el señor George Chandler-Powell, el propietario; su ayudante el señor Marcus Westhall, lo llaman señor porque es cirujano; su hermana, la señorita Candace Westhall; Flavia Holland, la enfermera jefe; la señorita Helena Cressett, una especie de ama de llaves, secretaria y administradora general por lo que he entendido; y la señora Letitia Frensham, que lleva la contabilidad.

—Impresionante memoria, inspector.

—No tanto, señor. El señor Chandler-Powell es un recién llegado, pero la mayoría de la gente de por aquí sabe quién está en la Mansión.

—¿Ha llegado la doctora Glenister?

—Hace una hora, señor. Ha tomado té y dado una vuelta por el jardín, y ha hablado con Mog, que viene a ser el jardinero, para decirle que ha podado demasiado el viburno. Y ahora está en el vestíbulo, a no ser que haya ido a dar otro paseo. Una dama muy aficionada al ejercicio al aire libre, diría yo. Bueno, es más agradable que el olor de los cadáveres.

—¿Cuándo ha llegado usted? —preguntó Dalgliesh.

—Veinte minutos después de haber recibido la llamada del señor Chandler-Powell. Me disponía a actuar como agente encargado de la investigación cuando me llamó el jefe para decirme que de eso se ocuparía el Yard.

—¿Alguna idea, inspector?

La pregunta de Dalgliesh derivaba en parte de la cortesía. Ése no era su territorio. El tiempo revelaría o no por qué intervenía el Ministerio del Interior; en todo caso, el hecho de que Whetstone aceptara aparentemente la intervención del departamento no significaba que le gustara.

—Diría que ha sido alguien de la casa, señor. Y si es así, tenemos un número limitado de sospechosos, cosa que, por mi experiencia, no facilita en absoluto la solución del caso. No si todos conservan su presencia de ánimo, lo cual me parece que hará la mayoría.

Se acercaban al porche. La puerta se abrió como si alguien hubiera estado vigilando para salir en el momento preciso. No podía haber ninguna duda sobre la identidad de quien se hizo a un lado mientras entraban. Tenía el rostro serio y con la palidez tensa de un hombre en estado de *shock*, aunque no había perdido en absoluto su autoridad. Aquélla era su casa, y tenía el mando sobre ella y sobre sí mismo. Sin tender la mano ni mirar a los subalternos de Dalgliesh, dijo:

—George Chandler-Powell. Los demás están en el gran salón.

Lo siguieron a través del porche y hasta una puerta que había a la izquierda del vestíbulo cuadrado. Curiosamente, la maciza puerta de roble estaba cerrada, y Chandler-Powell la abrió. Dalgliesh se preguntó si el hombre había tenido la intención de que esta primera imagen del vestíbulo fuera tan espectacular. Experimentó un momento extraordinario en el que la arquitectura, los colores, la forma y los sonidos, el altísimo techo, el magnífico tapiz en la pared de la derecha, el jarrón con follaje de invierno sobre una mesa de roble a la izquierda de la puerta, la hilera de retratos en sus marcos dorados, algunos objetos vistos claramente incluso en una primera ojeada, otros tal vez sacados de recuerdos o fantasías de la infancia, todo pareció fundirse en una imagen viva de la que su mente se impregnó de inmediato.

Las cinco personas que estaban sentadas a uno y otro lado de la chimenea volvieron sus rostros hacia él, como un cuadro viviente astutamente dispuesto para procurar a la estancia su identidad y humanidad. Hubo un minuto, extrañamente embarazoso porque parecía una formalidad inadecuada, en el que Dalgliesh y Chandler-Powell hicieron a toda prisa las presentaciones. Las de Chandler-Powell casi no hacían falta. El otro hombre tenía que ser Marcus Westhall; la mujer de cara pálida y rasgos inconfundibles, Helena Cressett; la morena más bajita, la única cuya cara mostraba señales de posibles lágrimas, la enfermera Flavia Holland. La alta de más edad que se hallaba de pie en el extremo del grupo parecía haber sido pasada por alto por Chandler-Powell. Ahora ella se acercó discretamente, estrechó la mano de Dalgliesh y dijo:

—Letitia Frensham. Llevo la contabilidad.

—Tengo entendido que ya conoce a la doctora Glenister —dijo Chandler-Powell.

Dalgliesh se acercó a la silla de ésta y se estrecharon la mano. Era la única persona que permanecía sentada, y el juego de té que había en una mesita a su lado indicaba que se lo habían servido. Vestía la misma ropa que él recordaba de su último encuentro, pantalones metidos en botas de cuero y una chaqueta de *tweed* que parecía demasiado pesada para su cuerpo diminuto. Un sombrero de ala ancha, que llevaba invariablemente ladeado con gracia, descansaba ahora en el brazo del sillón. Sin él, su cabeza, el cuero cabelludo visible a través del corto cabello blanco, parecía vulnerable como la de un niño. Tenía los rasgos delicados, y la piel tan pálida que de vez en cuando presentaba el aspecto de una mujer gravemente enferma. Sin embargo, era extraordinariamente dura, y sus ojos, casi negros de tan oscuros, correspondían a una mujer mucho más joven. Dalgliesh habría preferido, como siempre, a su viejo colega el doctor Kynaston, pero se alegraba igualmente de contar con alguien que le caía bien, a quien respetaba y con quien ya había trabajado antes. La doctora Glenister era una de las patólogas más prestigiosas de Europa, autora de destacados libros de texto sobre el tema además de una formidable perita ante los tribunales. De todos modos, su presencia era un inoportuno recordatorio del interés del Número Diez. Solían llamar a la distinguida doctora Glenister cuando estaba implicado el gobierno.

Tras levantarse con la facilidad de una mujer joven, dijo:

—El comandante Dalgliesh y yo somos viejos colegas. Bueno, ¿por qué no empezamos? Señor Chandler-Powell, me gustaría que usted nos acompañara, si el comandante Dalgliesh no tiene inconveniente.

—En absoluto —dijo Dalgliesh.

Seguramente él era el único agente de policía a quien la doctora Glenister invitaba a dar por buena alguna decisión suya. Dalgliesh captó el problema. Había detalles médicos que sólo Chandler-Powell podía aportar, pero ella y Dalgliesh quizá querrían decir cosas que sería desaconsejable comentar ante el cadáver y estando presente el cirujano. Éste tenía que ser un sospechoso; la doctora Glenister lo sabía y, por tanto, sin duda también lo sabía Chandler-Powell.

Cruzaron el vestíbulo cuadrado y subieron las escaleras, el grupo encabezado por Chandler-Powell y la doctora Glenister. Sus pasos sonaban anormalmente fuertes sobre la madera sin alfombra. Los peldaños conducían a un rellano. La puerta de la derecha estaba abierta, y Dalgliesh alcanzó a ver una mesa larga y baja y un techo primoroso.

—La galería larga —dijo Chandler-Powell—. Sir Walter Raleigh bailó aquí cuando visitó la Mansión. Aparte del mobiliario y los accesorios, está igual que entonces.

Nadie hizo ningún comentario. Un segundo tramo más corto de escaleras desembocaba en una puerta que daba a un pasillo enmoquetado y bordeado de habitaciones orientadas al este y al oeste.

—El alojamiento de los pacientes está en este pasillo. Suites con salita, dormitorio y baño. Inmediatamente debajo, la galería larga ha sido acondicionada como sala de estar colectiva. La mayoría de los pacientes prefieren quedarse en su suite, o, de vez en cuando, utilizar la biblioteca de la planta baja. Las habitaciones de la enfermera Holland son las primeras que dan al este, enfrente del ascensor.

No hacía falta indicar qué habitación había ocupado Rhoda Gradwyn. Cuando aparecieron todos, un uniformado agente de policía sentado junto a la puerta se levantó al punto y saludó.

—¿Es usted el agente Warren? —preguntó Dalgliesh.

—Sí, señor.

—¿Cuánto tiempo ha estado de guardia?

—Desde que llegamos el inspector Whetstone y yo, señor. Eran las ocho y cinco. Ya estaba puesta la cinta.

—El inspector Whetstone me ordenó que precintara la puerta —dijo Chandler-Powell.

Dalgliesh despegó la cinta adhesiva y entró en la salita con Kate y Benton detrás. Había un intenso olor a vómito, extrañamente discordante con la formalidad de la estancia. La puerta del dormitorio quedaba a la izquierda. Estaba cerrada, y Chandler-Powell la empujó suavemente contra el obstáculo que formaban en el suelo la bandeja, las tazas rotas y la tetera, con la tapa desprendida, caída de lado. La habitación se hallaba a oscuras, iluminada sólo por la luz diurna que llegaba desde la salita. La alfombra estaba salpicada de manchas oscuras de té.

—Dejé las cosas exactamente como las encontré —dijo Chandler-Powell—. Nadie ha entrado aquí desde que salimos la enfermera y yo. Supongo que en cuanto se lleven el cadáver podremos recoger todo esto.

—No hasta que se haya efectuado el registro de la escena —dijo Dalgliesh.

La habitación no era pequeña, pero con cinco personas dentro de pronto pareció abarrotada. Era algo más reducida que la sala de estar, pero estaba amueblada con una elegancia que intensificaba el sombrío horror que yacía en la cama. Se acercaron al cadáver, Kate y Benton cerrando el grupo. Dalgliesh encendió la luz de la puerta y acto seguido se dirigió a la lámpara de la mesita. Vio que faltaba la bombilla y que alguien había lanzado el cordón del timbre de llamada por encima de la cabecera. Permanecieron junto al cadáver en silencio, Chandler-Powell un poco apartado, consciente de que quizá su presencia sólo era tolerada.

La cama estaba frente a la ventana, cerrada y con las cortinas corridas. Rhoda Gradwyn se hallaba tendida de espaldas, los brazos, con los puños apretados, alzados desmañadamente por encima de la cabeza como en un gesto de sorpresa teatral, el pelo oscuro derramado sobre la almohada. En el lado izquierdo del rostro tenía un apósito quirúrgico sujeto con esparadrapo, y la carne que se veía era rojo cereza brillante. El ojo derecho, que la muerte había empañado, estaba totalmente abierto; el izquierdo, parcialmente oculto por la gruesa venda, medio cerrado, lo que daba al cuerpo el aspecto estrafalario y desconcertante de un cadáver que mirase torvamente a través de un ojo aún con vida. La sábana cubría a la mujer hasta los hombros, como si el asesino hubiera querido exponer adrede su trabajo enmarcado por los dos estrechos tirantes del blanco camisón de batista. La causa de la muerte era evidente. Había sido estrangulada por una mano humana.

Dalgliesh sabía que las miradas especulativas fijas en un cadáver —entre ellas la suya— eran distintas de las miradas posadas en la carne viva. Incluso para un profesional habituado a la imagen de la muerte violenta, siempre había un vestigio de piedad, cólera u horror. Los mejores patólogos y los agentes de policía, en la situación en la que estaban ellos ahora, nunca perdían el respeto a los muertos, un respeto nacido de sensaciones compartidas —por más que fueran temporales— y del reconocimiento tácito de una humanidad común, un final común. Sin embargo, toda la humanidad, toda la personalidad se extinguía con el último aliento. El cuerpo, ya sometido al inexorable proceso de la descomposición, había sido rebajado a un objeto de exposición que debía ser tratado con serio interés profesional, a un desencadenante de emociones que ya no podría compartir más, que ya nunca más le inquietarían. Ahora, la única comunicación física era con exploradoras manos enguantadas, sondas, termómetros, bisturíes, manejados en un cuerpo abierto como la carcasa de un animal. No era el cadáver más horrendo que había visto en sus años de detective, pero en éste parecían estar acumuladas toda la pena, la ira y la impotencia de su vida. *Quizás es que ya estoy harto de asesinatos*, pensó.

La habitación, como la salita que habían cruzado, era confortable pero estaba amueblada con excesivo cuidado, alcanzando una organizada perfección que para él resultaba impersonal y poco acogedora. Los objetos que había vislumbrado al pasar por la sala de estar en dirección a la cama se habían instalado en su memoria: el escritorio georgiano, las dos butacas modernas frente a una chimenea de piedra provista de un calentador eléctrico, la estantería y el buró de caoba dispuestos bajo la luz más favorable. Sin embargo, eran estancias en las que nunca se habría sentido a gusto. Le recordaban un hotel-palacete rural visitado una vez —y sólo una—, en el que a los huéspedes, aparte de cobrárseles de más, se les hacía sentir sutil y socialmente inferiores a los dueños en lo referente al gusto. No se permitían imperfecciones. Se preguntó quién había diseñado las habitaciones. Seguramente la señorita Cressett, en cuyo caso ella estaba intentando transmitir que esa parte de la Mansión era simplemente un hotel para estancias breves. Los visitantes estaban aquí para quedar impresionados, pero no para tomar posesión del lugar ni siquiera de forma temporal. Quizá Rhoda Gradwyn se sintió diferente, a lo mejor como en casa. Pero para ella la habitación no había sido corrompida por la perniciosa contaminación del asesinato.

La doctora Glenister se volvió hacia Chandler-Powell y le dijo:

—Usted la había visto la noche anterior, desde luego.

—Naturalmente.

—¿Y es así como la encontraron esta mañana?

—Sí. Cuando vi su garganta, comprendí que no había nada que yo pudiera hacer, que no había posibilidad alguna de que fuera una muerte natural. No hace falta ningún patólogo forense para diagnosticar el modo en que murió. Fue estrangulada. Lo que ve usted ahora es exactamente lo que vi yo cuando me acerqué a la cama.

—¿Estaba usted solo? —preguntó Dalgliesh.

—Estaba solo junto a la cabecera. La enfermera Holland se encontraba en la salita atendiendo a Kimberley Bostock, la ayudante de cocina que subió el té de primera hora de la mañana. Cuando vio el cadáver, la enfermera pulsó varias veces el timbre rojo de llamada de la sala para que yo supiera que había una emergencia. Como pueden ver, alguien había dejado el timbre de la cama fuera del alcance de la paciente. Muy juiciosamente, la enfermera Holland no lo tocó. Me ha asegurado que estaba, como de costumbre, sobre la mesita cuando por la noche dejó a la paciente acostada. Pensé que a lo mejor la señorita Gradwyn se había alarmado o se encontraba mal, y esperaba encontrar aquí también a la enfermera en respuesta a la llamada. Cerramos las dos puertas, y yo llevé a Kimberley a su apartamento. Le dije a su esposo que se quedara con ella y telefoneé inmediatamente a la policía local. El inspector Whetstone me dijo que precintara la habitación y ha estado aquí al cargo de todo hasta que han llegado ustedes. Yo ya había dispuesto que estuviera prohibido el acceso al pasillo y al ascensor.

La doctora Glenister se había inclinado sobre el cadáver pero sin tocarlo. Se enderezó y dijo:

—Fue estrangulada por una persona diestra, cuya mano seguramente iba cubierta con un guante fino. Hay magulladuras debidas a los dedos de la mano derecha pero arañazos no. Sabré más cuando la tenga sobre la mesa. —Se dirigió a Chandler-Powell—. Por favor, quiero hacerle una pregunta. ¿Le recetó anoche algún sedante?

—Le ofrecí Temazepam, pero me dijo que no lo necesitaba. Había salido bien de la anestesia, había tomado una cena ligera y empezaba a sentirse adormilada. Creía que no le costaría dormirse. La enfermera Holland fue la última persona que la vio, aparte del asesino, claro, y lo único que pidió la paciente fue un vaso de leche caliente con un chorrito de brandy. La enfermera Holland esperó a que se lo bebiera y luego retiró el vaso. Lógicamente está lavado.

—Creo que para el laboratorio será de utilidad contar con una lista de todos los sedantes que tiene usted en el dispensario —dijo la doctora Glenister—, o de otros fármacos a los que tuvieran acceso los pacientes o que se les pudieran suministar. Gracias, señor Chandler-Powell.

—Sería conveniente tener una charla preliminar con usted a solas, quizá dentro de unos diez minutos —dijo Dalgliesh—. Necesito hacerme una idea de la organización de aquí, del número de personas de la plantilla y la función de cada una, y de cómo la señorita Gradwyn llegó a ser paciente suya.

—Estaré en la oficina general —dijo Chandler-Powell—, que está en la galería situada enfrente del gran salón. Buscaré un plano de la Mansión para usted.

Esperaron hasta que oyeron sus pasos en la habitación contigua y el ruido de la puerta del pasillo al cerrarse. Entonces la doctora Glenister se puso los guantes quirúrgicos que llevaba en el bolso Gladstone y tocó suavemente la cara de Gradwyn, y luego el cuello y los brazos. La patóloga forense había sido una profesora distinguida, y Dalgliesh sabía, por la experiencia de haber trabajado juntos, que ella casi nunca dejaba escapar la oportunidad de enseñar a los jóvenes.

—Seguro que lo sabe todo sobre el rígor mortis, sargento —le dijo a Benton.

—Todo no, señora. Sé que empieza en los párpados unas tres horas después de la muerte, que se extiende por la cara y el cuello hasta el tórax, y por fin el tronco y las extremidades. En general, la rigidez es completa en unas doce horas y empieza a desaparecer siguiendo el orden inverso al cabo de unas treinta y seis horas.

—¿Y cree que el rígor mortis sirve para hacer una estimación fiable de la hora de la muerte?

—No fiable del todo, señora.

—No fiable en absoluto. La cosa se puede complicar debido a la temperatura de la habitación, el estado muscular del individuo, la causa de la muerte, y algunas circunstancias que pueden dar a entender equivocadamente que existe rígor mortis, como en el caso de los cuerpos expuestos a un calor muy intenso o el espasmo cadavérico. ¿Sabe lo que es esto, sargento?

—Sí, señora. En el instante de la muerte puede pasar que los músculos de la mano se tensen de tal modo que sea difícil arrancarle de la mano a la persona muerta cualquier cosa que tuviera agarrada.

—El cálculo de la hora exacta de la muerte es una de las mayores responsabilidades de un examinador médico, y una de las más difíciles. El análisis de la cantidad de potasio en el líquido del ojo ha sido un avance. Sabré la hora con más precisión cuando haya tomado la temperatura rectal y hecho la autopsia. Entretanto, puedo hacer una evaluación preliminar basándome en las hipóstasis..., seguro que sabe qué es.

—Sí, señora. La lividez post mórtem.

—Que probablemente vemos en su punto culminante. Partiendo de esto y del estado actual del rígor mortis, mi estimación inicial sería que murió entre las once y las doce y media de la noche, seguramente más cerca de las once. Menos mal, sargento, que no es probable que sea usted uno de estos investigadores que esperan del patólogo forense una estimación exacta al cabo de unos minutos de examinar el cadáver.

Las palabras eran una autorización para retirarse. Fue entonces cuando sonó el teléfono de la mesita. El sonido fue estridente e inesperado, un insistente repique que semejaba una macabra invasión de la intimidad de la muerta. Durante unos segundos no se movió nadie salvo la doctora Glenister, que se dirigió tranquilamente hacia su bolso Gladstone como si estuviera sorda.

Dalgliesh cogió el auricular. Era la voz de Whetstone.

—Ha llegado el fotógrafo, y los dos agentes SOCO vienen de camino, señor. Si le parece, se los presento a alguien de su equipo y ya me voy.

—Gracias —dijo Dalgliesh—. Bajaré yo.

En la cabecera de la cama había visto todo lo que necesitaba ver. No lamentaba que la doctora Glenister le ahorrara el examen del cadáver.

—Ha llegado el fotógrafo. Si te parece, lo mando para acá.

—Sólo necesito otros diez minutos —dijo la doctora—. Sí, hazlo subir. En cuanto él haya terminado, llamaré a la furgoneta de la morgue. Sin duda la gente de aquí se alegrará de ver que se llevan el cadáver. Y antes de que me vaya podemos hablar un rato.

Kate había estado todo el rato en silencio. Mientras bajaban por la escalera, Dalgliesh dijo a Benton:

—Ocúpate del fotógrafo y de los SOCO, Benton. Pueden ponerse manos a la obra cuando ya no esté el cadáver. Más tarde tomaremos huellas, pero no espero hallar nada significativo. Es posible que alguien del personal haya entrado justificadamente en la habitación en un momento u otro. Kate, tú acompáñame a la oficina general. Chandler-Powell ha de saber el nombre del pariente más cercano de Rhoda Gradwyn, y quizá también el de su abogado. Alguien tendrá que dar la noticia, y esto seguramente lo harán mejor los policías locales, al margen de quiénes sean. Y hemos de saber mucho más sobre este lugar, la organización, el personal de Chandler-Powell y su horario. El que la estranguló tal vez utilizó guantes quirúrgicos. La mayoría de la gente probablemente sabe que se pueden obtener huellas del interior de los guantes de látex, por lo que quizás hayan sido destruidos. Los SOCO deben prestar atención al ascensor. Y ahora, Kate, vamos a ver qué tiene que decirnos el señor Chandler-Powell.

En la oficina, Chandler-Powell estaba sentado frente al escritorio con dos planos desplegados ante él, uno de la casa en relación con el pueblo y otro de la Mansión. Cuando entraron, se puso en pie y rodeó la mesa. Se inclinaron juntos sobre los planos.

—El ala de los pacientes —dijo—, que acaban de visitar, está aquí, en el oeste, junto con el dormitorio de la enfermera Holland y el salón. La parte central de la casa comprende el vestíbulo, el gran salón, la biblioteca y el comedor, y un apartamento para el cocinero y su mujer, Dean y Kimberley Bostock, junto a la cocina con vistas al jardín clásico estilo Tudor. Encima de su planta, la empleada doméstica, Sharon Bateman, tiene una habitación amueblada. Mis habitaciones y el apartamento ocupado por la señorita Cressett están en el ala este, igual que el dormitorio y la sala de la señora Frensham y dos habitaciones de invitados, ahora libres. He hecho una lista del personal no residente. Aparte de las personas que han conocido, contrato los servicios de un anestesista y personal de enfermería adicional para el quirófano. Unos llegan temprano en autobús las mañanas que hay operación, otros vienen en coche. No se queda a dormir nadie. Una enfermera a tiempo parcial, Ruth Frazer, comparte responsabilidades con la enfermera Holland hasta las nueve y media, cuando acaba su turno.

—El hombre mayor que nos ha abierto la puerta, ¿trabaja la jornada completa? —preguntó Dalgliesh.

—Es Tom Mogworthy. Lo heredé al comprar la casa. Había trabajado aquí como jardinero durante treinta años. Viene de una vieja familia de Dorset y se considera a sí mismo un experto en la historia, las tradiciones y el folclore del condado, cuanto más sangriento todo, mejor. La verdad es que su padre se fue a vivir al East End de Londres antes de que naciera Mog, que tenía treinta años cuando regresó a lo que supone sus raíces. En ciertos aspectos, es más un *cockney* que un hombre de campo. Por lo que sé, no ha mostrado tendencias asesinas, y si dejamos aparte los jinetes sin cabeza, las maldiciones de brujas y los ejércitos fantasmagóricos de los realistas en marcha, es fiel y fiable. Vive con su hermana en el pueblo. Marcus Westhall y su hermana ocupan la Casa de Piedra, que pertenece a la finca de la Mansión.

—¿Y Rhoda Gradwyn? —dijo Dalgliesh—. ¿Cómo llegó a ser paciente suya?

—La vi por primera vez en Harley Street, el 21 de noviembre. No la derivaba su médico de cabecera como se acostumbra, pero luego hablé con él. Vino para quitarse una profunda cicatriz en la mejilla izquierda. La volví a ver en el Hospital Saint Angela, donde se le hicieron unas pruebas, y durante unos minutos cuando llegó, el jueves por la tarde. También estuvo aquí el 27 de noviembre para una estancia preliminar y se quedó dos noches, pero en esa ocasión no nos vimos. Antes de que apareciera en Harley Street no la conocía y nunca supe por qué escogió la Mansión. Supuse que había comprobado el prestigio de diversos cirujanos plásticos, se le ofreció la opción de Londres o Dorset, y eligió la Mansión porque quería privacidad. No conozco nada de ella excepto su fama como periodista y, naturalmente, su historial médico. En la primera visita la encontré muy tranquila, muy clara y franca sobre lo que quería. Hubo algo interesante. Le pregunté por qué había esperado tanto tiempo en decidir quitarse la desfiguración y por qué quería operarse ahora. Y ella contestó: «Porque ya no la necesito.»

Hubo unos instantes de silencio. Luego habló Dalgliesh.

—Debo preguntárselo. ¿Tiene usted alguna idea de quién es el responsable de la muerte de la señorita Gradwyn? Si a su entender hay algún sospechoso o algo que yo deba saber, por favor dígamelo ahora.

—O sea que da por supuesto que esto es lo que ustedes entienden por crimen con complicidad interna.

—No doy por supuesto nada. Pero Rhoda Gradwyn era paciente suya, y fue asesinada en su casa.

—Pero no por alguien de mi personal. No contrato a maníacos homicidas.

—Dudo mucho que esto haya sido obra de un maníaco —dijo Dalgliesh—, pero tampoco estoy presuponiendo que el responsable sea un miembro de la plantilla. ¿Habría sido la señorita Gradwyn físicamente capaz de salir de la habitación y coger el ascensor hasta la planta baja y abrir la puerta del ala oeste?

—Habría sido perfectamente posible —dijo Chandler-Powell— después de que hubiera recobrado la conciencia del todo, pero como estaba siendo continuamente controlada mientras se hallaba en la sala de recuperación y al principio visitada cada media hora tras ser devuelta en camilla a la suite a las cuatro y media, la única posibilidad habría sido después de las diez, cuando la habían dejado acostada. A mi juicio, por tanto, habría sido físicamente capaz de abandonar la suite, aunque desde luego también habría sido muy posible que alguien la hubiera visto. Y habría necesitado un juego de llaves. No habría podido cogerlas del armario de la oficina sin hacer sonar la alarma. En este plano de la Mansión se ve cómo funciona el sistema. La puerta delantera, el gran salón, la biblioteca, el comedor y la oficina están protegidos, pero no el ala oeste, donde contamos con llaves y cerraduras. Por la noche, yo soy el responsable de activar la alarma, y cuando no estoy lo hace la señorita Cressett. A las once echo el cerrojo de la puerta oeste a menos que sepa que hay alguien fuera. Anoche cerré a las once como de costumbre.

—¿A la señora Gradwyn se le dio una llave de la puerta oeste cuando estuvo aquí para su estancia preliminar?

—Por supuesto. A todos los pacientes se les da una. La señora Gradwyn se la llevó sin darse cuenta al marcharse. Suele pasar. Al cabo de dos días la devolvió pidiendo disculpas.

—¿Y cómo fue esa estancia?

—Llegó un jueves, cuando ya había anochecido, y dijo que no tenía ganas de salir al jardín. En circunstancias normales, se le habrían dado las llaves esa misma mañana.

—¿Y usted controla dónde están esas llaves?

—En una medida razonable. Hay seis suites para los pacientes y seis llaves numeradas con dos copias. No puedo responder de cada juego. Los pacientes, en especial los de estancias prolongadas, tienen libertad para ir y venir. No dirijo un hospital psiquiátrico. Sólo usan la llave de la puerta oeste. Y naturalmente todos los miembros de la casa tienen llave de las puertas delantera y oeste. Sabemos el paradero de cada una de esas llaves, igual que de las de los pacientes. Están en el armario de las llaves.

Las llaves estaban en un armarito de caoba que había en la pared contigua a la chimenea. Dalgliesh comprobó que los seis juegos numerados tenían dos copias.

Chandler-Powell no analizó qué posibles razones pudo haber tenido Rhoda Gradwyn para concertar una cita durante el posoperatorio, ni consideró las muchas objeciones a cualquier teoría basada en esta hipótesis improbable, y tampoco Dalgliesh planteó la cuestión. Pero habría sido importante hacerlo.

—Partiendo de lo que ha dicho la doctora Glenister en la escena del crimen y de lo que yo mismo he observado —dijo Chandler-Powell—, seguro que tendrán interés en los guantes quirúrgicos que tenemos aquí. Los que usamos en las intervenciones se guardan en la habitación de material quirúrgico de la suite de operaciones, que está siempre cerrada. Los de látex también los utilizan las enfermeras y los empleados domésticos cuando es preciso, y se guardan en un armario de la planta baja que hay junto a la cocina. Los guantes se compran por cajas, y hay siempre una caja abierta, pero nadie controla esos guantes, ni los de ahí ni los de la suite de operaciones. Son artículos desechables, de usar y tirar.

Así que en la Mansión todos sabían que había guantes en el armario, pensó Kate. *Pero no podía saberlo nadie de fuera a no ser que se lo dijera alguien.* De momento no había pruebas de que se hubieran utilizado guantes quirúrgicos, pero para cualquiera que estuviera al tanto habría sido la opción lógica.

Chandler-Powell empezó a plegar los planos.

—Aquí tengo el expediente personal de la señorita Gradwyn —dijo—. Contiene información que ustedes quizá necesiten y que ya he dado al inspector Whetstone, el nombre y la dirección de su madre, que ella nombró como pariente más cercano, y también de su abogado. Hay otra paciente que pasó la noche aquí y que, en mi opinión, podría ser de ayuda, la señora Laura Skeffington. A petición suya, le di hora para un trámite sin importancia, aunque voy a ir reduciendo la actividad de la clínica de cara a las vacaciones de Navidad. Ella estaba en la habitación contigua a la de la señorita Gradwyn y afirma haber visto luces en el jardín durante la noche. Lógicamente, tiene ganas de irse, por lo que sería interesante que usted o alguien de su equipo la viera antes. Ya ha devuelto las llaves.

Dalgliesh estuvo tentado de decir que esta información también podía haberla dado antes.

—¿Dónde está ahora la señora Skeffington? —dijo.

—En la biblioteca, con la señora Frensham. Consideré sensato no dejarla sola. Está asustada y conmocionada, como cabía esperar. Obviamente no podía quedarse en su habitación. Pensé que ustedes no querrían a nadie en el descansillo de los huéspedes, así que, en cuanto recibí la llamada para ir a ver el cadáver, prohibí el acceso al pasillo y al ascensor. Más tarde, siguiendo las instrucciones que me dio por teléfono el inspector Whetstone, precinté la habitación. La señora Frensham ha ayudado a la señora Skeffington a hacer el equipaje, las maletas ya están listas. Le faltará tiempo para irse... lo mismo que a todos, de hecho.

Así que él ha procurado mantener aislada la escena del crimen lo máximo posible, pensó Kate, *incluso antes de llamar a la policía local. Qué previsor. ¿O está demostrando sus ganas de cooperar? En todo caso, ha sido sensato mantener intactos el rellano y el ascensor, aunque no era precisamente crucial. La gente —los pacientes y el personal— debe de utilizarlo a diario. Si se trata de un crimen cometido por alguien de la casa, las huellas no nos servirán de mucho.*

El grupo, con Benton de nuevo incorporado al mismo, pasó al gran salón.

—Me gustaría verlos a todos juntos —dijo Dalgliesh—, es decir, a todos los que tuvieron algún contacto con la señorita Gradwyn desde el momento de su llegada y que estuvieron ayer en la casa desde las cuatro y media, hora en que fue devuelta a su habitación, incluido el señor Mogworthy. Mañana habrá interrogatorios individuales en la Vieja Casa de la Policía. Intentaré interrumpir lo menos posible la rutina de la gente, pero es inevitable algo de trastorno.

—Le hará falta una habitación bastante grande —dijo Chandler-Powell—. Cuando la señora Skeffington haya sido interrogada y se haya marchado, la biblioteca estará libre, por si les resulta más cómoda. También podemos poner a su disposición la biblioteca para que usted y sus agentes lleven a cabo los interrogatorios individuales.

—Gracias —dijo Dalgliesh—. Será más cómodo para ambas partes. Pero primero quiero ver a la señora Skeffington.

Mientras salían de la oficina, Chandler-Powell dijo:

—Estoy organizando un equipo de seguridad privada para garantizar que no nos molesten ni los medios de comunicación ni ninguna multitud de vecinos fisgones. Supongo que no tiene ningún inconveniente.

—Ninguno siempre y cuando permanezcan al otro lado de la verja y no entorpezcan mi investigación. Seré yo quien determine si lo hacen o no.

Chandler-Powell no contestó. Una vez fuera, se dirigieron junto con Benton a la biblioteca para hablar con la señora Skeffington.

8

Al cruzar el gran salón, a Kate la sobresaltó de nuevo una intensa impresión de luz, espacio y color, las danzantes llamas del fuego de leña, la araña que transformaba la penumbra de la tarde invernal, el color apagado pero claro del tapiz, los marcos dorados, los vestidos de suntuosos colores, y arriba las oscuras vigas del altísimo techo. Como el resto de la Mansión, parecía un lugar para maravillarse al visitarlo, no para vivir en él realmente. Ella nunca podría ser feliz en una casa así, que imponía las obligaciones del pasado, una carga de responsabilidad soportada públicamente, y pensó con satisfacción en el piso lleno de luz y escasamente amueblado que dominaba el Támesis. La puerta de la biblioteca, disimulada en los paneles de roble, estaba en la pared de la derecha, junto a la chimenea. Kate pensó que a lo mejor no la habría advertido si no la hubiera abierto Chandler-Powell.

En contraste con el gran salón, la estancia en la que entraron le pareció sorprendentemente pequeña, confortable y sin pretensiones, un santuario que custodiaba su silencio amén de los estantes de libros encuadernados en cuero tan bien alineados que parecía que ninguno de ellos hubiera sido sacado nunca de ahí. Como de costumbre, Kate evaluó la habitación con una mirada rápida y furtiva. Nunca había olvidado una reprimenda de AD a un sargento detective cuando ella acababa de incorporarse a la Brigada: «Estamos aquí por consentimiento pero no somos

bienvenidos. Todavía es su casa. No mires embobado sus pertenencias, Simon, como si estuvieras tasándolas para intercambiar-
las en el mercadillo de segunda mano.» Los estantes, que cubrían
todas las paredes menos una que tenía tres ventanas altas, eran de
una madera más clara que la del pasillo, las líneas del tallado más
simples y elegantes. Quizá la biblioteca era un añadido posterior. Encima de las estanterías había una serie de bustos de mármol, deshumanizados por sus ojos sin vida y convertidos en
meros iconos. Seguro que AD y Benton sabían quiénes eran, y
también sabrían la fecha aproximada del esculpido de la madera,
aquí se sentirían a sus anchas. Alejó el pensamiento de su cabeza.
A estas alturas, seguramente ella había interiorizado una cierta
inferioridad intelectual que sabía tan innecesaria como fastidiosa. Ninguna de las personas con las que había trabajado en la
Brigada la habían hecho sentir menos inteligente de lo que ella
sabía que era, y después del caso de Combe Island creía haber
dejado atrás para siempre esta degradante paranoia.

La señora Skeffington estaba sentada frente al fuego en una
silla de respaldo alto. No se levantó, pero se acomodó de manera más elegante, juntando las delgadas piernas. La cara era pálida
y ovalada, la piel tersa sobre unos pómulos altos, los gruesos labios brillantes de carmín. Kate pensó que si esa perfección sin
arrugas era fruto de la pericia del señor Chandler-Powell, éste la
había atendido bien. Sin embargo, el cuello, más oscuro, rugoso
y marcado por las arrugas de la edad, y las manos con sus venas
púrpura, no eran las de una mujer joven. El pelo, negro brillante,
se alzaba desde un pico en la frente y le caía sobre los hombros
en ondas lisas. Se lo manoseaba sin cesar, retorciéndolo y colo-
cándoselo tras las orejas. La señora Frensham, que estaba sentada
frente a ella, se levantó y se quedó de pie, con las manos cruzadas,
mientras Chandler-Powell hacía las presentaciones. Kate observó
con cínico regocijo la esperada reacción de la señora Skeffington
cuando ésta se fijó en Benton y sus ojos se ensancharon en una
mirada fugaz pero intensa, compuesta de sorpresa, interés y cálculo. Pero habló con Chandler-Powell, con una voz resentida como
la de un niño quejoso.

—Creía que no llegaría nunca. Llevo horas aquí sentada esperando que aparezca alguien.

—Pero no ha estado sola en ningún momento, ¿verdad? Me he asegurado de que así fuera.

—Ha sido igual que estar sola. Sólo una persona. La enfermera, que no se ha quedado mucho rato, no ha querido hablar de lo sucedido. Supongo que seguía instrucciones. La señorita Cressett, cuando ha sido su turno, tampoco. Y ahora la señora Frensham no dice nada. Es como estar en una morgue o bajo supervisión. El Rolls está fuera. Lo he visto llegar desde la ventana. Robert, nuestro chófer, tendrá que regresar, y yo no puedo quedarme aquí. Esto no tiene nada que ver conmigo. Quiero irme a casa.

Entonces, recobrando la compostura con sorprendente prontitud, se volvió hacia Dalgliesh y le tendió la mano.

—Me alegro de que esté aquí, comandante. Stuart me ha avisado de que venía usted. Me ha dicho que no me preocupara, que mandaba al mejor.

Se hizo el silencio. La señora Skeffington pareció desconcertada por momentos y dirigió la mirada a George Chandler-Powell. *O sea que por eso estamos aquí*, pensó Kate, *por eso el Número Diez había solicitado la Brigada.* Sin volver la cabeza, no pudo impedirse echar una mirada a Dalgliesh. Nadie mejor que su jefe para disimular el enfado, pero Kate lo pudo detectar en el momentáneo rubor en la frente, la frialdad en los ojos, la cara brevemente impasible, los músculos tensados de forma casi imperceptible. Se dijo a sí misma que Emma nunca había visto esa mirada. En la vida de Dalgliesh aún había partes que ella, Kate, compartía y que estaban vetadas a la mujer que él amaba, y así sería siempre. Emma conocía al poeta y al amante, pero no al detective, no al agente de policía. El trabajo de él y Kate era territorio prohibido para todo aquel que no hubiera prestado el juramento ni hubiera sido investido con esa peligrosa autoridad. La compañera de armas era ella, no la mujer que poseía su corazón. No era posible entender el trabajo de policía si no se había hecho. Kate había aprendido por su cuenta a no sentir celos, a intentar alegrarse por los triunfos de él, pero de vez en cuando no podía evitar saborear este pequeño y mezquino consuelo.

La señora Frensham murmuró una despedida y se fue, y Dalgliesh se sentó en la silla que ella había desocupado.

—Espero que no tengamos que entretenerla demasiado, señora Skeffington —dijo—, pero necesito que nos dé cierta información. ¿Puede contarnos exactamente lo sucedido desde que llegó usted ayer por la tarde?

—¿Se refiere a la hora que llegué realmente? —Dalgliesh no respondió. La señora Skeffington prosiguió—: Pero esto es ridículo. Lo siento, pero no hay nada que contar. No pasó nada, bueno, nada fuera de lo corriente, hasta anoche, y supongo que podría estar equivocada. Vine para que mañana, quiero decir hoy, me hicieran una pequeña operación. Estaba aquí por casualidad. Creo que no volveré nunca. Ha sido una tremenda pérdida de tiempo.

Se le fue apagando la voz.

—Empecemos desde el momento en que llegó. ¿Condujo desde Londres?

—Me condujeron. Robert me trajo en el Rolls. Ya se lo he dicho, está esperándome para llevarme a casa. Mi esposo lo ha mandado tan pronto he telefoneado.

—¿Y eso cuándo ha sido?

—En cuanto me dijeron que había muerto una paciente. Supongo que serían alrededor de las ocho. Había un jaleo de gente yendo y viniendo, pasos y voces, así que asomé la cabeza al pasillo y el señor Chandler-Powell vino y me explicó lo que había pasado.

—¿Sabía que Rhoda Gradwyn era la paciente de la habitación contigua?

—No. No sabía ni siquiera que estaba aquí. Cuando llegué no la vi, y nadie me dijo nada.

—¿La conocía usted de antes?

—Desde luego que no. A ver, ¿por qué iba a conocerla? ¿No era periodista o algo así? Stuart siempre dice que no me acerque a gente de esa clase. Les cuentas cosas y luego te traicionan. Entiéndame, no éramos del mismo círculo social.

—Pero ¿sabía usted que había alguien en la habitación de al lado?

—Bueno, sabía que Kimberley había entrado con algo de cenar. Oí el carrito. Yo no había comido nada aparte de un ligero almuerzo en casa, por supuesto. No podía por la anestesia del día siguiente. Ahora ya no importa, claro.

—¿Podemos volver a la hora de su llegada? —dijo Dalgliesh—. ¿Cuándo fue?

—Bueno, hacia las cinco. Me recibieron en el vestíbulo el señor Westhall, la enfermera Holland y la señorita Cressett y tomé el té con ellos, pero no comí nada. Estaba demasiado oscuro para pasear por el jardín, de modo que dije que pasaría el resto del día en la suite. Tenía que levantarme bastante temprano porque vendría el anestesista, y él y el señor Chandler-Powell querrían examinarme antes de la operación. Así que fui a mi habitación y vi la televisión hasta más o menos las diez, cuando decidí acostarme.

—¿Y qué pasó durante la noche?

—Bueno, tardé un rato en dormirme, serían las once pasadas. Pero más tarde me desperté porque necesitaba ir al cuarto de baño.

—¿Qué hora era?

—Miré el reloj para saber cuánto había dormido. Eran alrededor de las doce menos veinte. Fue entonces cuando oí el ascensor. Está frente a la suite de la enfermera..., bueno, supongo que lo han visto. Sólo oí el suave ruido metálico de las puertas y luego una especie de ronroneo cuando empezó a bajar. Antes de volver a acostarme descorrí las cortinas y abrí la ventana. Siempre duermo con la ventana entornada y pensé que me iría bien un poco de aire. Entonces vi una luz entre las Piedras de Cheverell.

—¿Qué clase de luz, señora Skeffington?

—Una luz pequeña moviéndose entre las piedras. Una linterna, supongo. Parpadeó y luego desapareció. Quizá su portador la apagó o apuntó hacia abajo. No la vi más. —Se calló un momento.

—¿Y qué hizo usted entonces? —preguntó Dalgliesh.

—Bueno, estaba asustada. Recuerdo lo de la bruja que fue quemada ahí y que, según se decía, las piedras estaban encantadas. Las estrellas daban algo de luz, pero estaba muy oscuro y tuve la sensación de que allí había alguien. Bueno, seguro que había alguien, de lo contrario yo no habría visto la luz. No creo en fantasmas, desde luego, pero era algo misterioso. Horrible de veras. De pronto deseé estar con alguien, hablar con alguien, y entonces pensé en la paciente de la habitación de al lado. Pero cuando abrí la puerta para salir al pasillo caí en la cuenta de que lo que iba a hacer no era nada..., bueno, respetuoso, supongo. Al fin y al cabo, era casi medianoche. Ella probablemente dormía. Si la despertaba, quizá se quejaría a la enfermera Holland. La enfermera puede ser muy estricta si haces algo que a ella no le gusta.

—Entonces, ¿sabía usted que en la otra habitación había una mujer? —dijo Kate.

La señora Skeffington la miró, pensó Kate, como si fuera una criada recalcitrante.

—Normalmente son mujeres, ¿no? Vamos a ver, esto es una clínica de cirugía plástica. En todo caso, no llamé a la puerta. Decidí pedir a Kimberley que me subiera té y leer o escuchar la radio hasta que me sintiera cansada.

—Cuando se asomó al pasillo —dijo Dalgliesh—, ¿vio a alguien u oyó algo?

—No, claro que no. Ya lo habría dicho. El pasillo estaba vacío y muy silencioso. De veras escalofriante. Sólo la luz tenue del ascensor.

—¿Exactamente cuándo abrió la puerta y se asomó? —preguntó Dalgliesh—. ¿Se acuerda?

—Supongo que a eso de las doce menos cinco. No estuve más de cinco minutos en la ventana. Y luego pedí el té y Kimberley me lo subió.

—¿Le comentó lo de la luz?

—Sí. Le dije que una luz que parpadeaba entre las piedras me había asustado y no me dejaba dormir. Por eso quería el té. Y también quería compañía. Pero Kimberley no se quedó mucho rato. Supongo que no se le permite charlar con los pacientes.

Chandler-Powell intervino de súbito.

—¿No se le ocurrió despertar a la enfermera Holland? Sabía que su habitación estaba ahí mismo. Por eso duerme en la planta de los pacientes, para estar disponible si alguien la necesita.

—Seguramente me habría tomado por tonta. Y yo no me consideraba una paciente, al menos hasta la operación. Y la verdad es que no necesitaba nada, ni medicamentos ni pastillas para dormir.

Hubo un silencio. Como si se diera cuenta por primera vez de la importancia de lo que estaba diciendo, la señora Skeffington miró a Dalgliesh y luego a Kate.

—Naturalmente, puedo haberme equivocado con la luz. Quiero decir que era muy tarde y a lo mejor imaginé cosas.

—Cuando usted salió al pasillo con la idea de visitar a la paciente de al lado —dijo Kate—, ¿estaba segura de que había visto la luz?

—Bueno, creo que sí, ¿no? Si no, no habría salido. Pero esto no significa que la luz estuviera realmente ahí. No llevaba despierta mucho rato, por lo que al mirar las piedras y pensar en la pobre mujer quemada viva tal vez imaginé que estaba viendo un fantasma.

—¿Y antes, cuando oyó el ruido metálico de la puerta del ascensor y oyó que éste bajaba? ¿Está diciendo que esto también pudo ser imaginación suya? —preguntó Kate.

—Bueno, supongo que no imaginé que oía el ascensor. A ver, seguramente alguien lo estaba utilizando. Podría ser, ¿no? No sé, alguien que subiera al pasillo de los pacientes. Alguien que fuera a visitar a Rhoda Gradwyn, por ejemplo.

A Kate le pareció que el silencio subsiguiente duraba minutos. Entonces habló Dalgliesh.

—En algún momento de la noche pasada, ¿vio u oyó usted algo en la habitación de al lado, o en el pasillo?

—No, nada. Sé que había alguien al lado sólo porque oí entrar a la enfermera. En la clínica se respeta la intimidad de todo el mundo, ¿no?

—Seguramente la señorita Cressett se lo dijo cuando la acompañó a su habitación —dijo Chandler-Powell.

—Mencionó que había ingresado sólo otra paciente, pero no me dijo dónde estaba ni quién era. De todos modos, no veo que esto tenga importancia. Y yo pude haberme confundido con la luz. Pero con el ascensor no. Estoy segura de que oí bajar el ascensor. A lo mejor fue esto lo que me despertó. —Se volvió hacia Dalgliesh—. Y ahora quiero irme a casa. Mi esposo me ha dicho que no me molestarían, que se encargaría del caso el mejor equipo de la Met y que yo estaría protegida. No quiero quedarme en un sitio donde anda un asesino suelto. Quizás era a mí a quien quería matar. Después de todo, mi esposo tiene enemigos. Los hombres poderosos siempre los tienen. Y yo estaba en la habitación de al lado, sola, indefensa. Supongamos que se equivoca de habitación y me mata a mí por error. La gente viene aquí porque cree que es un lugar seguro. Y bien caro que es. Además, ¿cómo entró? Les he contado todo lo que sé, pero no creo que pueda jurarlo ante un tribunal. No sé por qué debería hacerlo.

—Quizá sea necesario, señora Skeffington —dijo Dalgliesh—. Casi seguro que querré hablar de nuevo con usted, en cuyo caso desde luego puedo verla en Londres, en su casa o en el Nuevo Scotland Yard.

Esa posibilidad le resultaba a todas luces poco grata a la señora Skeffington, pero tras pasar la mirada de Kate a Dalgliesh, la susodicha llegó a la conclusión de que era mejor no hacer comentarios. En vez de ello, sonrió a Dalgliesh y le habló con una voz de niña zalamera.

—Y ahora, por favor, ¿puedo marcharme? He intentado ayudar, en serio. Pero era tarde y estaba sola y asustada y ahora me parece todo un sueño espantoso.

Pero Dalgliesh aún no había terminado de recabar su testimonio.

—Señora Skeffington, ¿al llegar le dieron una llave de la puerta oeste? —preguntó.

—Sí. La enfermera. Siempre me han dado dos llaves de seguridad. Esta vez era el juego número uno. Se las he dado a la señora Frensham cuando me ha ayudado a hacer el equipaje. Robert ha subido a coger las bolsas para llevarlas al coche. No le han dejado utilizar el ascensor, por lo que ha tenido que cargar con ellas por las escaleras. El señor Chandler-Powell debería contratar un criado. La verdad es que Mog, por sus escasas habilidades, no es hombre idóneo para estar en la Mansión.

—¿Dónde dejó las llaves durante la noche?

—Junto a la cama, supongo. No, en la mesa de delante del televisor. En cualquier caso, se las he dado a la señora Frensham. Si se han perdido, no tengo nada que ver.

—No, no se han perdido —dijo Dalgliesh—. Gracias por su ayuda, señora Skeffington.

Ahora que ya podía irse libremente, la señora Skeffington se volvió afable y concedió indiscriminadamente vagos agradecimientos y falsas sonrisas a todos los presentes. Chandler-Powell la acompañó al coche. Seguro, pensó Kate, que aprovechará la oportunidad para tranquilizarla o aplacarla, pero ni siquiera él podía esperar que ella no contara lo sucedido. Esa mujer no regresaría, desde luego, lo mismo que otros. Los pacientes quizá sintieran un pequeño escalofrío de terror vicario ante la idea de una bruja quemada en el siglo XVII, pero era improbable que escogieran una clínica donde una indefensa paciente recién operada había sido brutalmente asesinada. Si George Chandler-Powell dependía de sus ingresos en la clínica para mantener la Mansión en funcionamiento, seguramente se vería en dificultades. Este asesinato se cobraría más de una víctima.

Esperaron hasta oír el sonido del Rolls-Royce al arrancar, y Chandler-Powell volvió a aparecer.

—El centro de operaciones estará en la Vieja Casa de la Policía y mis agentes se alojarán en la Casa de la Glicina —dijo Dalgliesh—. Por favor, dentro de media hora reúna a los miembros de la Mansión en la biblioteca. Entretanto, los agentes de la escena del crimen estarán ocupados en el ala oeste. Le agradeceré que durante una hora más o menos ponga la biblioteca a mi disposición.

9

Cuando Dalgliesh y Kate volvieron a la escena del crimen, ya no estaba el cadáver de Rhoda Gradwyn. Con consumada facilidad, los dos empleados de la morgue la habían metido en una bolsa y llevado en la camilla hasta el ascensor. Abajo, Benton vio la partida de la ambulancia, que había venido en lugar de la furgoneta, y esperó la llegada de los agentes de la escena del crimen. El fotógrafo, un hombre grandote, ágil y de pocas palabras, había terminado su trabajo y se había ido. Y ahora, antes de empezar la larga rutina de interrogar a los sospechosos, Dalgliesh regresaba con Kate al dormitorio vacío.

Desde que el joven Dalgliesh fue ascendido al CID, el Departamento de Investigación Criminal, le parecía que el aire de la habitación de un asesinato siempre cambiaba cuando el cadáver había sido retirado, era algo más sutil que la ausencia física de la víctima. Parecía más fácil respirar, las voces sonaban más fuertes, había un alivio compartido, como si un objeto hubiera perdido su capacidad misteriosa para amenazar o contaminar. Quedaba algún vestigio de esta sensación. La cama en desorden, con el hoyo de la cabeza todavía en la almohada, se veía tan normal e inocua como si el ocupante hubiera acabado de levantarse y tuviera que volver enseguida. Era la bandeja caída con la vajilla, justo al entrar, lo que según Dalgliesh imponía en la habitación un simbolismo dramático a la par que inquietante. La escena parecía haber sido montada para la cubierta de una novela de misterio de categoría.

Nadie había tocado las pertenencias de la señorita Gradwyn; su cartera estaba al otro lado de la puerta, todavía apoyada en el escritorio de la salita. Había una gran maleta metálica con ruedas junto a la cómoda. Dalgliesh dejó su kit —denominación que persistía pese a que ahora era un más apropiado «maletín»— sobre el taburete plegable. Lo abrió, y él y Kate se pusieron los guantes de registro.

El bolso de la señorita Gradwyn, de cuero verde con cierre de plata y forma parecida a los Gladstone, era a todas luces un modelo de diseño. Dentro había un juego de llaves, un librito de direcciones, una agenda de bolsillo, un billetero con varias tarjetas de crédito y un monedero con cuatro libras en monedas y sesenta en billetes de veinte y diez. También había un pañuelo, un talonario de cheques con tapa de piel, un peine, una botellita de perfume y un bolígrafo de plata. En el bosillo concebido para tal fin, encontraron el móvil.

—Normalmente el móvil está en la mesita de noche —dijo Kate—. Parece que no quería recibir llamadas.

El móvil era un modelo nuevo. Tras abrirlo y encenderlo, Dalgliesh verificó las llamadas y los mensajes. Los mensajes de texto viejos habían sido borrados, pero había uno nuevo de «Robin» que decía: «Ha pasado algo muy importante. Necesito consultarte. Déjame verte, por favor, déjame entrar.»

—Hemos de identificar al remitente para averiguar si esta urgencia conllevaba su llegada a la Mansión —dijo Dalgliesh—. Pero es algo que puede esperar. Antes de empezar con los interrogatorios sólo quiero echar un vistazo rápido a las habitaciones de los otros pacientes. La doctora Glenister ha dicho que el asesino llevaba guantes. Seguramente quiso librarse de ellos lo antes posible. Si eran quirúrgicos, quizá fueron cortados en pedazos y arrojados a una taza de váter. Pero de todos modos vale la pena echar una ojeada. Para esto no hace falta esperar a los SOCO.

Tuvieron suerte. En el baño de la suite del extremo del pasillo encontraron un minúsculo fragmento de látex, frágil como un trozo de piel humana, prendido en el borde de la taza. Dalgliesh lo despegó cuidadosamente con unas pinzas y lo metió en una bolsa de pruebas, la cerró, y ambos garabatearon sus iniciales sobre el precinto.

—Cuando lleguen los SOCO les comunicaremos este hallazgo —dijo Dalgliesh—. Ésta es la suite en la que deberán concentrarse, en especial el vestidor del dormitorio, el único que tiene uno. Otro indicador de que puede tratarse de un crimen con complicidad interna. Y ahora debo llamar a la madre de la señorita Gradwyn.

—El inspector Whetstone me ha dicho que ordenó a una agente del WPC que fuera a visitarla. Lo hizo poco después de llegar. O sea que la mujer ya estará al corriente. ¿Quiere que hable yo con ella, señor?

—No, gracias, Kate. Tiene derecho a que sea yo quien llame. Pero si ya se lo han comunicado, no hay prisa. Empezaremos los interrogatorios. Nos vemos con Benton en la biblioteca.

10

Estaban los miembros de la casa reunidos y esperando, con Kate y Benton, cuando entró Dalgliesh en la biblioteca acompañado de George Chandler-Powell. A Benton le interesaba el modo en que se había colocado el grupo. Marcus Westhall se había situado a cierta distancia de su hermana, sentada en una silla de respaldo alto junto a la ventana, y había tomado asiento junto a la enfermera Flavia Holland, acaso por solidaridad médica. Helena Cressett se había instalado en uno de los sillones frente al fuego, muy erguida, quizá pensando que un aspecto de total relajación sería inadecuado, las manos posadas en los brazos del sillón. Mogworthy, un Cerbero fuera de lugar, se había puesto un traje azul brillante y una corbata de rayas que le daban el aspecto de un trabajador de funeraria de otra época; se colocó al lado de la señorita Cressett, de espaldas al fuego, fue el único que se quedó de pie. Al entrar Dalgliesh, se volvió hacia éste fulminándolo con la mirada. Pero a Benton esa mirada le pareció más amenazante que agresiva. Dean y Kimberley Bostock, sentados rígidamente uno al lado de otro en el único sofá, hicieron un leve movimiento como si no estuvieran seguros de si debían levantarse, pero, todavía hundidos en los cojines, recorrieron rápidamente la estancia con los ojos. Kimberley deslizó furtivamente la mano en la de su esposo.

Sharon Bateman también estaba sentada sola, muy tiesa, no muy lejos de Candace Westhall. Tenía las manos unidas en el regazo, las delgadas piernas juntas, y sus ojos, que se cruzaron fugazmente con los de Benton, mostraban más cautela que miedo. Lucía un vestido de algodón con un motivo floral bajo una chaqueta de mezclilla. El vestido, más adecuado para el verano que para una desapacible tarde de diciembre, le venía grande, y Benton se preguntó si esta insinuación de inclusera victoriana, obstinada y disciplinada a más no poder, era artificial. La señora Frensham había escogido una silla al lado de la ventana, y de vez en cuando miraba al exterior como para recordarse a sí misma que había un mundo, lozano y reconfortantemente normal, lejos de este ambiente agriado por el miedo y la tensión. Todos estaban pálidos, y pese al calor de la calefacción central y el resplandor chisporroteante del fuego, parecían ateridos de frío.

Benton tenía interés en ver si el resto del grupo se había tomado tiempo para vestirse de manera apropiada para una ocasión en la que sería más prudente mostrar respeto y aflicción que temor. Las camisas estaban planchadas con esmero, los pantalones de *sport* y los *tweeds* habían sustituido a la pana y la tela vaquera. Las chaquetas de punto y los jerséis parecían haber sido desdoblados hacía poco. Helena Cressett estaba elegante con unos pantalones ajustados de una fina tela a cuadros blancos y negros rematados por un jersey negro de cachemir y cuello vuelto. Su rostro había perdido el color, por lo que incluso el suave lápiz de labios que llevaba parecía una ostentosa muestra de rebeldía. *Esta cara es puro Plantagenet*, pensó Benton intentando no fijar los ojos en ella, y se sorprendió al descubrir que la encontraba hermosa.

Las tres sillas del escritorio de caoba del siglo XVIII estaban vacías y lógicamente destinadas a los policías. Éstos se sentaron, y Chandler-Powell ocupó su sitio enfrente, cerca de la señorita Cressett. Todos los ojos se volvieron hacia él, aunque Benton era consciente de que todos pensaban en el hombre alto y de pelo oscuro que se hallaba a su derecha. Era él quien dominaba la estancia. Pero los detectives estaban allí con el consentimiento de Chandler-Powell; era su casa, su biblioteca, y sutilmente lo dejó claro.

—El comandante Dalgliesh —dijo con una voz tranquila,

emanando autoridad— ha solicitado el uso de esta sala para que él y sus agentes puedan vernos e interrogarnos juntos. Creo que ya conocéis al señor Dalgliesh, a la inspectora Miskin y al sargento Benton-Smith. No estoy aquí para pronunciar un discurso. Sólo quiero decir que lo sucedido anoche nos ha dejado a todos consternados. Ahora nuestra obligación es cooperar totalmente con la investigación de la policía. Como es lógico, esta tragedia se conocerá fuera de la Mansión. Una serie de expertos se encargarán de responder a la prensa y otros medios; lo que os pido es que no habléis con nadie fuera de estas paredes, al menos de momento. Le cedo la palabra, comandante Dalgliesh.

Benton sacó la libreta. Al principio de su carrera, había ideado un método de taquigrafía, claro aunque excéntrico, que, pese a deber algo al ingenioso sistema del señor Pitman, era muy personal. Su jefe tenía una memoria casi perfecta, pero correspondía a Benton observar, escuchar y anotar todo lo visto y oído. Sabía por qué AD había optado por este interrogatorio preliminar de grupo. Era importante tener una visión general de lo que había ocurrido exactamente desde que Rhoda Gradwyn había entrado en la Mansión el 13 de diciembre, lo que podía lograrse con más precisión si todos los implicados estaban presentes para hacer comentarios o correcciones. La mayoría de los sospechosos eran capaces de mentir con cierta convicción cuando eran interrogados a solas; algunos, de hecho, eran unos expertos consumados. Benton recordó varias ocasiones en que amantes y parientes tristes y con el corazón aparentemente destrozado solicitaban ayuda para resolver un asesinato, incluso cuando sabían dónde habían escondido el cadáver. No obstante, mantener una mentira en compañía de otros costaba más. Un sospechoso puede ser muy hábil para controlar su expresión facial, pero las respuestas de quienes le escuchan pueden revelar muchas cosas.

—Les hemos convocado a todos —dijo Dalgliesh— para tener una imagen colectiva de lo que le pasó a Rhoda Gradwyn desde el momento en que llegó hasta el descubrimiento de su cadáver. Desde luego tendré que hablar con cada uno por separado, pero en la próxima media hora o así espero hacer algunos progresos.

Hubo un silencio roto por Helena Cressett, que dijo:

—La primera persona que vio a la señorita Gradwyn fue Mogworthy, que le abrió la puerta. El grupo de recepción, formado por la enfermera Holland, el señor Westhall y yo misma, estaba esperando en el gran salón.

Su voz era tranquila, las palabras sonaban directas y frías. Para Benton el mensaje estaba claro. *Si hemos de pasar por esta payasada pública, empecemos de una vez, por Dios.*

Mogworthy miró fijamente a Dalgliesh.

—Así es. Ella llegó a la hora, más o menos. La señorita Helena dijo que la esperaba después del té y antes de la cena, y yo estuve pendiente de su llegada desde las cuatro. Llegó a las siete menos cuarto. Le abrí la verja y ella misma aparcó el coche. Dijo que se encargaría de su equipaje, sólo una cartera y la maleta de ruedas. Una dama muy decidida. Aguardé a que se detuviera frente a la Mansión y vi que se abría la puerta y que la señorita Helena la estaba esperando. Consideré que no tenía que hacer nada más y me fui a casa.

—¿No entró en la Mansión, tal vez para subirle la maleta a la habitación? —preguntó Dalgliesh.

—No. Si podía arrastrarla desde el coche, me pareció que también podría subirla a la planta de los pacientes. Si no, alguien lo haría por ella. Lo último que le vi hacer fue cruzar la puerta de entrada.

—¿Entró usted en algún momento en la Mansión después de haberla visto llegar?

—¿Por qué haría yo eso?

—No lo sé —dijo Dalgliesh—. Estoy preguntándole si lo hizo.

—No. Y ya que estamos hablando de mí, me gusta decir las cosas claras. Sin rodeos. Sé lo que quiere preguntar, de modo que le ahorraré la molestia. Yo sabía dónde dormía ella…, en la planta de los pacientes, ¿dónde si no? Y tengo llaves de la puerta del jardín, pero una vez que hubo cruzado la puerta de entrada no volví a verla, ni viva ni muerta. Yo no la maté y no sé quién lo hizo. Si lo supiera, probablemente se lo diría. No apruebo el asesinato.

—Nadie sospecha de ti, Mog —dijo la señorita Cressett.

—Usted a lo mejor no, señorita Helena, pero otros sí. Sé cómo funciona el mundo. Mejor hablar claro.

—Gracias, señor Mogworthy —dijo Dalgliesh—. Ha hablado usted muy claro y ha sido muy servicial. ¿Cree que hay algo más que deberíamos saber, algo que viera u oyera antes de irse? Por ejemplo, ¿vio usted a alguien cerca de la Mansión, tal vez a un desconocido, alguien que despertara sospechas?

—Cualquier desconocido cerca de la Mansión después de anochecer es sospechoso para mí —dijo Mog con tono rotundo—. Anoche no vi a nadie. Pero había un coche aparcado en el área de descanso, junto a las piedras. No cuando me fui, sino más tarde.

Al captar la sonrisita de Mog, rápidamente reprimida, de maliciosa satisfacción, Benton sospechó que el ritmo de la revelación era menos ingenuo de lo que parecía. La noticia fue sin duda bien acogida. No hablaba nadie, pero en el silencio Benton detectó un suave siseo, como una inhalación. Era una noticia para todos, como desde luego había pretendido Mogworthy. Benton observaba sus caras mientras se miraban unos a otros. Fue un momento de alivio compartido, disimulado al instante pero inequívoco.

—¿Recuerda algo del coche? —preguntó Dalgliesh—. ¿La marca, el color?

—Sedán, tirando a oscuro. Podía ser negro o azul. Las luces estaban apagadas. Había una persona en el asiento del conductor pero no sé si alguien más.

—¿Apuntó la matrícula?

—No. ¿Por qué tendría que ir apuntando las matrículas de los coches? Yo sólo pasaba por ahí, iba en bicicleta a casa desde el chalet de la señora Ada Denton, donde había tomado mi pescado con patatas del viernes, como de costumbre. Cuando voy en bici tengo los ojos fijos en la carretera, no como otros. Sólo sé que allí había un coche.

—¿A qué hora?

—Antes de medianoche. Faltarían cinco o diez minutos. Hago el cálculo para llegar a casa hacia la medianoche.

—Esto es un dato importante, Mog —dijo Chandler-Powell—. ¿Por qué no lo dijiste antes?

—¿Por qué? Usted mismo dijo que no debíamos chismorrear sobre la muerte de la señorita Gradwyn sino esperar a que llegara la policía. Bueno, ahora está aquí el jefe y le estoy contando lo que vi.

Antes de que nadie pudiera responder, se abrió la puerta de golpe. Todas las miradas se dirigieron hacia allí. Irrumpió un hombre seguido por el agente Warren, que iba protestando. El aspecto del intruso era tan insólito como espectacular había sido su entrada. Benton vio una cara pálida, atractiva, un tanto andrógina, unos ojos azules centelleantes y un pelo rubio que le cubría la frente como los mechones de un dios esculpido en mármol. Llevaba un largo abrigo negro, que le llegaba casi al suelo, sobre unos vaqueros azul claro, y por un instante a Benton le pareció que iba en bata y pijama. Si la sensacional entrada había estado planeada, difícilmente habría podido escoger un momento más propicio, aunque el histrionismo artificioso parecía improbable. El recién llegado temblaba a causa de emociones mal controladas, pena quizá, pero también ira y miedo. Con aire confuso, su mirada fue saltando de un rostro al siguiente, y antes de que pudiera decir nada, Candace Westhall habló tranquilamente desde su silla junto a la ventana.

—Nuestro primo, Robin Boyton. Está alojado en el chalet de los huéspedes. Robin, te presento al comandante Dalgliesh, del Nuevo Scotland Yard, y a sus colegas, la inspectora Miskin y el sargento Benton-Smith.

Robin no le hizo caso y descargó su arrebato de cólera en Marcus.

—¡Hijo de puta! ¡Malvado hijo de puta! Mi amiga, mi íntima y querida amiga, está muerta. Asesinada. Y no has tenido siquiera la consideración de decírmelo. Y aquí estáis, quedando bien con la policía, decidiendo entre todos que nada trascienda. No debemos desbaratar el valioso trabajo del señor Chandler-Powell, ¿verdad? Y ella está arriba muerta. ¡Tenías que habérmelo dicho! Alguien tenía que habérmelo dicho. Necesito verla. Quiero decirle adiós.

Y ahora ya lloraba desconsolado, sus lágrimas caían sin freno. Dalgliesh no dijo nada, pero Benton le echó una mirada y advirtió que sus oscuros ojos estaban atentos.

Candace Westhall hizo el gesto de levantarse como para ir a consolar a su primo, pero se dejó caer otra vez en la silla. Fue su hermano quien habló.

—Me temo que esto no podrá ser, Robin. Ya se han llevado el cadáver de la señorita Gradwyn al depósito. Pero sí intenté decírtelo. Llamé al chalet poco antes de las nueve, pero evidentemente aún dormías. Las cortinas estaban corridas y la puerta de entrada cerrada. Creo que en algún momento nos dijiste que conocías a Rhoda Gradwyn, pero no que erais amigos íntimos.

—Señor Boyton —dijo Dalgliesh—, en este momento estoy interrogando sólo a las personas que estaban en la casa desde que la señorita Gradwyn llegó, el jueves, hasta que fue encontrada muerta a las siete y media de esta mañana. Si estaba usted entre ellos, por favor quédese. Si no, yo o uno de mis agentes le atenderemos lo antes posible.

Boyton había conseguido dominar su furia. A través de las bocanadas de aire aspirado, su voz adquirió el tono de la de un niño engreído.

—Claro que no estoy entre ellos. No había entrado hasta ahora. El policía de la puerta no me dejaba.

—Seguía mis órdenes —dijo Dalgliesh.

—Y antes siguió las mías —dijo Chandler-Powell—. La señorita Gradwyn quería una absoluta intimidad. Lamento que se le haya causado esta aflicción, señor Boyton, pero he estado tan ocupado con la policía y la patóloga que he pasado por alto el hecho de que usted estaba alojado en el chalet. ¿Ha almorzado? Dean y Kimberley le prepararán algo de comer.

—Pues claro que no he almorzado. ¿Alguna vez me ha dado usted de comer cuando he estado en el Chalet Rosa? Además, no quiero su puñetera comida. ¡No me trate con condescendencia!

Se irguió, extendió un brazo tembloroso y señaló con el dedo a Chandler-Powell; luego, quizá cayendo en la cuenta de que, vestido como iba, la postura teatral le hacía parecer ridículo, bajó el brazo y, con una expresión de mudo sufrimiento, miró al grupo que le rodeaba.

—Señor Boyton —dijo Dalgliesh—, como usted era amigo de la señorita Gradwyn, lo que tenga que decirnos será de utilidad, pero no ahora.

Las palabras, pronunciadas con calma, eran una orden. Boyton dio media vuelta con los hombros caídos. De pronto se volvió y se dirigió a Chandler-Powell.

—Ella vino aquí a que le quitaran esa cicatriz, para poder empezar una nueva vida. Confió en usted y usted la mató, ¡asesino hijo de puta!

Se marchó sin esperar respuesta. El agente Warren, que había permanecido todo el rato inescrutable, lo siguió fuera y cerró la puerta con firmeza. Hubo cinco segundos de silencio durante los cuales Benton tuvo la sensación de que había cambiado el estado de ánimo general. Por fin alguien había pronunciado esa sonora palabra. Por fin había sido reconocido lo increíble, lo grotesco, lo horripilante.

—¿Seguimos? —dijo Dalgliesh—. Señorita Cressett, recibió usted a la señorita Gradwyn en la puerta. ¿Qué pasó después?

Durante los siguientes veinte minutos la relación de hechos prosiguió sin contratiempos, y Benton se concentró en sus jeroglíficos. Helena Cressett había dado la bienvenida a la nueva paciente de la Mansión y la había acompañado directamente a la habitación. Como a la mañana siguiente tenía que ser anestesiada, no se le sirvió cena, y la señorita Gradwyn le dijo que quería estar sola. La paciente insistió en arrastrar ella misma la maleta hasta el dormitorio, y estaba sacando los libros cuando la señorita Cressett se fue. El viernes, Helena supo, por supuesto, que la señorita Gradwyn había sido operada y trasladada a primera hora de la mañana desde la sala de recuperación a la suite en el ala de los pacientes. Era el procedimiento habitual. Ella no se ocupaba de la atención a las personas convalecientes, ni tampoco visitó a la señorita Gradwyn en su suite. Cenó en el comedor con la enfermera Holland, la señorita Westhall y la señora Frensham. Se enteró de que Marcus Westhall estaba cenando en Londres con un especialista con quien esperaba trabajar en África. Ella y la señorita Westhall trabajaron juntas en la oficina hasta casi las siete, cuando Dean servía los aperitivos previos a la cena en la biblioteca. Después, ella y la señora Frensham jugaron al ajedrez y conversaron en su sala de estar privada. A medianoche ya se había acostado y durante la noche no oyó nada. El sábado ya se había duchado y vestido cuando apareció el señor Chandler-Powell para comunicarle que Rhoda Gradwyn había muerto.

El testimonio de la señorita Cressett fue confirmado tranquilamente por la señora Frensham, quien dijo que alrededor de las once y media había dejado a la señorita Cressett en su salita y se había ido a su apartamento del ala este y que durante la noche no había oído nada. No supo nada de la muerte de la señorita Gradwyn hasta que a las ocho menos cuarto bajó al comedor y no vio allí a nadie. Más tarde llegó el señor Chandler-Powell y le dijo que la señorita Gradwyn había muerto.

Candace Westhall confirmó que había estado trabajando con la señorita Cressett en la oficina hasta la hora de la cena. Después de cenar volvió a la oficina a ordenar unos papeles y abandonó la Mansión poco después de las diez por la puerta principal. El señor Chandler-Powell estaba bajando las escaleras y se dieron las buenas noches antes de que ella se marchara. A la mañana siguiente, él la llamó desde la oficina para decirle que habían encontrado muerta a la señorita Gradwyn y que ella y su hermano tenían que acudir a la Mansión enseguida. Marcus Westhall había regresado de Londres a primera hora de la madrugada. Ella había oído llegar el coche a eso de las doce y media pero no se había levantado, aunque él había llamado a la puerta de su dormitorio y habían hablado un ratito.

La enfermera Flavia Holland hizo su declaración de manera sucinta y con calma. A primera hora de la mañana de la operación ya habían llegado el anestesista y el personal médico y técnico adicional. La enfermera Frazer, una empleada a tiempo parcial, había llevado a la paciente a la suite de operaciones, donde fue examinada por el anestesista que ya la había reconocido en el Saint Angela de Londres. El señor Chandler-Powell pasó un rato con ella para saludarla y tranquilizarla. Ya le había explicado con detalle lo que tenía intención de hacer cuando ella había acudido a su consulta en Saint Angela. La señorita Gradwyn estuvo muy tranquila desde el primer momento y no mostró señales de miedo ni de ninguna preocupación concreta. El anestesista y todo el personal auxiliar se marcharon en cuanto la intervención hubo terminado. Regresarían a la mañana siguiente para la operación de la señora Skeffington, que había llegado el día anterior por la tarde. Después de la operación, la señorita Gradwyn estuvo en la sala de recuperación al cuidado del señor Chandler-Powell, y a las cuatro y media la llevaron en camilla a su habitación. Para entonces, la paciente ya era capaz de caminar y decía que no sentía mucho dolor. Luego durmió hasta las siete y media, cuando pudo cenar algo ligero. Rechazó un sedante, pero pidió un vaso de leche con un chorrito de brandy. La enfermera Holland se encontraba en la habitación del final a la izquierda y entró cada hora para ver cómo seguía la señorita Gradwyn hasta que ella misma se acostó, lo que quizá se produjo pasada ya la medianoche. El último control fue el de las once; la paciente estaba dormida. Durante la noche la enfermera Holland no oyó nada.

La versión del señor Chandler-Powell coincidió con la de ella. Hizo hincapié en que la paciente en ningún momento manifestó miedo, ni de la operación ni de ninguna otra cosa. Ella había declarado expresamente que no quería recibir visitas durante el período de convalecencia, que duraba una semana, razón por la cual a Robin se le había negado la entrada. La intervención había ido bien, pero había sido más larga y difícil de lo previsto. De todos modos, él confiaba en que el resultado sería excelente. La señorita Gradwyn era una mujer sana que había soportado bien la operación y la anestesia, y él no tenía ninguna duda de que evolucionaría correctamente. Pasó a verla la noche de su muerte, hacia las diez, y fue al regresar de esta visita cuando vio salir a la señorita Westhall.

Durante toda la sesión, Sharon había estado sentada muy quieta con una mirada que, a juicio de Kate, sólo podía describirse como malhumorada, y cuando se le preguntó dónde había estado y qué había hecho el día anterior, al principio se embarcó en un relato tedioso, expresado con hosquedad, de todos los detalles de la mañana y la tarde. Cuando se le pidió que se ciñera al período que empezaba a las cuatro y media, dijo que había estado ocupada en la cocina y el comedor ayudando a Dean y Kimberley Bostock, que había cenado con ellos a las nueve menos cuarto y que después había ido a su cuarto a ver la televisión. No recordaba la hora a la que se había acostado ni qué programa había visto. Estaba muy cansada y durmió profundamente toda la noche. Se enteró de la muerte de la señorita Gradwyn cuando la enfermera Holland subió a despertarla y a decirle que empezaba su turno y debía bajar a ayudar en la cocina, lo que sucedió, en su opinión, a eso de las nueve. La señorita Gradwyn le caía bien, en su visita previa le había pedido que le enseñara el jardín. Kate le preguntó de qué habían hablado, y Sharon contestó que sobre su infancia y la escuela a la que había ido, y su trabajo en la residencia de ancianos.

No hubo sorpresas hasta que declararon Dean y Kimberley. Kimberley dijo que a veces subía comida a los pacientes a petición de la enfermera, pero no había visitado a la señorita Gradwyn porque ésta estaba ayunando. Ni ella ni su esposo habían visto llegar a la paciente; esa noche habían estado especialmente ocupados preparando comida para el personal adicional de quirófano que llegaría al día siguiente y que siempre almorzaba antes de irse. El viernes por la noche la señora Skeffington la despertó por teléfono, justo antes de medianoche, para pedirle té. Su esposo la ayudó a llevar la bandeja. Él nunca entraba en las habitaciones de los pacientes, así que la esperó fuera hasta que ella salió. La señora Skeffington parecía asustada y decía haber visto una luz parpadeante entre las piedras, pero Kimberley pensó que no eran más que imaginaciones. Le preguntó a la señora Skeffington si quería que ella llamara a la enfermera Holland, pero contestó que no, que la enfermera Holland se molestaría si la despertaban sin necesidad.

En este momento intervino la enfermera Holland.

—Kimberley, tienes instrucciones de llamarme si los pacientes piden cualquier cosa por la noche. ¿Por qué no lo hiciste?

Y ahora Benton, alzando la cabeza de la libreta, prestó atención. Percibía que la pregunta era muy poco grata. La chica se ruborizó. Echó una mirada a su esposo, y ambos apretaron las manos.

—Lo siento, enfermera, pensé que ella no sería una paciente de veras hasta el siguiente día, por eso no la desperté. Sí le pregunté si quería verla a usted o al señor Chandler-Powell.

—La señora Skeffington fue una paciente desde el momento en que llegó a la Mansión, Kimberley. Sabías cómo ponerte en contacto conmigo. Tenías que haberlo hecho.

—¿La señora Skeffington mencionó haber oído el ascensor por la noche? —dijo Dalgliesh.

—No. Sólo habló de las luces.

—¿Y vio u oyó alguno de ustedes algo fuera de lo normal mientras estaban en esa planta?

Se miraron uno a otro y luego menearon la cabeza enérgicamente.

—Sólo estuvimos ahí unos minutos. Todo estaba tranquilo. En el pasillo había una luz tenue, como siempre.

—¿Y el ascensor? ¿Se fijaron en el ascensor?

—Sí, señor. El ascensor estaba en la planta baja. Lo utilizamos para subir el té. Podíamos haber ido por las escaleras, pero el ascensor es más rápido.

—¿Hay algo más que tengan que decirme sobre esa noche?

Se hizo el silencio. Los dos volvieron a mirarse. Dean parecía estar cobrando ánimo para hablar.

—Hay una cosa, señor —dijo—. Cuando regresamos a la planta baja, vi que la puerta del jardín tenía el cerrojo descorrido. Para ir a nuestro apartamento hemos de pasar por delante de la puerta. Es una puerta maciza de roble a la derecha, señor, que conduce a la senda de los limeros y a las Piedras de Cheverell.

—¿Está seguro? —dijo Dalgliesh.

—Sí, señor, totalmente seguro.

—¿Le hizo notar a su esposa lo del cerrojo descorrido?

—No, señor. No se lo mencioné hasta que estuvimos juntos en la cocina a la mañana siguiente.

—¿Alguno de los dos volvió para comprobarlo?

—No, señor.

—Y lo notó al regresar, no cuando estaba ayudando a su esposa a subir el té.

—Sólo cuando regresábamos.

La enfermera Holland interrumpió.

—No sé por qué tenías que ayudarla a subir el té, Dean. La bandeja no pesa apenas. ¿No podía Kimberley habérselas arreglado sola? Normalmente lo hace. Si no hubiera ascensor, vale. Además, en el ala oeste siempre hay una luz tenue.

—Sí, claro que podía —dijo Dean con voz firme—, pero no me gusta que vaya por la casa sola a altas horas de la noche.

—¿De qué tiene miedo?

—No es eso —dijo Dean con abatimiento—. Simplemente no me gusta.

—¿Sabía que el señor Chandler-Powell suele correr el cerrojo de esta puerta puntualmente a las once? —dijo Dalgliesh con calma.

—Sí, señor, lo sabía. Todo el mundo lo sabe. Pero a veces es un poco más tarde si él da un paseo por el jardín. Preferí no cerrar, pues si el señor Chandler-Powell hubiera estado fuera no habría podido entrar.

—¿Pasear por el jardín después de medianoche, en diciembre? —dijo la enfermera Holland—. ¿Es esto algo habitual, Dean?

Dean no la miró a ella sino a Dalgliesh, y dijo cabizbajo:

—No es mi cometido correr el cerrojo, señor. Y antes estaba cerrada. Nadie podía abrirla sin una llave.

Dalgliesh se dirigió a Chandler-Powell.

—¿Y usted está seguro de que echó el cerrojo a las once?

—La cerré como de costumbre a las once y la encontré cerrada a las seis y media de esta mañana.

—¿Alguien de aquí la abrió por algún motivo? Todos pueden ver la importancia de esto. Hemos de esclarecerlo ahora.

No habló nadie. El silencio se prolongó.

—¿Alguien más advirtió que el cerrojo estaba corrido o descorrido después de las once? —preguntó Dalgliesh.

De nuevo silencio, esta vez finalmente interrumpido por un murmullo quedo de negaciones. Benton observó que evitaban mirarse unos a otros.

—Por ahora será suficiente —dijo Dalgliesh—. Gracias por su colaboración. Me gustaría verlos a todos por separado, aquí o en el centro de operaciones de la Vieja Casa de la Policía.

Dalgliesh se puso en pie, y el resto de los presentes se levantó a su vez silenciosa y sucesivamente. Todavía no hablaba nadie. Los detectives estaban cruzando el vestíbulo cuando Chandler-Powell los alcanzó.

—Si tiene tiempo, me gustaría hablar un segundo con usted —le dijo a Dalgliesh.

Dalgliesh y Kate lo siguieron al estudio. Se cerró la puerta. Benton no sintió ningún resentimiento por una exclusión que había sido transmitida sutilmente pero no expresada con palabras. Sabía que en cualquier investigación había momentos en que dos agentes podían obtener información y tres inhibirla.

En el estudio, el señor Chandler-Powell no perdió el tiempo. Estando los tres de pie, dijo:

—Debo decirles algo. Obviamente han advertido el malestar de Kimberley cuando se le ha preguntado por qué no despertó a Flavia Holland. Creo que seguramente lo intentó. La puerta de la suite no estaba cerrada con llave, y si ella o Dean la abrieron un poco oirían voces, la mía y la de Flavia. A medianoche yo estaba con ella. Creo que los Bostock se han sentido cohibidos y por eso no lo han dicho, sobre todo en presencia de los demás.

—Pero ¿no habría oído usted cómo se abría la puerta? —dijo Kate.

Él la miró con calma.

—No necesariamente. Estábamos ocupados hablando.

—Luego confirmaré esto con los Bostock —dijo Dalgliesh—. ¿Cuánto rato estuvieron juntos?

—Cuando terminé de conectar las alarmas y echar el cerrojo de la puerta del jardín me reuní con Flavia en su sala de estar. Estuve allí hasta eso de la una. Teníamos que hablar de varias cosas, unas profesionales, otras personales. Ninguna relacionada con Rhoda Gradwyn. Durante ese rato ninguno de los dos vimos ni oímos nada anormal.

—¿Oyeron el ascensor?

—No. Y tampoco esperábamos oírlo. Como han visto, está junto a las escaleras, frente a la salita de la enfermera, pero es moderno y relativamente silencioso. Desde luego la enfermera Holland confirmará mis palabras, y sin duda cuando Kimberley sea interrogada por alguien experto en obtener información de la gente vulnerable, admitirá haber oído nuestras voces si sabe que he hablado con ustedes. No me reconozcan demasiado mérito por haberles contado lo que espero siga siendo confidencial. Tendría que ser muy ingenuo para no comprender que, si Rhoda Gradwyn murió alrededor de la medianoche, Flavia y yo nos hemos concedido mutuamente una coartada. Más vale que sea sincero. No quiero ser tratado de forma distinta a los demás. Pero normalmente los médicos no asesinan a sus pacientes, y si tuviera en mente destruir este lugar y mi prestigio, lo habría hecho antes de la operación, no después. No soporto que se desperdicie mi trabajo.

Al mirar la cara de Chandler-Powell súbitamente teñida de una ira y una indignación que lo transformaban, Dalgliesh tuvo la seguridad de que al menos las últimas palabras eran ciertas.

11

Dalgliesh fue al jardín a telefonear a la madre de Rhoda Gradwyn. Era una llamada a la que tenía pavor. Dar el pésame personalmente, como ya había hecho una agente de la policía local, era difícil de veras. Era una tarea que ningún agente cumplía de buen grado, algo que él había hecho numerosas veces, dudando antes de levantar la mano para golpear la puerta o llamar al timbre, una puerta que siempre se abría de inmediato revelando unos ojos confusos, suplicantes, esperanzados o angustiados, a la espera de una noticia que cambiaría su vida. Sabía que algunos colegas habrían encargado esa labor a Kate. Transmitir por teléfono compasión a un pariente afligido le parecía una chapuza, pero siempre había pensado que el pariente más próximo debía conocer al agente encargado de la investigación en un caso de asesinato y estar al corriente del desarrollo del proceso en la medida en que esto fuera factible.

Respondió una voz de hombre. Sonaba desconcertada y aprensiva, como si el teléfono fuera un instrumento técnicamente avanzado del que no se pudieran esperar buenas noticias. Sin identificarse, dijo con innegable alivio:

—¿La policía, dice? Espere, por favor. Voy a llamar a mi esposa.

Dalgliesh volvió a identificarse y expresó su condolencia con el mayor tacto posible, sabiendo que ella ya había recibido una noticia cuya gravedad ninguna delicadeza podía mitigar. Se encontró con un silencio inicial. Luego, con una voz tan insensible como si él hubiera acabado de transmitir una inoportuna invitación a tomar el té, ella dijo:

—Gracias por llamar, pero ya lo sabíamos. Me dio la noticia la joven de la policía local. Dijo que la había llamado alguien de la policía de Dorset. Se marchó a las diez. Fue muy amable. Tomamos una taza de té juntas y no me contó demasiado. Sólo que Rhoda había sido hallada muerta y que no era una muerte natural. Aún no puedo creerlo. No sé, ¿quién querría hacer daño a Rhoda? Pregunté qué había pasado y si la policía conocía al culpable, pero ella dijo que no podía responder a preguntas como ésta porque había otra fuerza encargada del caso y que usted se pondría en contacto conmigo. Sólo había venido a darme la noticia. Aun así, fue amable.

—Señora Brown, ¿sabía usted si su hija tenía algún enemigo? —dijo Dalgliesh—. ¿Alguien que hubiera podido desearle algo malo?

Y ahora él advirtió el claro tono de resentimiento.

—Bueno, seguramente, ¿no? Si no, no la habrían matado. Estaba en una clínica privada. Rhoda no iba a lo barato. ¿Por qué no cuidaron de ella? Mira que dejar que asesinen a una paciente..., es negligencia por parte de la clínica. Rhoda aún quería hacer muchas cosas. Tenía mucho éxito. Siempre había sido muy lista, como su padre.

—¿Le dijo ella que iba a quitarse la cicatriz en la clínica de la Mansión Cheverell?

—Me dijo que pensaba quitarse la cicatriz pero no dónde ni cuándo. Rhoda era muy reservada. De niña ya era así, se guardaba sus secretos, sin decir a nadie lo que pensaba. Desde que se marchó de casa nos vimos poco, pero vino aquí a mi boda en junio y fue cuando me habló de la cicatriz. Lo debía haber hecho años atrás, desde luego. Tenía esa cicatriz desde hace más de treinta años. Cuando contaba trece se golpeó la cara contra la puerta de la cocina.

—¿Puede contarnos algo de sus amigos, de su vida privada?

—Ya se lo he dicho, era muy reservada. No sé nada de sus

amigos ni de su vida privada. Tampoco sé qué va a pasar con el entierro, si debería ser en Londres o aquí. No sé si hay cosas que yo tendría que hacer. Por lo general hay que rellenar formularios. Y hay que dar la noticia a la gente. No quiero molestar a mi esposo. Está muy afectado. Cuando conoció a Rhoda, le cayó muy bien.

—Habrá autopsia, por supuesto —dijo Dalgliesh—, y luego el forense entregará el cadáver. ¿Tiene usted amigos que puedan ayudarla y aconsejarla?

—Bueno, tengo amigos en la iglesia. Hablaré con el párroco, quizás él pueda ayudar. Tal vez podamos celebrar el oficio religioso aquí, aunque, claro, ella era muy conocida en Londres. Pero no era religiosa, así que quizá no habría querido una ceremonia. Espero no tener que ir a esa clínica, dondequiera que esté.

—Está en Dorset, señora Brown. En Stoke Cheverell.

—Bueno, no puedo dejar al señor Brown para ir a Dorset.

—De hecho no hay ninguna necesidad de ello a menos que desee estar presente en las pesquisas judiciales. ¿Por qué no habla con su abogado? Supongo que el de su hija se pondrá en contacto con usted. Encontramos el nombre y la dirección en el bolso de ella. Seguro que la ayudará. Me temo que tendré que examinar las pertenencias de su hija tanto aquí como en su casa de Londres. Y quizá deba llevarme algunas para su análisis en el laboratorio, pero cuidaremos de ellas y más adelante se las devolveremos. ¿Me da usted su autorización?

—Puede coger lo que quiera. Nunca he estado en la casa de Rhoda en Londres. Supongo que antes o después deberé ir. Puede que haya objetos de valor. Y habrá libros. Siempre tuvo muchos libros. Tanto leer. Siempre tenía la cabeza metida en un libro. ¿Qué bien le harán? No la van a hacer volver. ¿La operación tuvo lugar?

—Sí, ayer. Según parece, fue muy bien.

—Y todo este dinero gastado para nada. Pobre Rhoda. Pese a todo su éxito, no tuvo mucha suerte.

Y ahora le cambió la voz, y Dalgliesh pensó que quizá la mujer estaba intentando contener las lágrimas.

—Voy a colgar —dijo ella—. Gracias por llamar. Creo que ya no puedo asimilar nada más. Ha sido una conmoción. Rhoda asesinada. Es una de esas cosas que lees o ves en la televisión. No imaginas que le pueda suceder a alguien que conoces. Y ya libre de esa cicatriz ella tenía tantas posibilidades ante sí... No parece justo.

Alguien que conoces, pensó Dalgliesh, *no alguien que quieres*. Oyó que ella estaba llorando y se cortó la comunicación.

Hizo una breve pausa mirando el aparato antes de hacer la siguiente llamada, al abogado de la señorita Gradwyn. La pena, esa emoción universal, no tenía una respuesta universal, se expresaba de maneras distintas, algunas de ellas curiosas. Recordó la muerte de su madre, cómo en aquel momento, al querer comportarse bien ante la tristeza de su padre, se las arregló para contener las lágrimas, incluso en el entierro. Pero la pena volvía a afectarle con el paso de los años, escenas brevemente evocadas, fragmentos de conversación, una mirada, los aparentemente indestructibles guantes de jardinera de su madre, y, más vívido que todas las pequeñas añoranzas perdurables que aún le asaltaban, él asomado a la ventanilla del tren que lentamente lo llevaba de vuelta a la escuela, mientras veía la figura de ella, con el mismo abrigo de todos los años, que procuraba no volverse para decirle adiós con la mano porque él le había pedido que no lo hiciera.

Tras sacudirse los recuerdos, regresó al presente y marcó otro número. Saltó un contestador. La oficina estaría cerrada hasta el lunes a las diez, pero las cuestiones urgentes serían atendidas por el abogado de guardia, al que se podía llamar a un número concreto. La segunda llamada fue respondida al punto por una voz clara e impersonal, y una vez Dalgliesh se hubo identificado y hubo explicado que deseaba hablar urgentemente con el abogado de la señorita Gradwyn, le dieron el número particular del señor Newton Macklefield. Dalgliesh no había dado explicaciones, pero su voz debió de sonar convincente.

No le sorprendió que, siendo sábado, Newton Macklefield estuviera fuera de Londres, con la familia en su casa de campo de Sussex. La conversación fue seria y formal, salpicada de voces de niños y ladridos de perros. Tras las expresiones de horror y los lamentos personales, que sonaban más protocolarios que sinceros, Macklefield dijo:

—Naturalmente, haré todo lo que esté en mi mano para ayudar en la investigación. ¿Dice que estará en Sanctuary Court mañana por la mañana? ¿Tiene una llave? Sí, claro, ella la llevaría encima. En la oficina no tengo ninguna de sus llaves. Puedo reunirme con usted a las diez y media, si le viene bien. Pasaré por la oficina y traeré el testamento, aunque seguramente encontrará una copia en la casa. Me temo que poco más puedo hacer. Como sabrá, comandante, la relación entre un abogado y su cliente puede ser muy estrecha, sobre todo si el abogado ha obrado en representación de la familia, quizá durante más de una generación, y ha llegado a ser considerado un confidente y un amigo. No era así en el caso que nos ocupa. La relación entre la señorita Gradwyn y yo era de confianza y respeto mutuo y, desde luego por mi parte, de cariño. Pero exclusivamente profesional. Yo conocía a la cliente pero no a la mujer. A propósito, supongo que el pariente más cercano ya ha sido informado.

—Sí —dijo Dalgliesh—, sólo su madre, que ha descrito a su hija como una persona muy reservada. Le he dicho que yo debía entrar en la casa de Londres y no ha puesto ninguna objeción a eso ni a que me lleve cualquier cosa que pueda ser útil.

—Yo, como abogado suyo, tampoco tengo inconveniente. Bien, le veré en la casa a eso de las diez y media. Un asunto bien raro. Gracias por ponerse en contacto conmigo, comandante.

Tras guardar el móvil, Dalgliesh pensó que el asesinato, un crimen único para el que no hay reparación posible, impone sus propias obligaciones así como sus convenciones. Dudaba de si Macklefield habría interrumpido su fin de semana en el campo por un crimen como mínimo fuera de lo común. Cuando era un agente joven, él también había sentido la atracción —bien que no deseada y provisional— del asesinato, aun cuando éste le repugnara y le horrorizara. Había observado cómo transeúntes inocentes, siempre que estuvieran exentos de pesar o sospecha, eran absorbidos por el homicidio, atraídos inexorablemente al lugar del crimen con fascinada incredulidad. La multitud y los medios de comunicación aún no se habían congregado frente a las puertas de hierro de la Mansión. Pero acudirían, y no tenía muy claro que el equipo de seguridad privada de Chandler-Powell fuera capaz de hacer algo más que causarles alguna molestia.

12

El resto de la tarde estuvo dedicado a los interrogatorios personales, la mayoría de los cuales tuvieron lugar en la biblioteca. Helena Cressett fue la última en ser entrevistada, y Dalgliesh había encargado la tarea a Kate y Benton. Tenía la sensación de que la señorita Cressett esperaba que fuera él quien le interrogara, y Dalgliesh necesitaba que ella comprendiera que él dirigía un equipo, y que sus dos agentes subalternos eran muy competentes. Curiosamente, la señorita Cressett invitó a Kate y Benton a reunirse con ella en su piso privado del ala este. La estancia adonde les condujo era obviamente la sala de estar, pero su elegancia y suntuosidad no eran precisamente lo que uno esperaba encontrar en el alojamiento de una administradora-ama de llaves. Los muebles y los cuadros ponían de manifiesto un gusto muy personal, y aunque la habitación no estaba exactamente abarrotada, daba la impresión de que aquellos objetos valiosos habían sido reunidos allí más para la satisfacción del propietario que obedeciendo a un plan decorativo. Era, pensó Benton, como si Helena Cressett hubiera colonizado parte de la Mansión para convertirla en su territorio privado. Aquí no había nada de la oscura solidez del mobiliario Tudor. Aparte del sofá, cubierto de tela de hilo color crema ribeteada de rojo y situado en ángulo recto con respecto a la chimenea, la mayor parte de los muebles eran de estilo georgiano.

Casi todos los cuadros de las paredes revestidas con paneles eran retratos de familia, y el parecido de la señorita Cressett con ellos era indiscutible. A Benton ninguno le pareció especialmente bueno —quizás habían sido vendidos por separado—, pero todos tenían una individualidad llamativa y estaban pintados con oficio, algunos más que eso. Un obispo victoriano, con sus mangas de batista, miraba al pintor con una altivez eclesiástica, desmentida por un atisbo de desazón, como si el libro en el que apoyaba la palma de la mano fuera *El origen de las especies*. A su lado, un caballero del siglo XVII, espada en mano, posaba con descarada arrogancia mientras que, en la repisa de la chimenea, una familia de la primera época victoriana estaba agrupada frente a la casa, la madre con tirabuzones y sus hijos pequeños alrededor, el chico mayor montado en un poni, el padre a su lado. Y siempre las muy arqueadas cejas sobre los ojos, los dominantes pómulos, la curva carnosa del labio superior.

—Está usted entre sus antepasados, señorita Cressett —dijo Benton—. El parecido es asombroso.

Ni Dalgliesh ni Kate habrían dicho esto; era una torpeza y podía ser desaconsejable comenzar un interrogatorio con un comentario personal, y aunque Kate se quedó callada, Benton notó su sorpresa. Pero enseguida se justificó ante sí mismo por la espontánea observación diciéndose que seguramente resultaría útil. Necesitaban conocer a la mujer con la que estaban, y más concretamente su estatus en la Mansión, hasta qué punto tenía ella el control y qué grado de influencia ejercía en Chandler-Powell y los otros residentes. La respuesta de ella a lo que acaso fuera una impertinencia menor podría ser reveladora.

Mirándole cara a cara, la señorita Cressett dijo fríamente:

—*Con el tiempo, mi herencia, / voces, rasgos, miradas..., / desborda toda humana duración. / Pues yo soy lo que hay de eterno en ti; / lo que ignora la muerte.* Para detectar esto no hace falta ser detective profesional. ¿Le gusta Thomas Hardy, sargento?

—Más como poeta que como novelista.

—Coincido con usted. Me parece deprimente su empeño en hacer que sus personajes sufran incluso cuando un poco de sentido común por su parte o por la de ellos podría evitarlo. Tess es una de las jóvenes más irritantes de la ficción victoriana. ¿Quieren sentarse?

Fue la actuación de una auténtica anfitriona, que recordaba sus obligaciones pero era incapaz o no estaba dispuesta a controlar el tono de reticencia condescendiente. Indicó el sofá y ella se sentó en un sillón situado enfrente. Kate y Benton tomaron asiento.

Sin preámbulos, Kate tomó la palabra.

—El señor Chandler-Powell la ha descrito a usted como la administradora. ¿En qué consiste exactamente su trabajo?

—¿Mi trabajo aquí? Es difícil de explicar. Soy gerente, administradora, ama de llaves, secretaria y contable a tiempo parcial. Supongo que lo abarcaríamos todo con la denominación de directora general. Pero cuando habla con los pacientes, el señor Chandler-Powell suele referirse a mí como la administradora.

—¿Y cuánto tiempo lleva aquí?

—El mes que viene hará seis años.

—No habrá sido fácil para usted —dijo Kate.

—¿En qué sentido, inspectora?

El tono de la señorita Cressett era de interés distante, pero a Benton no se le pasó por alto la nota de resentimiento reprimido. Ya había advertido esa reacción antes, cuando un sospechoso, normalmente alguien con autoridad, más acostumbrado a formular preguntas que a contestarlas, no tenía intención de hacer enojar al jefe de la investigación pero sí estaba dispuesto a desahogarse con un subalterno. Kate no se dejó intimidar.

—En el sentido de volver a una casa tan hermosa que fue de su familia durante generaciones y ver que está ocupada por otro —dijo—. No todo el mundo sabría afrontar esto.

—No de todo el mundo se exige esto. Quizá debería explicarme. Mi familia poseyó y vivió en la Mansión durante más de cuatrocientos años, pero todo tiene un final. El señor Chandler-Powell siente un gran cariño por la casa; es mejor que esté a su cuidado y no en manos de otros que la vieron y querían comprarla. Yo no maté a un paciente para cerrar la clínica y vengarme así de él por haber comprado mi casa familiar o por haberla conseguido barata. Perdone mi franqueza, inspectora, pero es esto lo que han venido a averiguar, ¿no?

Nunca era prudente rebatir una imputación que aún no se había formulado, sobre todo con esa cruda sinceridad, y evidentemente ella se dio cuenta de su error en cuanto las palabras brotaron de su boca. Así que el resentimiento estaba ahí. Pero contra quién o qué, se preguntó Benton. ¿La policía? ¿La profanación del ala oeste por Chandler-Powell? ¿O Rhoda Gradwyn, quien de forma tan embarazosa e inoportuna había introducido la vulgaridad de una investigación criminal en sus salones ancestrales?

—¿Cómo consiguió el empleo? —preguntó Kate.

—Mediante una solicitud. Es lo que se suele hacer, ¿no? Salió un anuncio, y pensé que sería interesante regresar a la Mansión y ver los cambios que se habían hecho, aparte del edificio de la clínica. Mi verdadera profesión, si podemos decirlo así, es historiadora del arte, pero difícilmente podía compaginarla con el hecho de vivir aquí. No pretendía quedarme mucho tiempo, pero el trabajo me pareció interesante, y ahora mismo no tengo prisa por irme. Espero que eso sea lo que querían saber. Pero no creo que mi historia personal guarde ninguna relación con la muerte de Rhoda Gradwyn, ¿verdad?

—No sabemos lo que guarda o no relación sin formular preguntas que pueden parecer una intromisión —dijo Kate—. A menudo lo son. Sólo esperamos cooperación y comprensión. La investigación de un asesinato no es un acontecimiento social.

—Pues entonces no lo tratemos como si lo fuera, inspectora.

Un rubor le cubrió rápidamente la pálida y singular cara como un sarpullido agonizante. La pérdida momentánea de compostura la volvió más humana y, sorprendentemente, más atractiva. Mantenía sus emociones controladas, pero estaban ahí. No era, pensó Benton, una mujer poco apasionada, simplemente había aprendido a tener dominadas sus pasiones.

—¿Cuánto contacto tuvo usted con la señorita Gradwyn, tanto en la primera visita como después? —preguntó Benton.

—Prácticamente ninguno, salvo que en ambas ocasiones formé parte del comité de recepción y la acompañé a su habitación. Apenas hablamos. Mi trabajo no tiene nada que ver con los pacientes. Su tratamiento y su comodidad competen a los dos cirujanos y la enfermera Holland.

—Pero contrata y controla usted al personal doméstico.

—Lo busco cuando se produce una vacante. Estoy habituada a dirigir esta casa. Y, sí, están bajo mi autoridad general, aunque esta palabra suena demasiado fuerte para el tipo de control que ejerzo. Pero cuando, como sucede a veces, los empleados tienen algo que ver con los pacientes, eso es asunto de la enfermera Holland. Supongo que hay cierto solapamiento de obligaciones, pues yo soy responsable del personal de la cocina y la enfermera se ocupa de la clase de comida que toman los pacientes, pero parece que funciona bastante bien.

—¿Contrató usted a Sharon Bateman?

—Puse un anuncio en varios periódicos, y ella hizo la solicitud. Estaba trabajando en una residencia de ancianos y tenía buenas referencias. De hecho, no la entrevisté yo. En aquel momento me encontraba en mi piso de Londres, así que se encargaron la señora Frensham, la señorita Westhall y la enfermera Holland. Creo que nadie lo ha lamentado.

—Antes de llegar aquí Rhoda Gradwyn, ¿la conocía o la había visto alguna vez?

—No la conocía, pero naturalmente había oído hablar de ella. Como todo el mundo que lee los periódicos, supongo. Sabía que era una periodista de éxito e influyente. No tenía ningún motivo para pensar bien de ella, pero una antipatía personal, que en realidad no era más que incomodidad al oír su nombre, no me impulsaba a desearle la muerte. Mi padre fue el último Cressett varón y perdió casi todo el dinero familiar en el desastre de Lloyds. Se vio obligado a vender la Mansión, y el señor Chandler-Powell la compró. Poco después de la venta, Rhoda Gradwyn escribió en una publicación financiera un breve artículo crítico sobre los Nombres de Lloyds, citando en particular a mi padre entre otros. Insinuaba que los desafortunados se habían llevado su merecido. El artículo incluía también una pequeña descripción de la Mansión, pero la sacaría de alguna guía, pues por lo que sabíamos ella nunca había estado aquí. A juicio de algunos de los amigos de mi padre, fue el artículo lo que lo mató, pero yo nunca lo creí, y me parece que ellos tampoco. Hubiera sido una reacción exagerada a comentarios crueles pero no exactamente difamatorios. Hacía años que mi padre tenía problemas cardíacos, y era consciente del estado delicado de su salud. La venta de la Mansión quizá fue el golpe definitivo, pero dudo mucho que pudiera afectarle algo que dijera o escribiera Rhoda Gradwyn. Al fin y al cabo, ¿quién era ella? Una mujer ambiciosa que ganaba dinero a costa del dolor de los demás. Alguien la odiaba lo bastante para ponerle las manos alrededor del cuello, pero nadie que hubiera dormido aquí anoche. Y ahora, si me lo permiten, me gustaría que se fueran. Por supuesto, estaré aquí mañana a su disposición en todo momento, pero ya he tenido suficientes emociones por hoy.

Era una petición que no podían rechazar. El interrogatorio había durado menos de media hora. Cuando oyeron la puerta cerrarse con firmeza a su espalda, Benton pensó, con cierto pesar, que lo único que ella y él tenían en común, y que probablemente tendrían jamás, era que preferían la poesía de Thomas Hardy a sus novelas.

13

Quizá porque el interrogatorio colectivo en la biblioteca era un recuerdo vívido y desagradable, los sospechosos, como en virtud de un acuerdo tácito, evitaban hablar abiertamente del asesinato, pero Lettie sabía que lo hacían en privado: ella misma y Helena; los Bostock en la cocina, que siempre habían considerado su casa pero ahora veían más como un refugio; y, suponía, los Westhall en la Casa de Piedra. Sólo Flavia y Sharon parecían distanciarse de los demás y guardar silencio, Flavia ocupada en tareas inconcretas en la suite de operaciones, Sharon experimentando una especie de regresión a una adolescencia taciturna y monosilábica. Mog circulaba entre todos distribuyendo pequeños chismorreos y teorías como limosnas en manos extendidas. Sin haberse celebrado reuniones formales ni acordado estrategias, a Lettie le parecía que estaba surgiendo una teoría común que sólo los más escépticos consideraban poco convincente; pero se callaban.

Con toda evidencia, el asesinato era un crimen cometido por alguien de fuera y Rhoda Gradwyn había dejado entrar a su asesino en la Mansión, después de haber acordado el día y la hora seguramente antes de que ella se marchara de Londres. Es por eso por lo que había insistido tanto en que no se permitieran visitas. Al fin y al cabo, era una conocida periodista de investigación. Seguro que tenía enemigos. El coche que vio Mog probablemente era el del asesino, y la luz que la señora Skeffington vislumbró en las piedras, su linterna en movimiento. La puerta con el cerrojo echado a la mañana siguiente era un contratiempo, pero el mismo asesino pudo haber cerrado la puerta después de ejecutar su acción y luego debió de ocultarse en la Mansión hasta que Chandler-Powell descorrió el cerrojo al día siguiente. Después de todo, antes de que llegara la policía sólo había habido un registro superficial de la casa. Por ejemplo, ¿alguien había inspeccionado las cuatro suites vacías del ala oeste? Además, había numerosos armarios lo bastante grandes para albergar a un hombre. Un intruso podía pasar perfectamente inadvertido. Pudo haberse ido por la puerta oeste sin que nadie le viera y escapar por la senda de los limeros hasta el campo mientras todos los de la casa, encerrados en la biblioteca orientada al norte, estaban siendo interrogados por el comandante Dalgliesh. Si la policía no hubiera tenido tanto empeño en estudiar a los habitantes de la Mansión, a estas alturas ya habría prendido al asesino.

Lettie no recordaba quién había nombrado a Robin Boyton como principal sospechoso alternativo, pero cuando surgió la idea, se propagó mediante una especie de ósmosis. Al fin y al cabo, él había ido a Stoke Cheverell a visitar a Rhoda Gradwyn, al parecer estaba desesperado por verla y había sido rechazado. Seguramente el asesinato no había sido premeditado. Después de la operación, la señorita Gradwyn era perfectamente capaz de andar. Lo había dejado entrar, habían tenido una pelea, y él había perdido los estribos. Hay que admitir que no era el propietario del coche aparcado cerca de las piedras, pero éste quizá no tenía nada que ver con el asesinato. La policía intentaba localizar al dueño. Nadie decía lo que todos pensaban: que sería conveniente que no lo encontraran. Aunque el conductor resultara ser un viajero muy cansado que se detuvo prudentemente a echar una cabezadita, la teoría del intruso seguía siendo válida.

A la hora de cenar, Lettie percibió que las especulaciones iban menguando. Había sido un día largo y traumático, y lo que ansiaban todos era un período de calma. También parecían necesitar soledad. Chandler-Powell y Flavia dijeron a Dean que cenarían en sus respectivas habitaciones. Los Westhall se fueron a la Casa de Piedra, y Helena invitó a Lettie a compartir una comida consistente en tortilla de hierbas y ensalada que ella prepararía en su pequeña cocina privada. Después de la comida, lavarían los platos juntas y se acomodarían frente al fuego de leña para escuchar un concierto en Radio Tres bajo la tenue luz de una sola lámpara. Nadie mencionó la muerte de Rhoda Gradwyn.

A las once el fuego se estaba extinguiendo. Una frágil llama azul lamía el último tronco mientras éste se desintegraba en ceniza gris. Helena apagó la radio, y las dos se quedaron en silencio.

—¿Por qué te fuiste de la Mansión cuando yo tenía trece años? —preguntó Helena de pronto—. ¿Tuvo que ver con mi padre? Siempre he pensado que sí, que erais amantes.

Lettie contestó con calma.

—Siempre fuiste muy sofisticada para tu edad. Estábamos tomándonos demasiado cariño, dependiendo demasiado el uno del otro. Lo acertado era marcharme. Y tú tenías que estar con otras chicas, tener una educación más amplia.

—Supongo. Aquella escuela espantosa. ¿Erais amantes? ¿Tuvisteis relaciones sexuales? Una expresión horrible, pero las alternativas son aún más burdas.

—Una vez. Por eso supe que tenía que acabar con aquello.

—¿Por mamá?

—Por todos nosotros.

—Así que fue un *Breve encuentro* sin la estación de tren.

—Algo parecido.

—Pobre mamá. Años de médicos y enfermeras. Al cabo de un tiempo, sus débiles pulmones ya no parecían ni enfermos, sino sólo parte de lo que era ella realmente. Cuando murió, apenas la eché de menos. De hecho, ella había estado más ausente que presente. Recuerdo que me mandaron llamar a la escuela, pero demasiado tarde. Creo que me alegré de no llegar a tiempo. Pero esa habitación vacía, fue horroroso. Aún aborrezco esa habitación.

—Yo también tengo una pregunta —dijo Lettie—. ¿Por qué te casaste con Guy Haverland?

—Porque era divertido, listo, encantador. Y muy rico. Aunque yo sólo tenía dieciocho años, supe desde el principio que no duraría. Por eso nos casamos en Londres por lo civil. Las promesas parecían menos exhorbitantes. Guy no podía resistirse a ninguna mujer guapa, y no iba a cambiar. Pero pasamos tres años maravillosos, y él me enseñó mucho. Nunca me arrepentiré.

Lettie se puso en pie.

—Es hora de acostarse —dijo—. Gracias por la cena. Buenas noches, querida. —Y se fue.

Helena se dirigió a la ventana que daba al oeste y descorrió las cortinas. El ala oeste estaba a oscuras, era sólo una forma alargada iluminada por la luna. Se preguntó si sería la muerte violenta lo que la había impulsado a confiarse, a formular preguntas que había guardado en su interior durante años. Pensó en Lettie y su matrimonio. No habían tenido hijos y sospechaba que esto había sido motivo de aflicción. Aquel cura con quien se casó ella, ¿veía aún el sexo como algo indecente y consideraba a su esposa y a todas las mujeres virtuosas como madonas? Las revelaciones de esta noche, ¿eran un sustituto de la pregunta que estaba en la mente de ambas y que ninguna se había atrevido a formular?

14

Hasta las siete y media, Dalgliesh casi no había tenido tiempo de examinar su hogar provisional y habituarse a él. La policía local había sido muy servicial: había comprobado las líneas telefónicas, había instalado un ordenador y colocado un tablero de corcho en la pared por si Dalgliesh necesitaba exponer imágenes visuales. También se había pensado en su comodidad, y aunque la casita de piedra tenía el leve olor a moho de una casa desocupada durante meses, en la chimenea ardía un fuego de leña. La cama estaba hecha, y en la planta de arriba había una estufa eléctrica. Dalgliesh comprobó que de la ducha, aun sin ser moderna, salía agua muy caliente, y que la nevera estaba abastecida de suficientes provisiones para al menos tres días, incluida una cazuela de estofado de cordero obviamente hecho en casa. Había también latas de cerveza y dos botellas de vino blanco y dos de tinto muy aceptables.

A las nueve se había duchado y cambiado, había calentado y consumido el estofado. Una nota debajo del plato explicaba que había sido cocinado por la señora Warren, un descubrimiento que reforzó la idea de Dalgliesh de que la asignación temporal de su esposo a la Brigada había sido un acierto. Abrió una de las botellas de vino tinto y la dejó con tres vasos sobre una mesita baja ante el fuego. Con las cortinas de alegres estampados corridas frente a la noche, se encontró, como ocurría a veces en un caso, cómodamente instalado en un período de soledad. Pasar al menos una parte del día completamente solo era para él, desde la infancia, algo tan necesario como la comida o la luz. Ahora, agotada la breve tregua, sacó su pequeña libreta personal y comenzó a analizar los interrogatorios del día. Desde la época de sargento detective, anotaba en un bloc extraoficial unas cuantas palabras y expresiones destacadas que inmediatamente le permitían recordar una persona, una admisión imprudente, un fragmento de diálogo, un intercambio de miradas. Ayudándose de esto, tenía un recuerdo casi completo. Una vez hecha esta revisión particular, llamaría a Kate para pedirle que ella y Benton se reunieran con él, y entonces hablarían del desarrollo de la jornada y dispondrían el plan del día siguiente.

Los interrogatorios no habían aportado cambios esenciales a los datos de que ya disponían. Cierto es que Kimberley, pese a que el señor Chandler-Powell le había asegurado que su actuación había sido correcta, estaba evidentemente disgustada e intentaba convencerse a sí misma de que, al fin y al cabo, pudo haberse equivocado. A solas en la biblioteca con Dalgliesh y Kate, no dejaba de echar miradas furtivas a la puerta, como si esperase ver a su esposo o temiera la llegada del señor Chandler-Powell. Dalgliesh y Kate tuvieron paciencia con ella. Cuando le preguntaron si, en su momento, estaba segura de que las voces que había oído eran las del señor Chandler-Powell y la enfermera Holland, adoptó la expresión de quien se angustia esforzándose en pensar.

—Pensé que eran el señor Chandler-Powell y la enfermera, claro, pero es que no podía, no sé, no podía esperar que fueran otros. Parecían ellos, si no, no habría supuesto que eran ellos, ¿verdad? Pero no recuerdo lo que decían. Me pareció que estaban discutiendo. Abrí la puerta de la salita sólo un poco y allí no estaban, así que quizás estaban en el dormitorio. Pero, desde luego, también puede ser que estuvieran en la salita y yo no los viera. Oí voces fuertes, pero a lo mejor sólo estaban hablando. Era muy tarde...

Se le quebró la voz. Si la citaban a declarar en el juicio, Kimberley, como la señora Skeffington, sería un regalo para la defensa. Le preguntaron qué pasó luego, y Kimberley contestó que había regresado junto a Dean, que la esperaba frente a la sala de estar de la señora Skeffington, y se lo había contado.

—¿Contado el qué?

—Que me parecía haber oído a la enfermera discutiendo con el señor Chandler-Powell.

—¿Y es por eso por lo que usted no los llamó ni le dijo a la enfermera que había subido té a la señora Skeffington?

—Es lo que ya dije en la biblioteca, señor. Los dos pensamos que a la enfermera no le gustaría que la molestaran, y que en realidad daba igual porque la señora Skeffington aún no había sido operada. En todo caso, la señora Skeffington estaba bien. No había pedido que avisaran a la enfermera, y si hubiera querido verla, podía haber utilizado el timbre de llamada.

Más tarde, Dean corroboró el testimonio de Kimberley. Parecía estar incluso más consternado que su mujer. No había advertido si la puerta que daba al sendero de limeros estaba con el cerrojo descorrido cuando él y Kimberley subían la bandeja del té, pero insistía en que sí lo estaba cuando regresaron. Se había dado cuenta al pasar junto a la puerta. Repitió que no lo había corrido porque era posible que alguien estuviera dando un paseo a una hora especialmente tardía y en cualquier caso no era cometido suyo. Él y Kimberley fueron los primeros en levantarse y tomaron juntos un té en la cocina a las seis. Después, él fue a mirar la puerta y vio que el cerrojo estaba echado. No le sorprendió tanto; en los meses de invierno, el señor Chandler-Powell casi nunca lo descorría antes de las nueve. No le contó a Kimberley que la puerta no tenía corrido el cerrojo para que no se pusiera nerviosa. Él no estaba preocupado, pues estaban las dos cerraduras de seguridad. No era capaz de explicar por qué no había vuelto más tarde a comprobar las cerraduras y el cerrojo, limitándose a decir que la seguridad no era responsabilidad suya.

Chandler-Powell permanecía tan tranquilo como cuando llegó el primer equipo. Dalgliesh admiraba el estoicismo con el que aquel hombre estaría previendo la destrucción de su clínica, y posiblemente la desaparición de sus pacientes privados. Al final del interrogatorio de Chandler-Powell en su estudio, del que no salió nada nuevo, Kate le dijo:

—A excepción del señor Boyton, parece que nadie conocía a la señorita Gradwyn antes de que ingresara en la Mansión. Pero en cierto modo ella no es la única víctima. Su muerte afectará inevitablemente al éxito de su trabajo aquí. ¿Hay alguien que pudiera tener interés en hacerle daño a usted?

—Lo único que puedo decir —dijo Chandler-Powell— es que tengo absoluta confianza en todos los que trabajan en la Mansión. Y me parece sumamente rebuscado insinuar que Rhoda Gradwyn fue asesinada para perjudicarme a mí. Es una idea extravagante.

Dalgliesh reprimió la contestación lógica: la muerte de la señorita Gradwyn había sido extravagante. Chandler-Powell confirmó que había estado con la enfermera Holland en el apartamento de ésta desde poco después de las once hasta la una. Ninguno de los dos había visto ni oído nada extraño. Tenía que discutir unas cuestiones médicas con la enfermera Holland, pero eran confidenciales y no tenían nada que ver con la señorita Gradwyn. Su declaración había sido confirmada por la enfermera Holland, y era evidente que, de momento, ni uno ni otro tenían intención de decir más. La confidencialidad médica era una excusa fácil para guardar silencio, pero en todo caso era válida.

Dalgliesh y Kate interrogaron a los Westhall en la Casa de Piedra. El comandante vio poco parecido familiar entre ellos; y las diferencias quedaban resaltadas si uno comparaba los juveniles y armoniosos —aunque convencionales— rasgos de Marcus Westhall y su aire de vulnerabilidad con el cuerpo fuerte y robusto de su hermana, una mujer de rasgos marcados y expresión preocupada. Marcus no dijo mucho; sólo confirmó que había cenado en la casa de Chelsea de un cirujano, Matthew Greenfield, que lo incluiría en el equipo que iría a trabajar durante un año en África. Le habían invitado a pasar la noche y a hacer algunas compras de Navidad al día siguiente en Londres, pero su coche le estaba causando algunos problemas y consideró más atinado marcharse tras una cena temprana, a las ocho y cuarto, para poder así llevarlo a primera hora de la mañana al garaje local. Aún no lo había hecho porque debido al asesinato se había olvidado de todo. No había encontrado mucho tráfico, pero había conducido despacio, con lo que ya eran alrededor de las doce y media cuando llegó. En la carretera no había visto a nadie, y en la Mansión no había luces encendidas. La Casa de Piedra también estaba a oscuras, y pensó que su hermana estaría dormida, pero cuando aparcó el coche se encendió la luz de la habitación de Candace, por lo que llamó a su puerta, asomó la cabeza y le dio las buenas noches antes de irse a su dormitorio. Su hermana parecía estar perfectamente normal aunque adormilada y dijo que por la mañana ya hablarían de la cena y de los planes para el viaje a África. La coartada sería difícil de poner en entredicho a menos que Robin Boyton, cuando fuera interrogado, dijera que había oído llegar el coche a la puerta de al lado y pudiera confirmar la hora. Cabría la posibilidad de revisar el coche, pero aunque ahora funcionara bien, Westhall podía aducir que no le gustaban ciertos ruidos del motor y que consideró más seguro no arriesgarse a quedarse atascado en Londres.

Candace Westhall dijo que efectivamente la despertó el ruido del coche y que habló con su hermano, pero no podía precisar la hora porque no había mirado el reloj de la mesilla, y se había dormido enseguida. Dalgliesh no tuvo ninguna dificultad en recordar lo que ella había dicho al final del interrogatorio. Siempre guardaba un recuerdo casi completo de una conversación, y un vistazo a sus anotaciones le permitió evocar claramente las palabras de Candace.

«Seguramente soy la única persona de la Mansión que expresó su antipatía hacia Rhoda Gradwyn. Le dejé claro al señor Chandler-Powell que consideraba desaconsejable que en la Mansión se atendiera a una periodista de su reputación. La gente que viene aquí espera no sólo intimidad sino discreción absoluta. Las personas como Gradwyn andan siempre a la caza de historias, preferiblemente escándalos, y no me cabe ninguna duda de que habría utilizado su experiencia aquí de alguna manera, quizá para arremeter contra la medicina privada o el desaprovechamiento de un cirujano brillante en procedimientos puramente estéticos. Con una mujer como ésta, ninguna experiencia cae en saco roto. Seguramente esperaba recuperar lo pagado por su tratamiento. No creo que le hubiera preocupado la incoherencia de que ella misma fuera una paciente privada. Supongo que yo estaba influida por la repugnancia que siento ante buena parte de lo que aparece en la prensa popular y transferí mi repulsión a Gradwyn. De todos modos, no la maté y no tengo ni idea de quién lo hizo. Difícilmente expresaría mi aversión hacia todo lo que ella representaba tan a las claras si contemplara la posibilidad de asesinarla. No siento pena por ella; sería ridículo fingir que sí. Al fin y al cabo, era una desconocida. Pero sí siento un fuerte resentimiento hacia el asesino por el daño que causará al trabajo que hacemos aquí. Supongo que la muerte de Gradwyn justifica a posteriori mi advertencia. Cuando apareció como paciente fue un día aciago para todos los de la Mansión.»

Mogworthy, cuya voz y cuya conducta habían alcanzado una cota justo por debajo de lo que con buen tino describiríamos como insolencia estúpida, confirmó que había visto el coche si bien era incapaz de recordar nada más del mismo ni de sus ocupantes; sin embargo, cuando Benton y el agente Warren visitaron a la señora Ada Denton, una mujer regordeta, atractiva e inesperadamente joven, ésta les dijo que el señor Mogworthy en efecto había compartido con ella una cena de abadejo y patatas fritas, como hacía la mayoría de los viernes por la noche, pero se fue en bicicleta a su casa justo después de las once y media. Ella pensaba que era muy triste que una mujer respetable no pudiera compartir una cena de pescado y patatas fritas con un caballero y amigo sin que apareciera la policía para molestarla, comentario que, para el agente Warren, más que surgir del rencor iba destinado a satisfacer posteriormente a Mogworthy. Su sonrisa final a Benton cuando salían dejaba claro que la crítica no iba dirigida a él.

Era hora de mandar llamar a Kate y Benton. Dalgliesh colocó más troncos en el fuego y cogió el móvil.

15

A las nueve y media, Kate y Benton estaban de nuevo en la Casa de la Glicina, se habían duchado y cambiado y habían tomado la cena servida por la señora Shepherd en el comedor. A los dos les gustaba desprenderse de su ropa de trabajo antes de reunirse con Dalgliesh al final del día, cuando él revisaba el estado de la investigación y explicaba el plan para las siguientes veinticuatro horas. Era una rutina familiar que ambos deseaban que llegara, Kate más segura de sí misma que Benton. Éste sabía que AD estaba satisfecho con él, de lo contrario no formaría parte de su equipo, pero reconocía que podía ser excesivamente entusiasta a la hora de dar opiniones que habría modificado si las hubiera pensado mejor; pero sus ansias de refrenar esta tendencia al entusiasmo excesivo inhibían la espontaneidad, de modo que la reunión de la noche, aunque era una parte importante y estimulante de la investigación, siempre comportaba para Benton cierta dosis de inquietud.

Desde su llegada a la Casa de la Glicina, Kate y él habían visto poco a sus anfitriones. Sólo habían tenido tiempo para hacer unas breves presentaciones antes de dejar sus bolsas en el vestíbulo y regresar a la Mansión. Se les había entregado una tarjeta de visita con las iniciales CO, que significaban, como les explicó la señora Shepherd, que la cena de la tarde era opcional pero que les servirían la comida. Esto desencadenó en la mente de Benton una fascinante serie de iniciales esotéricas: BCO, Baños Calientes Opcionales, o Budín Casero Opcional... BACO, Botellas de Agua Caliente Opcionales. Kate dedicó sólo un minuto a reiterar la advertencia ya hecha por el inspector Whetstone en el sentido de que su presencia allí debía mantenerse en secreto. Lo hizo con tacto. A Kate y a Benton no les hizo falta más que una mirada a las inteligentes y serias caras de los Shepherd para saber que éstos no necesitarían ni recibirían de buen grado ningún recordatorio de un aviso ya cursado.

—No tenemos tendencia a ser indiscretos, inspectora —dijo el señor Shepherd—. La gente del pueblo es amable y educada, pero los hay que a veces recelan de los forasteros. Sólo llevamos aquí nueve años, lo que para ellos significa que somos recién llegados, por lo que no hacemos mucha vida social. Nunca vamos a beber al Cresset Arms ni frecuentamos la iglesia. —Hizo la última afirmación con la satisfacción de quien ha resistido a la tentación de caer en un hábito peligroso.

Los Shepherd eran, pensó Kate, unos propietarios de pensión atípicos. En sus ocasionales experiencias en esos útiles lugares donde detenerse había detectado varias características que los dueños tenían en común. Eran simpáticos, sociables, les gustaba conocer gente nueva, se mostraban ogullosos de su casa, siempre estaban a punto de dar información práctica sobre la zona y sus atractivos, y, desafiando las advertencias contemporáneas sobre el colesterol, ofrecían el mejor exponente del desayuno inglés completo. Además, los Shepherd seguramente eran más viejos que la mayoría de las personas que se dedicaban al duro trabajo de dar de comer a un huésped tras otro. Los dos eran altos, aunque la más alta era ella, y quizá parecían mayores de lo que indicaban sus años. Los ojos de ambos, apacibles pero cautelosos, eran serenos, su apretón de manos firme, y se movían sin la rigidez propia de la edad avanzada. El señor Shepherd, con el tupido pelo blanco rematado por un flequillo que caía sobre unas gafas de montura metálica, parecía una edición benigna de un autorretrato de Stanley Spencer. El cabello de su esposa, menos espeso y ahora gris acero, estaba recogido en una larga y fina trenza sujeta con dos horquillas en la parte superior de la cabeza. Sus voces se parecían notablemente, un acento natural característico de la clase alta que podía irritar mucho a los que no lo tuvieran y que, se dijo Kate, de hecho les habría impedido acceder a un empleo en la BBC o a hacer una carrera política, en el caso improbable de que una u otra opción les hubiera atraído.

El dormitorio de Kate tenía todo lo necesario para pasar una noche cómoda pero no tenía nada superfluo. Supuso que la de Benton, al lado, sería idéntica. Dos camas individuales juntas estaban cubiertas con inmaculadas colchas blancas, las lámparas de las mesillas eran modernas para facilitar la lectura, y había una cómoda de dos cajones y un pequeño armario provisto de perchas de madera. El cuarto de baño no tenía bañera sino ducha, que tras un giro preliminar de los grifos resultó que funcionaba bien. El jabón no era perfumado pero sí caro, y al abrir el armario Kate vio que estaba dotado de todos los artículos que algunos visitantes pueden olvidarse de meter en la maleta: cepillo de dientes envuelto en celofán, pasta dentífrica, champú y gel de ducha. Como persona madrugadora, Kate lamentó la falta de una tetera y otros artilugios para preparar un té matutino, pero un breve anuncio en la cómoda informaba de que se podía pedir té en cualquier momento entre las seis y las nueve, si bien para los periódicos había que esperar a las ocho y media.

Se cambió la blusa por otra recién lavada, se puso un jersey de cachemir y, tras coger la chaqueta, se reunió con Benton en el vestíbulo.

Al principio salieron a una negrura impenetrable y desorientadora. La linterna de Benton, su haz de luz brillante como un faro en miniatura, transformaba las losas y el camino en obstáculos desconcertantes y distorsionaba la forma de árboles y matorrales. A medida que los ojos de Kate se iban acostumbrando a la noche, las estrellas se iban haciendo visibles una a una contra la cuajada de nubes grises y negras entre las cuales una media luna desaparecía y reaparecía con gracia, blanqueando el estrecho camino y volviendo la oscuridad misteriosamente irisada. Andaban sin hablar, los zapatos sonando como si clavaran tachuelas en el asfalto a modo de invasores resueltos y amenazadores, criaturas alienígenas que alteraban la paz de la noche. Sólo que, pensó Kate, no había paz. Incluso en la quietud alcanzó a oír los débiles susurros de criaturas que avanzaban entre la hierba y, de vez en cuando, un grito lejano, casi humano. El inexorable rito de matar y ser matado estaba representándose al amparo de la oscuridad. Rhoda Gradwyn no era el único ser vivo que había muerto aquel viernes por la noche.

A unos cincuenta metros pasaron frente a la casa de los Westhall, que tenía luz encendida en una ventana de la primera planta y otras dos en las ventanas de la planta baja. A unos metros a la izquierda estaba el aparcamiento, el cobertizo oscuro, y más allá una fugaz imagen del círculo de Cheverell, las piedras eran tan sólo formas medio imaginadas hasta que las nubes se separaron bajo la luna y los monolitos se alzaron, pálidos e insustanciales, dando la impresión de flotar, iluminados, sobre los campos negros y hostiles.

Y ahora estaban en la Vieja Casa de la Policía, con luz en las dos ventanas de la planta baja. Mientras se acercaban, abrió la puerta Dalgliesh, que por momentos, con aquellos pantalones de *sport*, una camisa a cuadros desabrochada y un jersey, les pareció un desconocido. En la chimenea ardía un fuego de leña que perfumaba el aire, y también se percibía un ligero aroma sabroso. Dalgliesh había colocado tres cómodas sillas bajas frente al fuego, con una mesita de roble entre ellas, encima de la cual había una botella abierta de vino tinto, tres vasos y un plano de la Mansión. Kate sintió que se le levantaba el ánimo. Esa rutina al final del día era como volver a casa. Cuando le llegara el momento de aceptar el ascenso con el inevitable cambio de puesto, ésos eran los momentos que echaría de menos. La conversación versaba sobre muertes y asesinatos, a veces en su forma más espantosa, pero, en su recuerdo, esas sesiones al final del día albergaban la cordialidad y la seguridad, la sensación de ser valorada, algo que no había conocido en su infancia. Junto a la ventana había un escritorio que sostenía el portátil de Dalgliesh, un teléfono y al lado una abultada carpeta de papeles; también había un pandeado maletín apoyado en la pata de la mesa. Dalgliesh se había traído consigo otros asuntos. *Parece cansado*, pensó ella. *Mala señal, lleva semanas trabajando demasiado*, y notó que la invadía un sentimiento de emoción que jamás podría expresar, bien lo sabía.

Se acomodaron alrededor de la mesa. Mirando a Kate, Dalgliesh preguntó:

—¿Estáis cómodos en la pensión? ¿Habéis cenado?

—Muy cómodos, gracias, señor. La señora Shepherd se ha portado muy bien. Sopa casera, pastel de pescado y... ¿qué era eso dulce, sargento? Tú entiendes de comida.

—El rey de los budines, señora.

—El inspector Whetstone ha acordado con los Shepherd que no acepten más huéspedes mientras estéis vosotros allí. Deberán ser compensados por las pérdidas económicas, pero seguro que esto ya está resuelto. La fuerza local ha colaborado de forma extraordinaria. No habrá sido fácil.

—No creo que los Shepherd vayan a ser molestados con otras visitas, señor —interrumpió Benton—. La señora ha dicho que no tenían reservas hechas y no esperaban ninguna. De todos modos, sólo disponen de las dos habitaciones. Están atareados en primavera y verano, pero sobre todo con huéspedes habituales. Y son exigentes. Si no les gusta el aspecto de los que llegan, ponen enseguida el cartel de «Completo» en la ventana.

—¿Y qué gente no les gusta? —dijo Kate.

—Los que llevan coches grandes y caros y los que quieren ver las habitaciones antes de hacer la reserva. Nunca rechazan a mujeres que viajan solas o a personas sin coche que al final del día están lógicamente desesperadas. Su nieto se aloja con ellos el fin de semana, pero en un anexo al final del jardín. El inspector Whetstone lo conoce. Mantendrá la boca cerrada. Adoran a su nieto pero no su moto.

—¿Quién te ha contado todo esto? —preguntó Kate.

—La señora Shepherd mientras me enseñaba la habitación.

Kate no hizo ningún comentario sobre la tremenda capacidad de Benton para obtener información sin pedirla. Evidentemente, ante un joven apuesto y deferente la señora Shepherd había sido tan vulnerable como la mayoría de las integrantes de su sexo.

Dalgliesh sirvió el vino y desplegó el plano de la Mansión sobre la mesa.

—Hemos de tener bien clara la disposición de la casa. Como veis, tiene forma de hache, con orientación al sur y alas este y oeste. El vestíbulo, el gran salón, el comedor y la biblioteca están en la parte principal, igual que la cocina. Los Bostock ocupan dos habitaciones encima de la cocina, y la de Sharon Bateman está al lado. La parte trasera del ala oeste ha sido adaptada para alojamiento de los pacientes. La planta baja comprende la suite de operaciones, que incluye el quirófano, una sala contigua para la anestesia, la sala de recuperación, el puesto de control de las enfermeras, y al final un almacén, duchas y un guardarropa. El ascensor, lo bastante grande para una silla de ruedas y para una camilla, llega a la segunda planta, donde está la salita, el dormitorio y el baño de la enfermera Holland, las habitaciones de los pacientes, primero la suite de la señora Skeffington y luego la de Rhoda Gradwyn, y al final la suite de reserva, todas con sala de estar y cuarto de baño. Las ventanas de los dormitorios dan al sendero de limeros que conduce a las Piedras de Chaverell, y las de las habitaciones orientadas al este dan al jardín clásico estilo Tudor. El señor Chandler-Powell está en la primera planta del ala este. La señorita Cressett y la señora Frensham en la planta baja. Las habitaciones de la última planta son dormitorios sobrantes que de vez en cuando se utilizan para personal de enfermería y auxiliar que tenga que quedarse a pasar la noche.

Hizo una pausa y miró a Kate, que tomó el testigo.

—El problema es que tenemos un grupo de siete personas, y cualquiera de ellas pudo matar a la señorita Gradwyn. Todos sabían donde dormía, sabían que la otra suite estaba desocupada y constituía un posible escondite, sabían dónde se guardaban los guantes quirúrgicos, y todos tenían o podían conseguir llaves de la puerta oeste. Y aunque los Westhall no son residentes, sabían cuál era la habitación de Gradwyn y tenían llaves de la puerta principal y de la que conduce a la senda de los limeros. Si Marcus Westhall no regresó a la Casa de Piedra hasta las doce y media seguramente está libre de sospecha, pero no ha sido capaz de aportar un testigo. También pudo haber llegado antes. Y su explicación de por qué decidió volver anoche es extraña. Si no se fiaba del coche, ¿no habría sido más seguro quedarse en Londres y arreglarlo allí en vez de arriesgarse a sufrir una avería en la autopista? Y luego está Robin Boyton. No creo que supiera dónde dormía la señorita Gradwyn, y nadie le daría una llave de la casa, pero es el único que conocía a la víctima personalmente y admite haber hecho la reserva en el Chalet Rosa porque ella estaba en la Mansión. El señor Chandler-Powell insiste en que corrió el cerrojo de la puerta de la senda de los limeros puntualmente a las once. Si el asesino entró desde fuera y era un desconocido para la Mansión, alguien tuvo que permitirle la entrada, decirle dónde encontrar a su víctima, proporcionarle los guantes y al final facilitarle la salida y echar el cerrojo tras su marcha. Hay una clara posibilidad de que se trate de un crimen con complicidad interna, por lo que el móvil es de importancia primordial.

—Por lo general —dijo Dalgliesh—, es desaconsejable concentrarse demasiado pronto o con demasiada firmeza en el móvil. La gente mata por muchas razones, algunas no reconocidas ni siquiera por el asesino. Y debemos tener presente que Rhoda Gradwyn quizá no ha sido la única víctima. ¿Estaba esto dirigido contra Chandler-Powell, por ejemplo? ¿El asesino quería destruir la clínica o tenía un doble motivo, eliminar a Gradwyn y arruinar a Chandler-Powell? Es difícil imaginar una fuerza disuasoria más efectiva que el asesinato brutal e inexplicado de un paciente. Chandler-Powell considera la idea extravagante, pero no debemos descartarla.

—Por lo pronto, la señora Skeffington no volverá, señor —dijo Benton—. Tal vez sea desaconsejable concentrarse en exceso y demasiado pronto en el móvil, pero me cuesta imaginar a Chandler-Powell o a la enfermera Holland matando a un paciente. Por lo visto, el señor Chandler-Powell hizo una buena faena con la cicatriz. Es su trabajo. ¿Un hombre razonable destruiría su propia obra? Y no veo a los Bostock como asesinos. Dean y Kimberley parecen tener aquí una colocación muy cómoda. ¿Va Dean Bostock a perder un buen empleo? Eso nos deja a Candace Westhall, Mogworthy, la señorita Cressett, la señora Frensham, Sharon Bateman y Robin Boyton. Y, por lo que sabemos, ninguno tenía motivos para matar a Gradwyn.

Benton se calló y miró alrededor; Kate pensó con cierto embarazo que habían tomado un camino que Dalgliesh quizá no quería explorar todavía.

Sin hacer comentarios, Dalgliesh dijo:

—Bien, aclaremos lo que hemos averiguado hasta ahora. De momento dejamos el móvil. Benton, ¿empiezas tú?

Kate sabía que su jefe siempre pedía que iniciara la discusión al miembro más joven del equipo. El silencio de Benton mientras acudían a reunirse con Dalgliesh daba a entender que ya había dedicado cierto tiempo a decidir el mejor medio de proceder. Dalgliesh no había precisado si Benton tenía que examinar los hechos, comentarlos, o ambas cosas, pero invariablemente si no lo hacía él lo hacía Kate, y ella sospechaba que este intercambio de opiniones, a menudo animado, era lo que Dalgliesh pretendía.

Benton tomó un trago de vino. Camino de la Vieja Casa de la Policía había estado pensando en lo que diría. Fue sucinto. Describió la relación de Rhoda Gradwyn con Chandler-Powell y la clínica de la Mansión Cheverell desde su visita a la consulta de Harley Street el 21 de noviembre hasta el momento de su muerte. Ella podía elegir entre una cama privada en Saint Angela, Londres, o la Mansión Cheverell. Escogió la Mansión, al menos provisionalmente, y acudió a una visita previa el 27 de noviembre, cuando la empleada que más la vio fue Sharon, que le enseñó el jardín. Esto fue un poco sorprendente, pues por lo general el contacto con los pacientes incumbía más a los miembros del personal de más responsabilidad o a los dos cirujanos y la enfermera Holland.

—El jueves 13 de diciembre fue directamente a su suite tras

ser recibida a su llegada por el señor Chandler-Powell, la enfermera Holland y la señora Frensham. Todos dicen que estaba muy tranquila, aparentemente despreocupada y poco comunicativa. A la mañana siguiente, una empleada no residente, la enfermera Frazer, la bajó al quirófano, donde el anestesista la examinó, y a continuación la operaron. El señor Chandler-Powell dice que la intervención fue complicada pero se saldó con éxito. Rhoda Gradwyn permaneció en la sala de recuperación hasta las cuatro y media, cuando la devolvieron a su suite en el ala de los pacientes. Tomó una cena ligera y la enfermera Holland la vio en diversos momentos, y junto con Chandler-Powell a las diez, cuando la señorita Rhoda Gradwyn dijo que estaba a punto de dormirse. Rechazó un sedante. La enfermera Holland dice que la última vez que la vio fue a las once, y la encontró dormida. Fue asesinada por estrangulación manual; según la doctora Glenister entre las diez y las doce y media.

Dalgliesh y Kate escucharon en silencio. Benton temió estar dedicando demasiado tiempo a lo obvio. Echó una mirada a Kate, pero al no obtener respuesta prosiguió:

—Nos han contado varias cosas importantes que pasaron esa noche. La otra paciente presente, la señora Skeffington, estaba desvelada y fue al cuarto de baño. Quizá la despertó el ruido del ascensor, que, según dice, oyó a las once y media. Desde la ventana del dormitorio afirma haber visto una luz parpadeante entre las Piedras de Cheverell. Esto fue justo antes de medianoche. Se asustó y llamó a la ayudante de cocina, Kimberley Bostock, a quien pidió una tetera. Probablemente quería compañía, por breve que fuera, pero no quiso despertar a la enfermera Holland, que se encontraba en la suite de al lado.

—¿Llegó a admitir esto cuando Kimberley y Dean le subieron el té? —dijo Kate.

—Desde luego parecía preferir a Kimberley Bostock antes que a la enfermera Holland —dijo Benton—. Lo cual a mí me parece lógico, señor. La señora Bostock no estaba segura de si la paciente podía tomar té, pues la operaban a la mañana siguiente. Sabía que debía consultarlo a la enfermera Holland. Dejó a Dean frente a la suite de la señora Skeffington, llamó a la puerta de la enfermera y asomó la cabeza.

—Dijo que oyó discutir —señaló Kate—. Chandler-Powell dijo que él y la enfermera estaban hablando. Sea como fuere, Chandler-Powell evidentemente cree que el hecho de admitirlo proporciona una coartada a él y a la enfermera Holland. Como es natural esto dependerá de la hora real de la muerte. Él dice no estar del todo seguro de cuándo fue a la suite de la enfermera Holland, y ella también es sorprendentemente imprecisa. Al dejar la hora en unos términos tan inciertos, evitaban el error de fabricar una coartada para la verdadera hora de la muerte, lo que siempre es sospechoso, o de quedarse sin coartada. Es posible que, para cuando estaban juntos, uno de los dos, o ambos, ya hubiera matado a Rhoda Gradwyn.

—¿No podemos ser un poco más precisos sobre el momento de la muerte? —dijo Benton—. La señora Skeffington dice que oyó bajar el ascensor cuando se despertó y antes de llamar para pedir el té. Dijo que serían alrededor de las once y media. El ascensor está frente a la suite de la enfermera Holland, al final del pasillo, y es moderno y relativamente silencioso. Sin embargo, hemos comprobado que es perfectamente posible oírlo si no hay otro ruido.

—Pero lo había —dijo Kate—. Por lo visto, anoche el viento soplaba con fuerza. Y si ella lo oyó, ¿cómo es que no lo oyó la enfermera Holland? A menos, claro, que ella y Chandler-Powell estuvieran en el dormitorio demasiado ocupados discutiendo para poder oír nada. O haciendo el amor, lo que no excluye la discusión. En cualquier caso, hay pocas esperanzas de que Kimberley se mantenga firme en su declaración.

Sin hacer comentarios, Benton prosiguió:

—Si hubieran estado en la salita, uno de ellos seguro que habría oído a Kimberley llamar a la puerta o la habría visto cuando la abrió un poco. Nadie reconoce haber utilizado el ascensor esa noche en ningún momento a excepción de los Bostock cuando subieron el té. Si el testimonio de la señora Skeffington es exacto, parece razonable situar la hora de la muerte en torno a las once y media.

Benton miró a Dalgliesh, hizo una pausa y Kate retomó el hilo.

—Lástima que ella no pueda ser más concreta respecto a la hora en que oyó el ascensor y vio las luces. Si hay una diferencia significativa entre las dos cosas, más de lo que se tardaría, por ejemplo, en ir andando desde la puerta del ascensor de la planta baja hasta las piedras, entonces quizás haya dos personas implicadas. El asesino no puede estar bajando en el ascensor y llevando una linterna encendida entre las piedras al mismo tiempo. Dos personas, tal vez dos iniciativas distintas. Y si hubo connivencia, los obvios sospechosos son los Westhall. El otro dato importante es la afirmación de Dean Bostock sobre la puerta de la senda de los limeros, que no tenía el cerrojo echado. La puerta tiene dos cerraduras de seguridad, pero Chandler-Powell insiste en que la cierra cada noche a las once a no ser que algún miembro de la casa esté aún fuera. Está completamente seguro de que corrió el cerrojo como de costumbre, y de que por la mañana lo encontró corrido. Las primeras cosas que hizo tras levantarse a las seis y media fueron desconectar el sistema de alarma y comprobar la puerta.

—Y Dean Bostock verificó el cerrojo cuando se levantó a las seis —interrumpió Benton—. ¿Hay posibilidades de obtener huellas?

—Yo diría que ninguna —dijo Kate—. Chandler-Powell abrió la puerta cuando él y Marcus Westhall salieron a inspeccionar el jardín y el círculo de piedras. Y recordemos aquel trozo de guante. Este asesino no tenía intención de dejar huellas.

—Si damos por supuesto que ni Chandler-Powell ni Bostock mentían —dijo Dalgliesh—, y no creo que Bostock mienta, entonces alguien de la casa descorrió el cerrojo de esa puerta después de las once, para salir de la Mansión o para permitir la entrada de otro. O ambas cosas, claro. Esto nos lleva a la afirmación de Mogworthy de haber visto presuntamente un coche aparcado cerca de las piedras poco después de medianoche. La señorita Gradwyn fue asesinada por alguien que ya estaba en la casa aquella noche, un miembro del personal u otra persona que hubiera logrado entrar, o por alguien venido de fuera. Y aunque esta persona tuviera las dos llaves de seguridad, no pudo entrar hasta que el cerrojo estuvo quitado. Pero no podemos seguir hablando de una persona sin más. El asesino necesita un nombre.

En el equipo siempre se daba un nombre al asesino, pues a Dalgliesh le desagradaban muchísimo los habituales sobrenombres, y por lo común era Benton quien lo facilitaba. Ahora dijo:

—Normalmente decimos «él», señor, ¿por qué no una mujer para variar? O un nombre andrógino que valiera para los dos sexos. El asesino apareció de noche. ¿Qué tal Noctis... por o desde la noche?

—Parece adecuado. Noctis está muy bien —dijo Dalgliesh.

—Y volvemos al problema del móvil —dijo Kate—. Sabemos que Candace Westhall intentó convencer a Chandler-Powell de que no permitiera el ingreso de Rhoda Gradwyn en la Mansión. Si Westhall hubiera tenido intención de asesinar, ¿por qué disuadir a Chandler-Powell de admitir a la víctima? A menos, naturalmente, que se tratara de un farol doble. ¿Y no es posible que fuera una muerte sin premeditación, que cuando Noctis entró en esa habitación no hubiera pensado en el asesinato?

—En contra de esto, desde luego, está el uso de los guantes y su posterior destrucción —señaló Dalgliesh.

—Pero si fue premeditado —dijo Benton—, ¿por qué ahora? Al haber sólo otra paciente y estando ausentes todos los no residentes, el círculo de sospechosos es forzosamente más pequeño.

—Tenía que ser ahora —dijo Kate con tono impaciente—. Gradwyn no pensaba regresar. Fue asesinada porque se encontraba en la Mansión y relativamente indefensa. La cuestión es sólo si el asesino se aprovechó de este hecho afortunado o realmente actuó en connivencia con alguien para asegurar que Gradwyn elegía no sólo a ese cirujano concreto sino que optaba por la Mansión en vez de por una cama en Londres, lo cual a primera vista le habría resultado más conveniente. Londres era su ciudad. Su vida tenía su base en Londres. ¿Por qué aquí? Y esto nos conduce al motivo por el que su supuesto amigo, Robin Boyton, hizo la reserva al mismo tiempo. Aún no le hemos interrogado, pero desde luego habrá de responder a algunas preguntas. ¿Cuál era exactamente su relación? Y encima está su mensaje urgente en el móvil de Gradwyn. Estaba a todas luces desesperado por verla. Parecía realmente afectado por su muerte, pero ¿hasta qué punto hacía teatro? Es primo de los Westhall y por lo visto se aloja en el chalet con cierta regularidad. En alguna de sus visitas anteriores pudo tener acceso a las llaves y sacar una copia. O quizá se las dio Rhoda Gradwyn. Tal vez ella se llevó las llaves a casa adrede con la intención de obtener un duplicado. Tampoco estamos seguros de si Boyton entró en la Mansión antes ese mismo día y se escondió en la suite del final del pasillo. Por el trocito de látex, sabemos que Noctis estuvo ahí. Pudo ser tanto antes como después del asesinato. No era probable que nadie mirara ahí dentro.

—Al margen de quién la matara —dijo Benton—, dudo que muchos la echen de menos, aquí o en otra parte. Parece que a lo largo de su vida hizo bastante daño. El arquetipo del periodista de investigación... suele conseguir su historia exclusiva y coger el dinero sin preocuparse del perjuicio que pueda causar.

—Nuestro trabajo consiste en determinar quién la mató, no en hacer juicios morales. No sigamos por este camino, sargento.

—Pero siempre hacemos juicios morales, señor —dijo Benton—, aunque no los expresemos en voz alta. ¿No es importante saber cuanto más mejor sobre la víctima, sea bueno o malo? Las personas mueren porque son lo que son. ¿No forma esto parte de las pruebas? Si se tratara de la muerte de un niño, un joven o un inocente, me sentiría de otra manera.

—¿Inocentes? —dijo Dalgliesh—. ¿Te sientes seguro de ti mismo hasta el punto de distinguir entre las víctimas que merecen morir y las que no? Aún no has participado en la investigación sobre el asesinato de un niño, ¿verdad?

—No, señor. —*Usted ya lo sabía, no tenía por qué preguntarlo*, pensó Benton.

—Cuando lo hagas, si llegas a hacerlo, el dolor que tendrás que presenciar te obligará a hacerte muchas preguntas, más emocionales y teológicas que la que tienes que responder aquí: «¿Quién lo hizo?» La indignación moral es lógica. Sin ella no alcanzaríamos el grado de humanos. Pero para un detective enfrentado al cadáver de un niño, un joven, un inocente, hacer una detención puede convertirse en una campaña personal, y esto es peligroso. Puede corromper el juicio. Todas las víctimas merecen el mismo compromiso.

Lo sé, señor. Intentaré hacerlo así, pensó Benton. Pero las palabras no expresadas le parecieron pretenciosas, la respuesta de un colegial culpable ante una crítica. No dijo nada.

Kate rompió el silencio.

—Pese a todo lo que hemos investigado, ¿al final cuánto sabemos realmente de la víctima, los sospechosos, el asesino? Me pregunto por qué Rhoda Gradwyn vino aquí.

—Para quitarse esa cicatriz —dijo Benton.

—Una cicatriz que tenía desde hacía treinta y cuatro años —dijo Dalgliesh—. ¿Por qué ahora? ¿Por qué este lugar? ¿Por qué había necesitado conservarla y por qué ahora quería deshacerse de ella? Si supiéramos esto, quizás estaríamos más cerca de saber algo sobre la mujer. Y tienes razón, Benton, murió por ser quien era y lo que era.

«Benton» en vez de «sargento», vaya, ya es algo. *Ojalá supiera quién eres tú*, pensó. Pero por esto, en parte, le fascinaba su trabajo. Tenía un jefe que seguía siendo para él un enigma, y siempre lo sería.

—El comportamiento de la enfermera Holland esta mañana, ¿no fue un poco extraño? —dijo Kate—. Cuando Kim le dijo que la señorita Gradwyn no la había llamado para pedir el té, ¿no habría sido más lógico que la enfermera comprobara enseguida si la paciente estaba bien en vez de decirle a Kim que subiera el té? A lo mejor estaba procurando asegurarse de que hubiera un testigo con ella cuando descubriera el cadáver. ¿Sabría ya que la señorita Gradwyn estaba muerta?

—Chandler-Powell dice que él abandonó la habitación de la enfermera Holland a la una —dijo Benton—. ¿No habría sido lógico que ella hiciera entonces una visita a su paciente? Lo pudo haber hecho perfectamente, con lo que habría sabido que Gradwyn estaba muerta al pedir a Kimberley que llevara el té. Siempre es aconsejable tener un testigo cuando descubres el cadáver. De todos modos, esto no significa que ella la asesinara. Como he dicho antes, no me imagino a Chandler-Powell ni a la enfermera Holland estrangulando a una paciente, sobre todo cuando han acabado de intervenirla.

Kate pareció estar dispuesta a discutir esta cuestión, pero no dijo nada. Era tarde, y Dalgliesh sabía que todos estaban cansados. Ya era hora de exponer el plan del día siguiente. Él y Kate irían a Londres a ver qué pruebas obtenían en la casa de Rhoda Gradwyn en la City. Benton y el agente Warren se quedarían en la Mansión. Dalgliesh había aplazado el interrogatorio de Robin Boyton con la esperanza de que mañana se habría calmado y estaría dispuesto a cooperar. Las prioridades eran que Benton y Warren interrogaran a Boyton; que localizaran, si era posible, el coche que había sido visto cerca de las Piedras de Cheverell; que establecieran el enlace con los agentes de la escena del crimen, cuyo trabajo en principio debía estar terminado hacia mediodía; y que mantuvieran una presencia policial en la Mansión y garantizaran que los guardias de seguridad contratados por el señor Chandler-Powell no entraran en la escena del crimen. A eso del mediodía también se esperaba el informe de la doctora Glenister sobre la autopsia; Benton telefonearía a Dalgliesh en cuanto lo hubieran recibido. Aparte de estas tareas, Dalgliesh decidiría por iniciativa propia si había que interrogar otra vez a algún sospechoso.

Era casi medianoche cuando Benton llevó las tres copas de vino a la cocina para lavarlas. Acto seguido, él y Kate se pusieron en camino a través de la oscuridad fragante, lavada por la lluvia, rumbo a la Casa de la Glicina.

TERCERA PARTE

16-18 de diciembre

Londres, Dorset, Midlands, Dorset

1

Dalgliesh y Kate salieron de Stoke Cheverell antes de las seis, una hora temprana en parte porque Dalgliesh tenía una fuerte aversión al denso tráfico de la mañana, pero también porque en Londres necesitaba tiempo suplementario. Debía entregar en el Yard unos documentos en los que había estado trabajando, recoger el borrador de un informe confidencial del que se requerían sus comentarios y dejar una nota en la mesa de su secretaria. Una vez hecho esto, él y Kate viajaron en silencio por las calles casi desiertas.

Para Dalgliesh, como para muchos, las primeras horas de un domingo por la mañana en la City tenían un atractivo especial. Durante cinco días laborables, el aire palpita de energía, y uno llega a creer que la gran riqueza del lugar está siendo físicamente extraída a martillazos, a base de sudor y agotamiento, en alguna sala de máquinas subterránea. El viernes por la tarde, los engranajes dejan poco a poco de girar, y al observar a los trabajadores de la City que se aglomeran por miles en los puentes del Támesis y se dirigen a sus estaciones de tren, al ver ese éxodo masivo, uno repara en que no es tanto una cuestión de voluntad como de obediencia a un impulso plurisecular. Un domingo por la mañana a primera hora, la City, lejos de acomodarse para dormir más profundamente, yace expectante en silencio, aguardando la aparición de un ejército fantasmagórico, convocado por campanas para adorar a viejos dioses en sus santuarios cuidadosamente preservados y para recorrer tranquilas calles recordadas. Incluso el río parece fluir más despacio.

Encontraron aparcamiento a unos centenares de metros de Absolution Alley, y Dalgliesh echó un último vistazo al plano, cogió el kit, y los dos se pusieron a andar en dirección este. Habría sido fácil pasar por alto la estrecha entrada adoquinada bajo un arco de piedra, con unos ornamentos que no armonizaban con aquella abertura tan estrecha. El patio enlosado, con dos apliques que sólo iluminaban una penumbra dickensiana, era pequeño, y en el centro había un pedestal sobre el que se levantaba una estatua deteriorada por el paso del tiempo, posiblemente de antiguo significado religioso pero que ahora no era más que una masa pétrea informe. El número ocho estaba en el lado este, la puerta pintada de un verde tan oscuro que casi parecía negro y con un llamador de hierro con forma de búho. Al lado del número ocho había una tienda que vendía grabados antiguos, y que en el exterior tenía un expositor de madera ahora vacío. Un segundo edificio era obviamente una agencia de colocación, pero nada revelaba el tipo de trabajadores que esperaba atraer. En otras puertas había pequeñas placas bruñidas con nombres desconocidos. El silencio era absoluto.

La puerta tenía dos cerraduras de seguridad, pero no costó nada encontrar las llaves pertinentes en el manojo de la señorita Gradwyn, y se abrió sin dificultad. Dalgliesh alargó la mano y encontró el interruptor de la luz. Entraron en una estancia pequeña, revestida de paneles de roble y con un adornado techo enlucido que incluía la fecha: 1684. En la parte de atrás, una ventana dividida con parteluces daba a un patio empedrado con espacio para poco más que un árbol sin hojas en un inmenso tiesto de terracota. A la derecha había una hilera de perchas para abrigos con un estante debajo para zapatos, y a la izquierda una mesa rectangular de roble en la que se veían cuatro sobres, sin duda facturas o catálogos, que, pensó Dalgliesh, seguramente habían llegado antes de que la señorita Gradwyn saliera el jueves para la Mansión y que, como probablemente habría considerado ella, muy bien podían esperar hasta su regreso. El único cuadro era una pequeña pintura al óleo de un hombre del siglo XVII con una cara larga y delicada, que colgaba encima de la chimenea de piedra y que Dalgliesh, tras un primer examen, pensó que era una reproducción del conocido retrato de John Donne. Encendió la luz de encima del retrato y lo estudió unos instantes en silencio. Colgado solo en una habitación que era un lugar de paso, adquiría un poder icónico, quizá como el genio que presidiera la casa. Dalgliesh apagó la luz y se preguntó si así había sido también para Rhoda Gradwyn.

Una escalera de madera sin alfombrar conducía a la primera planta. Delante se veía la cocina, con un pequeño comedor en la parte trasera. La cocina estaba magníficamente bien dispuesta y equipada, era el espacio de una mujer que sabía cocinar, aunque ni ahí ni en el comedor se detectaban signos de uso reciente. Subieron a la segunda planta. Había un cuarto de invitados con dos camas individuales, las colchas idénticas bien extendidas y una ducha y un lavabo con vista al patio. De nuevo todo sin señales de ocupación. El espacio de arriba era casi una réplica del de la segunda planta, pero aquí el dormitorio, con una sola cama, era con toda evidencia el de la señorita Gradwyn. En una mesilla había una lámpara de estudio moderna, un reloj de mesa cuyo tictac sonaba anormalmente fuerte en la quietud, y tres libros: la biografía de Pepys de Clare Tomalin, un volumen de poesía de Charles Causley y una antología de narraciones cortas actuales. La estantería del cuarto de baño contenía muy pocos botes y tarros, y Kate, que vencida por su curiosidad femenina había alargado la mano, se echó atrás. Ni Dalgliesh ni ella habían entrado en el mundo privado de la víctima sin ser conscientes de que su presencia, bien que necesaria, era una violación de la intimidad. Él sabía que Kate siempre hacía una distinción entre los objetos que debía examinar y llevarse y la curiosidad natural ante una vida que se había librado para siempre de cualquier capacidad humana para hacer daño o poner en un aprieto a alguien.

—No parece que quisiera camuflar la cicatriz —dijo sin más.

Finalmente se trasladaron a la planta más alta y entraron en una habitación larga como la casa, con ventanas tanto al este como al oeste desde las que se tenía una vista paronámica de la City. Sólo aquí comenzó Dalgliesh a sentir plenamente que estaba en contacto mental con la propietaria. En esta habitación, ella había vivido, trabajado, descansado, visto la televisión, escuchado música, sin necesitar nada ni a nadie que no estuviera dentro de esas cuatro paredes. Una estaba cubierta casi del todo por una estantería finamente tallada con baldas graduables. Dalgliesh advirtió que había sido importante para ella, como lo era para él, que los libros encajaran perfectamente en la altura de los estantes. El escritorio de caoba estaba a la izquierda de la librería y parecía eduardiano. Era más práctico que decorativo, con cajones a ambos lados, los de la derecha cerrados. Arriba, un anaquel con una hilera de archivadores. En el otro lado de la habitación había un cómodo sofá con cojines, una butaca frente a la televisión con un pequeño escabel para los pies, y a la derecha de la negra chimenea victoriana, un sillón de respaldo alto. El equipo estéreo era moderno pero discreto. A la izquierda de la ventana se veía una pequeña nevera, en lo alto de la cual había una bandeja con una cafetera eléctrica, un molinillo de café y un pocillo. Aquí, gracias al grifo en el baño de la planta de abajo, podía prepararse algo de beber sin tener que bajar tres tramos de escalera hasta la cocina. No era un lugar fácil para vivir, pero sí un lugar en el que él también habría podido sentirse a gusto. Dalgliesh y Kate recorrían la estancia sin hablar. Él vio que la ventana orientada al este daba acceso a un pequeño balcón de hierro forjado con unos peldaños de hierro que ascendían a la azotea. Abrió la ventana al frescor de la mañana y subió. Kate no le siguió.

El piso de Dalgliesh, Támesis arriba, en Queenhithe, estaba a un tiro de piedra, y él dirigió la mirada al río. Aunque tuviera tiempo o necesitara ir allí, sabía que no encontraría a Emma. Pese a tener una llave, ella nunca visitaba el piso si estaba en Londres a menos que estuviera él. Dalgliesh sabía que esto era parte de la forma tácita y cuidadosa de Emma de distanciarse del trabajo de él, un deseo que era prácticamente una obsesión por no invadir su privacidad, privacidad que ella respetaba porque la entendía y la compartía. Un amante no era una adquisición ni un trofeo del que uno se apoderaba. Había siempre una parte de la personalidad que permanecía inviolada. Cuando se enamoraron, ella se quedaba dormida en sus brazos, y él se agitaba de madrugada, buscándola pero sabiendo que no estaba. Dalgliesh le llevaba el té de primera hora a la habitación de los invitados. Esto ahora pasaba con menos frecuencia. Al principio la separación le preocupaba. Como no se atrevía a preguntárselo, en parte porque temía conocer la respuesta, había llegado a sus propias conclusiones. Dado que él no hablaba, o quizá no hablaría, abiertamente de la realidad de su trabajo, ella necesitaba separar el amante y el detective. Podían hablar del empleo de ella en Cambridge, y lo hacían a menudo, a veces discutiendo alegremente, pues compartían una pasión por la literatura. El trabajo de él no contenía un terreno común. Ella no era tonta ni hipersensible, reconocía la importancia del trabajo de Adam, pero éste sabía que aún se extendía entre ellos como un matorral inexplorado y peligrosamente minado.

Había estado en la azotea menos de un minuto. Desde este lugar alto y privado, Rhoda Gradwyn había contemplado cómo la aurora acariciaba los capiteles y las torres de la City pintándolos de luz. Bajó y se reunió con Kate.

—Mejor que empecemos con los archivos —dijo.

Se sentaron al escritorio uno al lado del otro. Todas las cajas estaban pulcramente etiquetadas. La denominada Sanctuary Court contenía la copia de su complicado contrato de arrendamiento —ahora, veía él, con sesenta y siete años pendientes—, correspondencia con su abogado, detalles y presupuestos relacionados con reformas y mantenimiento. Su agente y su abogado tenían sendas carpetas con su nombre. En otro archivador, titulado Finanzas, estaban sus extractos de cuentas bancarias e informes regulares de sus banqueros o del estado de sus inversiones. Mientras hojeaba, Dalgliesh se sorprendió de lo bien que le iba a Rhoda Gradwyn. Tenía una fortuna de dos millones de libras, la cartera de acciones con un claro equilibrio entre valores de renta variable y bonos del Estado.

—Sería más lógico encontrar estos papeles en uno de los cajones cerrados —dijo Kate—. No parecía preocuparle que un intruso descubriera cuánto tenía, probablemente porque pensaba que la casa era segura. O quizás es que no le importaba lo más mínimo. No vivía como una mujer rica.

—Supongo que cuando aparezca Newton Macklefield con el testamento nos enteraremos de quién va a beneficiarse de todo este dineral.

Volvieron la atención a la hilera de archivadores que contenían copias de sus artículos en prensa y revistas. Cada caja, rotulada con el período de años abarcado, incluía los artículos por orden cronológico, algunos con tapas de plástico. Cogieron un archivo cada uno y se acomodaron para trabajar.

—Anota cualquier cosa relacionada, aunque sea de forma indirecta, con la Mansión Cheverell o cualquiera de las personas que están allí —dijo Dalgliesh.

Durante casi una hora trabajaron en silencio; de pronto, Kate deslizó por la mesa un montón de recortes de periódico.

—Esto es interesante, señor. Un largo artículo en la *Paternoster Review* sobre el plagio, publicado en el número de primavera de 2002. Al parecer suscitó interés. Hay unos cuantos recortes adjuntos, entre ellos un informe de una pesquisa judicial y otro de un entierro con una foto. —Se lo alcanzó—. Una de las personas que está junto a la tumba se parece mucho a la señorita Westhall.

Dalgliesh cogió una lupa del kit y examinó la imagen. La mujer iba sin sombrero y estaba de pie algo apartada de un grupo de dolientes. Sólo se le veía la cabeza y la cara estaba parcialmente oscurecida, pero al cabo de un minuto Dalgliesh tenía pocas dudas. Dio la lupa a Kate y dijo:

—Sí, es Candace Westhall.

Centró su atención en el artículo. Leía muy rápido y le fue fácil captar lo esencial. El artículo era inteligente, estaba bien escrito y meticulosamente documentado, y lo leyó con verdadero interés y creciente respeto. Trataba de casos de plagio sin apasionamiento y de forma imparcial, pensó, unos pertenecientes al pasado lejano, otros más recientes, algunos conocidos, muchos nuevos para él. Era interesante lo que Rhoda Gradwyn decía sobre la copia aparentemente inconsciente de expresiones e ideas y las curiosas coincidencias ocasionales en la literatura cuando una idea potente entra simultáneamente en dos cabezas como si hubiera llegado su hora. Analizaba, asimismo, los modos sutiles mediante los cuales los grandes escritores han influido en las generaciones posteriores, igual que Bach y Beethoven o los principales pintores. Pero el caso más importante de plagio que abordaba era, sin duda, uno de carácter flagrante que Gradwyn afirmaba haber descubierto por casualidad. El caso era fascinante porque, al parecer, el hurto por parte de una escritora joven y de talento y obvia originalidad había sido innecesario. Una joven novelista que todavía estaba en la universidad, Annabel Skelton, había escrito su primera novela, muy elogiada y preseleccionada para un importante premio literario británico, en la que cierto número de frases, fragmentos de diálogos y descripciones intensas habían sido sacados palabra por palabra de una obra de ficción publicada en 1927 por una escritora ya olvidada cuyo nombre Dalgliesh no había oído en su vida. El caso era incontrovertible, entre otras cosas por la calidad de la prosa de Gradwyn y la equidad del artículo. Apareció cuando los tabloides andaban escasos de noticias, y los periodistas sacaron el mayor provecho del escándalo. Hubo vociferantes exigencias de que se excluyera la novela de Annabel Skelton de la lista de candidatos nominados. El resultado de todo ello fue trágico: tres días después de que apareciera el artículo, la chica se suicidó. Si Candace Westhall había tenido una relación íntima con ella —amante, amiga, profesora, admiradora—, ahí había un móvil, según algunos, lo bastante fuerte para llegar a matar.

Entonces sonó el teléfono. Era Benton, y Dalgliesh conectó el móvil al manos libres para que Kate pudiera oír. Controlando cuidadosamente su entusiasmo, Benton dijo:

—Hemos localizado el coche, señor. Es un Ford Focus, W341 UDG.

—Qué rápido, sargento. Enhorabuena.

—Me temo que inmerecida, señor. Hemos tenido un golpe

de suerte. El nieto de los Shepherd llegó tarde la noche del viernes para pasar el fin de semana con ellos. Ayer estuvo fuera todo el día visitando a una novia, por lo que no le hemos visto hasta esta mañana. Nos ha dicho que estuvo yendo detrás de ese coche durante unos kilómetros y lo vio pararse junto a las piedras. Eran alrededor de las once y media del viernes. En el coche sólo había una persona, y, tras aparcar, el conductor apagó las luces. Le pregunté por qué había apuntado la matrícula y me contestó que el 341 es un número brillante.

—Qué bien que atrajera su interés. ¿Brillante en qué sentido? ¿Ha explicado a qué se debe su fascinación?

—Por lo visto es un término matemático, señor: 341 se describe como un número brillante porque tiene dos factores primos, 11 y 31. Si se multiplican, se obtiene 341. Los números con dos factores primos de igual longitud se conocen como números brillantes y se usan en criptografía. Al parecer también es la suma de los cuadrados de los divisores de 16, pero creo que él quedó más impresionado por los dos factores primos. Con UDG no tuvo ningún problema. En su mente, significa que Uno Da las Gracias..., no está mal, señor.

—Las matemáticas no significan nada para mí —dijo Dalgliesh—, pero esperemos que el chico esté en lo cierto. Supongo que podemos encontrar a alguien que lo confirme.

—No creo que debamos tomarnos la molestia, señor. Ha sacado un sobresaliente en matemáticas en Oxford. Dice que nunca se queda pegado detrás de otro vehículo sin jugar mentalmente con el número de la matrícula.

—¿Y el propietario del coche?

—A primera vista, un poco sorprendente. Es un clérigo. El reverendo Michael Curtis. Vive en Droughton Cross. Vicaría de la Iglesia de Saint John, 2 Balaclava Gardens. Un barrio de Droughton.

Por la autopista, a la ciudad industrial de las Midlands se podía llegar en poco más de dos horas.

—Gracias, sargento —dijo Dalgliesh—. Iremos a Droughton Cross en cuanto hayamos terminado aquí. Quizás el conductor no tenga nada que ver con el asesinato, pero hemos de averiguar por qué ese coche estaba aparcado junto a las piedras y qué vio, si acaso vio algo. ¿Algo más?

—Una cosa que han encontrado los SOCO antes de irse, señor. Yo diría que es algo más extraño que significativo. Un fajo de ocho postales viejas, todas de imágenes del extranjero y fechadas en 1993. Estaban cortadas por la mitad y faltaba la dirección en el lado derecho, por lo que no había modo de saber quién era el destinatario, si bien parecen escritas por un niño. Estaban muy bien envueltas con papel metalizado, dentro de una bolsa de plástico enterrada junto a una de las Piedras de Cheverell. El SOCO que las descubrió, muy observador, advirtió ciertos indicios de que la hierba había sido revuelta, aunque no recientemente. Es difícil saber qué relación podrían tener con la muerte de la señorita Gradwyn. Sabemos que aquella noche había alguien en las piedras con una linterna, pero si buscaba las postales no las encontró.

—¿Has indagado sobre su propietario?

—Sí, señor. Lo más probable era que pertenecieran a Sharon Bateman, así que le he pedido que acudiera a la Vieja Casa de la Policía. Ha admitido que eran suyas y ha dicho que se las envió su padre después de que éste se marchara de casa. Es una chica rara, señor. Cuando he sacado las postales se ha puesto tan pálida que el agente Warren y yo pensábamos que se iba a desmayar. La he invitado a sentarse. Creo que era enojo, señor. Me he dado cuenta de que ella quería cogerlas, pero ha conseguido dominarse. Después se ha tranquilizado del todo. Ha dicho que eran las cosas más preciadas que tenía y que las enterró cerca de la piedra cuando llegó a la Mansión porque era un lugar muy especial en el que estarían seguras. Por un momento ella me ha preocupado, señor, así que le he dicho que debía enseñárselas a usted pero que las trataríamos con sumo cuidado y que no veía ningún motivo por el que no debiéramos devolvérselas. No estoy seguro de si he hecho bien, señor. Quizás habría sido mejor esperar a que estuvieran ustedes de regreso y dejar que la inspectora Miskin hablara con ella.

—Tal vez —dijo Dalgliesh—, pero si estás convencido de que ahora está más contenta, no me preocuparía de eso. De todos modos, no le quites los ojos de encima. Lo hablaremos esta noche. ¿Ha llegado el informe de la doctora Glenister sobre la autopsia?

—Todavía no, señor. Ha llamado para decir que lo tendría por la noche a menos que necesite datos de toxicología.

—Es improbable que nos sorprenda. ¿Esto es todo, sargento?

—Sí, señor. Creo que no hay nada más. Dentro de media hora veré a Boyton.

—Bien. Averigua, si puedes, si él espera algo del testamento de la señorita Gradwyn. Hoy no vas a parar, ¿eh? Así se hace. Aquí hemos encontrado algo interesante, pero ya lo hablaremos por la noche. Te llamaré desde Droughton Cross. —Y se acabó la conversación.

—Pobre chica —dijo Kate—. Si dice la verdad, entiendo por qué las postales son importantes para ella. Pero ¿por qué cortar la dirección y luego tomarse la molestia de enterrarlas? No tienen valor para nadie más, y si el viernes por la noche fue a las piedras para comprobar que seguían allí o para recuperarlas, ¿por qué debía hacerlo? ¿Y por qué de noche y tan tarde? No obstante, Benton ha dicho que el paquete estaba intacto. Señor, no parece que las postales tengan nada que ver con el asesinato.

Los hechos se sucedían deprisa. Antes de que Dalgliesh pudiera responder, sonó el timbre de la puerta.

—Será el señor Macklefield —dijo Kate, que bajó a abrirle.

En la escalera de madera se oyó un rumor de pisadas, ninguna voz. Entró primero Newton Macklefield, que no mostró ninguna curiosidad por la estancia y tendió la mano sin sonreír.

—Espero no haber llegado inoportunamente temprano. Los domingos por la mañana hay poco tráfico.

Era más joven de lo que Dalgliesh había imaginado por su voz al teléfono, seguramente cuarenta y pocos, y tenía un buen aspecto clásico: alto, rubio y de piel clara. Transmitía la confianza del éxito metropolitano asegurado, lo que contrastaba hasta tal punto con los pantalones de pana, la camisa a cuadros desabotonada y la gastada chaqueta de *tweed*, que la ropa, adecuada para un fin de semana en el campo, tenía un artificioso aire de disfraz. Sus rasgos eran regulares, la boca firme y bien formada, los ojos cautelosos, una cara, pensó Dalgliesh, disciplinada para revelar sólo las emociones apropiadas. Ahora lo apropiado era el pesar y la conmoción, expresados con gravedad pero sin emotividad y, para los oídos de Dalgliesh, con una nota de desagrado. Un bufete de abogados ilustre de la City no esperaba perder un cliente de forma tan notoria.

Rechazó sin mirarla la silla del escritorio que le acercó Kate, pero la utilizó para sostener el maletín. Abriéndolo, dijo:

—He traído una copia del testamento. Dudo que en sus disposiciones haya algo que le vaya a ayudar en su investigación, pero desde luego debe usted disponer de ella.

—Supongo que mi colega ya se ha presentado. Inspectora Kate Miskin —dijo Dalgliesh.

—Sí. Nos hemos conocido en la puerta.

Kate recibió un apretón de manos tan breve que los dedos de uno y otro apenas se tocaron. No se sentó nadie.

—La muerte de la señorita Gradwyn consternará y horrorizará a todos los socios del bufete. Como le expliqué cuando hablamos por teléfono, yo la conocía como cliente, no como amiga, pero le teníamos un gran respeto y la echaremos mucho de menos. Su banco y mi despacho son albaceas testamentarios conjuntos, de modo que en su momento se encargarán de los trámites del entierro.

—Creo que para su madre —dijo Dalgliesh—, ahora señora Brown, esto será un alivio. Ya he hablado con ella. Parecía ansiosa por desvincularse todo lo posible de las secuelas de la muerte de su hija, incluidas las pesquisas judiciales. Al parecer no estaban muy unidas, y a lo mejor no desea desvelar ciertos asuntos familiares o ni siquiera pensar en ellos.

—Bueno —dijo Macklefield—, su hija era bastante hábil a la hora de desvelar secretos de otros. Aun así, el hecho de que la familia no se implique le conviene más a usted que tener que cargar con una de esas madres llorosas y ávidas de publicidad que sacan de la tragedia todo lo que pueden y exigen un informe sobre la marcha de la investigación. Seguramente yo tendré más problemas con ella que usted. En todo caso, fuera cual fuese la relación con su hija, el dinero será suyo. La cantidad probablemente le sorprenderá. Ya habrá usted visto los extractos de las cuentas y la cartera de acciones.

—¿Todo va a parar a su madre? —dijo Dalgliesh.

—Todo menos veinte mil libras, que son para Robin Boyton, cuya relación con la fallecida desconozco. Recuerdo cuando la señorita Gradwyn vino a hablar del testamento conmigo. Mostró una singular falta de interés en la cesión de su capital. Por lo general, la gente menciona una o dos organizaciones benéficas, la vieja escuela o la universidad. Nada de eso. Era como si quisiera que, después de morir, su vida privada siguiera siendo anónima. El lunes llamaré a la señora Brown y concertaré una cita. Como es lógico, ayudaremos en todo lo que podamos. Naturalmente ustedes se mantendrán en contacto con nosotros, pero no creo que pueda contarles nada más. ¿Han avanzado en la investigación?

—Todo lo que hemos podido en el día transcurrido desde su muerte —contestó Dalgliesh—. El martes sabré la fecha de la indagación judicial. A estas alturas, es probable que se suspenda.

—Podemos enviar a alguien. Es una formalidad, pero más vale estar ahí si va a haber publicidad, lo que será inevitable en cuanto se dé la noticia.

Dalgliesh cogió el testamento y le dio las gracias. Era obvio que Macklefield se disponía a marcharse. Cerrando el maletín, dijo:

—Si me disculpan, voy a irme, a menos que necesiten algo más. Le he prometido a mi esposa que estaría de vuelta a la hora de comer. Mi hijo ha invitado a varios amigos a pasar el fin de semana. Una casa llena de etonianos y cuatro perros puede ser una mezcla difícil de controlar.

Estrechó la mano de Dalgliesh, y Kate lo precedió escaleras abajo. A su regreso, ella dijo:

—Seguro que no habría mencionado a su hijo si hubiera ido a la escuela pública de Bogside. —Luego lamentó el comentario. Dalgliesh había respondido a la observación de Macklefield con una sonrisa irónica, fugazmente desdeñosa, pero esa momentánea revelación de una peculiaridad poco atractiva del individuo no le había irritado. A Benton le habría divertido.

Dalgliesh agarró el manojo de llaves y dijo:

—Y ahora los cajones. Pero primero necesito un café. Quizá podíamos habérselo ofrecido a Macklefield, pero yo no deseaba prolongar la visita. La señora Brown dijo que podíamos coger de la casa lo que quisiéramos, así que no le molestará que tomemos un poco de leche y café. Eso si hay leche en la nevera.

No había.

—No es ninguna sorpresa, señor —dijo Kate—. La nevera está vacía. Un cartón de leche, aun sin abrir, podría estar caducado a su regreso.

Kate bajó la cafetera eléctrica a la planta inferior a ponerle agua. Regresó con un vaso para los cepillos de dientes que enjuagó a fin de que sirviera como segunda taza, y de pronto notó cierto desasosiego, como si este pequeño acto, que no se podía considerar precisamente una violación de la intimidad de la señorita Gradwyn, fuera una impertinencia. Rhoda Gradwyn había sido muy exigente con su café, y en la bandeja con el molinillo había una lata de alubias. Kate, presa aún de un sentimiento irracional de culpa por estar cogiendo cosas de un muerto, puso en marcha el molinillo. El ruido fue tremendo y pareció interminable. Al rato, cuando la cafetera hubo dejado de gotear, llenó las dos tazas y las llevó al escritorio.

Mientras esperaba que el café se enfriara, él dijo:

—Si hay alguna otra cosa interesante, seguramente la encontraremos aquí. —Y abrió el cajón con una llave.

Dentro sólo había una carpeta beige de papel manila, el bolsillo interior lleno de papeles. Olvidándose de momento del café, apartaron las tazas a un lado y Kate acercó una silla junto a Dalgliesh. Los papeles consistían casi exclusivamente en copias de recortes de prensa, el primero de los cuales era un artículo de un periódico dominical con fecha de febrero de 1995. El encabezamiento era descarnado: «Asesinada por ser demasiado bonita.» Debajo, ocupando la mitad de la página, había la fotografía de una niña. Parecía una foto de la escuela. El pelo rubio había sido cuidadosamente cepillado y recogido en una coleta a un lado, y la blanca blusa de algodón, que parecía inmaculada, estaba desabrochada en el cuello y cubierta por un pichi azul oscuro. La niña era realmente bonita. Incluso con una pose simple y sin ningún artificio especial en la iluminación, la escueta foto transmitía algo de la confianza sincera, la apertura a la vida y la vulnerabilidad de la infancia. Mientras Kate la miraba fijamente, la imagen pareció desintegrarse en polvo y se convirtió en una mancha sin sentido, y acto seguido recobró la nitidez.

Debajo de la imagen, el periodista, absteniéndose de comentarios hiperbólicos y desaforados, se había contentado con dejar que la historia hablase por sí sola. «Hoy, en el tribunal de la corona, Shirley Beale, de doce años y ocho meses, ha sido declarada culpable del asesinato de su hermana Lucy, de nueve años. Shirley estranguló a Lucy con su corbata de la escuela, luego golpeó la cabeza que odiaba hasta volverla irreconocible. Lo único que ha dicho, tanto en el momento de la detención como posteriormente, es que lo hizo porque Lucy era demasiado bonita. Beale será enviada a un pabellón infantil de seguridad hasta que a los diecisiete años pueda ser trasladada a un reformatorio. Silford Green, un tranquilo barrio del este de Londres, se ha convertido en un lugar de horror. Informe completo en la página cinco. Sophie Langton escribe en la página 12: "¿Por qué matan los niños?"»

Dalgliesh dio la vuelta al recorte. Debajo, sujeta a una simple hoja de papel, había una fotografía. El mismo uniforme, la misma blusa blanca, pero esta vez con una corbata, la cara vuelta hacia la cámara con una mirada que Kate recordó de sus propias fotos escolares, rencorosa, algo nerviosa por participar en un pequeño rito anual de iniciación, de mala gana pero resignada. Era una cara extrañamente adulta, una cara que ellos conocían.

Dalgliesh volvió a coger la lupa, examinó la imagen y luego pasó la lente a Kate. Los rasgos característicos estaban ahí, la frente alta, los ojos ligeramente saltones, la boca pequeña y definida con el labio superior pronunciado, un rostro común y corriente que ahora era imposible considerar inocente o infantil. Los ojos miraban a la cámara tan inexpresivos como los puntos que formaban la imagen, el labio inferior más grueso ahora en la edad adulta pero con la misma insinuación de terquedad irritable. Mientras Kate miraba, su mente superpuso una imagen muy distinta: la cara de un niño aplastada y convertida en un amasijo sanguinolento de huesos rotos, el cabello rubio cubierto de sangre. No era un caso de la Met y con una declaración de culpabilidad no se había celebrado un juicio, pero el asesinato aún removía viejos recuerdos en ella y, pensó Kate, también en Dalgliesh.

—Sharon Bateman —dijo Dalgliesh—. Me pregunto cómo consiguió esto Gradwyn. Es raro que se pudiera publicar. Debieron de levantar las restricciones.

No era lo único que Rhoda había conseguido. Con toda evidencia, su investigación había comenzado a partir de su primera visita a la Mansión, y había sido meticulosa. El primer recorte iba seguido de otros. Los antiguos vecinos habían sido locuaces, tanto para expresar su horror como para revelar información sobre la familia. Había imágenes de una pequeña casa adosada en la que las niñas habían vivido con su madre y su abuela. En la época del asesinato, los padres estaban divorciados, él se había marchado dos años antes. Los vecinos que aún vivían en la calle explicaban que el matrimonio había sido turbulento, pero que con las niñas no había habido ningún problema, ni policía ni asistentes sociales ni nada parecido rondando por la casa. Lucy era la bonita, sin duda, pero las dos parecían llevarse bien. Shirley era la más tranquila, algo hosca, no exactamente una niña simpática. Los recuerdos de la gente, lógicamente influidos por el horror de lo sucedido, daban a entender que Shirley siempre había sido la excluida. Hablaban de ruido de peleas, gritos y golpes ocasionales antes de la separación de los padres, pero al parecer las niñas recibían la atención debida. La abuela se encargaba de eso. Desde la marcha del padre habían tenido una serie de inquilinos, algunos obviamente novios de la madre, aunque esto se decía con tacto, y uno o dos estudiantes que buscaban alojamiento barato, ninguno de los cuales se quedó mucho tiempo.

De un modo u otro, Rhoda Gradwyn se había hecho con el informe de la autopsia. La muerte se había producido por estrangulación, y las heridas de la cara, que le habían destrozado los ojos y roto la nariz, habían sido causadas después de la muerte. Gradwyn también había localizado y entrevistado a uno de los agentes de la policía encargados del caso. No había ningún misterio. La muerte se había producido a eso de las tres y media de un sábado por la tarde, mientras la abuela, que entonces contaba sesenta y nueve años, se encontraba en un salón de actos local jugando al bingo. No era algo inhabitual que las niñas se quedaran solas. El crimen fue descubierto a las seis, cuando la abuela regresó a casa. El cuerpo de Lucy se hallaba en el suelo de la cocina, donde se desarrollaba casi toda la vida familiar, y Shirley estaba arriba, durmiendo en su cama. No había hecho intento alguno de quitarse la sangre de su hermana de las manos y los brazos. Sus huellas estaban en el arma, una vieja plancha de hierro que se usaba como tope de la puerta, y ella admitió haberla matado con la misma emoción con la que hubiera confesado que la había dejado sola un rato.

Kate y Dalgliesh se quedaron unos momentos en silencio. Kate sabía que los pensamientos de uno y otro eran análogos. Este descubrimiento era una complicación que influiría no sólo en su percepción de Sharon como sospechosa —cómo no—, sino también en la conducción de la investigación. Ahora Kate lo veía todo lleno de escollos de procedimiento. Ambas víctimas habían sido estranguladas; el hecho podría resultar irrelevante, pero no dejaba de ser un hecho. Sharon Bateman —y seguirían utilizando ese nombre— no estaría viviendo en la comunidad si las autoridades no hubieran considerado que ya no suponía una amenaza. Llegados a ese punto, ¿no merecía Sharon que se la considerase sospechosa, con las mismas probabilidades de ser culpable que cualquiera de los demás? ¿Y quién más lo sabía? ¿Estaba enterado Chandler-Powell? ¿Confió Sharon eso a alguien de la Mansión, y en ese caso a quién? ¿Sospechó Rhoda

Gradwyn de la identidad de Sharon desde el principio y fue por eso por lo que se quedó? ¿Amenazó con hacerlo público? Y en ese caso, ¿Sharon o tal vez alguien más que supiera la verdad tomó medidas para impedírselo? Si detenían a otra persona, ¿la mera presencia de una asesina convicta en la Mansión no influiría en la fiscalía a la hora de decidir si el tribunal debía estimar o no la demanda? Los pensamientos se agitaban en su cabeza, pero no los expresó en voz alta. Con Dalgliesh siempre procuraba no manifestar lo evidente.

—Este año se ha producido la separación de funciones en el Ministerio del Interior —dijo Dalgliesh—, pero creo que los cambios me han quedado más o menos claros. Desde el mes de mayo el nuevo ministro de Justicia es responsable del Servicio Nacional de Tutoría de los Delincuentes, y los agentes de libertad vigilada que llevan a cabo la supervisión se llaman ahora tutores de delincuentes. Sharon debe de tener uno, sin duda. He de comprobar si estoy en lo cierto, pero tengo entendido que un delincuente ha de pasar al menos cuatro años sin conflictos en la comunidad antes de que se le levante la supervisión; de todos modos, el permiso sigue vigente toda la vida, de modo que un condenado a cadena perpetua reúne todos los requisitos para que lo hagan volver en cualquier momento.

—Pero ¿estaba Sharon obligada legalmente a informar a su agente de libertad vigilada de que estaba implicada, aunque fuera inocente, en un caso de asesinato? —dijo Kate.

—Por supuesto que sí, pero si no lo ha hecho, el Servicio Nacional de Tutoría de los Delincuentes lo sabrá mañana, cuando se dé la noticia. Sharon también tenía que haberles informado de su cambio de empleo. Tanto si ha estado en contacto con su supervisor como si no, desde luego es responsabilidad mía comunicarlo al servicio de libertad vigilada, y éste tendrá que elevar un informe al Ministerio de Justicia. Es este servicio, y no la policía, quien debe manejar la información y tomar decisiones cuando sea necesario.

—Entonces, ¿no decimos ni hacemos nada hasta que el supervisor de Sharon se haga cargo? ¿No deberíamos interrogarla de nuevo? Esto altera su situación en la investigación —dijo Kate.

—Como es lógico, es importante que cuando interroguemos a Sharon esté presente el agente supervisor, lo que me gustaría que fuera mañana. El domingo no es el mejor día para dejar esto arreglado, pero a lo mejor puedo ponerme en contacto con el agente mediante el oficial de servicio del Ministerio de Justicia. Llamaré a Benton. Quiero que vigile a Sharon pero que lo haga con total discreción. Mientras resuelvo esto podrías seguir mirando en los archivos. Telefonearé desde el comedor de abajo. Quizá tarde un rato.

Una vez sola, Kate volvió a concentrarse en las carpetas. Sabía que Dalgliesh la había dejado para que estuviera tranquila, pues habría sido difícil revisar a conciencia las cajas restantes sin escuchar lo que él estuviera diciendo.

Al cabo de media hora oyó los pasos de Dalgliesh en las escaleras. Tras entrar, él dijo:

—Ha sido más rápido de lo que creía. He tenido que superar una serie de obstáculos, pero al final he podido hablar con la agente supervisora de la libertad vigilada. Una tal Madeleine Rayner. Menos mal que vive en Londres y la he pillado justo cuando se iba a almorzar con la familia. Irá a Wareham mañana en tren a primera hora; lo arreglaré para que Benton vaya a recibirla y la lleve directamente a la Vieja Casa de la Policía. Si es posible, quiero que su visita pase inadvertida. Parece convencida de que Sharon no necesita ninguna supervisión especial y de que no es peligrosa, pero cuanto antes abandone la Mansión, mejor.

—¿Tiene intención de regresar ahora a Dorset, señor? —preguntó Kate.

—No. No hay nada que hacer con Sharon hasta que mañana llegue la señora Rayner. Iremos a Droughton y aclararemos lo del coche. Nos llevaremos la copia del testamento, la carpeta sobre Sharon y el artículo del plagio; creo que esto es todo a menos que hayas descubierto algo relacionado con el asunto.

—Nada nuevo para nosotros, señor —dijo Kate—. Hay un artículo sobre las enormes pérdidas sufridas por los Nombres de

Lloyds a principios de la década de 1990. La señorita Cressett nos dijo que el señor Nicholas estaba entre ellos y se vio obligado a vender la Mansión Cheverell. Al parecer, los mejores cuadros se vendieron aparte. Hay una foto de la Mansión y otra del señor Nicholas. El artículo no es particularmente benévolo con los Nombres, pero no alcanzo a ver ahí ningún posible motivo para asesinar. Sabemos que Helena Cressett no tenía demasiadas ganas de que la señorita Gradwyn estuviera bajo su techo. ¿Guardo el artículo con el resto de papeles?

—Sí, creo que deberíamos tener algo escrito por ella que estuviera relacionado con la Mansión. De todos modos, estoy de acuerdo. El artículo sobre los Nombres apenas justificaría algo tan contundente como un recibimiento frío a la llegada de la señorita Gradwyn. He estado echando un vistazo a la caja de la correspondencia con su agente. Parece que estaba pensando en ir reduciendo su actividad como periodista y escribir una biografía. Quizá nos vendría bien ver a su agente, pero esto puede esperar. En todo caso, añade cualquier carta pertinente, ¿vale?; también tendremos que hacer una lista para Macklefield de lo que nos hemos llevado. Podemos hacerlo luego.

Dalgliesh sacó una gran bolsa para documentos de prueba y reunió todos los papeles mientras Kate iba a la cocina y lavaba la taza y el vaso para cepillos de dientes, y comprobaba rápidamente que cualquier cosa que hubiera tocado volviera a estar en su sitio. Tras reunirse de nuevo con Dalgliesh, tuvo la impresión de que a él le había gustado la casa, de que había cedido a la tentación de volver a la azotea, de que en este aislamiento sin estorbos él también podría trabajar y vivir feliz. Pero, con una sensación de alivio, se encontró nuevamente en Absolution Alley mirando en silencio mientras Dalgliesh cerraba la puerta y hacía girar la llave en la doble cerradura.

2

Benton pensó que era improbable que Robin Boyton fuera madrugador, de modo que él y el agente Warren esperaron a que dieran las diez antes de ponerse en camino hacia el Chalet Rosa. La casa, igual que la contigua ocupada por los Westhall, tenía las paredes de piedra y un tejado de pizarra. A la izquierda había un garaje con espacio para un vehículo, y delante un pequeño jardín, sobre todo de arbustos bajos, atravesado por una estrecha pista de enlosado de diseño irregular. El porche estaba cubierto por fuertes ramas entrelazadas, y unos cuantos brotes compactos y oscuros y una solitaria rosa en plena floración explicaban el nombre del chalet. El agente Warren pulsó el bruñido timbre a la derecha de la puerta, pero pasó un minuto largo hasta que Benton percibió pisadas seguidas del chirrido de cerrojos descorridos y el chasquido del pestillo al levantarse. La puerta se abrió de par en par, y Robin Boyton apareció frente a ellos, sin moverse y como si les obstaculizara el paso adrede. Hubo unos momentos de silencio incómodo hasta que Boyton se hizo a un lado y dijo:

—Más vale que entren. Estoy en la cocina.

Entraron en un pequeño vestíbulo cuadrado, sin muebles salvo un banco de roble junto a unas escaleras de madera sin alfombrar. La puerta de la izquierda estaba abierta, y la visión momentánea de unas butacas, un sofá, una mesa circular pulida y lo que parecía una serie de acuarelas en la pared del otro lado daba a entender que se trataba del salón. Siguieron a Boyton por la puerta abierta de la derecha. La estancia tenía la longitud de la casa y rebosaba luz. En el extremo del jardín estaba la cocina, con un fregadero doble, una cocina Aga verde, una encimera central y una zona para comer con una mesa rectangular de roble y seis sillas. Contra la pared, enfrente de la puerta, un gran aparador contenía una miscelánea de tazas, jarras y platos, mientras que en el espacio inferior de la ventana delantera había una mesita y cuatro sillas bajas, todas viejas y ninguna a juego.

Tomando el control de la situación, Benton hizo las presentaciones y se dirigió a la mesa.

—¿Nos sentamos aquí? —dijo, y se sentó dando la espalda al jardín—. Será mejor que se ponga enfrente, señor Boyton —añadió, con lo que no dejaba a éste otra elección que el sitio en el que le daría toda la luz de la ventana en la cara.

Boyton aún estaba bajo los efectos de una fuerte emoción, fuera pena, miedo o una mezcla de ambas, y daba la impresión de no haber dormido. Tenía la piel de un color apagado, la frente perlada de sudor, y los azules ojos cubiertos por un velo de oscuridad. Sin embargo, se había afeitado hacía poco, y Benton detectó una confusión de olores: jabón, loción para después del afeitado y, cuando Boyton hablaba, un rastro de alcohol en el aliento. En el poco tiempo transcurrido desde su llegada había conseguido que su habitación estuviera desordenada y sucia. En el escurridero había un montón de platos con comida incrustada y vasos manchados, en el fregadero se veían un par de cacerolas, mientras que su largo abrigo negro colgaba sobre el respaldo de una silla y un par de zapatillas embarradas estaban tiradas cerca de la cristalera. Diversos periódicos abiertos y desparramados por la mesita completaban el ambiente general de caos, una estancia ocupada temporalmente sin placer alguno.

Mirando a Boyton, Benton pensó que la suya era una cara que recordaría siempre; las firmes ondas de pelo amarillo cayéndole sin artificio sobre la frente, los singulares ojos, la curva marcada y perfecta de los labios. Pero no era una belleza que pudiera resistir el cansancio, la enfermedad o el miedo. Había ya signos de incipiente decadencia en el agotamiento de la vitalidad, las bolsas bajo los ojos, la flojedad en los músculos alrededor de la boca. No obstante, si había bebido para sobrellevar la dura prueba, hablaba sin dificultad. Se volvió, hizo un gesto en dirección a la cocina y dijo:

—¿Café? ¿Té? No he desayunado. De hecho, no recuerdo la última vez que comí, pero bueno, no debo hacer perder el tiempo a la policía. ¿O se podría considerar que una taza de café es soborno y corrupción?

—¿Quiere esto decir que no está en condiciones de ser interrogado? —preguntó Benton.

—Estoy en las mejores condiciones en que podría estar, dadas las circunstancias. Espero que se tome el asesinato con calma, sargento..., es sargento, ¿no?

—Sargento detective Benton-Smith y agente de policía Warren.

—Para todos los demás el asesinato es angustioso, sobre todo cuando la víctima es un amigo, pero, claro, ustedes están haciendo su trabajo, hoy en día una excusa para prácticamente cualquier cosa. Supongo que querrán mis datos particulares, lo que suena indecoroso, mi nombre completo y mi dirección, si los Westhall no se los han dado ya. Tenía un piso pero tuve que dejarlo, una pequeña dificultad con el casero acerca del alquiler, así que ahora me alojo con mi socio en su casa de Maida Vale.

Dio la dirección y observó cómo el agente Warren la apuntaba con su enorme mano moviéndose con parsimonia por la libreta.

—¿Y cuál es su trabajo, señor Boyton? —preguntó Benton.

—Puede poner actor. Tengo el carnet del sindicato, y de vez en cuando, si se presenta la oportunidad, actúo. También soy lo que podríamos llamar un empresario. Se me ocurren ideas. Unas funcionan y otras no. Cuando no estoy actuando ni tengo ideas brillantes, mis amigos me ayudan. Y si esto falla, recurro al benévolo gobierno en busca de lo que irónicamente se conoce como asignación del buscador de empleo.

—¿Qué está haciendo aquí? —preguntó Benton.

—¿Qué quiere decir? He alquilado el chalet. He pagado por él. Estoy de vacaciones. Eso estoy haciendo.

—Pero ¿por qué ahora? Diciembre no es el mes más propicio para estar de vacaciones.

Los ojos azules se clavaron en los de Benton.

—Podría preguntarle yo a usted qué está haciendo aquí. Parece que estoy yo más en casa que usted, sargento. Con su voz tan inglesa, el rostro tan, bueno, indio. Aun así, esto debe de haberle ayudado a ser contratado. No ha de ser fácil, el trabajo que usted ha escogido..., para sus colegas, me refiero. Una palabra irrespetuosa y desatenta respecto al color de su piel, y se ven despedidos o conducidos ante uno de estos tribunales sobre relaciones raciales. Usted no pertenece a la cultura de la cantina policial, ¿verdad? No es uno de esos chicos. No ha de ser fácil enfrentarse a eso.

Malcolm Warren alzó la vista y meneó la cabeza de modo casi imperceptible, como lamentando un ejemplo más de la propensión de la gente que está en un agujero a seguir cavando, y luego volvió a su libreta, la mano moviéndose otra vez lentamente por la hoja.

—Haga el favor de contestar a mi pregunta —dijo Benton con calma—. Lo diré de otra forma. ¿Por qué está usted aquí en este momento concreto?

—Porque la señorita Gradwyn me pidió que viniera. Ingresó para que le hicieran una operación que iba a cambiarle la vida, y quería tener cerca a un amigo durante la semana de convalecencia. Vengo a este chalet con cierta frecuencia, seguro que mis primos se lo han contado. Rhoda vino aquí seguramente porque el cirujano ayudante, Marcus, es mi primo y yo le recomendé la Mansión. En todo caso, ella dijo que me necesitaba, así que vine. ¿Responde esto a su pregunta?

—No del todo, señor Boyton. Si ella tenía tantas ganas de que usted estuviera aquí, ¿cómo es que le dejó claro al señor Chandler-Powell que no quería visitas? Esto es lo que él dice. ¿Le está acusando de mentir?

—No ponga en mi boca palabras que no he dicho, sargento. Ella pudo cambiar de opinión, aunque no lo creo probable. Quizá no quería verme hasta que le hubieran quitado las vendas y la cicatriz estuviera curada, o a lo mejor el gran George pensó que sería médicamente desaconsejable que recibiera visitas y las prohibió. ¿Cómo voy a saber lo que pasó? Sólo sé que ella me pidió que viniera, y yo me iba a quedar aquí hasta que se marchara.

—Pero usted le mandó un mensaje de texto, ¿verdad? Lo vimos en su móvil. «Ha pasado algo muy importante. Necesito consultarte. Déjame verte, por favor, déjame entrar.» ¿Qué era eso tan importante?

No hubo respuesta. Boyton se cubrió el rostro con las manos. Benton pensó que el gesto podía ser un intento de ocultar una oleada de emoción, pero también podía ser una manera oportuna de poner sus pensamientos en orden. Al cabo de unos instantes de silencio, Benton dijo:

—¿La vio usted en algún momento desde su llegada para hablar de ese importante asunto?

Boyton habló a través de las manos.

—¿Cómo habría podido hacerlo? Ya sabe que no lo hice. No me dejaron entrar ni antes ni después de la operación. Y el sábado por la mañana estaba muerta.

—Debo preguntárselo de nuevo, señor Boyton. ¿Cuál era ese asunto tan importante?

Y ahora Boyton miró a Benton, y respondió con una voz controlada.

—No era realmente importante. Intenté que pareciera eso. Tenía que ver con el dinero. Mi socio y yo necesitamos otra casa para nuestro negocio, y se ha puesto a la venta una muy apropiada. Para Rhoda habría sido una muy buena inversión, y yo esperaba que nos echaría un cable. Con la cicatriz fuera y una nueva vida por delante, quizás habría estado interesada.

—Supongo que su socio puede confirmar esto.

—¿Lo de la casa? Sí, claro, pero no veo por qué deben preguntarle. No le dije nada de que iba a planteárselo a Rhoda. Tampoco es asunto de ustedes.

—Estamos investigando un asesinato, señor Boyton —dijo Benton—. Todo es asunto nuestro, y si usted sentía afecto por la señorita Gradwyn y quiere que el asesino sea detenido, nos ayudará más contestando a nuestras preguntas en detalle y siendo veraz. Sin duda estará deseoso de regresar a Londres y a sus actividades empresariales.

—No, reservé para una semana y me quedaré una semana. Es lo que dije que haría y se lo debo a Rhoda. Quiero averiguar qué está pasando aquí.

La respuesta sorprendió a Benton. La mayoría de los sospechosos, a menos que disfruten activamente de la implicación en una muerte violenta, procuran por todos los medios poner entre ellos y el crimen toda la distancia posible. Era conveniente que Boyton se quedara en el chalet, pero Benton había pensado que su sospechoso protestaría diciendo que no podían retenerle ilegalmente y que necesitaba volver a Londres.

—¿Desde cuándo tenía relación con la señorita Gradwyn y cómo la conoció? —preguntó.

—Nos conocimos hace unos seis años, tras una versión teatral alternativa de *Esperando a Godot*. Yo acababa de dejar la escuela de arte dramático. Nos vimos después en un cóctel. Una circunstancia espantosa, pero que resultó afortunada para mí. Hablamos. Le propuse quedar para cenar la semana siguiente, y con gran sorpresa mía aceptó. Después de eso nos vimos de vez en cuando, no con frecuencia, pero siempre con ganas, al menos por mi parte. Ya se lo he dicho, era una amiga, una amiga muy querida, que me ayudaba cuando no tenía trabajo de actor ni se me ocurrían ideas lucrativas. Ni mucho ni muy a menudo. Cuando nos veíamos, siempre pagaba ella la cena. No puedo hacérselo entender a usted ni veo por qué debería hacerlo. No es asunto suyo. Yo la amaba. No digo que estuviera enamorado de ella, no, digo que la amaba. Yo dependía de verla. Me gustaba pensar que ella estaba en mi vida. No creo que ella me amara a mí, pero cuando se lo pedía, normalmente aceptaba verme. Podía hablar con ella. No era nada maternal ni tenía que ver con el sexo, se trataba de amor. Y ahora uno de estos hijos de puta de la Mansión la ha matado y no voy a irme hasta saber quién ha sido. No voy a responder a más preguntas sobre Rhoda. Sentíamos lo que sentíamos. No tiene nada que ver con por qué o cómo murió. Y si pudiera explicarlo, usted no lo entendería. Sólo se reiría.

—Había empezado a llorar, sin hacer ningún intento por contener el flujo de lágrimas.

—¿Por qué vamos a reírnos del amor? —dijo Benton, y pensó: *Oh, Dios mío, suena como una de esas cancioncillas horrendas. ¿Por qué vamos a reírnos del amor? ¿Por qué, oh, por qué, vamos a reírnos del amor?* Casi alcanzaba a oír una melodía alegremente banal introduciéndosele en el cerebro. Muy apropiada para el Festival de Eurovisión. Miró el rostro deshecho de Boyton. *El sentimiento es real, pero ¿qué siente exactamente?*, pensó.

—¿Puede decirnos qué hizo desde el momento en que llegó a Stoke Cheverell? —preguntó con delicadeza—. ¿Qué hora era?

Boyton logró dominarse, más deprisa de lo que había previsto Benton, quien, mirando a la cara del primero, se preguntó si este rápido cambio era una demostración de la gama de recursos del actor.

—El jueves por la noche, a eso de las diez. Vine en coche desde Londres.

—¿La señorita Gradwyn no le pidió que la trajera en coche?

—No. Y tampoco esperaba yo que lo hiciera. A ella le gustaba conducir, no que la condujeran. Sea como fuere, Rhoda tenía que estar aquí a primera hora para que la examinaran y todo eso, y yo no podía salir hasta la tarde. Traje conmigo algo de comida para desayunar el viernes, pero por lo demás pensaba comprar lo que necesitara en cualquier tienda del pueblo. Llamé a la Mansión para decir que llegaría y para preguntar por Rhoda, y me dijeron que dormía. Pregunté cuándo podría verla, y la enfermera Holland me contestó que la paciente había pedido expresamente no recibir visitas, así que no insistí. Pensé en pasar a ver a mis primos, viven aquí al lado, en la Casa de Piedra, donde estaban las luces encendidas, pero supuse que no sería precisamente bienvenido, sobre todo pasadas las diez de la noche. Vi la televisión durante una hora y me fui a acostar. Me temo que el viernes se me pegaron las sábanas, así que no pregunten sobre nada sucedido antes de las once. A esa hora llamé otra vez a la Mansión y me dijeron que la operación había ido bien y que Rhoda estaba recuperándose. Me repitieron que no quería recibir visitas. Almorcé a eso de las dos en el pub del pueblo, y luego di una vuelta en coche e hice unas compras. Regresé y me quedé aquí toda la noche. El sábado me enteré del asesinato de Rhoda cuando vi llegar los coches de la policía, e intenté entrar en la Mansión. Al final conseguí apartar al polizonte de la puerta e irrumpí en el íntimo y acogedor tinglado que había montado su jefe. Pero todo esto ya lo sabe.

—Antes de abrirse camino por la fuerza el sábado por la tarde, ¿entró antes en algún momento en la Mansión? —preguntó Benton.

—No. Creía que esto ya lo había dejado claro.

—¿Cuáles fueron sus movimientos desde las cuatro y media del viernes hasta el sábado por la tarde, cuando se enteró del crimen? Pregunto concretamente si salió en algún momento el viernes por la noche. Es muy importante. Quizá vio algo o a alguien.

—Ya se lo he dicho, no salí, y como no salí, no vi nada ni a nadie. A las once estaba en la cama.

—¿No oyó coches? ¿Alguno que llegara a última hora de la noche o el sábado de madrugada?

—¿Que llegara adónde? Ya se lo he dicho. A las once estaba acostado. Y por si quiere saberlo, borracho. Supongo que si un tanque se hubiera estrellado contra la puerta delantera lo habría oído, pero dudo que yo hubiera podido llegar abajo.

—Pero el viernes por la tarde tomó una copa y comió en el Cressett Arms. Y luego visitó usted una casa cerca del cruce, ¿no? Una algo retirada de la carretera con un largo jardín delantero conocida como Casa del Romero.

—Sí, así es. Pero no había nadie. La casa estaba vacía y con un cartel de «Se vende» en la verja. Esperaba que los dueños tuvieran la dirección de alguien que yo conocía y que antes vivía allí. Era una cuestión particular sin importancia. Quiero mandarle una postal de Navidad, tan simple como eso. No tiene nada que ver con el asesinato. Mog pasó en bicicleta, seguro que de visita a su novia a ver qué pillaba, y él le habrá soplado el chisme. En este puñetero pueblo hay gente que no sabe mantener la boca cerrada. Se lo repito, no tenía nada que ver con Rhoda.

—No estamos insinuando lo contrario, señor Boyton. Pero se le ha pedido que contara lo que hizo desde que llegó. ¿Por qué ha ocultado esto?

—Porque se me había olvidado. No era importante. Vale, fui al pub del pueblo a almorzar. No vi a nadie y no pasó nada. No recuerdo todos los pormenores. Estoy trastornado, confuso. Si van a seguir dándome la lata, tendré que mandar llamar a un abogado.

—Desde luego puede hacerlo si lo estima necesario. Y si cree seriamente que le estamos dando la lata, no dude en presentar una queja formal. Quizá queramos interrogarle de nuevo antes de que se marche, o en Londres. Entretanto, le sugiero que, si hay algún otro hecho, por poco importante que sea, que se le haya olvidado mencionar, nos lo haga saber lo antes posible.

Se levantaron para irse. Entonces Benton cayó en la cuenta de que no le había preguntado por el testamento de la señorita Gradwyn. Haber olvidado esta orden de AD habría sido un error grave. Enojado consigo mismo, habló casi sin pensar.

—Dice que era amigo íntimo de la señorita Gradwyn. ¿Alguna vez ella le confió algo acerca de su testamento, le insinuó que usted podría ser beneficiario? Quizá la última vez que se vieron. ¿Cuándo fue esto?

—El 21 de noviembre, en el Ivy. Nunca mencionó su testamento. ¿Por qué iba a hacerlo? Los testamentos tienen que ver con la muerte. Ella no pensaba morirse. La operación no comportaba ningún riesgo. ¿Por qué estamos hablando de su testamento? ¿Me está diciendo que lo ha visto?

Y ahora, inconfundible bajo su tono indignado, asomaba la curiosidad teñida de vergüenza y una chispa de esperanza.

—No, no lo hemos visto —dijo Benton con aire de indiferencia—. Se me acaba de ocurrir.

Boyton no les acompañó a la salida. Lo dejaron sentado a la mesa, la cabeza entre las manos. Cerraron la puerta del jardín a su espalda e iniciaron el camino de regreso a la Vieja Casa de la Policía.

—Bueno, ¿qué piensas de él? —dijo Benton.

—No mucho, sargento. Muy despierto no parece. Y además es rencoroso. Pero no lo veo como asesino. Y si hubiera querido matar a la señorita Gradwyn, ¿por qué iba a seguirla hasta aquí? Habría tenido más oportunidades en Londres. En todo caso, no sé cómo habría podido hacerlo sin un cómplice.

—Quizá la propia Gradwyn —dijo Benton—, dejándole entrar para lo que pensaba que sería una charla confidencial. Pero ¿el día de su operación? Raro, desde luego. Está asustado, es obvio, pero también ansioso. ¿Y por qué se queda en el chalet? Tengo la sensación de que miente sobre el asunto importante que quería discutir con Rhoda Gradwyn. Coincido en que es difícil verlo como asesino, pero aquí lo mismo pasa con todos. Y creo que ha mentido sobre el testamento.

Caminaban en silencio. Benton se preguntaba si había hablado demasiado. Pensó que debía resultar difícil para Warren ser parte de un equipo pero a la vez miembro de otra fuerza. Sólo participaban en las reuniones vespertinas los integrantes de la unidad especial, aunque, al verse excluido, Warren seguramente se sentía más aliviado que ofendido. Le había dicho a Benton que hacia las siete volvería en coche a Wareham, con su esposa y sus cuatro hijos. En general estaba demostrando que valía, y Benton le tenía simpatía, se sentía cómodo con el metro ochenta y cinco de músculo firme caminando a su lado. Tenía mucho interés en garantizar que la vida familiar de Warren no resultara muy alterada. Su esposa era de Cornualles, y esa mañana Warren había llegado con seis empanadas de Cornualles muy suculentas y de un sabor extraordinario.

3

Durante el viaje al norte, Dalgliesh habló poco. Eso no tenía nada de extraño, y a Kate esta taciturnidad no la incomodaba; viajar con Dalgliesh en amigable silencio siempre había sido un placer íntimo y curioso. Cuando ya se acercaban a la periferia de Droughton Cross, Kate concentró su atención en dar instrucciones precisas mucho antes de que llegara una bocacalle, y en pensar en el inminente interrogatorio. Dalgliesh no había telefoneado para avisar al reverendo Curtis de su llegada. Pero en principio no hacía falta, pues a los clérigos normalmente se les podía encontrar los domingos, si no en las vicarías o iglesias, en algún lugar de la parroquia. Además, una visita por sorpresa también tenía sus ventajas.

La dirección que buscaban era 2 Balaclava Gardens, la quinta bocacalle de Marland Way, una ancha avenida que conducía al centro de la ciudad. Aquí no había calma dominical. El tráfico era denso, coches, furgonetas de reparto y una serie de autobuses se amontonaban en la reluciente calzada. El chirriante estruendo era un continuo contrapunto discordante de la incesante estridencia de «Rudolf, el reno de la nariz roja», interrumpida con los primeros versos de los villancicos más conocidos. Sin duda, en el centro de la ciudad el «Festival de invierno» estaba siendo adecuadamente celebrado por la decoración municipal oficial, pero en esta carretera menos privilegiada, los esfuerzos individuales y descoordinados de los comerciantes y propietarios de cafeterías, los farolillos empapados de lluvia y las banderitas descoloridas, las rítmicas luces parpadeando del rojo al verde y al amarillo y el ocasional árbol navideño humildemente adornado parecían menos una celebración que una desesperada defensa contra la desesperación. Los rostros de los compradores vistos a través de las ventanillas laterales ensuciadas por la lluvia tenían el enternecedor aspecto insustancial de espectros en plena desintegración.

Escudriñando a través de la masa borrosa de la lluvia que no había cesado en todo el viaje, repararon en que podrían estar conduciendo por cualquier calle de un barrio deprimido, no exactamente monótono, sino más bien una amorfa mezcla de lo viejo y lo nuevo, lo descuidado y lo renovado. Hileras de tiendecitas eran interrumpidas por series de bloques altos bastante apartados de la calle y rodeados de rejas, y una fila de chalets bien conservados y obviamente del siglo XVIII formaba un inesperado e incongruente contraste con los restaurantes de comida para llevar, las agencias de apuestas y los chillones letreros de los comercios. Los viandantes, encorvados bajo la torrencial lluvia, parecían desplazarse sin objetivo aparente, o permanecían bajo el toldo protector de una tienda contemplando el tráfico. Sólo las madres que empujaban sus cochecitos de bebé, con las capuchas envueltas en plástico, mostraban un vigor apremiante y resuelto.

Kate rechazó el abatimiento teñido de culpa que siempre le invadía ante la imagen de bloques de pisos. Ella había nacido y se había criado en un lugar alargado y mugriento como éste, un monumento a las aspiraciones de la autoridad local y a la desesperación humana. Desde la infancia había sentido el impulso de escapar, liberarse del penetrante olor a orina de las escaleras, del ascensor siempre estropeado, de los graffitis, del vandalismo, de las voces estentóreas. Y había escapado. Se dijo a sí misma que probablemente ahora la vida en un bloque de pisos era mejor, incluso en el centro, pero no podía pasar por delante sin sentir que, en su liberación personal, algo que formaba inalienablemente parte de ella no había sido tanto rechazado cuanto traicionado.

Era imposible pasar por alto la iglesia de Saint John. Estaba a la izquierda de la avenida, un enorme edificio victoriano con un chapitel dominante, situado en la confluencia con los jardines de Balaclava. Kate no entendía cómo una congregación local podía mantener esa cochambrosa aberración arquitectónica. Pues al parecer, con dificultades. En una alta valla publicitaria junto a la verja se veía una figura pintada parecida a un termómetro según la cual aún quedaban por recaudar trescientas cincuenta libras, y debajo las palabras «Por favor, ayuda a salvar nuestra torre». Una flecha señalando un ciento veintitrés mil parecía haberse quedado inmóvil desde hacía tiempo.

Dalgliesh se detuvo frente a la iglesia y fue a echar un vistazo rápido al tablón de anuncios. Tras deslizarse de nuevo en el asiento, dijo:

—Misa rezada a las siete, misa mayor a las diez y media, oficio de vísperas a las seis, confesiones de cinco a siete los lunes, miércoles y sábados. Con suerte lo encontraremos en casa.

A Kate le tranquilizaba que ese interrogatorio no tuvieran que hacerlo ella y Benton. Los años de experiencia formulando preguntas a una gran variedad de sospechosos le habían enseñado las técnicas aceptadas y, cuando era preciso, su modificación ante personalidades diferentes. Sabía cuándo la suavidad y la sensibilidad eran necesarias y cuándo se consideraban signo de debilidad. Había aprendido a no levantar nunca la voz ni a apartar la mirada. Pero este sospechoso, si acababa siéndolo, era de los que a ella no le resultaban fáciles de interrogar. Hay que admitir que no era sencillo considerar a un clérigo sospechoso de asesinato, pero acaso hubiera una explicación embarazosa, aunque menos horrenda, para el hecho de que se detuviera en ese lugar alejado y solitario a una hora tan avanzada de la noche. ¿Y cómo había que llamarlo? ¿Era vicario, rector, pastor, ministro, cura o sacerdote? ¿Debía llamarlo padre? Había oído todos los nombres en un momento u otro, pero las sutilezas, y de hecho la fe ortodoxa, de la religión nacional le eran ajenas. Las reuniones matutinas en su escuela de barrio eran decididamente multiconfesionales, con referencias ocasionales al cristianismo. Lo poco que sabía sobre la Iglesia oficial del país lo había aprendido inconscientemente en la arquitectura, la literatura y en los cuadros de las principales galerías. Se consideraba inteligente y tenía interés por la vida y las personas, y su trabajo, que le encantaba, había satisfecho en gran medida su curiosidad intelectual. Su credo personal basado en la sinceridad, la amabilidad, el coraje y la verdad en las relaciones humanas no tenía ninguna base mística ni falta que le hacía. La abuela que la había criado de mala gana le había dado sólo un consejo en materia religiosa, que Kate, ya a la edad de ocho años, había considerado inútil.

—Abuela, ¿tú crees en Dios? —había preguntado ella.

—Vaya pregunta más tonta. No empieces a preguntarte por Dios a tu edad. De Dios sólo tienes que recordar una cosa. Cuando te estés muriendo, manda llamar a un sacerdote. Él se ocupará de ti.

—Pero supongamos que no sé que me estoy muriendo.

—La gente suele darse cuenta. Entonces tienes tiempo suficiente para comenzar a preocuparte de Dios.

Bueno, ahora mismo ella no tenía por qué preocuparse. AD era hijo de un sacerdote y había interrogado a curas antes. Quién mejor para vérselas con el reverendo Curtis.

Se metieron en Balaclava Gardens. Si alguna vez había habido allí jardines, ahora sólo quedaba algún que otro árbol. Aún permanecían en pie muchas de las casas adosadas victorianas originales, pero la número dos así como cuatro o cinco más allá eran viviendas cuadradas y modernas de ladrillo rojo. La número dos era la más grande, tenía un garaje a la izquierda y una pequeña extensión delantera de césped con un arriate en el centro. La puerta del garaje estaba abierta, y dentro había un Ford Focus azul oscuro matrícula W341 UDG.

Kate llamó al timbre. Antes de que hubiera respuesta alguna percibió la voz de una mujer y el grito agudo de un niño. Tras cierta tardanza, se oyó un ruido de llaves que giraban y se abrió la puerta. Vieron a una mujer joven, bonita y muy rubia. Llevaba pantalones y bata, y un niño agarrado a la cadera derecha mientras otros dos, a todas luces gemelos, tiraban de ambas perneras. Eran miniaturas de su madre, cada uno con la misma carita redonda, el pelo color trigo cortado en flequillo y los ojos grandes que ahora miraban fijamente a los recién llegados en una evaluación impasible.

Dalgliesh sacó la orden judicial.

—¿Señora Curtis? Soy el comandante Dalgliesh, de la Policía Metropolitana. Le presento a la inspectora Miskin. Hemos venido a ver a su esposo.

—¿La Policía Metropolitana? —dijo la mujer, que parecía sorprendida—. Esto es nuevo. De vez en cuando viene por aquí la policía local. A veces algunos jóvenes de los bloques causan problemas. Son muchos... los de la policía local me refiero. En fin, entren por favor. Lamento haberles hecho esperar, pero es que tengo dos cerraduras de seguridad. Es horrible, este año Michael ha sido asaltado dos veces. Por eso tuvimos que quitar el letrero que indicaba la vicaría. —A continuación gritó con una voz carente de preocupación—: Michael, cariño. Hay aquí gente de la Met.

El reverendo Michael Curtis llevaba una sotana y lo que parecía una vieja bufanda universitaria anudada al cuello. Kate se alegró de que la señora Curtis cerrara la puerta de la calle tras ellos. La casa le pareció fría. El sacerdote se acercó y les estrechó la mano con aire bastante distraído. Era mayor que su mujer, pero quizá no tan viejo como parecía, su cuerpo delgado y algo encorvado contrastaba con el encanto de la mujer metida en carnes. El cabello castaño, con un flequillo de monje, empezaba a encanecer, pero los ojos bondadosos eran vigilantes y sagaces y cuando cogió la mano de Kate, el apretón reveló seguridad en sí mismo. Tras dirigir a su esposa y sus hijos una mirada de amor desconcertado, indicó una puerta a su espalda.

—¿Vamos al estudio?

Era una habitación mayor de lo que había imaginado Kate. La cristalera daba a un pequeño jardín. Estaba claro que no se había hecho ningún intento por cultivar los arriates ni cortar el césped. El reducido espacio había sido entregado a los niños: había una estructura de barras, un cajón de arena y un columpio.

Se veían varios juguetes esparcidos por la hierba. El estudio olía a libros y, pensó ella, ligeramente a incienso. Había un escritorio lleno de cosas, una mesa con montones de libros y revistas pegada a la pared, una estufa moderna de gas con una sola franja encendida, y a la derecha un crucifijo y un reclinatorio para arrodillarse. Delante de la estufa había dos sillones algo estropeados.

—Creo que estos dos sillones serán lo bastante cómodos —dijo el señor Curtis.

Tras sentarse a la mesa, acercó la silla giratoria hasta quedar frente a ellos, las manos en las rodillas. Parecía algo perplejo pero totalmente tranquilo.

—Queremos hacerle unas preguntas sobre su coche —dijo Dalgliesh.

—¿Mi viejo Ford? No creo que nadie lo haya cogido ni utilizado para cometer un crimen. Es muy fiable teniendo en cuenta su edad, pero no corre mucho. No creo que nadie lo haya usado con malas intenciones. Como ya habrán visto, se halla en el garaje. Está perfectamente.

—El viernes por la noche alguien lo vio aparcado cerca de la escena de un crimen grave —explicó Dalgliesh—. Quienquiera que lo condujera quizá vio algo que podría ayudarnos en nuestra investigación. Tal vez viera otro coche o a alguien actuando de manera sospechosa. ¿Estaba usted en Dorset el viernes por la noche, padre?

—¿En Dorset? No, el viernes estuve aquí con los miembros del Consejo Parroquial desde las cinco. Da la casualidad que esa noche no fui yo quien utilizó el coche. Se lo presté a un amigo, que había llevado el suyo a una revisión y a que le hicieran la ITV. Por lo visto tenía que hacer ciertas cosas, concretamente acudir a una cita, de modo que me pidió prestado el mío. Le dije que si me mandaban llamar, yo podía utilizar la moto de mi esposa. Seguro que él se alegrará de ayudar en lo que pueda.

—¿Cuándo le devolvió el coche?

—Sería a primera hora de ayer por la mañana, antes de que nos levantáramos. Recuerdo que el coche ya estaba cuando fui a oficiar la misa de las siete. Mi amigo había dejado una nota de agradecimiento en el salpicadero y llenado el depósito. No me extrañó; es siempre muy atento. ¿Ha dicho Dorset? Es un largo trecho. Creo que si él hubiera visto algo sospechoso o hubiera presenciado algún incidente, habría telefoneado y me lo habría dicho. De hecho, desde que regresó no hemos hablado.

—Cualquiera que estuviera cerca de la escena del crimen podría tener información valiosa sin ser consciente de su importancia —dijo Dalgliesh—. Podría haber visto algo que en su momento quizá no pareció extraño ni sospechoso. ¿Nos puede dar su nombre y su dirección? Si vive aquí y podemos verlo ahora, nos ahorraremos tiempo.

—Es el director de la escuela local, la Escuela de Droughton Cross. Stephen Collinsby. Ahora lo encontrarán allí. Por lo general va los domingos por la tarde a preparar la semana siguiente en paz. Les apuntaré la dirección. Está muy cerca. Pueden ir andando si quieren dejar el coche aquí. En nuestro camino de entrada está seguro.

Hizo girar la silla, abrió el cajón de la izquierda y rebuscó un rato hasta encontrar una hoja de papel en blanco y se puso a escribir. Luego la dobló cuidadosamente y se la dio a Dalgliesh.

—Collinsby es nuestro héroe local —dijo—. Bueno, a estas alturas se ha convertido ya casi en un héroe nacional. Quizás han leído algo en los periódicos o han visto en la televisión este programa educativo en el que sale. Es un hombre inteligente. Ha dado un vuelco a la Escuela de Droughton Cross. Y todo se ha hecho en virtud de principios que supongo que la mayoría de las personas respaldarían pero que otras no parecen capaces de llevar a la práctica. Él cree que cada niño tiene un talento, una destreza o una capacidad intelectual que puede mejorar su vida, y es cometido de la escuela descubrirlo y potenciarlo. Por supuesto necesita ayuda y tiene a toda la comunidad implicada, en especial a los padres. Yo soy miembro del consejo escolar, así que hago lo que puedo. Aquí doy clases de latín a dos niños y dos niñas una vez cada quince días con la ayuda de la esposa del organista, que suple mis deficiencias. El latín no está en el plan de estudios. Vienen porque quieren aprender la lengua; enseñarles es increíblemente gratificante. Además, uno de nuestros coadjutores dirige el club de ajedrez con su mujer. En ese club hay chicos con un talento poco común para el juego y un enorme entusiasmo, chicos de los que habría cabido pensar que jamás lograrían nada. Si uno queda campeón de la escuela con la posibilidad de competir por el título del condado, no tiene que ganarse el respeto llevando un cuchillo. Perdónenme por hablar tanto, pero es que desde que conozco a Stephen y soy miembro del consejo tengo cada vez más interés en la educación. Y anima mucho ver que las cosas buenas suceden pese a tenerlo todo en contra. Si disponen de tiempo para hablar con Stephen sobre la escuela, creo que sus ideas les fascinarán.

Se pusieron todos en pie.

—Vaya por Dios —dijo el señor Curtis—, me temo que he sido muy descuidado. ¿Se quedan a tomar un té? ¿O quizá café? —Miró alrededor distraídamente, como si esperase que la bebida se hiciera realidad por arte de magia—. Mi esposa podría... —Se dirigió a la puerta con intención de llamar.

—Gracias, padre —dijo Dalgliesh—, pero debemos irnos. Será mejor que cojamos el coche. Quizá tengamos que irnos a toda prisa. Gracias por habernos atendido y por su ayuda.

En el coche, ya con los cinturones abrochados, Dalgliesh desdobló el papel y se lo pasó a Kate. El padre Curtis había dibujado un meticuloso diagrama con flechas señalando la escuela. Ella sabía por qué Dalgliesh había preferido no ir andando. Al margen de lo que revelara el próximo interrogatorio, era más prudente no correr el riesgo de que el padre Curtis les hiciera preguntas cuando regresaran a por el coche.

Tras unos momentos de silencio, notando el humor de Dalgliesh y sabiendo que la entendería, Kate preguntó:

—¿Cree que esto pinta mal, señor? —Quería decir «mal» para Stephen Collinsby, no para ellos.

—Sí, Kate, eso creo.

4

Se habían metido de nuevo en el ruido y el denso tráfico de Marland Way. El viaje no estaba resultando fácil, y Kate no habló, salvo para indicar el camino a Dalgliesh, hasta que hubieron tomado el desvío adecuado en el segundo semáforo y se encontraron en una calle más tranquila.

—Señor, ¿cree que el padre Curtis habrá telefoneado para avisarle de que vamos hacia allá?

—Sí, es un hombre inteligente. Desde que nos hemos ido, habrá juntado varios hechos desconcertantes, la implicación de la Met, nuestro rango, ¿por qué un comandante y una inspectora si se trata de una investigación rutinaria?, la hora temprana de la devolución del coche y el silencio de su amigo.

—Pero evidentemente él aún no sabe nada sobre el asesinato.

—Lo sabrá cuando mañana lea el periódico o escuche las noticias. Incluso entonces dudo de que vaya a sospechar de Collinsby, pero sabe que su amigo puede verse en un aprieto. Por eso estaba decidido a dar toda esa información sobre cómo el otro ha transformado la escuela. Ha sido un homenaje digno de admiración.

Kate vaciló antes de la pregunta siguiente. Sabía que Dalgliesh la respetaba, y creía que la apreciaba. Con los años, ella había aprendido a dominar sus emociones; pero aunque la esencia de lo que ella siempre había considerado un amor imposible permanecía y permanecería siempre, esto no le daba plena propiedad sobre la mente de él. Había preguntas que era mejor no formular. ¿Era ésta una de ellas?

Tras un rato de silencio en el que Kate mantuvo los ojos fijos en las indicaciones del padre Curtis, dijo:

—Usted sabía que él avisaría a su amigo y no le dijo que no lo hiciera.

—Tendrá cinco minutos malos de forcejeo espiritual sin que yo se lo haya puesto peor. Nuestro hombre no va a huir.

Otro giro. El padre Curtis había pecado de optimista al decir que la escuela estaba «muy cerca». ¿Por qué se le hacía tan largo el viaje? ¿Eran las bocacalles, la reticencia de su compañero o la aprensión ante el inminente interrogatorio?

Una valla publicitaria. Alguien había pintado «El diablo está en internet» con trazos de pintura negra. Debajo, escrito con más cuidado, «No existe ni Dios ni el diablo». En el panel siguiente, esta vez con pintura roja, «Dios vive, véase el Libro de Job». Esto conducía a la exhortación final: «A la mierda.»

—Un final bastante corriente en las disputas teológicas, pero rara vez expresado tan groseramente. Esto debe de ser la escuela.

Kate vio un edificio victoriano de ladrillo recubierto de piedra, al fondo de un gran patio de recreo rodeado por una reja alta. Con gran sorpresa suya, la puerta del patio no estaba cerrada con llave. Una versión más pequeña y más ornamentada del edificio principal, obviamente realizada por el mismo arquitecto, estaba unida al mismo por un pasillo que parecía más reciente. Aquí se había hecho un intento para compensar el tamaño mediante los adornos. Hileras de ventanas y cuatro peldaños de piedra tallada conducían a una puerta intimidatoria que, después de que llamaran, se abrió tan rápido que Kate sospechó que el director les estaba esperando. Vio a un hombre de gafas en la madurez temprana, casi tan alto como Dalgliesh, que vestía unos pantalones viejos y un jersey con parches de cuero en los codos.

—Si se esperan un momento, cerraré la puerta del patio —dijo él—. Aquí no hay timbre, pero ya suponía que conseguirían entrar. —Al cabo de un minuto estaba otra vez con ellos.

Aguardó mientras Dalgliesh le enseñaba la orden judicial y presentaba a Kate.

—Les estaba esperando —dijo lacónico—. Hablaremos en mi estudio.

Mientras le seguían por el vestíbulo escasamente amueblado y por el pasillo con suelo de terrazo, Kate regresó mentalmente a su escuela; ahí estaba el ligero olor, casi ilusorio, a papel, cuerpos, pintura y productos de limpieza. No olía a tiza. ¿Se seguía utilizando? Las pizarras habían sido sustituidas en buena medida por los ordenadores, incluso en las escuelas de primaria. Pero al mirar por las pocas puertas abiertas, no vio aulas. Quizá la casa oficial del director estaba ahora dedicada principalmente a su estudio y a salas de seminarios o a la administración. Estaba claro que él no vivía en el edificio.

El señor Collinsby se hizo a un lado para franquearles la entrada a una estancia del final del pasillo. Era una mezcla de sala de reuniones, estudio y sala de estar. Frente a la ventana había una mesa rectangular con seis sillas, estantes casi hasta el techo en la pared de la izquierda, y a la derecha el escritorio del director, con su silla y otras dos delante. Una pared estaba llena de fotografías de la escuela: el club de ajedrez, una hilera de rostros sonrientes con el tablero delante, el capitán sosteniendo el pequeño trofeo de plata; los equipos de fútbol y de natación; la orquesta; el elenco de la comedia musical navideña; y una escena de lo que parecía *Macbeth*..., siempre era *Macbeth*, ¿no?: corta, apropiadamente sangrienta, no muy difícil de aprender. Una puerta abierta permitía vislumbrar lo que a todas luces era una cocina pequeña. Olía a café.

Collinsby retiró dos sillas de la mesa y dijo:

—Entiendo que se trata de una visita formal. ¿Nos sentamos aquí?

Él tomó asiento en la cabeza de la mesa, Dalgliesh a su derecha y Kate a su izquierda. Ahora ella pudo verle fugazmente pero más de cerca. Vio una cara atractiva, con una mandíbula firme y delicada, una cara que se veía en los anuncios televisivos dedicados a inspirar confianza en la perorata del actor sobre la superioridad de su banco respecto a la competencia, o a convencer a los espectadores de que un coche de precio prohibitivo podía provocar envidia entre los vecinos. Parecía más joven de lo que Kate había previsto, quizá debido al carácter informal de su atuendo de fin de semana, y se dijo que el hombre podría haber mostrado algo más de la despreocupación segura de sí misma típica de la juventud si no hubiera parecido tan cansado. Los ojos grises, que se cruzaron brevemente con los de ella y luego pasaron a Dalgliesh, estaban apagados por el agotamiento. Sin embargo, cuando habló, su voz sonó sorprendentemente juvenil.

—Estamos investigando la sospechosa muerte de una mujer en una casa de Stoke Cheverell, en Dorset —dijo Dalgliesh—. Alguien vio un Ford Focus, matrícula W341 UDG, aparcado cerca de la casa entre las once treinta y cinco y las once cuarenta de la noche del crimen. Esto fue el viernes pasado, el 14 de diciembre. Según parece, en esa fecha usted pidió prestado ese coche. ¿Condujo usted hasta allí? ¿Estaba usted allí?

—Sí. Estaba allí.

—¿En qué circunstancias, señor Collinsby?

Y ahora Collinsby se animó.

—Quiero hacer una declaración —dijo dirigiéndose a Dalgliesh—. No una declaración oficial en este momento, aunque comprendo que esto llegará. Quiero explicarle a usted por qué estaba yo allí, y hacerlo ahora tal como los hechos me vienen a la cabeza, sin preocuparme siquiera de cómo suenen o del efecto que puedan tener. Sé que usted tendrá preguntas que hacerme y yo intentaré responder a ellas, pero sería mejor que yo pudiera de entrada contar la verdad sin interrupciones. Iba a decir «contar lo sucedido con mis propias palabras», pero ¿es que cuento con otras?

—Quizá sería el mejor modo de empezar —dijo Dalgliesh.

—Trataré de no alargarme demasiado. La historia se ha complicado, pero básicamente es muy simple. No entraré en detalles sobre mi vida anterior, mis padres o mi educación. Sólo diré que, desde la infancia, supe que quería dedicarme a la enseñanza. Me concedieron una beca para un instituto de secundaria y luego otra del condado para ir a Oxford. Estudié historia. Después de graduarme conseguí plaza en la Universidad de Londres para hacer un curso de formación pedagógica que me permitiera sacar una diplomatura en educación. Esto me ocupó un año. Una vez titulado, decidí tomarme un año sabático antes de buscar empleo. Sentía que había estado respirando aire académico demasiado tiempo y necesitaba viajar, experimentar algo del mundo, conocer gente de otras profesiones y condiciones sociales antes de empezar a enseñar. Lo siento, me he adelantado demasiado. Hemos de volver al momento en que ingresé en la Universidad de Londres.

»Mis padres eran pobres, no estaban en la miseria pero contaban cada céntimo, y el dinero que pudiera necesitar yo debía salir de mi beca o de trabajos en vacaciones. Así que cuando fui a Londres debía encontrar algún lugar barato donde vivir. Como es lógico, el centro de la ciudad era demasiado caro, por lo que tuve que buscar en otra parte. Un amigo que había ingresado en la universidad el año anterior se estaba alojando en Gidea Park, una zona residencial de Essex, y me aconsejó que mirase por allí. Cuando fui a visitarle vi, en el escaparate de un estanco, el anuncio de que se alquilaba una habitación adecuada para un estudiante en Silford Green, a sólo dos estaciones en la línea de Londres Este. Había un número de teléfono. Llamé y fui a la casa. Era una adosada ocupada por un estibador, Stanley Beale, su esposa y sus dos hijas, Shirley, de once años, y su hermana pequeña Lucy, de ocho. También vivía en la casa la abuela materna. La verdad es que no había sitio para un inquilino. La abuela compartía el dormitorio más grande con las dos niñas, y el señor y la señora Beale tenían el otro dormitorio en la parte de atrás. Yo ocupaba el tercero, el más pequeño, también en la parte trasera. Pero era barato, estaba cerca de la estación, el viaje era fácil y rápido y yo estaba apurado. En la primera semana se hicieron realidad mis peores temores. El marido y la mujer se peleaban todo el tiempo; la abuela, una vieja desagradable y avinagrada, evidentemente estaba resentida por ser ante todo una cuidadora de niños, y siempre que nos encontrábamos no paraba de quejarse de su pensión, del ayuntamiento, de las frecuentes ausencias de su hija, de la mezquina insistencia de su yerno en que ella contribuyera a su manutención. Como la mayoría de los días yo estaba en Londres y a menudo trabajaba hasta tarde en la biblioteca de la universidad, me ahorraba lo peor de las discusiones familiares. Al cabo de una semana de mi llegada, tras una pelea que hizo temblar la casa, al final Beale se marchó. Yo podía haber hecho lo mismo, pero lo que me retuvo fue la hija pequeña, Lucy.

Hizo una pausa. El silencio se prolongó y nadie le interrumpió. Alzó la cabeza para mirar a Dalgliesh. Kate apenas podía soportar la angustia que veía.

—¿Cómo puedo describírsela? —dijo Collinsby—. ¿Cómo puedo hacérselo entender a ustedes? Era una niña encantadora, mucho más que hermosa, tenía gracia, dulzura, una inteligencia sutil. Empecé a llegar a casa más pronto para estudiar en mi habitación, y antes de irse a la cama Lucy venía a verme. Llamaba a la puerta y se sentaba en silencio y leía mientras yo trabajaba. Yo había traído conmigo libros, y cuando dejaba de escribir para preparar un café para mí y un vaso de leche para ella, hablábamos. Yo intentaba responder a sus preguntas. Hablábamos del libro que estaba leyendo ella. Puedo verla ahora. Su ropa hacía pensar que su madre la había encontrado en un mercadillo de beneficencia, en invierno largos vestidos de verano debajo de una rebeca sin forma, calcetines cortos y sandalias. Algunos fines de semana yo pedía permiso a su madre para llevármela a Londres a visitar un museo o una galería de arte. Nunca hubo ningún problema; la madre se alegraba de quitársela de en medio, sobre todo cuando llevaba hombres a casa. Yo sabía lo que pasaba, desde luego, pero no era responsabilidad mía. Me quedaba sólo por Lucy. La quería.

Se hizo de nuevo el silencio; luego Collinsby dijo:

—Sé que van a preguntarme si era una relación de carácter sexual. Sólo puedo decir que la mera idea habría sido para mí una blasfemia. Nunca la toqué. Pero era amor. ¿Y no es físico siempre el amor en cierta medida? Físico, no sexual. Deleitarse en la belleza y la gracia del ser amado. Miren, soy director de escuela. Conozco todas las preguntas que me van a hacer. «¿Alguna de sus acciones fue inconveniente?» ¿Cómo puede uno contestar a esta pregunta en una época en que siquiera pasar el brazo alrededor de los hombros de un niño que llora se considera algo indecoroso? No, nunca hubo nada de eso, pero ¿quién me creería?

Hubo un silencio prolongado. Transcurrido un minuto, habló Dalgliesh.

—¿Estaba entonces Shirley Beale, ahora Sharon Bateman, viviendo en la casa?

—Sí, era la hermana mayor, una niña difícil, taciturna, reservada. Costaba creer que fueran hermanas. Shirley tenía la desconcertante costumbre de mirar fijamente a las personas, sin hablar, sólo mirar, una mirada acusatoria, más adulta que infantil. Supongo que debía haberme dado cuenta de que era desgraciada, bueno, seguramente me di cuenta, pero pensaría que era algo en lo que no podía hacer nada. En una ocasión en que planeaba llevar a Lucy a Londres a ver la abadía de Westminster, le sugerí que a Shirley quizá también le gustaría ir. «Sí, díselo», dijo Lucy. Y eso hice. No recuerdo exactamente qué respuesta me dio Shirley; algo así como que no quería ir al aburrido Londres a ver la aburrida abadía con un aburrido como yo. De todos modos, sé que, después de habérselo propuesto y de que ella rehusara, me sentí aliviado. A partir de ese momento ya no tendría que volver a tomarme la molestia. Supongo que debía haber comprendido lo que ella sentía, la desatención, el rechazo, pero yo tenía veintidós años y carecía de sensibilidad para reconocer su dolor y ocuparme de él.

Ahora intervino Kate.

—¿Era responsabilidad suya ocuparse de eso? —dijo—. Usted no era su padre. Si las cosas iban mal en la familia, eran ellos los que debían afrontar los problemas.

Collinsby se volvió hacia ella casi, parecía, con alivio.

—Esto es lo que me digo ahora a mí mismo. Pero no estoy seguro de creérmelo. Aquélla no era una casa cómoda para mí ni para ninguno de ellos. Si no hubiera sido por Lucy, habría buscado otro alojamiento. Por ella me quedé hasta el final del curso. Tras sacar el título de profesor decidí hacer el viaje planeado. No había estado nunca en el extranjero, salvo un viaje escolar a París, y primero fui a los lugares obvios: Roma, Madrid, Viena, Siena, Verona, y luego a la India y Sri Lanka. Al principio mandaba postales a Lucy, a veces dos a la semana.

—Es probable que Lucy nunca recibiese sus postales —dijo Dalgliesh—. Pensamos que Shirley las interceptó. Las hemos encontrado cortadas por la mitad y enterradas junto a una de las Piedras de Cheverell.

No explicó qué eran las piedras. Pero claro, pensó Kate, no hacía ninguna falta.

—Al cabo de un tiempo dejé de enviarlas, pensando que Lucy me había olvidado o estaba ocupada con su vida escolar, que yo había sido una influencia importante durante un tiempo, pero no de carácter duradero. Y lo tremendo es eso: en cierto modo me sentía más tranquilo. Tenía un porvenir profesional que forjarme, y acaso Lucy hubiera sido no sólo una alegría sino también una responsabilidad. Y yo buscaba un amor adulto... ¿no nos pasa a todos en la juventud? Me enteré del asesinato estando en Sri Lanka. Durante unos momentos me sentí físicamente enfermo por el horror y la conmoción y, lógicamente, apenado por la niña que había amado. Pero más adelante, cuando recordaba ese año con Lucy, era como un sueño, y el pesar una dispersa tristeza por todos los niños maltratados y asesinados y por la muerte de la inocencia. Quizá porque ahora yo tenía un hijo. No escribí a la madre ni a la abuela para darles el pésame. Nunca mencioné a nadie que yo conocía a la familia. No sentía absolutamente ninguna responsabilidad por su muerte. No tenía ninguna. Sí me avergonzaba y lamentaba no haber intentado seguir en contacto, pero esto ya pasó. Cuando regresé a casa, ni siquiera la policía vino para interrogarme. ¿Por qué iban a hacerlo? Shirley había confesado, y las pruebas eran abrumadoras. La única explicación que llegó a darse fue que había matado a su hermana por ser demasiado bonita.

Hubo un silencio momentáneo. Luego habló Dalgliesh.

—¿Cuándo se puso Shirley Beale en contacto con usted?

—El 30 de noviembre recibí una carta suya. Al parecer había visto un programa de televisión sobre enseñanza secundaria en el que salía yo. Me reconoció y anotó el nombre de la escuela donde trabajaba... donde trabajo aún. La carta decía tan sólo que me recordaba, que aún me amaba y que necesitaba verme. Propuso que nos viéramos. Me dijo que estaba trabajando en la Mansión Cheverell y me explicó cómo llegar allí. Aquello me dejó horrorizado. No comprendí qué quería decir con que «aún me amaba». Ella nunca me había amado ni había mostrado la menor señal de afecto hacia mí. Ni yo hacia ella. Reaccioné de forma débil y poco sensata. Quemé la carta y traté de olvidarme del asunto. Fue inútil, desde luego. Diez días después, ella volvió a escribir. Esta vez era una amenaza. Dijo que debía verme, y que, si no iba, alguien le contaría al mundo que yo la había rechazado. Aún no sé cuál habría sido la respuesta adecuada. Seguramente decírselo a mi esposa, incluso informar a la policía. Pero ¿podía hacerles creer la verdad sobre mi verdadera relación con Lucy o con Shirley? Decidí que lo mejor, al menos al principio, sería verla e intentar quitarle de la cabeza sus falsas ilusiones. Me había dicho que me esperaría a medianoche en un aparcamiento situado al lado de la carretera que pasa junto a las Piedras de Cheverell. Incluso me mandó un pequeño mapa, dibujado con esmero. La carta terminaba así: «Es maravilloso haberte encontrado. No debemos separarnos nunca más.»

—¿Conserva la carta? —dijo Dalgliesh.

—No. En esto también me comporté como un estúpido. La llevé conmigo a Stoke Cheverell y cuando llegué al aparcamiento, la quemé con el encendedor del coche. Supongo que desde que llegó la primera carta me negué a ver la realidad.

—¿Y se vieron?

—Sí, nos vimos, y en las piedras, tal como ella había dispuesto. No la toqué ni siquiera para estrecharle la mano, aunque a ella no pareció sorprenderle. Me repugnaba. Propuse que volviéramos al coche, donde estaríamos más cómodos, y nos sentamos uno al lado del otro. Me dijo que me había amado incluso cuando yo estaba encaprichado con Lucy..., ésa es la palabra que utilizó. Había matado a Lucy porque estaba celosa, pero ya había cumplido su condena. Eso significaba que era libre para amarme. Quería casarse conmigo y ser la madre de mis hijos. Todo lo dijo con mucha calma, casi sin emoción aunque con una voluntad tremenda. Con la vista fija al frente, creo que mientras hablaba ni me miró. Expliqué con todo el tacto posible que estaba casado, que tenía un hijo, y que entre nosotros nunca podría haber nada. No le ofrecí ni siquiera mi amistad, a quién se le ocurre. Mi único deseo era no volver a verla nunca más. Aquello era inaudito, un horror. Cuando le dije que estaba casado replicó que esto no impediría que estuviéramos juntos. Yo podía divorciarme. Tendríamos hijos propios y ella cuidaría de mi otro hijo.

Mientras hablaba, Collinsby había permanecido con la vista baja, las manos agarradas a la mesa. Ahora alzó la cara hacia Dalgliesh, y éste y Kate vieron el pavor y la desesperación en sus ojos.

—¡Cuidar de mi hijo! La mera idea de tenerla en casa, cerca de mi familia, me horrorizaba. Supongo que volvió a fallarme la imaginación. Debía haber percibido su necesidad, pero lo único que sentí fue miedo, el impulso de huir de ella, ganar tiempo. Lo hice mintiendo. Dije que hablaría con mi mujer pero que ella no debía albergar ninguna esperanza. Al menos dejé esto claro. Luego dijo adiós, también sin tocarme, y se fue. Me quedé mirando mientras desaparecía en la oscuridad, siguiendo un puntito de luz.

—¿Entró usted en algún momento en la Mansión? —dijo Dalgliesh.

—No.

—¿Le pidió ella que entrara?

—No.

—Mientras estaba aparcado, ¿vio u oyó a alguien?

—A nadie. Arranqué momentos después de que Shirley se apeara. No vi a nadie.

—Aquella noche fue asesinada una paciente de la Mansión.

¿Shirley Beale le dijo algo que le indujera a usted a pensar que ella pudiera ser la responsable?

—Nada.

—La paciente se llamaba Rhoda Gradwyn. ¿Shirley Beale citó este nombre, le habló de ella, le contó algo de la Mansión?

—Nada, excepto que trabajaba allí.

—¿Era la primera vez que oía usted hablar de la Mansión?

—Sí, la primera vez. En las noticias no han dicho nada, seguro, y desde luego no ha salido en los periódicos del domingo. No lo habría pasado por alto.

—Probablemente saldrá mañana por la mañana. ¿Ha hablado con su esposa sobre Shirley Beale?

—Todavía no. Creo que he estado negando la realidad, esperando, aun sin verdadera esperanza, no tener más noticia de Shirley, haberla convencido de que juntos no teníamos ningún futuro. El conjunto del incidente era descabellado, absurdo, una pesadilla. Como ya sabe, pedí prestado el coche de Michael Curtis para el viaje y decidí que, si Shirley escribía otra vez, se lo confiaría a él. Tenía una necesidad desesperada de contárselo a alguien, y sabía que Michael sería prudente, comprensivo y sensato, y al menos me aconsejaría algo. Sólo entonces hablaría yo con mi esposa. Me doy cuenta, naturalmente, de que si Shirley hiciera público el pasado, arruinaría mi carrera.

Ahora volvió a hablar Kate.

—No si se aceptara la verdad, desde luego. Usted fue bondadoso y afectuoso con una niña evidentemente sola y necesitada. Tenía entonces sólo veintidós años. No podía saber de ninguna manera que su amistad con Lucy desembocaría en su muerte. Usted no es culpable de esa muerte. No lo es nadie salvo Shirley Beale. Ella también estaba sola y necesitada, pero usted no era responsable de su infelicidad.

—Sí fui responsable. Indirectamente y sin mala intención. Si Lucy no me hubiera conocido, ahora estaría viva.

—¿Está seguro? Piense que habría podido surgir otro motivo de celos. —Ahora la voz de Kate era apremiante, imperiosa—. Sobre todo cuando hubieran llegado a la adolescencia y Lucy hubiera tenido novios, la atención, el amor. Es imposible saber qué habría pasado. No podemos responsabilizarnos moralmente de los resultados a largo plazo de nuestras acciones.

Se calló, tenía la cara colorada, y miró a Dalgliesh. Él sabía lo que ella estaba pensando. Kate había hablado movida por la compasión y la indignación, pero al revelar estos sentimientos había actuado de forma poco profesional. No hay que hacer creer a ningún sospechoso de asesinato que los agentes investigadores están de su parte. Dalgliesh se dirigió a Collinsby.

—Me gustaría que hiciera una declaración exponiendo los hechos tal como ha hecho aquí. Casi seguro que deberemos hablar de nuevo cuando hayamos interrogado a Sharon Bateman. Hasta ahora ella no nos ha contado nada, ni siquiera ha dado su verdadera identidad. Y si ha pasado menos de cuatro años viviendo en la comunidad tras ser excarcelada, aún estará bajo supervisión. Por favor, escriba su dirección particular en la declaración, tenemos que saber cómo localizarlo. —Abrió el maletín y sacó un impreso oficial que le entregó.

—Lo haré en el escritorio —dijo Collinsby—, la luz ahí es mejor. —Y se sentó dándoles la espalda. Luego se volvió y dijo—: Perdón, no les he ofrecido café ni té. Si la inspectora Miskin quiere prepararlo, en la puerta de al lado hay todo lo necesario. Puedo tardar un poco.

—Ya me encargo yo —dijo Dalgliesh, que se dirigió a la estancia contigua dejando la puerta abierta. Se oyó un tintineo de porcelana, el sonido de una tetera al llenarse. Kate esperó un par de minutos, y fue a reunirse con él en busca de la leche en la pequeña nevera. Dalgliesh llevó la bandeja con tres tazas y platillos y dejó una de las tazas, con el azucarero y la jarrita de leche, junto a Collinsby. Éste seguía escribiendo, y de pronto, sin mirarlos, alargó la mano y se acercó la taza. No se sirvió leche ni azúcar, y Kate llevó ambos ingredientes a la mesa donde ella y Dalgliesh permanecían sentados en silencio. Se sentía cansadísima, pero no sucumbió a la tentación de recostarse en la silla.

Al cabo de treinta minutos, Collinsby se volvió y entregó las hojas a Dalgliesh.

—Ahí tiene —dijo—. He procurado atenerme a los hechos. No he intentado justificar nada, pues no hay por qué. ¿Necesita ver cómo firmo?

Dalgliesh se acercó, y Collinsby estampó la firma en el documento. Tras coger los abrigos, Dalgliesh y Kate se dispusieron a marcharse. Como si fueran padres que hubieran venido a hablar de los progresos de sus hijos, Collinsby habló con tono ceremonioso:

—Qué bien que hayan venido a la escuela. Los acompañaré a la puerta. Cuando quieran hablar conmigo otra vez, llámenme sin dudarlo.

Abrió la puerta delantera y fue con ellos hasta la verja. Lo último que vieron de él fue su cara tensa y pálida mirándolos desde detrás de unos barrotes, como un hombre encarcelado. Luego cerró la verja, se dio la vuelta, anduvo con paso firme hasta la puerta de la escuela y entró sin mirar atrás.

En el coche, Dalgliesh encendió la luz de lectura y cogió el mapa.

—Parece que lo mejor sería ir por la M1 hacia el sur y luego tomar la M25 y la M3. Debes de tener hambre. Los dos necesitamos comer, y éste no parece un sitio especialmente prometedor.

Kate notó que se moría de ganas de alejarse de la escuela, de la ciudad, del recuerdo de la última hora.

—¿Por qué no paramos en la autopista? —dijo—. No forzosamente para sentarnos a comer; podríamos comprar unos bocadillos. —Ahora la lluvia había cesado, salvo por algunas gotas gruesas que caían sobre el capó, viscosas como el aceite. Cuando por fin estuvieron en la autopista, añadió—: Lamento haber dicho eso al señor Collinsby. Sé que no es profesional compadecerse de un sospechoso. —Quería seguir hablando, pero se le ahogó la voz y simplemente repitió—: Lo siento, señor.

Dalgliesh no la miró.

—Has hablado movida por la compasión —dijo—. Sentir mucha compasión puede ser peligroso en la investigación de un asesinato, pero no tan peligroso como perder la capacidad de sentirla. No ha tenido malas consecuencias.

Pero las lágrimas llegaron igual, y él la dejó llorar tranquilamente, los ojos fijos en la carretera. La autopista se iba revelando ante ellos en una fantasmagoría de luz, la procesión de luces cortas en la derecha, la línea reptante del tráfico hacia el sur, los negros setos y árboles tapados por enormes formas de camiones, los rugidos y chirridos de un mundo de viajeros incognoscibles atrapados en la misma compulsión extraordinaria. Cuando vio un letrero que ponía «Área de servicio», Dalgliesh se desplazó al carril izquierdo y luego tomó la vía de salida. Encontró sitio en el extremo del aparcamiento y apagó el motor.

Entraron en un edificio resplandeciente de luz y color. Todos los restaurantes y tiendas tenían colgados adornos navideños, y en un rincón, un pequeño coro de aficionados, al que pocos hacían caso, cantaba villancicos y recogía dinero para obras benéficas. Fueron al lavabo, compraron bocadillos y dos tazas grandes de plástico llenas de café y regresaron con todo al coche. Mientras comían, Dalgliesh llamó por teléfono a Benton para ponerle al corriente y al cabo de veinte minutos ya estaban de nuevo en marcha.

Mirando la cara de Kate, tensa por la estoica resolución de ocultar su cansancio, dijo:

—Ha sido un día largo y aún no ha terminado. ¿Por qué no reclinas el asiento y duermes un poco?

—Estoy bien, señor.

—No hace falta que estemos despiertos los dos. En el asiento de atrás hay una manta de viaje, ¿la alcanzas? Te despertaré a tiempo.

Cuando conducía, aguantaba el cansancio manteniendo la calefacción baja. Si dormía, Kate precisaría la manta. Ella echó el asiento hacia atrás y se acomodó, la manta subida hasta el cuello, la cara vuelta hacia él. Se quedó dormida casi al instante. Dormía tan en silencio que Dalgliesh apenas alcanzaba a oír su suave respiración, menos cuando Kate emitía un débil gruñido de satisfacción como un niño y se acurrucaba más en la manta. Tras mirarle el rostro, del que toda la ansiedad había sido suprimida por la bendición de esa pequeña apariencia de muerte en vida, Dalgliesh pensó que era una cara atractiva, no hermosa, desde luego tampoco bonita en el sentido tradicional, pero sí atractiva, sincera, abierta, agradable de mirar, una cara que persistiría. Durante años, cuando trabajaba en un caso, ella solía recogerse el cabello castaño claro en una trenza gruesa; ahora lo llevaba corto y le caía suavemente sobre las mejillas. Dalgliesh sabía que lo que Kate necesitaba de él era más de lo que él podía darle, pero sabía que ella valoraba lo que le daba: amistad, confianza, respeto y afecto. Sin embargo, Kate merecía mucho más. Unos seis meses atrás él pensaba que ella lo había encontrado. Ahora ya no estaba tan seguro.

Dalgliesh sabía que la Brigada de Investigaciones Especiales pronto entraría en liquidación o sería absorbida por otro departamento. Él tomaría su propia decisión sobre el futuro. Kate conseguiría su merecido ascenso a inspectora jefe. Pero entonces, ¿qué sería de ella? Últimamente, tenía la sensación de que Kate estaba cansada de viajar sola. Se detuvo en la siguiente estación de servicio y apagó el motor. Ella no se movió. Él arropó con la manta el dormido cuerpo y se puso cómodo para un breve descanso. Diez minutos después, se deslizó nuevamente en el torrente de vehículos y condujo hacia el sudoeste a través de la noche.

5

Pese al agotamiento y al trauma del día anterior, Kate se despertó temprano y como nueva. La víspera, cuando ella y Dalgliesh regresaron de Droughton, la habitual revisión de los progresos del equipo había sido concienzuda pero breve, un intercambio de información más que un análisis prolongado de sus consecuencias. A última hora de la tarde había llegado el resultado de la autopsia de Rhoda Gradwyn. Los informes de la doctora Glenister eran siempre exhaustivos, pero éste era sencillo y nada sorprendente. La señorita Gradwyn había sido una mujer sana con todas las esperanzas y satisfacciones que esto suponía. Habían sido sus dos decisiones fatales —quitarse la cicatriz y que la intervención se llevara a cabo en la Mansión Cheverell— las que habían originado esas siete palabras escuetas y concluyentes: «Muerte por asfixia causada por estrangulación manual.» Al leer el informe con Dalgliesh y Benton, a Kate le invadió una oleada de ira y compasión ante la gratuita capacidad destructiva del asesinato.

Se vistió deprisa y se dio cuenta de que se moría de ganas de desayunar el bacón, los huevos, las salchichas y los tomates que les serviría la señora Shepherd a ella y a Benton. Dalgliesh había decidido que fuera Kate, ni él ni Benton, quien fuese a recibir a la señora Rayner a Wareham. La agente supervisora había llamado a última hora del día anterior para decir que tomaría en Waterloo el tren de las ocho y cinco y que esperaba llegar a Wareham a las diez y media.

El tren llegó a su hora, y a Kate no le costó identificar a la señora Rayner entre el escaso número de pasajeros que se apearon. La mujer miró a Kate atentamente a los ojos, y se estrecharon las manos con breves sacudidas, como si este encuentro formal de la carne fuera la confirmación de cierto contrato acordado de antemano. Era más baja que Kate, robusta, con una cara cuadrada de tez clara a la que prestaban fuerza la firmeza de la boca y la barbilla. El cabello castaño oscuro, con mechones canos, mostraba un buen corte hecho en una peluquería cara, como advirtió Kate. No acarreaba el habitual símbolo de la burocracia, un maletín, sino que llevaba un gran bolso de tela cerrado con un cordón y provisto de correas que se había colgado en los hombros. Para Kate, todo en la mujer revelaba autoridad ejercida con seguridad y discreción. Le recordaba a una de sus maestras de la escuela, la señora Butler, que había transformado el temido cuarto curso en un grupo de seres que se comportaban de forma relativamente educada mediante el simple recurso de creer que, mientras estuviera presente, los niños no podían portarse de otro modo.

Kate hizo las acostumbradas preguntas sobre el viaje. La señora Rayner dijo:

—Me ha tocado un asiento junto a la ventanilla sin niños ni obsesos parloteando por sus móviles. El bocadillo de bacón del vagón restaurante estaba bueno y he disfrutado del panorama. Lo que yo llamaría un buen viaje.

Durante el trayecto no hablaron de Shirley, ahora Sharon, aunque la señora Rayner preguntó por la Mansión y las personas que trabajaban allí, quizá para ir poniéndose al tanto. Kate supuso que estaba guardando los puntos esenciales para cuando estuviera con Dalgliesh; no tenía sentido decir las cosas dos veces, aparte de que podían producirse malentendidos.

En la Vieja Casa de la Policía, la señora Rayner, a quien Dalgliesh dio la bienvenida, declinó el ofrecimiento de café y pidió té, que preparó Kate. Ya había llegado Benton, y los cuatro se sentaron alrededor de la mesita frente a la chimenea. Dalgliesh, que tenía delante el dosier de Rhoda Gradwyn, explicó sucintamente cómo el equipo había averiguado la verdadera identidad de Sharon. Pasó la carpeta a la señora Rayner, que examinó la maltrecha cara de Lucy sin hacer comentarios. Al cabo de unos minutos la cerró y se la devolvió a Dalgliesh.

—Sería interesante indagar cómo consiguió Rhoda Gradwyn parte de este material —dijo—, pero como ha muerto no tiene demasiado sentido iniciar una investigación. En todo caso, es algo que no me compete a mí. Desde luego no hemos tenido noticia de que se haya publicado nada sobre Sharon, aparte de que cuando era menor de edad había una prohibición legal.

—¿No le notificó su cambio de empleo y dirección? —preguntó Dalgliesh.

—No. Tenía que haberlo hecho, naturalmente, y yo debía haberme puesto en contacto antes con la residencia de ancianos. La última vez que nos vimos en una cita concertada, hace diez meses, aún trabajaba allí. Imagino que ya había decidido irse. Su excusa probablemente será que no vio la necesidad de decírmelo. Mi excusa, menos válida, es la habitual: demasiado trabajo y la reorganización que sigue a la división de responsabilidades del Ministerio del Interior. Hablando en plata, Sharon se nos escapó por un agujero de la red.

Escapó por un agujero de la red, pensó Dalgliesh, sería un título perfecto para una novela contemporánea.

—¿No sentía una preocupación especial por ella? —preguntó.

—Ninguna en el sentido de considerarla un peligro público. La Comisión de Libertad Condicional no la habría liberado si no hubiera estado convencida de que no suponía ningún peligro para sí misma ni para los demás. Ni cuando estuvo en Moorfield House ni después creó ningún problema. Si yo tuviera alguna preocupación, y de hecho aún la tengo, sería la de encontrar un empleo satisfactorio y adecuado para ella, ayudarla a rehacer su vida. Siempre ha opuesto resistencia a seguir cursos de formación. El trabajo en la residencia de ancianos no era una solución a largo plazo. Debería estar con gente de su edad. Pero bueno, no estoy aquí para hablar del futuro de Sharon. Comprendo que ella supone un problema para su investigación. Vaya donde vaya, garantizaremos que esté a su disposición si desean interrogarla. ¿Hasta ahora ha colaborado?

—Sharon no ha planteado ningún problema —dijo Dalgliesh—. De momento no tenemos un sospechoso claro.

—Bueno, como es lógico no puede quedarse aquí. Me encargaré de que pueda alojarse en un albergue juvenil hasta que dispongamos de algo más permanente. Espero ser capaz de enviar a alguien a buscarla en un plazo de tres días. Seguiré en contacto con ustedes, por supuesto.

—¿Alguna vez ha mostrado remordimientos por lo que hizo? —preguntó Kate.

—No, y esto ha sido un contratiempo. Sólo repite que no lo lamentó en su momento y que no tiene sentido lamentarlo después sólo porque te han descubierto.

—En esto hay una cierta honestidad —dijo Dalgliesh—. ¿La vemos ahora? Kate, ve a buscarla y tráela, por favor.

Esperaron a que Kate regresara con Sharon. Cuando llegaron las dos, tras quince minutos, el motivo del retraso era palpable. Sharon había querido tener buen aspecto. Su mono de trabajo había sido sustituido por una falda y un jersey, se había cepillado el pelo hasta dejarlo brillante y se había pintado los labios. Y llevaba un inmenso pendiente dorado en cada oreja. Entró con aire agresivo pero también algo receloso, y se sentó enfrente de Dalgliesh. La señora Rayner tomó asiento a su lado, una indicación de dónde estaba su preocupación y su lealtad profesional, pensó Kate, que se acomodó al lado de Dalgliesh. Benton, con la libreta abierta, se colocó cerca de la puerta.

Al entrar en la estancia, Sharon no había mostrado ninguna sorpresa al ver a la señora Rayner. Ahora, fijos los ojos en ella, dijo sin resentimiento aparente:

—Sabía que vendría antes o después.

—Sharon, habría venido antes si me hubieras comunicado tu cambio de empleo y la muerte de la señorita Gradwyn, como debías haber hecho, claro.

—Bueno, iba a hacerlo, pero ni en broma con los polis por

toda la casa y vigilándome. Si me hubieran visto telefonear, habrían preguntado por qué. En todo caso, la mataron el viernes por la noche, no hace tanto.

—Bien, el caso es que estoy aquí. Hay varias cosas de las que hemos de hablar en privado, pero primero el comandante Dalgliesh va a hacerte unas preguntas. Quiero que prometas responder la verdad y toda la verdad. Es importante, Sharon.

—Señorita Bateman —dijo Dalgliesh—, tiene usted derecho a pedir la presencia de un abogado si lo estima necesario.

Ella le clavó la mirada.

—¿Por qué querría un abogado? No he hecho nada malo. De todos modos, está aquí la señora Rayner. Ella verá que no hay gato encerrado. Además, ya se lo conté todo el sábado en la biblioteca.

—Todo no —dijo Dalgliesh—. Dijo usted que el viernes por la noche no había salido de la Mansión. Sabemos que sí lo hizo. Salió a encontrarse con alguien alrededor de la medianoche, y sabemos quién era. Hemos hablado con el señor Collinsby.

Y entonces se produjo un cambio. Sharon se levantó de un salto, luego se sentó de nuevo y agarró el borde de la mesa. Tenía la cara colorada, y se le ensancharon los ojos engañosamente afables, que a Kate le pareció que se oscurecían y convertían en charcos de ira.

—¡No pueden echarle la culpa a Stephen! Él no mató a esa mujer. No mataría a nadie. Es bueno y amable... ¡y yo le quiero! Vamos a casarnos.

—Esto no es posible, Sharon —dijo la señora Rayner con voz suave—, y lo sabes. El señor Collinsby ya está casado y tiene un hijo. Al pedirle que volviera a tu vida estabas representando una fantasía, un sueño. Ha llegado el momento de afrontar la realidad.

Sharon miró a Dalgliesh, que dijo:

—¿Cómo descubrió dónde estaba el señor Collinsby?

—Lo vi en un programa de la tele. En mi habitación, después de cenar. Lo vi en cuanto la encendí. Por eso me quedé mirando. Era un programa aburrido sobre educación, pero vi a Stephen y oí su voz, y era el mismo, sólo que más viejo. En el programa se explicaba cómo había cambiado su escuela, así que apunté el nombre y le mandé una carta. No me contestó a la primera, así que le mandé otra en que le decía que debíamos vernos. Era importante.

—¿Lo amenazó diciéndole que o acudía a la cita o usted contaría que él se había alojado con su familia y la había conocido a usted y a su hermana? —preguntó Dalgliesh—. ¿Les hizo daño a alguna de las dos?

—A Lucy no le hizo ningún daño. No es uno de esos pedófilos, si es lo que está pensando. La amaba. Estaban los dos siempre leyendo juntos en la habitación de él o saliendo por ahí. A ella le gustaba estar con él, pero no le interesaba. Sólo le gustaba que la invitara. Y sólo subía a la habitación de Stephen porque eso era mejor que quedarse en la cocina conmigo y con la abuela. La abuela siempre estaba metiéndose con nosotras. Lucy decía que con Stephen se aburría, pero a mí sí me importaba él. Le amaba. Siempre le amé. Nunca pensé que volvería a verle, pero ahora ha regresado a mi vida. Quiero estar con él. Sé que puedo hacerle feliz.

Kate se preguntó si Dalgliesh o la señora Rayner mencionarían el asesinato de Lucy. Ninguno de los dos lo hizo. En vez de ello, Dalgliesh preguntó:

—Así que usted y el señor Collinsby quedaron en verse en el aparcamiento que hay cerca de las piedras. Quiero que me explique con exactitud qué sucedió y qué pasó entre ustedes.

—Ha dicho que han hablado con él. Pues ya les habrá contado qué pasó. No entiendo por qué he de volver sobre eso. No pasó nada. Dijo que estaba casado pero que hablaría con su esposa y le pediría el divorcio. Luego yo regresé a la casa y él se marchó.

—¿Eso fue todo? —dijo Dalgliesh.

—Bueno, no íbamos a quedarnos en el coche toda la noche, ¿verdad? Sólo estuve sentada a su lado un ratito, pero no nos besamos ni nada parecido. No tienes por qué besar cuando estás realmente enamorada. Supe que él decía la verdad. Supe que me amaba. De modo que al cabo de unos minutos me apeé y volví a la casa.

—¿Fue él con usted?

—No, ¿por qué iba a hacerlo? Yo conocía el camino, ¿no? En todo caso, él quería irse, me di cuenta.

—¿Mencionó él en algún momento a Rhoda Gradwyn?

—Pues claro que no. ¿Por qué iba a hablar de ella? No la conocía.

—¿Le dio usted llaves de la Mansión?

Y ahora Sharon se puso otra vez furiosa de repente.

—¡No! No me pidió las llaves. ¿Para qué? Ni siquiera se acercó a la casa. Se han propuesto hacerle cargar con la culpa porque protegen a los demás..., al señor Chandler-Powell, la enfermera Holland, la señorita Cressett..., todos. Están intentando acusarnos a Stephen y a mí.

—No queremos acusar de este crimen a ninguna persona inocente —dijo Dalgliesh con voz tranquila—. Nuestro trabajo consiste en descubrir al culpable. Los inocentes no tienen nada que temer. Pero si acaba conociéndose la historia sobre usted, el señor Collinsby puede verse en un apuro. Creo que entiende lo que quiero decir. No vivimos en un mundo comprensivo, y es muy fácil que la gente malinterprete la amistad entre él y su hermana.

—Bueno, ella está muerta, ¿no? ¿Qué pueden demostrar ahora?

La señora Rayner rompió su silencio.

—No pueden demostrar nada, Sharon, pero los rumores y chismorreos no se basan en la verdad. Cuando el señor Dalgliesh haya terminado su interrogatorio será mejor que hablemos de tu futuro después de esta terrible experiencia. Hasta ahora lo has hecho muy bien, Sharon, pero creo que ha llegado el momento de reemprender la marcha. —Se volvió hacia Dalgliesh—. Si ha terminado, ¿puedo utilizar un rato alguna habitación?

—Por supuesto. Al otro lado del pasillo.

—De acuerdo —dijo Sharon—. En cualquier caso, estoy harta de polis. Harta de sus preguntas, de sus caras estúpidas.

Harta de este lugar. No entiendo por qué no puedo irme ya. Podría marcharme con usted.

La señora Rayner ya se había puesto en pie.

—Creo que esto no va a ser posible inmediatamente, Sharon, pero desde luego estamos en ello. —Se dirigió a Dalgliesh—. Gracias por dejarme utilizar la habitación. No creo que la necesitemos mucho rato.

Y así fue, pero a Kate los alrededor de cuarenta y cinco minutos o así que pasaron antes de que reaparecieran se le antojaron largos. Sharon, que ya no estaba malhumorada, se despidió de la señora Rayner y regresó mansamente con Benton a la Mansión. Mientras el guardia de seguridad abría la verja, Benton dijo:

—La señora Rayner parece una buena persona.

—Oh, sí. Me habría puesto en contacto con ella antes si ustedes no me hubieran estado vigilando como un gato a un ratón. Me va a buscar un sitio y así podré irme pronto de aquí. Entretanto, ustedes dejen en paz a Stephen. Ojalá nunca le hubiera citado en este puñetero lugar.

En la sala de interrogatorios, la señora Rayner se puso la chaqueta y cogió el bolso.

—Lástima que esté sucediendo esto. Le iba muy bien en la unidad geriátrica, pero era lógico que quisiera un trabajo con gente más joven. De todos modos, a los ancianos les gustaba. Imagino que la mimaron demasiado. Pero ya es hora de que reciba una formación adecuada y se adapte a algo con futuro. Espero encontrarle pronto un sitio donde vaya a estar a gusto unas semanas hasta que podamos determinar el paso siguiente. Quizá también necesite atención psiquiátrica. Evidentemente, en lo que respecta a Stephen Collinsby se niega a aceptar la realidad. Pero si me pregunta si mató a Rhoda Gradwyn, lo que obviamente usted no está haciendo, le diré que es muy improbable. Diría más bien imposible, sólo que nunca se puede aplicar esta palabra a nadie.

—El hecho de que ella esté aquí, y con sus antecedentes, es una complicación —señaló Dalgliesh.

—Me hago cargo. A menos que consigan una confesión, será difícil justificar la detención de alguien. Pero como ocurre con la mayoría de asesinos, Sharon solamente actuó una vez.

—En su corta vida, se las ha arreglado para causar un daño atroz —dijo Kate—. Una niña asesinada y el trabajo y el futuro de un hombre en peligro. Cuesta mirarla sin ver una imagen de esta cara destrozada superpuesta a la suya.

—La cólera de un niño puede ser tremenda —dijo la señora Rayner—. Si un chiquillo de cuatro años sin control sobre sí mismo tuviera un arma y la fuerza para usarla, pocas familias quedarían indemnes.

—Al parecer, Lucy era una niña encantadora, adorable —dijo Dalgliesh.

—Tal vez para las otras personas. No para Sharon.

En cuestión de minutos estuvo lista para marcharse, y Kate la acompañó en coche a la estación de Wareham. Durante el trayecto hablaron de vez en cuando de Dorset y el paisaje que estaban atravesando. Pero ni una ni otra mencionaron el nombre de Sharon. Kate decidió que sería cortés y sensato esperar a que llegara el tren y a que la señora Rayner partiera sin novedad. Cuando el tren llegaba a la estación, su compañera habló.

—No se preocupen por Stephen Collinsby —dijo—. Nos ocuparemos de Sharon y le procuraremos la ayuda que necesite, y él no sufrirá ningún daño.

6

Candace Westhall entró en la sala delantera de la Vieja Casa de la Policía llevando chaqueta y bufanda y sus guantes de jardinería. Tomó asiento, se quitó los guantes y los dejó, grandes y cubiertos de barro endurecido, sobre la mesa que había entre ella y Dalgliesh, todo un desafío alegórico. El gesto, bien que burdo, estaba claro. La habían interrumpido de nuevo en su trabajo necesario para hacerle responder preguntas innecesarias.

Su hostilidad era palpable, y Dalgliesh supo que era compartida, aunque menos abiertamente, por la mayoría de los sospechosos. No le había sorprendido y lo entendía en parte. Al principio él y su equipo fueron esperados y recibidos con alivio. Se emprenderían las acciones oportunas, se resolvería el caso, se disiparía el horror que también era turbación, se rehabilitaría a los inocentes, se detendría al culpable..., probablemente un desconocido cuya suerte no originaría preocupación alguna. La ley, la razón y el orden sustituirían al contaminador trastorno del asesinato. Sin embargo, no se había producido ninguna detención ni se veían señales de que fuera inminente. Estaban todavía al principio, y el pequeño grupo de la Mansión no preveía el final de la presencia y los interrogatorios de Dalgliesh. Éste comprendía el resentimiento creciente, pues lo había experimentado en una ocasión, al descubrir el cadáver de una mujer asesinada en una playa de Suffolk. El crimen no se había producido en su territorio, por lo que se encargó de la investigación otro agente.

Quedaba descartada la condición de sospechoso de Dealgliesh, pero el interrogatorio policial había sido detallado, repetitivo y, a su juicio, indiscreto sin necesidad. Un interrogatorio se parecía inquietantemente a una violación mental.

—En el año 2002 —dijo—, Rhoda Gradwyn escribió en la *Paternoster Review* un artículo sobre el plagio en el que criticaba a una escritora joven, Annabel Skelton, que posteriormente se suicidó. ¿Cuál era su relación con Annabel Skelton?

Candace Westhall lo miró directamente a los ojos, los suyos fríos, llenos de aversión y, pensó él, desdén. Hubo un breve silencio en el que la hostilidad de Candace chisporroteó como la corriente eléctrica. Sin alterar la mirada, dijo:

—Annabel Skelton era una gran amiga. Diría que la amaba, pero no quiero que malinterprete una relación que seguramente no sería capaz de hacerle entender. Actualmente, todas las relaciones parecen definirse en función de la sexualidad. Era alumna mía, pero tenía talento para escribir, no para estudiar Clásicas. La animé a terminar su primera novela y a buscar editor.

—¿Sabía usted entonces que partes de la misma habían sido plagiadas de una obra anterior?

—¿Me está preguntando si ella me lo dijo, comandante?

—No, señorita Westhall, le estoy preguntando si lo sabía.

—No, lo supe cuando leí el artículo de Gradwyn.

—Esto le sorprendería y le afectaría —intervino Kate.

—Sí, inspectora, ambas cosas.

—¿Tomó usted alguna medida, por ejemplo, ver a Rhoda Gradwyn o escribir una carta de protesta, a ella o a la *Paternoster Review*? —preguntó Dalgliesh.

—Vi a Gradwyn. Nos vimos un momento en la oficina de su agente a petición suya. Fue un error. No se arrepentía de nada, desde luego. Prefiero no entrar en detalles sobre el encuentro. En aquel momento yo no sabía que Annabel ya estaba muerta. Se ahorcó tres días después de que apareciera el artículo.

—Entonces, ¿usted no tuvo la oportunidad de verla, de pedirle explicaciones? Lamento que esto le resulte doloroso.

—Seguro que no lo lamenta tanto, comandante. Seamos sinceros. Usted sólo está haciendo su desagradable trabajo, como Rhoda Gradwyn. Intenté ponerme en contacto con ella, pero no quería ver a nadie, la puerta estaba cerrada, el teléfono desconectado. Yo había perdido el tiempo con Gradwyn cuando ver a Annabel habría surtido más efecto. El día después de su muerte recibí una postal. Había sólo siete palabras y no iba firmada. «Lo siento. Por favor, perdóname. Te quiero.» —Hubo un breve silencio; luego añadió—: El plagio era la parte menos importante de una novela que mostraba signos muy prometedores. No obstante, creo que Annabel se dio cuenta de que nunca volvería a escribir otra, y para ella eso era la muerte. Y luego estaba la humillación. También esto fue más de lo que podía soportar.

—¿Responsabiliza usted a Rhoda Gradwyn de lo sucedido?

—Ella fue la responsable. Mató a mi amiga. Como supongo que no era su intención, no hay ninguna posibilidad de reparación legal. Pero no me he vengado personalmente al cabo de cinco años. El odio no desaparece, pero pierde parte de su poder. Es como una infección en la sangre, nunca se elimina del todo, es propensa a recrudecerse de improviso, pero su fiebre es cada vez menos debilitante, menos dolorosa con el paso de los años. Me ha quedado la pena y una tristeza profunda. No maté a Rhoda Gradwyn, pero no he lamentado en ningún momento que esté muerta. ¿Responde esto a la pregunta que iba a formularme, comandante?

—Señorita Westhall, dice usted que no mató a Rhoda Gradwyn. ¿Sabe quién lo hizo?

—No, comandante. Y si lo supiera, creo que no se lo diría.

Se puso en pie para irse. Ni Dalgliesh ni Kate hicieron nada por impedírselo.

7

En los tres días posteriores a la muerte de Rhoda Gradwyn, a Lettie le sorprendió lo poco que se permite a la muerte entorpecer la vida. A los muertos, por más muertos que estén, se les recoge con una rapidez decorosa y se les lleva a su lugar designado, un contenedor en la morgue de un hospital, la sala de embalsamamiento de la funeraria, la mesa del patólogo. El médico quizá no venga; el de la funeraria viene siempre. Se prepara comida, aunque sea escasa y poco convencional, llega el correo, suenan los teléfonos, se pagan facturas, se rellenan formularios oficiales. Los que lloran una pérdida, como hizo ella en su momento, se mueven como autómatas en un mundo en el que nada es real ni conocido ni parece que vaya a serlo nunca más. Pero aun así hablan, intentan dormir, se llevan a la boca comida que no les sabe a nada, siguen adelante como de memoria, representando su papel asignado en un drama en el que todos los demás personajes parecen estar familiarizados con su función.

En la Mansión nadie fingía llorar la pérdida de Rhoda Gradwyn. Su muerte había sido una conmoción agravada por el misterio y el miedo, pero la rutina de la casa no se interrumpió. Dean siguió preparando sus excelentes platos, aunque cierta sencillez de los menús sugería que acaso estuviera rindiendo un tributo inconsciente a la muerte. Kim seguía atendiéndoles, si bien el apetito y el disfrute sincero parecían revelar una flagrante falta de sensibilidad, lo que cohibía la conversación. Sólo el ir y venir de la policía y la presencia de coches del equipo de seguridad y la caravana, en la que comían y dormían, aparcada frente a la entrada principal, eran un constante recordatorio de que nada era normal. Hubo un súbito interés y una esperanza algo vergonzosa cuando la inspectora Miskin llamó a Sharon y se la llevó a la Vieja Casa de la Policía para ser interrogada. Sharon regresó para decir escuetamente que el comandante Dalgliesh estaba preparándolo todo para que ella abandonara la Mansión y que en el plazo de tres días un amigo pasaría a buscarla. Entretanto, no tenía intención de realizar ninguna otra tarea. En lo que a ella respectaba, su trabajo había terminado y que se lo metieran donde les cupiese. Estaba cansada y fastidiada y se moría de jodidas ganas de irse de aquella jodida Mansión. Y que se iba a su habitación. Nunca habían oído a Sharon decir una obscenidad, y sus palabras fueron tan chocantes como si hubieran salido de la boca de Lettie.

El comandante Dalgliesh fue atendido por George Chandler-Powell durante media hora, y en cuanto aquél se marchó, el médico los convocó a todos en la biblioteca. Acudieron en silencio, con la expectativa compartida de que les iban a decir algo importante. Sharon no había sido detenida, esto era obvio, pero quizás había habido progresos, y en todo caso era preferible una noticia poco grata a esa perpetua incertidumbre. Para todos ellos la vida estaba en suspenso, y a veces llegaban a confiárselo unos a otros. Incluso las decisiones más simples —qué ropa ponerse por la mañana, qué órdenes dar a Dean y Kimberley— requerían una gran fuerza de voluntad. Chandler-Powell no les hizo esperar, aunque a Lettie le pareció que estaba inusitadamente inquieto. Al entrar en la biblioteca pareció dudar entre quedarse de pie o sentarse, pero tras un momento de vacilación, se colocó junto a la chimenea. Seguramente se consideraba un sospechoso, como el resto, pero ahora, con los expectantes ojos de todos fijos en él, parecía más un sucedáneo del comandante Dalgliesh, un papel que no deseaba y en el que no se sentía seguro.

—Lamento haber interrumpido lo que estabais haciendo —dijo—, pero el comandante Dalgliesh me ha pedido que hablara con vosotros, y he considerado razonable citaros a todos para que oigáis lo que él tenía que deciros. Como sabéis, Sharon nos dejará en cuestión de días. En su pasado hubo un incidente en virtud del cual su desarrollo y su bienestar pasan a ser competencia del servicio de libertad vigilada, y han pensado que lo mejor es que abandone la Mansión. Tengo entendido que Sharon colaborará con los planes y preparativos que la afecten. Esto es todo lo que me han contado a mí y todo lo que cualquiera tiene derecho a saber. Os pido que no habléis de Sharon entre vosotros ni habléis con ella sobre su pasado ni su futuro; ni uno ni otro nos incumben.

—¿Significa esto que Sharon ya no es considerada sospechosa, si alguna vez lo fue? —preguntó Marcus.

—Es de suponer.

Flavia tenía la cara colorada, la voz vacilante.

—¿Podemos saber con exactitud cuál es su estatus aquí? Nos ha dicho que no piensa trabajar más. Entiendo que, como la Mansión se considera una escena del crimen, no podemos hacer venir del pueblo a nadie del personal de limpieza. Como en la Mansión no hay pacientes no hay mucho trabajo, pero el que hay alguien debe hacerlo.

—Kim y yo podemos echar una mano —dijo Dean—. Pero ¿qué pasa con la comida de Sharon? Normalmente come con nosotros en la cocina. Si ahora se queda arriba, ¿Kim ha de subirle las bandejas y atenderla? —El tono de su voz dejaba claro que esto no sería aceptable.

Helena echó una mirada a Chandler-Powell. Era evidente que a él se le estaba acabando la paciencia.

—Por supuesto que no —dijo Helena—. Sharon conoce el horario de las comidas. Si tiene hambre, ya bajará. Sólo serán uno o dos días. Si hay algún problema, decídmelo y yo hablaré con el comandante Dalgliesh. Entretanto seguiremos con la mayor normalidad posible.

Candace habló por primera vez.

—Como yo soy una de las que entrevistó a Sharon, supongo que debería asumir cierta responsabilidad. Quizá sería conveniente que se mudara a la Casa de Piedra conmigo y con Marcus, si el comandante Dalgliesh no tiene inconveniente. Tenemos sitio. Y podría echarme una mano con los libros de mi padre. No es bueno que esté sin hacer nada. Y ya es hora de que alguien le quite de la cabeza esta obsesión con Mary Keyte. El verano pasado le dio por dejar flores silvestres sobre la piedra central. Esto es morboso y enfermizo. Subiré ahora a ver si se ha calmado.

—Inténtalo, no faltaba más —dijo Chandler-Powell—. Como profesora, seguramente tienes más experiencia que los demás en el trato con los jóvenes recalcitrantes. El comandante Dalgliesh me ha asegurado que Sharon no requiere supervisión. Y si la requiere, es la policía y el servicio de libertad vigilada quienes han de proporcionarla, no nosotros. He cancelado mi viaje a América. Debo regresar a Londres el jueves y necesito que Marcus venga conmigo. Lamento que esto suene a deserción, pero tengo que ponerme al corriente de los pacientes del Servicio Nacional de Salud que debía haber operado esta semana. Como es lógico, hube de anular todas esas intervenciones. El equipo de seguridad estará aquí; lo arreglaré para que dos de ellos duerman en la casa.

—¿Y la policía? —dijo Marcus—. ¿Cuándo calcula Dalgliesh que se marchará?

—No me he atrevido a preguntarlo. Llevan aquí sólo tres días; a no ser que practiquen una detención, imagino que deberemos aguantar cierta presencia policial durante un tiempo.

—Deberemos aguantarla nosotros, mejor dicho —dijo Flavia—. Tú estarás tranquilamente en Londres. ¿Está conforme la policía con que te vayas?

Chandler-Powell la miró con frialdad.

—¿Qué poder legal supones que tiene el comandante Dalgliesh para retenerme?

Y se fue; y en el pequeño grupo quedó la impresión de que, de algún modo, todos se habían comportado de forma poco razonable. Se miraban unos a otros en un silencio incómodo. Lo rompió Candace.

—Bueno, será mejor que me ocupe de Sharon. Helena, quizá

deberías hablar a solas con George. Ya sé que estoy en la otra casa y no me afecta como a los demás, pero sí trabajo aquí y preferiría que el equipo de seguridad durmiera fuera de la Mansión. Ya es bastante desagradable ver su caravana aparcada frente a la verja y a ellos deambular por ahí; sólo falta que además estén dentro.

Y también se fue. Mog, que se había sentado en una de las butacas más impresionantes, había mirado imperturbable todo el rato a Chandler-Powell pero sin abrir la boca. Se levantó con esfuerzo y se marchó. El resto del grupo aguardaba el regreso de Candace, pero al cabo de media hora en la que la orden de Chandler-Powell de no hablar de Sharon había inhibido la conversación, se dispersaron y cerraron firmemente la puerta de la biblioteca tras ellos.

8

Los tres días en que no hubo pacientes y George Chandler Powell estuvo en Londres brindaron a Candace y Lettie tiempo para trabajar en la contabilidad, ocuparse de algún problema económico con los trabajadores temporales y pagar las facturas de la comida suplementaria necesaria para alimentar al anestesista, los técnicos y el personal de enfermería no residente. El cambio en el ambiente de la Mansión entre el principio y el final de la semana fue tan espectacular como grato para las dos mujeres. Pese a la aparente calma de los días de operaciones, la mera presencia de George Chandler-Powell y su equipo parecía impregnar toda la atmósfera. Sin embargo, los días previos a su marcha a Londres hubo períodos de calma casi total. El Chandler-Powell cirujano distinguido y con exceso de trabajo se convertía en un hacendado, satisfecho con una rutina doméstica que no criticaba nunca y en la que no intentaba influir, un hombre que respiraba soledad como si fuera aire vivificante.

No obstante, ahora, martes por la mañana, cuatro días después del asesinato, su lista de Londres había sido aplazada y él evidentemente se debatía entre su responsabilidad para con sus pacientes de Saint Angela y la necesidad de apoyar al personal que quedaba en la Mansión. Sin embargo, el jueves él y Marcus se habrían ido. Cierto es que estarían de vuelta el domingo por la mañana, pero las reacciones a una ausencia siquiera temporal fueron diversas. La gente ya dormía con las puertas cerradas con llave, aunque Candace y Helena habían disuadido a Chandler-Powell de organizar patrullas nocturnas a cargo de la policía o del equipo de seguridad. La mayoría de los residentes se habían convencido a sí mismos de que un intruso, seguramente el propietario del coche aparcado, había asesinado a la señorita Gradwyn, y parecía improbable que tuviera interés en alguna otra víctima. Sin embargo, cabía suponer que aún tuviera las llaves de la puerta oeste, un pensamiento alarmante. El señor Chandler-Powell no suponía una garantía de seguridad, pero era el propietario de la Mansión, su intermediario con la policía, una presencia tranquilizadora. Por otro lado, estaba obviamente irritado por el tiempo perdido e impaciente por reanudar su trabajo. La Mansión estaría más tranquila sin sus pasos inquietos, sus esporádicos raptos de malhumor. La policía seguía guardando silencio sobre los progresos de la investigación, caso de haber alguno. Lógicamente, la noticia de la muerte de la señorita Gradwyn había salido en los periódicos, pero, para alivio de todos, los reportajes habían sido sorprendentemente breves y ambiguos gracias a la competencia de un escándalo político y el divorcio especialmente enconado de una estrella del pop. Lettie se preguntó si los medios habían recibido alguna presión. De todos modos, el comedimiento no duraría mucho, y si se realizaba alguna detención, el dique se rompería y todos se verían arrastrados por las contaminadas aguas.

Y ahora, sin personal doméstico a tiempo parcial, y con la sección de los pacientes precintada, el teléfono a menudo con el contestador puesto, y la presencia policial como un recordatorio cotidiano de esa presencia difunta que, en la imaginación, seguía encerrada en el silencio de la muerte tras aquella puerta sellada, para Lettie y, sospechaba ésta, para Candace era un consuelo que siempre hubiera trabajo que hacer. El martes por la mañana, poco después de las nueve, cada una estaba sentada a su mesa, Lettie revisando una serie de facturas de la carnicería y el colmado, y Candace frente al ordenador. Sonó el teléfono de la mesa de al lado.

—No contestes —dijo Candace.

Demasiado tarde. Lettie ya había cogido el auricular. Se lo pasó.

—Es un hombre. No he entendido el nombre. Parece nervioso. Pregunta por ti.

Candace cogió el auricular, se quedó callada unos instantes y luego dijo:

—Aquí en la oficina estamos ocupadas y, para serle franca, no tenemos tiempo de ir en busca de Robin Boyton. Ya sé que es nuestro primo, pero esto no nos convierte en sus cuidadoras. ¿Cuánto tiempo lleva intentando dar con él...? Muy bien, alguien se acercará al chalet de los huéspedes y si está le diremos que le llame... Sí, si no hay suerte le diré algo. ¿Cuál es su número?

Cogió una hoja de papel, apuntó el número, colgó y se dirigió a Lettie.

—Jeremy Coxon, el socio de Robin. Por lo visto, le ha fallado uno de sus profesores y quiere que Robin regrese con urgencia. Llamó anoche a última hora, pero no obtuvo respuesta y dejó un mensaje, y lo ha estado intentando una y otra vez esta mañana. El móvil de Robin suena, pero no contesta nadie.

—Quizá Robin ha venido aquí para huir de llamadas telefónicas y las exigencias de su negocio —señaló Lettie—. Pero entonces, ¿por qué no apaga el móvil? Será mejor que alguien vaya a echar un vistazo.

—Cuando esta mañana he salido de la Casa de Piedra —dijo Candace—, el coche seguía allí y las cortinas estaban corridas. Tal vez aún dormía y había dejado el móvil tan lejos que no podía oírlo. Podría acercarse Dean si no está muy ocupado. Irá más rápido que Mog.

Lettie se puso en pie.

—Iré yo. Me vendrá bien un soplo de aire fresco.

—Entonces mejor que cojas una copia de la llave. Si está durmiendo la mona, quizá no oiga el timbre. Es un fastidio que siga aquí. Dalgliesh no puede retenerle sin motivo, y lo lógico sería que él se alegrase de poder regresar a Londres, aunque sólo fuera para divertirse difundiendo el chismorreo.

Lettie se puso a ordenar los papeles en los que estaba trabajando.

—¿No te gusta él, verdad? Parece inofensivo, pero incluso Helena suspira cuando le hace la reserva.

—Es un parásito que se siente agraviado. Seguramente con toda la legitimidad del mundo. Su madre se quedó embarazada y después se casó con un descarado cazafortunas, con gran indignación del abuelo Theodore. En todo caso, ella fue abandonada más, sospecho, por estúpida e ingenua que por el embarazo. A Robin le gusta aparecer de vez en cuando para recordarnos lo que para él es una discriminación injusta, y francamente su persistencia nos parece ya una pesadez. A veces le damos alguna que otra cantidad. Él coge el dinero, pero creo que lo considera humillante. De hecho, es humillante para todos.

Esta revelación sincera de asuntos familiares sorprendió a Lettie. Era muy distinta de la reservada Candace que conocía, o, se dijo a sí misma, pensaba que conocía.

Cogió la chaqueta del respaldo de la silla. Al salir, dijo:

—¿No sería menos fastidio si le dieras una suma moderada de la fortuna de tu padre poniendo fin así a su oportunismo? Eso si crees que hay aquí de veras una injusticia.

—Me ha pasado por la cabeza. El problema es que Robin siempre querría más. Dudo mucho que nos pusiéramos de acuerdo en lo que constituye una suma moderada.

Lettie se fue, cerró la puerta a su espalda, y Candace volvió a centrar la atención en el ordenador y en las cifras de noviembre. El ala oeste volvía a dar beneficios, pero por poco. Los salarios pagados cubrían el mantenimiento general de la casa y los jardines así como los costes médicos y quirúrgicos, pero los ingresos fluctuaban y los gastos aumentaban. Seguro que las cifras del mes siguiente serían desastrosas. Chandler-Powell no había dicho nada, pero su cara, tensa por la ansiedad y una especie de resolución desesperada, hablaba por sí sola. ¿A cuántos pacientes les gustaría ocupar una habitación del ala oeste con su mente llena de imágenes de muerte y, peor aún, la muerte de una paciente? La clínica, lejos de ser un filón, era ahora una responsabilidad pecuniaria. Le daba menos de un mes de vida.

Lettie regresó al cabo de un cuarto de hora.

—No está. No hay rastro de él en la casa ni en el jardín. He encontrado el móvil sobre la mesa de la cocina, entre los restos de lo que pudo ser su almuerzo o su cena, un plato con salsa de tomate congelada y unos cuantos espaguetis y un paquete de plástico con dos pastelitos de chocolate. Cuando estaba abriendo la puerta, ha sonado el móvil. Era otra vez Jeremy Coxon. Le he dicho que estábamos buscando a Robin. Daba la impresión de que no había dormido en su cama, y, como has dicho tú, el coche está fuera, por lo que evidentemente no se ha marchado. No puede haber ido muy lejos. No parece de los que dan largos paseos por el campo.

—No, eso sí que no. Supongo que deberíamos organizar una búsqueda general, pero ¿por dónde empezamos? Podría estar en cualquier parte, incluso, me imagino, haberse quedado dormido en la cama de otro, en cuyo caso es difícil que él acepte de buen grado una búsqueda general. Esperemos otra hora o así.

—¿Es esto lo más sensato? —dijo Lettie—. Porque es como si se hubiera ido desde hace ya un buen rato.

Candace meditó sobre ello.

—Es un adulto y tiene derecho a ir a donde quiera y con quien quiera. Pero es extraño. Jeremy Coxon parecía tan preocupado como irritado. Quizá deberíamos al menos asegurarnos de que no está en la Mansión ni por los jardines. Tal vez esté enfermo o haya sufrido un accidente, aunque parece improbable. Mejor que vaya a mirar en la Casa de Piedra. A veces me olvido de cerrar la puerta lateral; después de irme yo, Robin podría haber entrado a escondidas a ver si encontraba algo. Tienes razón. Si no está en las casas ni aquí, hemos de decírselo a la policía. Si es una búsqueda en serio, supongo que corresponderá a la policía local. Mira a ver si localizas al sargento Benton-Smith o al agente Warren. Me llevaré a Sharon conmigo. Parece que la mayor parte del tiempo anda rondando por ahí sin hacer nada.

Lettie, todavía de pie, reflexionó un momento y luego dijo:

—Creo que no tenemos que involucrar a Sharon. Desde que ayer el comandante Dalgliesh la mandó llamar está de un humor extraño, unas veces enfurruñada y retraída, otras muy ufana, casi triunfante. Y si Robin ha desaparecido de veras, mejor mantenerla al margen. Si quieres seguir buscando, voy contigo. La verdad, si no está aquí ni en ninguna otra casa, no sé dónde más podemos mirar. Mejor avisar a la policía.

Candace cogió su chaqueta de la percha de la puerta.

—Seguramente tienes razón en cuanto a Sharon. No dejó la Mansión para ir a la Casa de Piedra, y, francamente, mejor así, pues no fue una idea demasiado sensata por mi parte. No obstante, accedió a ayudarme un par de horas al día con los libros de mi padre, probablemente porque querría una excusa para no estar en la cocina. Ella y los Bostock nunca han congeniado. Aparentaba pasárselo bien con los libros. Le he prestado uno o dos en los que parecía interesada.

Lettie volvió a sorprenderse. Prestar libros a Sharon era un detalle que no habría esperado de Candace, cuya actitud hacia la chica había sido más de mezquina tolerancia que de interés benévolo. Pero Candace era al fin y al cabo una profesora. Y, en cualquier amante de la lectura, seguramente era un impulso natural prestar un libro a una persona joven que mostrara curiosidad. Ella habría hecho lo mismo. Andando al lado de Candace, notó una pequeña punzada de pena. Trabajaban juntas de forma cordial, igual que hacían ambas con Helena, pero nunca habían estado muy unidas, y más que amigas eran colegas. En todo caso, Candace era útil en la Mansión. Los tres días que había estado de visita en Toronto, un par de semanas atrás, lo habían puesto de manifiesto. Quizás era por el hecho de vivir en la Casa de Piedra, Candace y Marcus a veces parecían estar emocional y físicamente distanciados de la vida en la Mansión. Se imaginaba muy bien lo que habían sido los dos últimos años para una mujer inteligente, con su empleo en peligro, y ahora, o eso se rumoreaba, ya definitivamente perdido, dedicada a atender noche y día a un viejo dominante y quejoso, el hermano desesperado por irse. Bueno, en este momento no habría tantas pegas. La clínica difícilmente continuaría tras el asesinato de la señorita Gradwyn. Ahora mismo sólo ingresarían en la Mansión pacientes con una fascinación patológicamente morbosa por el horror y la muerte.

Era una mañana gris y sin sol. Durante la noche habían caído chaparrones, y ahora desde la tierra empapada surgía un acre miasma de hierba embebida y hojas podridas. Este año el otoño se había adelantado, pero su tenue fulgor ya se había desvanecido en el aliento desapacible, casi inodoro, del año agonizante. Caminaron a través de la húmeda niebla que helaba el rostro de Lettie y traía consigo el primer toque de desasosiego. Antes había entrado en el Chalet Rosa sin temor, casi esperando descubrir que Robin Boyton habría regresado o al menos algún indicio de adónde había ido. Ahora, mientras andaban entre los rosales heridos por el invierno hasta la puerta delantera, sintió que estaba siendo arrastrada inexorablemente hacia algo que no era asunto suyo, en lo que no tenía deseo alguno de implicarse y que no auguraba nada bueno. La puerta tenía el cerrojo descorrido, tal como ella la había encontrado, pero al entrar en la cocina le pareció que el aire era ahora más rancio, no olía sólo a platos sin lavar.

Candace se acercó a la mesa y observó los restos de comida con una mueca de desagrado.

—Desde luego parece más el almuerzo o la cena de ayer que el desayuno de hoy —dijo—, aunque con Robin nunca se sabe. ¿Has dicho que habías mirado arriba?

—Sí. La cama no estaba bien hecha, las mantas estiradas simplemente; no parece que haya dormido ahí esta noche.

—Será mejor que inspeccionemos toda la casa —dijo Candace—, y luego el jardín y la casa de al lado. De momento limpiaré todo esto. Aquí apesta.

Cogió el plato sucio y se dirigió al fregadero. La voz de Lettie sonó brusca como una orden.

—¡No, Candace, no! —Candace se paró en seco. Lettie continuó—: Lo siento, no quería gritar, pero ¿no sería mejor dejar las cosas como están? Si Robin ha tenido un accidente, si le ha pasado algo, puede ser importante saber el momento exacto de cada cosa.

Candace regresó a la mesa y dejó el plato.

—Supongo que tienes razón, pero todo esto sólo nos dice que comió algo, seguramente para almorzar o cenar, antes de irse.

Fueron arriba. Había sólo dos dormitorios, los dos bastante grandes y con cuarto de baño. El ligeramente más pequeño, en la parte de atrás, no había sido utilizado, la cama tenía sábanas limpias cubiertas con una colcha de retazos multicolores.

Candace abrió la puerta del armario empotrado, la cerró y dijo a la defensiva:

—Dios sabe por qué he pensado que podía estar aquí; aunque si hemos venido a registrar, más vale que seamos meticulosas.

Pasaron al dormitorio delantero. Estaba amueblado de manera sencilla y cómoda, pero ahora parecía como si hubiera sido saqueado. En la cama había un albornoz con una camiseta arrugada y un libro en rústica de Terry Prachett. Dos pares de zapatos habían sido lanzados a un rincón, y en la silla baja tapizada había un revoltijo de jerséis de lana y pantalones. Al menos Boyton había venido preparado para el peor tiempo de diciembre. La puerta abierta del armario dejaba ver tres camisas, una chaqueta de ante y un traje oscuro. Lettie pensó que a lo mejor se habría puesto el traje cuando por fin se le hubiera permitido ver a Rhoda Gradwyn.

—Aquí da la alarmante impresión de que se ha producido una pelea o una marcha apresurada —dijo Candace—, aunque teniendo en cuenta el estado de la cocina, podemos tranquilamente suponer que Robin es muy desordenado, algo que yo ya sabía. En cualquier caso, no está en el chalet.

—No, aquí no está —dijo Lettie, que se volvió hacia la puerta. Pero en cierto sentido, pensó, sí estaba. El medio minuto en el que ella y Candace habían inspeccionado el dormitorio había intensificado su mal presentimiento. Ahora éste había aumentado hasta convertirse en una emoción que era una desconcertante mezcla de compasión y miedo. Robin Boyton estaba ausente pero paradójicamente parecía más presente que tres días atrás, cuando irrumpió en la biblioteca. Él estaba ahí, en el amasijo de ropa juvenil, en los zapatos, uno de los pares con los tacones gastados, en el libro descuidadamente desechado, en la camiseta arrugada.

Salieron al jardín, Candace iba delante dando grandes zancadas. Lettie, aunque por lo general era tan activa como su compañera, se sentía llevada a rastras como una carga dilatoria. Buscaron en los jardines de ambas casas y en los cobertizos de madera situados al fondo de cada uno. El del Chalet Rosa contenía una mezcolanza de herramientas sucias, utensilios, tiestos rotos y oxidados y haces de rafia arrojados en un estante sin ninguna pretensión de orden, mientras que la puerta estaba medio atrancada por una vieja cortadora de césped y un saco de astillas de madera. Candace cerró sin hacer comentarios. En cambio, el cobertizo de la Casa de Piedra era un modelo de orden lógico, digno de admiración. Palas, horcas y mangueras, el metal reluciente, estaban alineadas en una pared, mientras que en las estanterías había macetas bien colocadas y en la cortadora de césped no se apreciaba ningún rastro de su función. También había una cómoda silla de mimbre, obviamente muy usada. El contraste entre el estado de los dos cobertizos se reflejaba en los jardines. Mog era responsable del jardín del Chalet Rosa, pero su interés estaba centrado en los jardines de la Mansión, en especial el jardín clásico estilo Tudor, del que estaba celosamente orgulloso y que arreglaba con un cuidado obsesivo. En el Chalet Rosa hacía poco más de lo estrictamente necesario para evitar críticas. El jardín de la Casa de Piedra evidenciaba una atención regular y experta. Las hojas muertas habían sido barridas y arrojadas a la caja de madera del abono orgánico, los arbustos podados, la tierra removida y las plantas delicadas envueltas para protegerlas de las heladas. Al recordar la silla de mimbre con su cojín aplastado, Lettie sintió que la invadía la pena y la irritación. Así que esta choza hermética, cuyo aire era cálido incluso en invierno, era tanto un práctico cobertizo como un refugio. Aquí Candace podía disfrutar de media hora de paz y alejarse del olor antiséptico de la habitación del enfermo, podía escapar al jardín por breves períodos de libertad cuando habría sido más difícil encontrar tiempo para su otra afición conocida: nadar en una de sus calas o playas preferidas.

Candace cerró la puerta al olor de la tierra y la madera caliente sin hacer ninguna observación, y ambas se encaminaron a la Casa de Piedra. Aunque aún no era mediodía, estaba muy oscuro y Candace encendió una luz. Desde la muerte del profesor Westhall, Lettie había estado varias veces en la Casa de Piedra, siempre por asuntos de la Mansión, nunca por placer. No era supersticiosa. En su fe, heterodoxa y nada dogmática, como bien sabía ella, no había sitio para almas incorpóreas que volvieran a visitar las habitaciones en las que tuvieran tareas inacabadas o hubieran exhalado el último aliento. Sin embargo, era sensible al ambiente, y la Casa de Piedra aún le provocaba cierta desazón, un bajón del estado de ánimo, como si las desdichas acumuladas hubieran infectado el aire.

Estaban en la estancia con losas de piedra, que conocían como la vieja despensa. Un estrecho invernadero conducía al jardín, pero el lugar prácticamente no se utilizaba y no parecía tener función alguna salvo la de depósito de muebles superfluos, entre los que se incluía una mesita de madera y dos sillas, un congelador de aspecto decrépito y un viejo aparador con un conglomerado de tazas y jarras. Cruzaron una pequeña cocina y llegaron a la sala de estar, que también hacía las veces de comedor. La chimenea estaba vacía, y un reloj en la por lo demás desnuda repisa hacía tictac convirtiendo el presente en pasado con molesta insistencia. La sala no tenía comodidades a excepción de un banco de madera con cojines situado a la derecha de la chimenea. Una pared estaba llena de estanterías hasta el techo, pero la mayoría de las baldas se veían vacías, y los ejemplares que quedaban se habían caído unos sobre otros en desorden. Una docena de cajas de cartón repletas estaban alineadas junto a la pared opuesta, donde rectángulos de papel no descolorido revelaban los lugares en que tiempo atrás hubo cuadros colgados. La casa en su conjunto, aunque muy limpia, le pareció a Lettie triste y poco acogedora casi a propósito, como si, tras la muerte de su padre, Candace y Marcus hubieran querido subrayar que, para ellos, la Casa de Piedra no había sido nunca un hogar.

Arriba, Candace, con Lettie detrás, se desplazaba con paso lento por los tres dormitorios, echando un vistazo rápido a los armarios y roperos y cerrándolos casi de golpe como si el registro fuera una fastidiosa tarea rutinaria. Se notaba un aroma fugaz pero acre a bolas de naftalina, un olor campesino a ropa vieja, y en el armario de Candace, Lettie vislumbró el escarlata de una toga de doctor. La habitación delantera había sido la del padre. Aquí había sido retirado todo salvo la estrecha cama a la derecha de la ventana. Ésta había quedado sin nada a excepción de una sola sábana tirante e inmaculada sobre el colchón, el reconocimiento doméstico universal del carácter definitivo de la muerte. Ninguna de las dos habló. Bajaron. Los pasos sonaban anormalmente fuertes en la escalera sin moqueta.

La sala de estar no tenía armarios que registrar, y volvieron a la vieja despensa. Candace, dándose cuenta de repente por primera vez de lo que Lettie habría estado pensando desde el principio, dijo:

—Pero ¿qué demonios estamos haciendo? Es como si estuviéramos buscando un niño o un animal perdido. Que se encargue la policía si les interesa.

—De todos modos casi hemos terminado —dijo Lettie—, y al menos hemos sido escrupulosas. No está en las casas ni en los cobertizos.

Candace estaba mirando en la gran alacena. Su voz sonaba apagada.

—Ya es hora de que limpiemos y ordenemos este sitio. Cuando mi padre estaba enfermo, me entró la obsesión de hacer mermelada de naranjas. A saber por qué. A él le gustaban las conservas caseras, pero no tanto. No me acordaba de que los tarros seguían aquí. Le diré a Dean que los venga a buscar. Si condesciende a ello, les dará buen uso. Aunque el nivel de mi mermelada no alcanza el de la suya ni mucho menos.

Apareció de nuevo. Lettie se volvió para seguirla a la puerta, pero se paró y descorrió el pestillo y levantó la tapa del congelador. La acción fue instintiva, sin pensar. El tiempo se detuvo. Durante un par de segundos, que en retrospectiva se prolongaron hasta parecer minutos, se quedó mirando fijamente lo que había abajo.

La tapa se le cayó de las manos con un débil sonido metálico, y Lettie se desplomó sobre el congelador, temblando sin control. El corazón le latía con fuerza y se había quedado sin voz. Jadeaba y trataba de formar palabras, pero no salía ningún sonido. Al final, forcejeando, recobró la voz. No parecía la suya, ni la de nadie que conociera.

—¡Candace, no mires, no mires! —graznó—. ¡No vengas!

Pero Candace ya la estaba empujando a un lado y manteniendo la tapa abierta contra el peso del cuerpo de Lettie.

Él estaba acurrucado de espaldas, con ambas piernas alzadas rígidamente en el aire. Seguramente los pies habían presionado contra la tapa del congelador. Las manos, curvadas como zarpas, yacían pálidas y delicadas, las manos de un niño. Había golpeado a la desesperada la tapa con las manos, los nudillos estaban amoratados y en los dedos se veían hilillos de sangre seca. Su rostro era una máscara de terror; los azules ojos, grandes y sin vida como los de una muñeca; los labios, tensados en una mueca que descubría los dientes. En el espasmo final, se mordería la lengua, y en la barbilla se le habían secado dos gotas de sangre. Llevaba vaqueros azules y una camisa desabrochada a cuadros azules y beiges. El olor, conocido y repugnante, ascendía como el gas.

De algún modo Lettie reunió fuerzas para llegar tambaleándose hasta una de las sillas de la cocina, en la que se desplomó. Ahora, ya no de pie, empezó a recuperarse y sus latidos se hicieron más lentos, más regulares. Oyó el sonido de la tapa que se cerraba, pero sin ruido, casi suavemente, como si Candace tuviera miedo de despertar al muerto.

La miró. Candace estaba de pie, inmóvil, apoyada en el congelador. De repente le vinieron arcadas, corrió al fregadero y se puso a vomitar, agarrada a los lados en busca de apoyo. Las náuseas siguieron hasta mucho después de que ya no hubiera nada que devolver, tremendos chillidos que le desgarrarían la garganta. Lettie observaba, queriendo ayudar pero sabiendo que Candace no querría que la tocaran. Candace abrió el grifo del todo y se echó agua por toda la cara como si tuviera la piel en llamas. El agua le bajaba por la chaqueta a chorros, y el pelo le caía sobre las mejillas en mechones empapados. Sin hablar, alargó la mano y encontró un paño de cocina colgado de un clavo junto al fregadero, lo puso bajo el grifo y volvió a lavarse la cara. Al fin, Lettie fue capaz de ponerse en pie y, tras pasar un brazo por la cintura de Candace, la acompañó a una segunda silla.

—Lo siento, es el hedor —dijo Candace—. Nunca he podido soportar ese olor concreto.

Con el horror de esa muerte solitaria todavía abrasándole la mente, Lettie sintió una súbita compasión a la defensiva.

—No es el olor de la muerte, Candace. No pudo evitarlo. Tuvo un accidente, quizá por culpa del terror. A veces pasa.

Y esto querrá decir que él entró en el congelador vivo. ¿O no? El patólogo forense lo sabrá, pensó, aunque no lo dijo. Ahora que había recobrado la fuerza física, su mente estaba prodigiosamente clara.

—Hemos de llamar a la policía —dijo—. El comandante Dalgliesh nos dio un número. ¿Lo recuerdas? —Candace negó con la cabeza—. Yo tampoco. Jamás pensé que lo necesitaríamos. Él y ese otro policía estaban siempre por ahí. Iré en su busca.

Pero ahora Candace, con la cabeza echada hacia atrás y la cara tan pálida que parecía desprovista de cualquier emoción, de todo aquello que la hacía especial, era sólo una máscara de carne y hueso. Dijo:

—¡No! No vayas. Estoy bien, pero creo que debemos permanecer juntas. Tengo el móvil en el bolsillo. Utilízalo para hablar con alguien de la Mansión. Prueba primero con la oficina y luego con George. Dile que llame a Dalgliesh. George no ha de venir. No ha de venir nadie. No podría aguantar a una multitud, preguntas, curiosidad, compasión. Ya tendremos todo eso, pero no ahora.

Lettie llamó a la oficina. Como no contestaban, marcó el número de George. Mientras escuchaba y esperaba respuesta, dijo:

—George no ha de venir en ningún caso. Lo comprenderá. La casa será una escena del crimen.

La voz de Candace sonó brusca.

—¿Qué crimen?

Aún no había respuesta del teléfono de George.

—Podría ser suicidio —dijo Lettie—. ¿El suicidio no es un crimen?

—¿Te parece suicidio? ¿Eh?

¿Sobre qué estamos discutiendo?, pensó Lettie, consternada. Pero habló con calma.

—Tienes razón. No sabemos nada. Y el comandante Dalgliesh no querrá aglomeraciones. Nos quedaremos y esperaremos.

Por fin en el móvil hubo respuesta y Lettie oyó la voz de George.

—Llamo desde la Casa de Piedra —dijo ella—. Candace está aquí conmigo. Hemos encontrado el cadáver de Robin Boyton en el congelador en desuso. ¿Podría comunicárselo al comandante Dalgliesh lo antes posible? Mejor no decírselo a nadie más hasta que él llegue. Y no venga por aquí. No deje que venga nadie.

George habló con tono brusco.

—¿El cadáver de Boyton? ¿Seguro que está muerto?

—Seguro, George, pero ahora no puedo explicarlo. Sí, estamos bien. Conmocionadas, pero bien.

—Buscaré a Dalgliesh. —Y ahí acabó la conversación.

Ninguna de las dos decía nada. En el silencio, Lettie era consciente sólo de la respiración profunda de ambas. Estaban sentadas en dos sillas de la cocina, sin hablar. Transcurría el tiempo, un tiempo interminable, ilimitado. De pronto pasaron unas caras frente a la ventana del otro lado. Había llegado la policía. Lettie pensaba que los recién llegados entrarían sin más, pero se oyó un golpe en la puerta, y, tras mirar el rígido rostro de Candace, fue a abrir. Entró el comandante Dalgliesh seguido de la inspectora Miskin y el sargento Benton-Smith. Para sorpresa de Lettie, Dalgliesh no fue inmediatamente al congelador sino que se preocupó de las dos mujeres. Cogió dos vasos del aparador, los llenó bajo el grifo y se los llevó. Candace dejó el suyo sobre la mesa, pero Lettie reparó en que se moría de ganas de beber agua y apuró el suyo. Era consciente de que el comandante Dalgliesh las observaba con atención.

—Tengo que hacerles algunas preguntas —dijo—. Las dos han sufrido un *shock* tremendo. ¿Están en condiciones de hablar?

Mirándole fijamente, Candace dijo:

—Sí, descuide. Gracias.

Lettie murmuró su consentimiento.

—Entonces quizá mejor que vayan a la otra estancia. Estaré con ustedes enseguida.

La inspectora Miskin las siguió hasta la sala de estar. *O sea que no va a dejarnos solas hasta haber oído nuestra historia*, pensó, y luego se preguntó si estaba siendo perspicaz o excesivamente suspicaz. Si Candace y ella hubieran querido ponerse de acuerdo para urdir una determinada versión de sus acciones, habrían tenido tiempo suficiente antes de que llegara la policía.

Tomaron asiento en el banco de madera de roble, y la inspectora Miskin acercó dos sillas que colocó delante de ellas. Sin sentarse, dijo:

—¿Desean algo? Té, café..., si la señorita Westhall me dice dónde están las cosas.

La voz de Candace fue implacablemente áspera.

—Nada, gracias. Lo único que queremos es salir de aquí.

—El comandante Dalgliesh no tardará.

Y así fue. Apenas hubo Kate terminado de hablar, Dalgliesh apareció y se sentó en una de las sillas. La inspectora Miskin ocupó la otra. La cara de Dalgliesh, a escasos centímetros de las suyas, estaba pálida como la de Candace, si bien era imposible adivinar qué pasaba detrás de aquella enigmática máscara esculpida. Su voz era dulce, casi compasiva, pero Lettie estaba convencida de que las ideas que la mente del comandante estaba procesando con afán tenían poco que ver con la compasión.

—¿Por qué han venido las dos esta mañana a la Casa de Piedra? —preguntó. Fue Candace quien respondió.

—Buscábamos a Robin. Su socio ha llamado a la oficina a eso de las diez menos veinte para decir que no había podido ponerse en contacto con Robin desde ayer por la mañana y estaba preocupado. La señora Frensham ha venido primero y ha visto los restos de una comida en la mesa de la cocina, el coche en el camino de entrada, y que al parecer no había dormido en su cama. Así que luego hemos venido las dos para hacer un registro a fondo.

—¿Alguna de las dos sabía o sospechaba que encontrarían a Robin Boyton en el congelador?

Dalgliesh no tuvo ningún reparo en formular la pregunta, que era casi crudamente explícita. Lettie esperaba que Candace no perdiera la calma. Ella se limitó a pronunciar un tranquilo «no», y, mirando a Dalgliesh a los ojos, pensó que éste la había creído.

Candace permaneció en silencio unos instantes mientras Dalgliesh esperaba.

—Está claro que no, de lo contrario habríamos mirado en el congelador enseguida. Buscábamos a un hombre vivo, no un cadáver. Yo creía que Robin aparecería pronto, pero su ausencia era desconcertante, pues no es dado a pasear por el campo; supongo que esperábamos hallar una pista que explicara adónde podía haber ido.

—¿Cuál de las dos ha abierto el congelador?

—Yo —dijo Lettie—. La vieja despensa, que es la habitación de al lado, ha sido el último sitio en el que hemos buscado. Candace volvía de mirar allí, y yo he levantado la tapa del congelador movida por un impulso, casi sin pensar. Habíamos mirado en los armarios del Chalet Rosa, en los de aquí y en los cobertizos de los jardines, por lo que imagino que mirar en el congelador era algo normal.

Dalgliesh no dijo nada. *Hará notar que es un tanto ilógico buscar a un hombre vivo en armarios o congeladores*, pensó Lettie. De todos modos, ella le había dado una explicación. No estaba segura de si había sonado convincente incluso para ella misma, pero era la verdad y no tenía nada más que añadir. Ahora era Candace quien intentaba explicar.

—En ningún momento se me había ocurrido que Robin pudiera estar muerto, y ninguna de las dos ha mencionado esa posibilidad. He tomado la iniciativa, y tan pronto hemos comenzado a mirar en armarios y roperos y a hacer un registro minucioso, supongo que lo más lógico era seguir adelante, como ha dicho Lettie. Quizás en lo más recóndito de mi mente rondaba la posibilidad de un accidente, pero ninguna de las dos ha pronunciado la palabra.

Dalgliesh y la inspectora Miskin se pusieron en pie.

—Gracias a las dos —dijo él—. Deben irse de aquí. Por ahora no voy a molestarlas más. —Entonces se dirigió a Candace—. Me temo que de momento, y tal vez durante algunos días, la Casa de Piedra tendrá que estar cerrada.

—¿Como escenario de un crimen? —dijo Candace.

—Como escenario de una muerte inexplicada. Según el señor Chandler-Powell, en la Mansión hay habitaciones para usted y su hermano. Lamento las molestias, pero seguro que entiende la necesidad de todo ello. Vendrán también un patólogo forense y agentes técnicos, pero pondrán todo el cuidado en no causar ningún desperfecto.

—Puede demolerla, si quiere —dijo Candace—. Yo ya he terminado con ella.

Él prosiguió como si no la hubiera oído.

—La inspectora Miskin la acompañará a recoger todo lo que tenga que llevarse a la Mansión.

Así que las iban a escoltar, pensó Lettie. ¿De qué tenía miedo Dalgliesh? ¿De que huyeran? Pero se dijo a sí misma que estaba siendo injusta. Él había sido cortés y educado, en grado sumo. Pero claro, ¿qué ganaría siendo lo contrario?

Candace se levantó.

—Yo cogeré lo que necesite. Mi hermano puede hacer lo propio por sí mismo, bajo supervisión, desde luego. No tengo intención alguna de rebuscar en su habitación.

—Le comunicaré cuándo podrá venir él por sus cosas —dijo Dalgliesh con calma—. Ahora la inspectora Miskin la ayudará.

Encabezadas por Candace, las tres subieron las escaleras, Lettie contenta de tener una excusa para alejarse de la vieja despensa. En su dormitorio, Candace sacó una maleta del ropero, pero fue la inspectora Miskin quien la puso sobre la cama. La señorita Westhall empezó a sacar ropa de los cajones y del armario, que doblaba con rapidez y metía con mano experta en la maleta: cálidos jerséis, pantalones, blusas, ropa interior, ropa de dormir y zapatos. Fue al cuarto de baño y volvió con su neceser. Sin una mirada atrás, estaban ya todas listas para irse.

El comandante Dalgliesh y el sargento Benton-Smith se encontraban en la vieja despensa, esperando a todas luces que ellas se marcharan. La tapa del congelador estaba cerrada. Candace entregó las llaves de la casa. El sargento Benton-Smith garabateó algo en un papel, y la puerta de la casa se cerró tras ellas. Lettie, que estaba escuchando, creyó oír el ruido de una llave al girar.

Caminando en silencio, con la inspectora Miskin entre las dos, regresaron a la Mansión con ritmo acompasado mientras aspiraban hondo el aire húmedo y fragante de la mañana.

9

Mientras se acercaban a la puerta principal de la Mansión, la inspectora Miskin se apartó un poco y con mucho tacto se fue alejando como si quisiera poner de manifiesto que no habían regresado bajo escolta policial. Esto dio a Candace tiempo para un rápido susurro mientras Lettie abría la puerta.

—No analices lo que ha pasado. Cuenta sólo los hechos.

Lettie estuvo a punto de decir que no tenía intención de hacer otra cosa, pero sólo tuvo tiempo para murmurar «desde luego».

Lettie advirtió que Candace eludía inmediatamente el riesgo de hablar de nada diciendo que quería ver dónde dormiría. Helena acudió enseguida, y las dos desaparecieron en el ala este, que, como Flavia ya dormía ahí dado que tenía prohibido el paso al corredor de los pacientes, pronto estaría incómodamente abarrotada. Tras llamar a Dalgliesh para obtener su consentimiento, Marcus fue a la Casa de Piedra a recoger la ropa y los libros que necesitaba, y luego se reunió con su hermana en el ala este. Todos se mostraban discretamente solícitos. No se hacían preguntas inoportunas, pero a medida que transcurría la mañana el ambiente parecía hervir de comentarios no verbalizados, el principal de los cuales era por qué Lettie había levantado la tapa del congelador. Como al final seguramente alguien lo diría en voz alta, Lettie sentía cada vez más la necesidad de romper su silencio pese a lo que ella y Candace habían acordado.

Era casi la una y aún no había noticias del comandante Dalgliesh y su equipo. Sólo cuatro de los miembros de la casa fueron al comedor a almorzar: el señor Chandler-Powell, Helena, Flavia y Lettie. Candace había pedido que le subieran a la habitación una bandeja para ella y Marcus. Los días de operaciones, Chandler-Powell comía más tarde con su equipo, si es que llegaba a tomar una comida como es debido, pero otras veces, como hoy, se juntaba con el grupo del comedor. En ocasiones, Lettie lamentaba que el personal subordinado no comiera con ellos, pero sabía que Dean habría considerado degradante para su estatus de chef almorzar o cenar con aquellos a quienes servía. Él y Kim comían después en su apartamento.

La comida fue sencilla, de primero sopa minestrone y luego terrina de pato y cerdo, patatas al horno y ensalada de invierno. Cuando Flavia, mientras se servía ensalada, preguntó si alguien sabía cuándo se esperaba que volviera la policía, Lettie terció con lo que pareció una despreocupación forzada.

—Mientras estábamos en la Casa de Piedra, no han dicho nada. Supongo que estarán ocupados examinando el congelador. A lo mejor se lo llevan. No sé por qué he levantado la tapa. Estábamos saliendo, y he tenido ese gesto impulsivo, quizá simple curiosidad.

—Pues menos mal que lo has hecho —dijo Flavia—. Habría estado aquí durante días mientras los policías buscaban por el campo. Al fin y al cabo, a menos que sospecharan que estaban buscando un cadáver, ¿por qué iban a abrir el congelador? ¿Por qué iba a abrirlo nadie?

El señor Chandler-Powell frunció el ceño pero no hizo ningún comentario. Hubo un silencio roto por la entrada de Sharon para retirar los platos de sopa. El período de inactividad desacostumbrada le había resultado aburrido, así que acabó dignándose realizar un número limitado de tareas domésticas. En la puerta, se volvió y, con lo que para ella era una viveza inesperada, dijo:

—Quizá por el pueblo anda suelto un asesino en serie que nos va a ir liquidando uno a uno. Leí un libro de Agatha Christie que trataba de eso. Se quedaron todos aislados en una isla, y el asesino estaba entre ellos. Al final sólo quedó vivo uno.

La voz de Flavia sonó cortante.

—No seas ridícula, Sharon. ¿La muerte de la señorita Gradwyn te parece obra de un asesino en serie? Estos criminales matan siguiendo un patrón. Además, ¿por qué un asesino en serie va a meter un cadáver en un congelador? Tal vez tu asesino está obsesionado con los congeladores y ahora mismo está buscando otro para acomodar en él a la próxima víctima.

Sharon abrió la boca para replicar, advirtió que Chandler-Powell la miraba, y se lo pensó mejor, abrió la puerta de un puntapié y la cerró a su espalda. No habló nadie. Lettie notó la impresión general de que, si el comentario de Sharon había sido poco prudente, el de Flavia no lo había sido menos. El asesinato era un crimen contaminante, cambiaba sutilmente las relaciones que, aun no siendo muy estrechas, sí habían sido llevaderas y carentes de tensiones, como la suya con Candace y ahora con Flavia. No era una cuestión de sospecha activa, sino más bien la difusión de una atmósfera de inquietud, la creciente conciencia de que otras personas, otras mentes, eran incognoscibles. En todo caso, Flavia le preocupaba. Al tener prohibido el acceso a su sala de estar en el ala oeste, se había aficionado a pasear sola por el jardín o la senda de los limeros hasta las piedras, de donde regresaba con los ojos más rojos e hinchados que si hubiera tenido que soportar un viento glacial o un aguacero repentino. Quizá, pensó Lettie, no era ninguna sorpresa que la muerte de la señorita Gradwyn hubiera afectado a Flavia más que a los demás. Ella y Chandler-Powell habían perdido a una paciente. Para los dos era un fracaso profesional. Y luego estaban los rumores sobre la relación de ella con George. Cuando estaban juntos en la Mansión era siempre una relación de cirujano y enfermera de quirófano, a veces innecesariamente profesional. Desde luego, si habían estado acostándose juntos en la Mansión, alguien se habría enterado. No obstante, Lettie se preguntaba si los cambios de humor de Flavia, esa nueva mordacidad, los paseos solitarios, tenían una causa ajena a la muerte de una paciente.

A medida que transcurría el día, para Lettie iba resultando evidente que esta segunda muerte estaba creando más interés encubierto que miedo o ansiedad. A Robin Boyton no le conocía nadie salvo sus primos, y los que le conocían no le tenían ningún afecto especial. Al menos había tenido el decoro de morir fuera de la Mansión. Nadie habría expresado esa idea con una insensibilidad tan cruel, pero los cien metros o así que había entre la Mansión y la Casa de Piedra suponían una separación tanto física como psicológica de un cadáver que la mayoría imaginaba pero no había visto. Se consideraban más expectadores que participantes en un drama, aislados de la acción; empezaban a sentirse injustificadamente excluidos por Dalgliesh y su equipo, que pedían información y daban muy poco a cambio. Mog, que en virtud de su trabajo en el jardín tenía excusa para merodear por la verja, les proporcionaba datos valiosos. Había informado sobre el regreso de los agentes de la escena del crimen, la llegada del fotógrafo y la doctora Glenister, y finalmente la bolsa llena de bultos que fue transportada en camilla por el camino de la casa hasta la siniestra furgoneta de la morgue. Con esas noticias, el grupo de la Mansión se preparaba para la vuelta de Dalgliesh y su gente.

Dalgliesh, que estaba ocupado en la Casa de Piedra, dejó el interrogatorio inicial a Kate y Benton. Ya eran las tres y media cuando llegaron y, de nuevo con permiso del señor Chandler-Powell, usaron la biblioteca para la mayoría de las entrevistas. Durante las primeras horas, los resultados fueron decepcionantes. La doctora Glenister no podía calcular con exactitud la hora de la muerte hasta después de la autopsia, pero dada la precisión de sus estimaciones preliminares, trabajarían suponiendo que Boyton había muerto el día anterior entre la una y las seis. El hecho de que no hubiera tenido tiempo de lavar los platos después de una comida que tenía más probabilidades de ser almuerzo que desayuno era menos útil de lo que parecía, pues en el fregadero había vajilla y dos cacerolas sucias que parecían de la noche anterior.

Kate decidió preguntarles dónde estaban la víspera desde la una a la hora de la cena, que se había servido a las ocho. Casi todo el mundo tenía una coartada para parte del tiempo, pero no para la totalidad de las siete horas. Por lo general, durante la tarde la gente solía ocuparse de sus asuntos y aficiones, y muchos habían estado solos a ratos, en la Mansión o en el jardín. Marcus Westhall había ido en coche a Bournemouth a hacer unas compras navideñas; había salido poco después de almorzar y no había regresado hasta las siete y media. Kate tuvo la impresión de que para el resto de los presentes resultaba un poco raro que, siempre que aparecía un cadáver, Marcus Westhall tenía la suerte de estar ausente. Por la mañana, su hermana había estado trabajando con Lettie en la oficina, y después de almorzar había vuelto a la Casa de Piedra a atender el jardín. Había estado barriendo hojas, fabricando abono orgánico y cortando ramas muertas de arbustos hasta que empezó a haber poca luz. Había vuelto a la casa a preparar té, tras entrar por la puerta del invernadero, que había dejado abierta. Había visto el coche de Boyton aparcado fuera, pero de él no había sabido nada en toda la tarde.

George Chandler-Powell, Flavia y Helena habían pasado ese tiempo en la Mansión, en sus apartamentos o en la oficina, pero sólo tenían coartada para el rato en que habían estado con los otros almorzando, tomando el té de la tarde en la biblioteca o cenando a las ocho. Kate notaba el enojo de los tres, compartido con los demás, por tener que ser tan concretos con las horas. Al fin y al cabo, para ellos había sido un día normal y corriente. Mog afirmaba que la mayor parte de la tarde anterior había estado atareado en la rosaleda y plantando bulbos de tulipán en las grandes urnas de los jardines de diseño formal. Nadie recordaba haberle visto, pero fue capaz de enseñar un cubo con unos cuantos bulbos a la espera de ser plantados y los paquetes rotos que habían contenido el resto. Ni Kate ni Benton tuvieron ganas de hacerle excavar en las urnas para verificar que los bulbos estaban allí, pero sin duda esto podía hacerse si se estimaba oportuno.

A Sharon la habían convencido para que dedicara parte de la tarde a quitar el polvo y abrillantar muebles y pasar la aspiradora por las alfombras del gran salón, el vestíbulo y la biblioteca. Desde luego, de vez en cuando el ruido de la aspiradora había sido un fastidio para los otros presentes en la Mansión, pero nadie sabía concretar cuándo lo había oído. Benton señaló la posibilidad de dejar una aspiradora en marcha sin que nadie la utilizara, sugerencia que a Kate le costó tomar en serio. Sharon también había pasado un rato en la cocina ayudando a Dean y Kimberley. Dio su testimonio de buen grado, pero tardaba un tiempo exagerado en responder a las preguntas y desde el principio estuvo mirando a Kate con un interés especulativo y una pizca de lástima que la inspectora consideró más desconcertante que la hostilidad indisimulada que había esperado.

A última hora de la tarde, reinaba la sensación general de que hasta el momento se había avanzado poco. Era perfectamente posible que cualquiera de los residentes de la Mansión, incluido Marcus en su trayecto a Bournemouth, hubiera pasado por la Casa de Piedra, pero ¿cómo alguien que no fuera un Westhall pudo atraer a Robin a la casa, matarlo y regresar inadvertido a la Mansión evitando a los guardas jurados? Obviamente el primer sospechoso era Candace Westhall, que desde luego tenía fuerza suficiente para meter a Robin en el congelador, pero era muy prematuro decidirse por un sospechoso principal cuando en el momento actual aún no tenían pruebas convincentes de que hubiera sido un asesinato.

Eran casi las cinco cuando fueron a ver a los Bostock. El interrogatorio tuvo lugar en la cocina, donde Kate y Benton se instalaron cómodamente en sendas sillas bajas junto a la ventana mientras los Bostock retiraban de la mesa un par de sillas de respaldo alto y las acercaban. Antes de sentarse, prepararon té para los cuatro y, con cierta ceremonia, colocaron una mesita baja delante de los visitantes y les invitaron a probar las galletas de Kim, recién hechas y todavía en el horno de la cocina. Desde la puerta abierta del horno venía un olor irresistible, sabroso y especiado. Las galletas, casi demasiado calientes para poder sostenerlas, finas y crujientes, eran deliciosas. Kim, con cara de niña feliz, les sonreía mientras comían e insistía en que no se reprimieran, que había más. Dean sirvió el té; el ambiente se tornó doméstico, casi íntimo. En el exterior, el aire saturado de lluvia presionaba contra las ventanas como la niebla, y la oscuridad cada vez mayor lo ocultaba todo menos la geometría del jardín clásico mientras la alta hilera de hayas se convertía en una mancha lejana. Dentro todo era luz, color y calidez, y el reconfortante aroma del té y la comida.

Los Bostock tenían una coartada mutua, pues habían pasado juntos la mayor parte de las veinticuatro horas anteriores, sobre todo en la cocina o, aprovechando la ausencia momentánea de Mog, visitando el huerto y escogiendo verduras para la cena. Mog solía molestarse ante cualquier hueco que viera en sus cuidadosamente plantadas hileras. A la vuelta, Kim había servido la comida y más tarde había recogido la mesa, pero siempre con alguien presente: la señorita Cresset o la señora Frensham.

Los Bostock parecían conmocionados, pero menos afligidos o asustados de lo que Kate y Benton esperaban, en parte, pensó Kate, porque Boyton había sido sólo un visitante ocasional para con quien ellos no tenían ninguna responsabilidad y cuyas raras apariciones, lejos de contribuir a la alegría de la comunidad, eran consideradas, en especial por Dean, como una potencial fuente de irritación y trabajo adicional. Boyton había dejado su impronta —un hombre joven con su aspecto difícilmente podía no hacerlo—, pero Kimberley, felizmente enamorada de su esposo, era impermeable a la belleza clásica, y Dean, muy apegado a su mujer, estaba en buena medida preocupado por proteger su cocina contra intromisiones injustificadas. Ninguno de los dos parecía particularmente atemorizado, quizá porque habían conseguido convencerse a sí mismos de que la muerte de Boyton había sido un accidente.

Conscientes de su no implicación, interesados, algo excitados y nada afectados, siguieron con su charla, y Kate dejó que la conversación fluyera. A los Bostock, como a los demás miembros de la casa, sólo se les había dicho dónde había sido hallado el cadáver de Boyton. ¿Qué más se podía decir en el momento actual? Además no tenía sentido ocultar nada a nadie. Con algo de suerte quizá sería posible impedir que la prensa se enterase de esta muerte, y de momento también el pueblo si Mog mantenía la boca cerrada, pero no era factible ni necesario hacer lo mismo con la gente de la Mansión.

El descubrimiento se produjo casi a las seis. Kim se despertó de un breve ensueño silencioso y dijo:

—Pobre hombre. Seguramente se encaramó dentro del congelador y le cayó la tapa encima. ¿Por qué haría algo así? Quizás estaba jugando a alguna tontería, una especie de desafío personal, como hacen los niños. En casa, mi madre tenía un cesto grande de mimbre, que parecía más un baúl, y los niños nos escondíamos allí. Pero ¿por qué no empujó la tapa hacia arriba?

Dean ya estaba quitando la mesa.

—No se puede —dijo él—. Si cae el pestillo, no se puede. Pero no era un niño. Vaya bobada que hizo. Y vaya manera de morir, por asfixia. O tal vez sufrió un ataque cardíaco. —Mirando a Kim a la cara, arrugada por la angustia, añadió con firmeza—: Seguramente fue eso, un ataque al corazón. Se metió en el congelador por curiosidad, le entró el pánico al ver que no podía abrir la tapa, y se murió. Rapidito. No sentiría nada.

—Puede ser —dijo Kate—. Sabremos más después de la autopsia. ¿Se había quejado alguna vez del corazón, de que debía tener cuidado o algo así?

Dean miró a Kim, que negó con la cabeza.

—A nosotros no. Pero esto es normal, ¿no? No venía muy a menudo, y cuando venía no solíamos verlo. Los Westhall lo sabrán. Eran primos, y por lo visto venía a visitarles. La señora Frensham le hacía pagar algo, pero Mog cree que no era el alquiler completo que pagan las visitas. Decía que el señor Boyton sólo buscaba unas vacaciones baratas.

—No creo que la señorita Candace supiera nada sobre la salud del señor Boyton —dijo Kim—. El señor Marcus, siendo médico, quizá sí, pero creo que no estaban muy unidos. He oído a la señorita Candace decir a la señora Frensham que Robin Boyton nunca se tomaba la molestia de comunicarles cuándo iba a alquilar el chalet, y si quieren que les diga, no estaban muy contentos de verlo. Mog dice que había una especie de enemistad familiar, pero no sabe por qué.

—De todos modos, esta vez el señor Boyton dijo que había venido a ver a la señorita Gradwyn —señaló Kate.

—Pero no la vio, ¿verdad? Ni esta vez ni cuando ella estuvo aquí un par de semanas atrás. Se ocuparon de ella el señor Chandler-Powell y la enfermera Holland. No creo que el señor Boyton y la señorita Gradwyn fueran amigos. Seguramente así él se daba importancia. Pero lo del congelador es extraño. Ni siquiera está en su chalet, pero parecía fascinado por él. Dean, ¿recuerdas todas aquellas preguntas que hizo la última vez que estuvo aquí para pedirnos un poco de mantequilla? Que nunca devolvió, por cierto.

Disimulando su interés y procurando evitar los ojos de Benton, Kate dijo:

—¿Cuándo fue eso?

Dean echó una mirada a su esposa.

—La noche que llegó la señorita Gradwyn. Martes veintisiete, ¿no? Los huéspedes han de traer su propia comida y luego comprar en tiendas de la localidad o comer fuera. Yo siempre dejo leche en la nevera, y té, café y azúcar, pero nada más a no ser que ellos pidan con antelación provisiones, que Mog se encarga de traer. El señor Boyton telefoneó para decir que se había olvidado de comprar mantequilla y que si le podíamos prestar un poco. Dijo que vendría por ella, pero no me hizo gracia la idea de que estuviera husmeando por la cocina y dije que se la llevaría yo. Eran las seis y media, y todo parecía indicar que había llegado hacía poco. Su ropa estaba tirada por el suelo de la cocina. Preguntó si había llegado la señorita Gradwyn y cuándo podría verla, pero yo le dije que no podía hablar de nada que tuviera que ver con los pacientes y que eso debía preguntárselo a la enfermera o al señor Chandler-Powell. Y de pronto, como por azar, comenzó a hacer preguntas sobre el congelador, cuánto tiempo llevaba en la casa de al lado, si aún funcionaba, si la señorita Westhall lo usaba. Le dije que era viejo y estaba inservible, y que nadie lo utilizaba. Le expliqué que la señorita Westhall le había pedido a Mog que se deshiciera de él, pero éste le dijo que no era cometido suyo. Era el ayuntamiento quien tenía que llevárselo, y la señorita Cresset o la señorita Westhall tenían que llamar. Pero creo que no llamó nadie. De repente dejó de hacer preguntas. Me ofreció una cerveza, pero yo no quería beber con él, en todo caso no tenía tiempo, así que me fui y regresé a la Mansión.

—Pero el congelador estaba al lado, en la Casa de Piedra —dijo Kate—. ¿Cómo lo sabía? Cuando llegó ya habría oscurecido.

—Lo veía en una visita anterior —dijo Dean—. En algún momento habría estado en la Casa de Piedra, al menos desde que murió el viejo. Repetía mucho que los Westhall eran primos suyos. O a lo mejor curioseó por ahí cuando la señorita Westhall no estaba. Por aquí la gente no suele molestarse en cerrar las puertas.

—Además hay una puerta que permite ir desde la vieja despensa hasta el jardín atravesando el cobertizo-invernadero —dijo Kim—. Quizás estuviera abierta. O acaso viera el congelador desde la ventana. Es curioso que tuviera interés en esto. Es sólo un congelador viejo. Ni siquiera funciona. Se estropeó en agosto. ¿Te acuerdas, Dean? Querías utilizarlo para guardar esa anca de venado durante el día festivo y te encontraste con que estaba averiado.

Al menos se había logrado algo. Benton echó una mirada rápida a Kate, cuyo rostro era inexpresivo, pero él sabía que los pensamientos de ambos iban acompasados.

—¿Cuándo se utilizó por última vez como congelador? —preguntó ella.

—No lo recuerdo —dijo Dean—. Nadie informó de que ya no funcionaba. Sólo lo necesitábamos en los días festivos, y cuando el señor Chandler-Powell tenía invitados, entonces podía llegar a ser útil. Normalmente, con el congelador de aquí hay más que suficiente.

Kate y Benton se levantaron para marcharse.

—¿Han contado a alguien el interés del señor Boyton por el congelador? —preguntó Kate. Los Bostock se miraron uno a otro y luego menearon enérgicamente la cabeza—. En este caso, por favor, que esto no salga de aquí. No hablen del congelador con nadie más de la Mansión.

—¿Tan importante es? —preguntó Kimberley boquiabierta.

—Probablemente no, pero aún no sabemos qué es o qué podría ser importante. Por eso quiero que no digan nada.

—No diremos nada —dijo Kim—. Que me muera si miento. En todo caso, al señor Chandler-Powell no le gusta que contemos chismes y nunca lo hacemos.

Apenas puestos en pie, Kate y Benton estaban dando las gracias a Dean y Kimberley por el té y las galletas cuando sonó el móvil de Kate. Escuchó, acusó recibo de la llamada y no dijo nada hasta que estuvieron fuera.

—Era AD —dijo—. Hemos de ir enseguida a la Vieja Casa de la Policía. Candace Westhall quiere hacer una declaración. Estará ahí en quince minutos. Parece que por fin hay algún avance.

11

Llegaron a la Vieja Casa de la Policía justo antes de que Candace saliera por la verja de la Mansión, y desde la ventana Kate alcanzó a ver su robusta figura haciendo una pausa para mirar a un lado y otro de la carretera, y luego cruzando con confianza, balanceando los fuertes hombros. Dalgliesh la recibió en la puerta y la condujo a un asiento de la mesa, y luego se sentó enfrente junto a Kate. Benton cogió la cuarta silla y, libreta en mano, se colocó a la derecha de la puerta. Con su atuendo campesino y sus zapatos gruesos, Candace, pensó Benton, mostraba la seguridad en sí misma de la esposa de un párroco rural que visitara a un feligrés pecador reincidente. Sin embargo, desde su silla Dalgliesh podía vislumbrar el único signo de nerviosismo, las manos unidas en el regazo que se tensaban por momentos. Lo que hubiera venido a decirles le había llevado su tiempo, pero él no tuvo ninguna duda de que ella sabía con precisión lo que estaba dispuesta a revelar y cómo lo expresaría. Sin esperar a que hablara Dalgliesh, comenzó su relato.

—Tengo una explicación de lo que puede haber pasado, lo que a mí me parece posible, incluso probable. De ahí no salgo bien parada, pero creo que ustedes deben saberlo aunque decidan no tenerlo en cuenta por considerarlo una fantasía. Robin pudo haber estado experimentando o ensayando algún juego ridículo que acabó en desastre. Tengo que dar una explicación, pero esto supondrá desvelar asuntos familiares que, en sí mismos, no guardan ninguna relación con el asesinato de Rhoda Gradwyn. Parto de la base de que lo que les cuente será tratado de manera confidencial si quedan convencidos de que no tiene nada que ver con aquella muerte.

Las palabras de Dalgliesh, una declaración más que una advertencia, carecieron de énfasis, pero fueron directas.

—Me corresponderá a mí decidir lo que guarda relación o no y cómo serán protegidos los secretos de la familia. Pero sepa que no puedo garantizarle nada de antemano.

—Así que en cuanto a esto, como en otras cosas, hemos de confiar en la policía. Ya me perdonará, pero no resulta fácil en una época en que la información de interés periodístico es dinero.

—Mis agentes no venden información a los periódicos —dijo Dalgliesh con calma—. Señorita Westhall, no perdamos el tiempo. Usted tiene la responsabilidad de colaborar con mi investigación revelando cualquier información que pueda venir al caso. No queremos causar ninguna aflicción innecesaria; además ya tenemos suficientes problemas en el procesamiento de la información pertinente para perder tiempo en asuntos que no son pertinentes. Si usted sabe cómo acabó el cadáver de Robin Boyton en el congelador, o sabe algo que pueda ayudarnos a responder a esta pregunta, será mejor que empecemos.

Si la reprimenda escoció a Candace, no lo dio a entender.

—Quizá ya sepan algo de eso si Robin habló con ustedes sobre su relación con la familia —dijo.

Como Dalgliesh no replicó, ella prosiguió.

—Era, y le gustaba proclamarlo, primo hermano de Marcus y mío. Su madre, Sophie, era la única hermana de nuestro padre. Durante al menos las dos últimas generaciones los hombres Westhall infravaloraron y en ocasiones despreciaron a sus hijas. El nacimiento de un varón era motivo de celebración, el de una niña una desgracia. Este prejuicio no es del todo infrecuente ni siquiera hoy, pero en el caso de mi padre y mi abuelo vino a ser casi una obsesión familiar. No estoy diciendo que hubiera crueldad o desatención física. Nada de eso. Pero no tengo ninguna duda de que la madre de Robin sufrió abandono emocional, por el que adquirió un sentido de inferioridad y desconfianza en sí misma. No era lista ni bonita, ni especialmente simpática, y fue, como es lógico, un problema desde la infancia. Se marchó de casa en cuanto pudo y encontró cierta satisfacción en contrariar a sus padres viviendo una vida bastante agitada en el mundo frenético de lo marginal y de la música pop. Sólo contaba veintiún años cuando se casó con Keith Boyton; difícilmente pudo haber elegido peor. A él sólo lo vi una vez, pero me pareció repelente. Cuando se casaron, ella estaba embarazada, pero esto apenas suponía una excusa, y me sorprende que quisiera seguir adelante con su embarazo. La maternidad era una sensación nueva, supongo. Keith tenía cierto encanto superficial, pero jamás he conocido a nadie que intentara sacar tajada de modo más descarado. Era diseñador, o eso decía, y trabajaba de vez en cuando. Entre un empleo y otro hacía trabajos sueltos para ganar algo; en una época creo que estuvo vendiendo cristales dobles por teléfono. Nada duraba. Mi tía, que trabajaba de secretaria, era la que más dinero llevaba a casa. De alguna manera el matrimonio duró sobre todo porque él dependía de ella. Quizá mi tía le quería. En todo caso, según Robin, su madre murió de cáncer cuando él tenía siete años y Keith conoció a otra mujer y emigró a Australia. Desde entonces nadie ha tenido noticias suyas.

—¿Cuándo empezó Robin Boyton a ponerse regularmente en contacto con ustedes? —preguntó Dalgliesh.

—Cuando Marcus consiguió el empleo aquí con Chandler-Powell y trasladamos a mi padre a la Casa de Piedra. Empezó pasando breves vacaciones en la casa de huéspedes, evidentemente esperando conseguir despertar en Marcus o en mí cierto interés hacia él por nuestra condición de primos. Con toda franqueza, interés no había ninguno. Sin embargo, yo tenía un poco de mala conciencia. Aún la tengo. De vez en cuando le ayudaba con pequeñas cantidades, doscientos cincuenta por aquí, quinientos por allá, cuando él pedía diciendo que estaba desesperado. Pero de repente decidí que esto no era sensato. Era como asumir una responsabilidad que yo, sinceramente, no aceptaba.

Hace más o menos un mes, a Robin se le ocurrió una idea insólita. Mi padre murió sólo treinta y cinco días después de que lo hiciera mi abuelo. Si los días hubieran sido menos de veintiocho, habría habido un problema con el testamento, que incluía una cláusula según la cual un beneficiario, para heredar, debía sobrevivir veintiocho días al testador. Como es lógico, si mi padre no se hubiera beneficiado del testamento del abuelo, nosotros no habríamos heredado nada. Robin consiguió una copia del testamento del abuelo y concibió la extravagante idea de que nuestro padre había muerto un poco antes de transcurrido el período de veintiocho días, y que Marcus y yo, o uno de los dos, habíamos escondido el cadáver en el congelador de la Casa de Piedra, y lo habíamos descongelado al cabo de unas dos semanas y entonces habíamos llamado al viejo doctor Stenhouse para que firmara el certificado de defunción. El congelador se estropeó finalmente el pasado verano, pero en la época de la que hablo, aunque apenas se utilizaba, funcionaba todavía.

—¿Cuándo le expuso a usted por primera vez esa idea? —preguntó Dalgliesh.

—Durante los tres días en que Rhoda Gradwyn estuvo aquí con motivo de su visita preliminar. Él llegó a la mañana siguiente y creo que tenía intención de verla, pero ella se mantuvo firme en que no quería visitas, y por lo que sé, a él no se le dejó entrar en la Mansión en ningún momento. Quizás ella estaba detrás de todo. No tengo dudas de que actuaban en connivencia; de hecho, él más o menos lo admitió. ¿Por qué, si no, escogió Gradwyn la Mansión, y por qué era tan importante para Robin estar aquí con ella? El plan acaso fuera una diablura para ella, difícilmente pudo haberlo tomado en serio, pero para él no era ninguna broma.

—¿Cómo le planteó él la cuestión?

—Dándome un viejo libro. *Untimely Death*, de Cyril Hare. Es una novela policíaca en la que se falsifica el momento de una muerte. Me lo trajo tan pronto llegó, diciéndome que, en su opinión, yo lo encontraría interesante. La verdad es que yo lo había leído hacía muchos años y por lo que sé está agotado. Le dije a

Robin que no tenía interés en volver a leerlo y se lo devolví. Entonces supe qué se proponía.

—Está claro que era una idea absurda —dijo Dalgliesh—, apropiada para una novela ingeniosa pero no para la situación de aquí. Él no creería que en ella hubiera nada de verdad.

—Oh, desde luego que lo creía. De hecho, había diversas circunstancias que, podría decirse, añadían credibilidad a la fantasía. La idea no era tan ridícula como parece. No creo que hubiéramos podido mantener el engaño durante mucho tiempo, pero durante unos días o una semana, quizá dos, habría sido perfectamente posible. Mi padre era un paciente dificilísimo que aborrecía la enfermedad, no soportaba la compasión y se negaba en redondo a recibir visitas. Lo cuidé con ayuda de una enfermera retirada, que ahora vive en Canadá, y una vieja asistenta que murió hace más de un año. Al día siguiente de que Robin se fuera recibí una llamada del doctor Stenhouse, el médico de cabecera que había atendido a mi padre. Robin lo había ido a ver con alguna excusa para intentar averiguar cuánto tiempo llevaba muerto mi padre antes de que lo llamaran. El médico nunca había sido un hombre complaciente, y una vez jubilado era incluso menos tolerante con los idiotas que cuando ejercía, y me imagino muy bien la respuesta que obtuvo Robin por su impertinencia. El doctor Stenhouse dijo que no respondía a preguntas sobre pacientes cuando estaban vivos ni tampoco cuando estaban muertos. Imagino que Robin acabó convencido de que el viejo doctor, si no chocheaba cuando firmó el certificado de defunción, o bien había sido engañado o bien era cómplice. Probablemente supuso que habíamos sobornado a Grace Holmes, la enfermera que emigró a Canadá, y a la asistenta, Elizabeth Barnes, ya fallecida.

»Sin embargo, había algo que él no sabía. La noche antes de morir, mi padre pidió ver al párroco de la parroquia, el reverendo Clement Matheson, que aún lo es. Naturalmente acudió enseguida; lo acompañó en coche su hermana mayor Marjorie, que le lleva la casa y podría decirse que personifica la iglesia militante. Nadie habrá olvidado aquella noche. El padre Clement llegó preparado para dar la extremaunción y sin duda consolar a un alma penitente. Sin embargo, mi padre reunió fuerzas para arremeter por última vez contra todas las creencias religiosas, en especial el cristianismo, con mordaz referencia a la propia Iglesia del padre Clement. Esto no era una información que Robin pudiera obtener en la barra del Cresset Arms. Dudo que el padre Clement o Marjorie hayan hablado nunca de ello excepto a Marcus y a mí. Fue una experiencia desagradable y humillante. Por suerte, los dos viven aún. Pero tengo otro testigo. Hace diez días visité brevemente Toronto para ver a Grace Holmes. Ella era una de las pocas personas a quien mi padre aguantaba, si bien en el testamento no le dejó nada, y cuando éste fue autentificado, quise darle una cantidad para compensarle por ese año terrible. Me dio una carta, que he entregado a mi abogado, en la que declara que estaba con mi padre el día que murió.

—Provista de esta información —dijo Kate con calma—, ¿no se enfrentó usted inmediatamente a Robin Boyton para desilusionarle?

—Quizá debería haberlo hecho, pero me hizo gracia quedarme callada y dejar que él se embrollara más. Si analizo mi conducta con toda la honestidad posible cuando trato de justificarme, creo que me alegró que él revelara algo de su verdadera naturaleza. Yo siempre había sentido cierta culpabilidad por el hecho de que su madre hubiera padecido tanto rechazo. Pero ya no sentía la necesidad de pagarle a él nada. Con este intento de chantaje, me había liberado de cualquier obligación futura. Más bien deseaba que llegara mi momento de triunfo, por insignificante que fuera, y su desengaño.

—¿Llegó a exigirle dinero? —preguntó Dalgliesh.

—No, no llegó a este extremo. Si lo hubiera hecho, yo podría haberle denunciado a la policía por intento de chantaje, pero dudo que hubiera tomado esa vía. De todos modos, él insinuó con mucha claridad lo que tenía en mente. Pareció satisfecho cuando le dije que consultaría a mi hermano y estaríamos en contacto. No admití nada, por supuesto.

—¿Su hermano sabe algo de esto? —preguntó Kate.

—Nada. Últimamente estaba muy inquieto porque quería dejar el empleo e irse a trabajar a África, y no vi ninguna razón para preocuparle con lo que básicamente era una estupidez. Y desde luego él no habría estado de acuerdo con mi plan de aguardar el momento oportuno para que la humillación de Robin fuera máxima. El carácter de Marcus es más digno de admiración que el mío. Creo que Robin estaba preparando el terreno para una acusación final, posiblemente una insinuación de que yo le entregara una cantidad concreta a cambio de su silencio. Creo que por eso se quedó aquí tras la muerte de Rhoda Gradwyn. Al fin y al cabo, tengo entendido que ustedes no podían retenerle legalmente a menos que hubiera algún cargo contra él, y además la mayoría de la gente estaría más que contenta de marcharse de la escena del crimen. Desde la muerte de Rhoda Gradwyn, estuvo rondando por los alrededores del Chalet Rosa y el pueblo, a todas luces agitado y, a mi juicio, asustado. Pero necesitaba llevar la cuestión a un punto crítico. No sé por qué trepó al congelador. Tal vez para ver si era factible que el cadáver de mi padre hubiera estado guardado ahí. Después de todo, mi padre era bastante más alto que Robin, incluso tras achicarse a causa de la enfermedad. Robin quizá tuvo entonces la idea de citarme en la vieja despensa y luego abrir despacio el congelador y aterrorizarme para que confesara. Éste es exactamente el tipo de gesto dramático que le habría gustado.

—Si estaba asustado —dijo Kate—, ¿podría deberse a que tuviera miedo de usted personalmente? Quizá pensó que usted había matado a la señorita Gradwyn por su implicación en el complot y que él también corría peligro.

Candace Westhall volvió los ojos hacia Kate. Ahora la aversión y el desdén eran inequívocos.

—Creo que ni siquiera la inflamada imaginación de Robin Boyton podía concebir en serio que yo considerase el asesinato como un modo racional de resolver ningún dilema. Con todo, supongo que es posible. Y ahora, si no tienen más preguntas, me gustaría volver a la Mansión.

—Sólo dos —dijo Dalgliesh—. ¿Metió usted a Robin Boyton en el congelador vivo o muerto?

—No.

—¿Mató usted a Robin Boyton?

—No.

Candace vaciló, y por un momento a Dalgliesh le pareció que iba a añadir algo. Pero se puso en pie y se fue sin decir palabra ni mirar atrás.

12

A las ocho de esa misma tarde, Dalgliesh ya se había duchado y cambiado y se disponía a elegir la cena cuando oyó el coche. Llegó por el camino casi en silencio. Lo primero que le hizo notar su llegada fue que las ventanas se iluminaban tras las cortinas echadas. Abrió la puerta principal y vio un Jaguar que se detenía en el arcén opuesto; entonces las luces se apagaron. Al cabo de unos segundos, Emma cruzó la calzada hacia él. Llevaba un jersey grueso y una chaqueta de piel de borrego, la cabeza descubierta. Mientras entraba sin hablar, Dalgliesh la rodeó instintivamente con el brazo, pero el cuerpo de ella estaba rígido. Parecía no ser apenas consciente de la presencia de su compañero, y la mejilla que por un momento rozó la de él estaba helada. A Dalgliesh le entró un miedo atroz. Había sucedido algo gravísimo, un accidente, acaso una tragedia. De lo contrario ella no habría aparecido así, sin avisar. Cuando estaba ocupado en un caso, Emma ni siquiera telefoneaba, por deseo no de él sino de ella misma. Nunca antes había invadido el territorio de una investigación. Hacerlo en persona sólo podía ser la señal de un desastre.

La ayudó a quitarse la chaqueta y la condujo a una butaca junto a la chimenea, esperando que hablara. Mientras permanecía sentada en silencio, él fue a la cocina y enchufó el termo de café. Ya estaba caliente, por lo que tardó sólo unos segundos en echarlo en una taza, añadir leche y llevárselo. Emma se quitó los guantes y envolvió el calor de la taza con los dedos.

—Lamento no haber telefoneado —dijo—. Tenía que venir. Tenía que verte.

—¿Qué pasa, cariño?

—Annie. Ha sido agredida y violada. Ayer por la noche. Volvía a casa después de haber dado clase de inglés a dos inmigrantes. Es una de las cosas que hace. Está en el hospital y creen que se recuperará. Con eso supongo que quieren decir que no morirá. Pero yo no creo que vaya a recuperarse, al menos no del todo. Perdió mucha sangre, y una de las heridas de navaja le perforó un pulmón. No alcanzó el corazón por poco. Alguien del hospital dijo que había tenido suerte. ¡Suerte! Vaya palabra más extraña.

Él por poco pregunta ¿cómo está Clara?, pero antes de formar las palabras supo que la pregunta era tan ridícula como carente de sensibilidad. Ella lo miró a la cara por primera vez. Sus ojos estaban llenos de dolor. Sufría un suplicio de pena y cólera.

—No pude ayudar a Clara. Yo no le servía de nada. La abracé, pero no eran los míos los brazos que quería. De mí sólo quería una cosa, que consiguiera que tú te encargaras del caso. Por esto estoy aquí. Ella confía en ti. No le cuesta hablar contigo. Y sabe que eres el mejor.

Estaba aquí por eso, claro. No había venido en busca de consuelo o porque necesitara verlo y compartir su pesar. Quería algo de él, y ese algo él no podía dárselo. Se sentó frente a ella y dijo con calma:

—Emma, no va a poder ser.

Ella dejó la taza de café en la chimenea, y Dalgliesh vio que le temblaban las manos. Quería alargar el brazo y cogerlas, pero temió que ella se retirase. Cualquier otra cosa antes que eso.

—Ya me esperaba tu respuesta —dijo ella—. Intenté explicarle a Clara que esto iría contra las normas, pero no lo entendió, al menos no del todo. Tampoco estoy segura de entenderlo yo. Ella sabe que la víctima de aquí, la mujer muerta, es más importante que Annie. A esto se dedica tu brigada especial, ¿no?, a resolver crímenes cuando se trata de gente importante. Pero Annie es importante para ella. Para ella y Annie la violación es más horrorosa que la muerte. Si tú te ocuparas de la investigación, ella sabría que el hombre que lo hizo sería detenido.

—Emma —dijo él—, la importancia de la víctima no es lo que más importa a la brigada. Para la policía, un asesinato es un asesinato, algo único, que no hay que dejar a un lado de forma permanente; la investigación no ha de constar nunca como fracasada, sólo no resuelta de momento. Ninguna víctima de asesinato carece nunca de importancia. Ningún sospechoso, por poderoso que sea, puede conseguir inmunidad. Pero hay casos que es mejor adjudicarlos a un equipo pequeño, casos en que a la justicia le interesa un resultado rápido.

—Ahora mismo Clara no cree en la justicia. Cree que tú puedes hacerte cargo si quieres, que si quieres te sales con la tuya, con reglas o sin ellas.

Parecía impropio estar sentados tan separados. Él deseaba abrazarla, pero eso sería un consuelo demasiado fácil, casi, pensó, una ofensa para la pena de Emma. ¿Y si ella se apartaba? ¿Y si dejaba claro, mediante un estremecimiento de desagrado, que él no la consolaba sino que aumentaba su angustia? ¿Qué representaba él para ella ahora? ¿Muerte, violación, mutilación y descomposición? ¿No tenía su trabajo una valla con el invisible signo de «Prohibido el paso»? Y éste no era un problema que pudiera resolverse con besos y susurrando palabras tranquilizadoras. Ellos no, al menos. Ni siquiera podía resolverse mediante una discusión racional, aunque era el único modo. ¿No se enorgullecía él, pensó con amargura, de que siempre podían hablar? Pero ahora no, sobre cualquier cosa no.

—¿Quién es el jefe de la investigación? —preguntó—. ¿Has hablado con él?

—El detective A. L. Howard. Tengo una tarjeta por ahí. Ha hablado con Clara, desde luego, y visitó a Annie en el hospital. Dijo que una inspectora tendría que formular algunas preguntas a Annie antes de que la anestesiaran, por si moría, supongo. Estaba muy débil y sólo fue capaz de decir unas cuantas palabras, pero al parecer fueron importantes.

—Andy Howard es un buen detective y su equipo lo forma

gente muy competente. Se trata de un caso que no puede resolverse más que con una labor policial concienzuda, gran parte de ella rutina lenta y laboriosa. Pero lo conseguirán.

—A Clara no le cayó especialmente bien. Porque no eras tú, supongo. Y la sargento... Clara casi la golpea. Preguntó a Annie si recientemente había tenido relaciones sexuales con algún hombre antes de ser violada.

—Emma, es una pregunta que debía hacer. Así tendrían el ADN, lo que es una gran ventaja. Pero no puedo asumir la investigación de otro agente, aparte de que estoy metido en otra, y aunque pudiera, esto no ayudaría a resolver la violación. A estas alturas, incluso podría ser un impedimento. Lamento no poder regresar contigo para intentar explicárselo a Clara.

—Oh, me figuro que al final lo entenderá —dijo ella con tristeza—. Lo único que quiere ahora es alguien en quien confiar, no desconocidos. Supongo que yo ya sabía lo que dirías, y debía haber sido capaz de explicármelo a mí misma. Lamento haber venido. Ha sido una decisión equivocada.

Ella se había puesto en pie, y él se levantó y se le acercó.

—Yo no lamento ninguna decisión tuya que te lleve hasta mí —dijo.

Al momento ella estaba en sus brazos estremeciéndose con la fuerza de su llanto. La cara que se apretaba contra la de él estaba empapada de lágrimas. Dalgliesh la mantuvo abrazada hasta que se tranquilizó, y luego dijo:

—Cariño, ¿has de regresar esta noche? Es un largo trecho. Yo puedo dormir perfectamente en este sillón.

Como había hecho en una ocasión, recordó, en Saint Anselm's College, poco después de conocerse. Emma se alojaba al lado, pero tras el asesinato él se había acomodado en un sillón de la sala de estar para que ella se sintiera a salvo en la cama de él mientras procuraba dormir. Se preguntó si Emma también lo estaba recordando.

—Conduciré con cuidado —dijo Emma—. Vamos a casarnos dentro de cinco meses. No correré el riesgo de matarme antes.

—¿De quién es el Jaguar?

—De Giles. Está en Londres asistiendo a un congreso de una semana y llamó para saludar. Va a casarse, y supuse que quería hablarme de ello. Cuando se enteró de lo sucedido y de que yo quería venir aquí, me prestó el coche. Clara necesitaba el suyo para visitar a Annie y el mío está en Cambridge.

Dalgliesh sintió una súbita punzada de celos, tan intensa como poco grata. Ella había roto con Giles antes de conocerle a él. Giles le había propuesto matrimonio, y ella no había aceptado. Era todo lo que Dalgliesh sabía. Nunca se había sentido amenazado por nada del pasado de Emma, ni ella tampoco por el de él. ¿A qué venía pues esta repentina respuesta primitiva ante lo que al fin y al cabo era un gesto generoso y amable? No quería pensar mal de Giles, y además ahora el hombre tenía su cátedra en alguna universidad del norte, convenientemente lejos. Entonces, ¿por qué demonios no podía quedarse donde estaba? Se sorprendió a sí mismo pensando desconsolado que Emma quizá se sentía cómoda conduciendo un Jag; al fin y al cabo no sería la primera vez. Conducía el de él.

Dominándose, dijo:

—Hay un poco de sopa y jamón; prepararé unos bocadillos. Quédate junto al fuego, ya lo traigo todo.

Incluso ahora, en lo más hondo de la pena, cansada y con los ojos pesados, Emma era hermosa. El hecho de que esa idea, por su egocentrismo, su incitación al sexo, le asaltara tan rápidamente le dejó consternado. Ella había venido a él en busca de consuelo, y él no podía darle el único consuelo que ella ansiaba. Esta avalancha de ira y frustración por su impotencia, ¿no era la atávica arrogancia masculina según la cual el mundo es un lugar cruel y peligroso pero ahora tienes mi amor y voy a protegerte? La reticencia respecto a su trabajo, ¿no era más un deseo de proteger a Emma de las peores realidades de un mundo violento que una respuesta a la renuncia de Emma ante la idea de implicarse? De todos modos, también el mundo de ella, académico y al parecer muy enclaustrado, tenía sus brutalidades. La reverenciada paz del Trinity Great Court era una ilusión. Pensó: *Nos lanzan violentamente al mundo con sangre y dolor, y pocos de nosotros morimos con la dignidad que esperamos y por la que algunos rezamos. Con independencia de si decidimos considerar la vida como una felicidad inminente interrumpida sólo por las penas y las decepciones inevitables, o como el proverbial valle de lágrimas con breves interludios de alegría, el dolor vendrá, salvo a unos cuantos cuyas embotadas sensibilidades los vuelven aparentemente impermeables a la dicha o a la tristeza.*

Comieron juntos sin cruzar apenas palabra. El jamón estaba tierno, y Dalgliesh lo amontonó generoso en el pan. Se tomó la sopa casi sin saborearla, sabiendo sólo vagamente que estaba buena. Ella consiguió comer y en veinte minutos estuvo lista para irse.

Tras ayudarla a ponerse la chaqueta, él dijo:

—¿Me llamarás cuando llegues a Putney? No quiero ser pesado, pero necesito saber que has llegado a casa sin novedad. Luego hablaré con el detective Howard.

—Llamaré —dijo ella.

La besó en la mejilla casi por cortesía y la acompañó al coche. Luego se quedó de pie mirando cómo éste desaparecía camino abajo.

De nuevo junto a la chimenea, se quedó mirando las llamas. ¿Tenía que haber insistido en que se quedara a pasar la noche? Pero insistir era impropio de su relación. ¿Y quedarse dónde? Estaba su dormitorio, pero ¿habría querido ella dormir ahí, distanciada por las complicadas emociones y las inhibiciones tácitas que los mantenían separados cuando él trabajaba en un caso? ¿Le habría gustado a ella verse frente a Kate y Benton mañana por la mañana o quizás esta noche? No obstante, le preocupaba su seguridad. Emma conducía bien, y si se sentía cansada descansaría, pero la idea de ella en un área de descanso, aun con la precaución de haber cerrado bien las puertas, lo dejaba intranquilo.

Se puso otra vez en movimiento. Tenía cosas que hacer antes de citar a Kate y Benton. Primero debía ponerse en contacto con el detective Andy Howard para que le diera las últimas noticias. Howard era un agente razonable y experto. No consideraría la llamada como una distracción inoportuna y aún menos como un intento de influir. Luego llamaría o escribiría a Clara para que transmitiera un mensaje a Annie. Pero telefonear era casi tan inapropiado como mandar un fax o un e-mail. Algunas cosas debían expresarse mediante una carta escrita a mano o con palabras que costaran algo de tiempo y cuidadosa reflexión, frases indelebles con las que hubiera cierta esperanza de dar consuelo. Pero Clara quería sólo una cosa, que él no podía darle. Telefonear ahora, que ella oyera de él la mala noticia, sería insorportable para ambos. La carta podía aguardar a mañana; entretanto Emma volvería con Clara.

Tardó un rato en poder ponerse en contacto con el detective Andy Howard.

—Annie Townsend está mejorando, pero el camino será largo, pobre chica. La doctora Lavenham, a quien conocí en el hospital, me dijo que usted tenía interés en el caso. Quería llamarle para hablar del asunto.

—Hablar conmigo no era en absoluto primordial. Y sigue sin serlo. No quiero entretenerle, pero deseaba tener alguna información más actualizada que la que me ha dado Emma.

—Bueno, hay buenas noticias, si es que en este asunto puede haber algo bueno. Tenemos el ADN. Con suerte, estará en la base de datos. Seguro que el hombre tiene antecedentes. Fue una agresión brutal, pero la violación no se completó. Probablemente iba demasiado borracho. Para ser una mujer tan menuda, se defendió con gran coraje. Le llamaré en cuanto tenga alguna noticia más. Y naturalmente estaremos estrechamente en contacto con la señorita Beckwith. El tipo seguramente es de por aquí. Desde luego supo adónde arrastrarla. Ya hemos empezado con el puerta a puerta. Cuanto antes mejor, con ADN o sin él. ¿Le van bien a usted las cosas, señor?

—No del todo. De momento no tenemos una pista clara. —No mencionó la última muerte.

—Bueno, aún es pronto, señor —dijo Howard.

Dalgliesh coincidió en que era muy pronto aún, y tras dar las gracias a Howard, colgó.

Llevó los platos y las tazas a la cocina, los lavó, los secó y luego llamó a Kate.

—¿Ya habéis comido?

—Sí, señor. Acabamos de terminar.

—Pues entonces venid, por favor.

13

Cuando llegaron Kate y Benton, estaban los tres vasos en la mesa y el vino descorchado. Sin embargo, para Dalgliesh fue una reunión poco satisfactoria, por momentos casi enconada. No dijo nada sobre la visita de Emma, pero pensó que a lo mejor sus subordinados estaban enterados de la misma. Quizás habían oído pasar al Jaguar frente a la Casa de la Glicina y les había llamado la atención un coche que llegara de noche por la carretera de la Mansión, pero nadie dijo nada.

La conversación seguramente fue insatisfactoria porque, tras la muerte de Boyton, corrían peligro de precipitarse en las conjeturas. Había pocas novedades que comentar sobre el asesinato de la señorita Gradwyn. Había llegado el informe de la autopsia, con la prevista conclusión de la doctora Glenister de que la causa de la muerte era estrangulamiento por un asesino diestro que llevaba guantes finos. Esto último apenas era una información necesaria dado el fragmento hallado en el baño de una de las suites vacías. La doctora confirmaba su primera estimación de la hora de la muerte. La señorita Gradwyn había sido asesinada entre las once y las doce y media.

Kate había tenido una discreta plática con el reverendo Matheson y su hermana. A ambos les habían parecido extrañas sus preguntas sobre la única visita del párroco al profesor Westhall, pero confirmaron que en efecto habían estado en la Casa de Piedra y que el cura había visto al paciente. Benton había telefoneado al doctor Stenhouse, quien ratificó que Boyton le había hecho preguntas sobre la hora de la muerte, una impertinencia a la que él no había contestado. La fecha del certificado de defunción era correcta, igual que su diagnóstico. El hombre no había mostrado curiosidad por el hecho de que se le formularan preguntas tanto tiempo después del suceso, seguramente, pensó Benton, porque Candace Westhall se había puesto en contacto con él.

Los integrantes del equipo de seguridad se habían mostrado dispuestos a cooperar, pero no habían sido de gran ayuda. Su jefe señaló que se estaban concentrando en los desconocidos, en especial miembros de la prensa que llegaban a la Mansión, no en las personas con derecho a estar allí. Sólo uno de los cuatro miembros del equipo había estado en la caravana aparcada enfrente de la verja en el momento en cuestión, y no recordaba haber visto a nadie abandonar la Mansión. Los otros tres se habían dedicado a patrullar el linde que separaba los terrenos de la Mansión de las piedras y el campo donde ellos estaban por si éste constituyera un acceso conveniente. Dalgliesh no hizo intento alguno de presionarles. Al fin y al cabo no eran responsables ante él sino ante Chandler-Powell, que era quien les pagaba.

Dalgliesh dejó que Kate y Benton condujeran la conversación durante la mayor parte de la noche.

—La señorita Westhall dice que no habló con nadie sobre las sospechas de Boyton de que ellos habían falsificado la fecha de la muerte de su padre —dijo Benton—. Parece lógico. Pero Boyton se lo había confiado a alguien, en la Mansión o en Londres. En cuyo caso esa persona podría haber utilizado esa información para matarlo y luego contar más o menos la misma historia que la señorita Westhall.

El tono de Kate fue tajante.

—Me cuesta imaginar a nadie de fuera matando a Boyton, londinense o no. De esta manera, al menos. Pensemos en los aspectos prácticos. Habría tenido que concertar una cita con su víctima en la Casa de Piedra una vez seguro de que los Westhall no estaban allí y de que la puerta estaría abierta. ¿Qué excusa podía dar para atraer a Boyton hasta la casa vecina? ¿Y por qué matarlo allí en todo caso? Londres habría sido más sencillo y seguro. Cualquier habitante de la Mansión se habría topado con las mismas dificultades. Sea como fuere, no tiene sentido hacer conjeturas hasta que no tengamos el informe de la autopsia. A primera vista, el accidente parece una explicación más verosímil que el asesinato, sobre todo teniendo en cuenta la declaración de los Bostock sobre el gran interés de Boyton en el congelador, lo que da cierto crédito a la explicación de la señorita Westhall... siempre y cuando, claro, no estén mintiendo.

Intervino Benton.

—Pero usted estaba allí, señora. Estoy seguro de que no mentían. No creo que particularmente Kim tenga ingenio suficiente para inventarse una historia así y contarla de forma tan convincente. Yo me quedé totalmente convencido.

—En aquel momento también yo, pero no debemos cerrarnos a ninguna posibilidad. Y si esto es un asesinato, no un simple percance, ha de estar ligado a la muerte de Rhoda Gradwyn. Dos asesinos en la misma casa al mismo tiempo es algo difícil de creer.

—Pero a veces ha sucedido, señora —dijo Benton con calma.

—Si nos atenemos a los hechos —dijo Kate— y de momento pasamos por alto los motivos, las claras sospechosas son la señorita Westhall y la señora Frensham. ¿Qué estaban haciendo realmente en estas dos casas, abriendo armarios y luego el congelador? Es como si supieran que Boyton estaba muerto. ¿Y por qué hacían falta las dos para buscar?

—Al margen de cuáles fueran sus intenciones —dijo Dalgliesh—, no trasladaron ahí el cadáver. Todo indica que murió donde fue encontrado. No considero las acciones de las dos tan extrañas, Kate. Cuando está en tensión, la gente se comporta de forma irracional, y ambas mujeres estaban estresadas desde el sábado. Quizá temían inconscientemente una segunda muerte. Por otro lado, tal vez una de ellas necesitó asegurarse de abrir el congelador. Un acto muy lógico si hasta entonces la búsqueda había sido minuciosa.

—Asesinato o no —dijo Benton—, las huellas dactilares no

nos servirán de mucho. Las dos abrieron el congelador. Una de ellas quizá tuvo buen cuidado de hacerlo. ¿Habría habido huellas en todo caso? Noctis llevaría guantes.

Kate se estaba impacientando.

—No si estaba empujando a Boyton vivo al interior del congelador. ¿No te habría parecido un poco raro si tú hubieras sido Boyton? ¿Y no es prematuro empezar a usar la palabra Noctis? No sabemos si fue un asesinato.

Los tres estaban cada vez más cansados. El fuego empezaba a apagarse, y Dalgliesh decidió que ya era hora de terminar. Mirando atrás, tuvo la sensación de que estaba viviendo un día que no se acababa nunca.

—Sería cuestión de acostarse relativamente temprano —dijo—. Mañana hay mucho que hacer. Yo me quedaré aquí, pero quiero que tú, Kate, y Benton interroguéis al socio de Boyton. Al parecer, éste se estaba alojando en Maida Vale, de modo que sus papeles y pertenencias deberían estar allí. No vamos a llegar a ningún sitio hasta que no sepamos qué clase de hombre era y, si es posible, por qué estaba aquí. ¿Habéis podido concertar ya una cita?

—Puede vernos a las once, señor —dijo Kate—. No he dicho quiénes vamos. Él ha dicho que cuanto antes mejor.

—Muy bien. A las once en Maida, pues. Hablaremos antes de que os marchéis.

Por fin la puerta se cerró tras ellos. Colocó el guardallamas frente al agonizante fuego, se quedó un momento mirando fijamente los últimos parpadeos, y luego subió cansinamente las escaleras y se acostó.

CUARTA PARTE

19-21 de diciembre

Londres, Dorset

1

El domicilio de Jeremy Coxon en Maida Vale se integraba en una hilera de bonitos chalés eduardianos con jardines que bajaban hasta el canal, era como una pulcra casa de juguete que hubiera crecido hasta alcanzar el tamaño adulto. El jardín delantero, que incluso en su aridez invernal mostraba signos de una plantación cuidadosa y la esperanza de la primavera, estaba dividido en dos por un camino de piedra que conducía a una puerta principal lustrosamente barnizada. A primera vista no era una casa que Benton asociara a lo que sabía de Robin Boyton o esperara de su amigo. En la fachada se apreciaba cierta elegancia femenina, y recordó haber leído que era en esa parte de Londres donde los caballeros victorianos y eduardianos instalaban a sus amantes. Al recordar el cuadro *El despertar de la conciencia*, de Holman Hunt, le vino a la cabeza una sala de estar abarrotada, una joven de ojos brillantes levantándose de la banqueta del piano mientras su repantingado amante, con una mano en las teclas, extendía el brazo hacia ella. Los últimos años había sorprendido en sí mismo cierta afición a la pintura de género victoriano, pero esa representación febril y, según él, poco convincente del remordimiento no era de sus preferidas.

Cuando descorrían el pestillo de la verja, se abrió la puerta y una joven pareja fue conducida afuera suave pero firmemente. Los seguía un hombre de edad avanzada, atildado como un maniquí, con unos esponjados cabellos blancos y un bronceado que no podía deberse a ningún sol de invierno. Vestía traje y chaleco, cuyas exageradas rayas reducían aún más su exigua figura. Pareció no advertir la presencia de los recién llegados, pero su aflautada voz les llegó con claridad desde la otra punta del camino.

—No llaméis. Se supone que es un restaurante, no una casa particular. Utilizad la imaginación. Wayne, muchacho, hazlo bien esta vez. En recepción daréis el nombre y los datos de la reserva, alguien os cogerá los abrigos, y luego seguiréis a la persona que os conducirá a vuestra mesa. La dama irá en cabeza. No te adelantes para retirar la silla de tu invitada como si temieras que alguien te la fuera a quitar. Deja que el empleado haga su trabajo. Ya se encargará él de que ella esté sentada cómodamente. Repitámoslo. Y, muchacho, intenta parecer seguro de ti mismo. Vas a pagar tú la cuenta, por el amor de Dios. Tu cometido es procurar que tu invitada tome una comida que al menos dé la sensación de valer lo que vas a pagar por ella y que pase una noche feliz. No será así si no sabes lo que estás haciendo. Bien, será mejor que entremos y practiquemos un poco con los cuchillos y los tenedores.

La pareja desapareció en el interior, y fue entonces cuando el anciano se dignó dirigir su atención a Kate y Benton. Éstos se le acercaron, y ella abrió de golpe la carterita con su chapa.

—Inspectora Miskin y sargento Benton-Smith. Hemos venido a ver a Jeremy Coxon.

—Perdón por haberles hecho esperar. Me temo que han llegado en un mal momento. Pasará mucho tiempo antes de que estos dos estén preparados para ir a Claridge's. Sí, Jeremy dijo algo de que esperaba a la policía. Entren. Está arriba, en la oficina.

Pasaron al vestíbulo. A través de una puerta abierta a la izquierda, Benton vio que había una pequeña mesa montada para dos con cuatro copas en cada sitio y una plétora de tenedores y cuchillos. La pareja ya estaba sentada, mirándose uno a otro con desconsuelo.

—Soy Alvin Brent. Esperen un segundo mientras me asomo

a ver si Jeremy está listo. Serán considerados con él, ¿verdad? Está afectadísimo. Ha perdido un amigo muy, muy íntimo. Pero bueno, ustedes ya lo saben todo, por eso han venido.

Se disponía a subir las escaleras, pero en ese preciso instante apareció una figura arriba. Era alto y muy delgado, con unos cabellos negros, lacios y brillantes, que llevaba peinados hacia atrás desde una cara tensa y pálida. Vestía ropa cara, cuidadosamente informal, lo que, junto a la postura teatral, le daba el aspecto de un modelo posando para una sesión de fotos. Sus ceñidos pantalones negros se veían inmaculados. La chaqueta de color canela, desabrochada, era un diseño que Benton reconoció lamentando que no estuviera a su alcance. La almidonada camisa no tenía cuello e iba rematada con un fular. El rostro, que había estado fruncido por la inquietud, se alisó ahora con alivio.

Mientras bajaba para darles la bienvenida, dijo:

—Menos mal que han venido. Perdonen el recibimiento. He estado desesperado. No me han explicado nada, absolutamente nada, salvo que encontraron muerto a Robin. Por supuesto que él me llamó para decirme lo de la muerte de Rhoda Gradwyn. Y ahora Robin. Ustedes no estarían aquí si hubiera fallecido de muerte natural. Debo saberlo... ¿Se suicidó? ¿Dejó alguna nota?

Lo siguieron escaleras arriba y, tras hacerse a un lado, él les indicó una habitación a la izquierda. Estaba abarrotada, con toda evidencia de una mezcla de sala de estar y estudio. En una gran mesa con caballetes frente a la ventana había un ordenador, un fax y un estante con archivadores. Tres mesas de caoba más pequeñas, una con una impresora en precario equilibrio, estaban llenas de adornos de porcelana, folletos y libros de consulta. Arrimado a una pared había un sofá grande, pero apenas utilizable pues estaba cubierto de ficheros. Sin embargo, pese a tanto trasto, alguien había hecho un intento de ordenar y limpiar. Sólo había una solitaria silla frente al escritorio y un pequeño sillón. Jeremy Coxon miró alrededor como esperando que se materializara un tercer asiento, y acto seguido cruzó el pasillo y regresó con una silla con asiento de cáñamo que colocó delante del escritorio. Se sentaron.

—No había ninguna nota —dijo Kate—. ¿Le habría sorprendido que se hubiera suicidado?

—¡Pues claro! Robin pasaba sus apuros, pero no habría tomado una decisión así. Amaba la vida y tenía amigos, gente que en una situación crítica le habría echado una mano. Tenía sus momentos de abatimiento, desde luego, como todo el mundo. Pero a Robin no le duraban mucho. Sólo he preguntado por la nota porque cualquier otra alternativa es aún menos creíble. No tenía enemigos.

—¿No le angustiaba actualmente alguna dificultad en particular? ¿Algo que, en opinión de usted, pudiera haberlo llevado a desesperarse? —preguntó Benton.

—Nada. Evidentemente la muerte de Rhoda lo había dejado deshecho, pero con Robin yo no usaría la palabra desesperación. Era como el Micawber de Dickens, un eterno optimista, siempre a la espera de que surgiera algo, lo que por lo general sucedía. Y aquí las cosas nos iban bastante bien. El capital era un problema, como es lógico. Como siempre cuando uno empieza un negocio. Sin embargo, Robin decía que tenía planes, que le llegaría dinero, mucho dinero. No decía de dónde, pero estaba estusiasmado, hacía años que no lo veía tan feliz. Muy diferente de cuando regresó de Stoke Cheverell tres semanas atrás. Entonces parecía abatido. No, pueden ustedes descartar el suicidio. Pero, como ya he dicho, nadie me ha explicado nada salvo que Robin había muerto y que la policía me haría una visita. Si hizo testamento, seguramente me nombró su albacea citándome como pariente más cercano. No conozco a nadie más que pueda asumir la responsabilidad de sus cosas, o del entierro. Entonces, ¿a qué viene tanto secreto? ¿No es hora de que hablen con franqueza y me expliquen cómo murió?

—No lo sabemos con seguridad, señor Coxon —dijo Kate—. Quizá sepamos más cuando tengamos los resultados de la autopsia, que deberían llegar hoy a última hora.

—Bueno, ¿y dónde lo encontraron?

—El cadáver estaba en un congelador en desuso que había en la casa contigua al chalet donde él se alojaba —dijo Kate.

—¿Un congelador? ¿Se refiere a uno de estos arcones rectangulares para almacenamiento a largo plazo?

—Sí. Un congelador en desuso.

—¿Estaba abierta la tapa?

—Estaba cerrada. Aún no sabemos cómo acabó ahí dentro su amigo. Pudo ser un accidente.

La mirada de Coxon expresaba puro asombro, que por momentos se fue tornando horror. Hubo una pausa, y luego él dijo:

—¿Me están diciendo que encontraron el cuerpo de Robin en un congelador cerrado?

—Sí —contestó Kate con paciencia—, sí, señor Coxon, pero todavía no sabemos cómo acabó ahí ni la causa de la muerte.

Boquiabierto, Coxon desplazó su mirada de Kate a Benton, como si estuviera evaluando a quién debía creer, si es que debía creer a alguien. Cuando habló, su voz fue categórica, con un tono de histeria apenas reprimido.

—Entonces les diré una cosa. No fue un accidente. Robin sufría claustrofobia. Nunca viajaba en avión ni cogía el metro. Era incapaz de comer a gusto en un restaurante si no se sentaba cerca de la puerta. Estaba luchando contra eso, pero sin éxito. Nada ni nadie habría podido persuadirle de meterse en un congelador.

—¿Ni siquiera si la tapa hubiera estado levantada?

—Robin habría creído que la tapa caería y lo atraparía dentro. Lo que ustedes están investigando es un asesinato.

Kate podía haber dicho que quizá Boyton había muerto por accidente o por causas naturales y luego alguien, por razones desconocidas, había metido su cadáver en el congelador, pero no tenía ganas de intercambiar teorías con Coxon. En vez de ello, preguntó:

—¿Entre sus amigos se sabía en general que era claustrofóbico?

Ahora Coxon estaba más tranquilo, pero seguía paseando la mirada de Kate a Benton, deseando que le creyeran.

—Algunos lo sabrían o lo imaginarían, supongo, pero nunca le oí mencionarlo. Era algo que le daba bastante vergüenza, sobre todo lo de no poder ir en avión. Es por eso por lo que nunca íbamos de vacaciones al extranjero, a menos que fuéramos en tren. No podía meterlo en un avión aunque lo emborrachara. Era un inconveniente de padre y señor mío. Si se lo contó a alguien sería a Rhoda, y Rhoda está muerta. Miren, no puedo demostrárselo. Pero tienen que creerme en una cosa. Robin nunca se habría metido vivo en ese congelador.

—¿Sus primos o alguien de la Mansión Cheverell sabían que padecía claustrofobia? —preguntó Benton.

—¿Cómo demonios voy a saberlo? No conozco a ninguno y no he estado nunca allí. Deberá preguntárselo a ellos.

Empezaba a perder la compostura. Parecía a punto de llorar. Murmuró un «lo siento, lo siento» y se quedó callado. Al cabo de un minuto durante el cual estuvo inmóvil respirando hondo y de forma regular como si practicara un ejercicio para recuperar el control, dijo:

—Robin había empezado a ir a la Mansión con más frecuencia. Supongo que ese rasgo suyo pudo salir en las conversaciones, si se hablaba de las vacaciones o del caos del metro de Londres en la hora punta.

—¿Cuándo se enteró usted de la muerte de Rhoda Gradwyn? —dijo Kate.

—El sábado por la tarde. Robin llamó a eso de las cinco.

—¿Cómo sonaba él cuando le dio la noticia?

—¿Y cómo quiere que sonara, inspectora? No me llamaba precisamente para interesarse por mi salud. ¡Dios mío! No quería decir esto, estoy intentando ayudar. Es sólo que aún me cuesta asimilarlo. ¿Cómo sonaba? Al principio era casi incoherente. Tardé unos minutos en tranquilizarlo. Después, bueno, pueden escoger los adjetivos que quieran... conmocionado, horrorizado, sorprendido, asustado. Sobre todo conmocionado y asustado. Una reacción lógica. Le acababan de decir que una amiga íntima había sido asesinada.

—¿Utilizó esta palabra, «asesinada»?

—Sí. Una suposición razonable, diría yo, teniendo en cuenta que estaba allí la policía y que dijeron que le interrogarían. Y no el Departamento de Investigación Criminal local, sino Scotland Yard. No era una muerte natural, estaba claro.

—¿Explicó algo sobre cómo murió la señorita Gradwyn?

—No lo sabía. Estaba muy dolido por el hecho de que nadie de la Mansión se hubiera tomado la molestia de ir a darle la noticia. Se enteró de que había pasado algo sólo cuando vio llegar los coches de la policía. Yo aún no sé cómo murió ella y no creo que ustedes vayan a decírmelo.

—Lo que necesitamos de usted, señor Coxon —dijo Kate—, es cualquier detalle sobre la relación de Robin con Rhoda Gradwyn y, desde luego, con usted. Ahora tenemos dos muertes sospechosas que podrían estar relacionadas. ¿Desde cuándo conocía a Robin?

—Hará unos siete años. Nos conocimos en la fiesta que se celebró tras una producción de la escuela de arte dramático en la que Robin no tenía un papel precisamente destacado. Fui con un amigo que da clases de esgrima, y Robin me llamó la atención. Bueno, es lo que solía pasar, que él llamaba la atención. En ese momento no hablamos, pero la fiesta se fue alargando y mi amigo, que tenía otra cita, se fue cuando se acabó la última botella. Era una noche de perros, llovía a cántaros, y vi a Robin, vestido de forma un tanto inadecuada, esperando el autobús. Así que llamé a un taxi y le propuse dejarle en algún sitio. Así comenzamos a tratarnos.

—¿Y se hicieron amigos? —dijo Benton.

—Primero amigos y luego socios. Nada formal, pero trabajábamos juntos. Él tenía las ideas y yo la experiencia práctica y al menos la esperanza de ganar dinero. Responderé con tacto a la pregunta que ustedes quieren hacerme. Éramos amigos. Ni amantes, ni cómplices, ni colegas, ni compañeros de juergas. Amigos. Él me gustaba, y supongo que cada uno era útil al otro. Le dije que yo había acabado de heredar más de un millón de una tía soltera fallecida hacía poco. La tía era muy buena persona, pero no tenía un penique. La verdad es que me tocó la lotería. No sé muy bien por qué me molesto en contarles todo esto, pues sin duda lo averiguarán tarde o temprano cuando empiecen a pensar si yo tenía algún interés económico en la muerte de Robin. Pues no tenía ninguno. Dudo mucho que él haya dejado algo más que deudas y el revoltijo de cosas, sobre todo ropa, que aún sigue aquí.

—¿Usted no le dijo nunca que le había tocado la lotería?

—No. Siempre he considerado poco aconsejable decirle a la gente que has ganado un premio gordo. Los demás piensan simplemente que, como no has hecho nada para merecer tu suerte, tienes la obligación de compartirla con el resto de personas igualmente poco meritorias. Robin se tragó la historia de la tía rica. Invertí más de un millón en esta casa, y fue idea suya que organizáramos cursos de etiqueta para nuevos ricos o aspirantes sociales que no quieren pasar apuros cada vez que han de agasajar a un jefe o invitar a una chica a cenar a un restaurante decente.

—Creía que a los ricos les daba igual tener buenos o malos modales —dijo Benton—. ¿No establecen sus propias reglas?

—No esperábamos atraer a multimillonarios, pero a mucha gente no le da igual tener malos modales, créame. Ésta es una sociedad de movilidad ascendente. A nadie le gusta ser socialmente inseguro. El negocio nos va bien. Ya tenemos veintiocho clientes que pagan quinientas cincuenta libras por un curso de cuatro semanas. A tiempo parcial. Tirado de precio. Es el único de los planes de Robin que prometía ser rentable. Como hace un par de semanas le echaron del piso, estaba viviendo aquí, en una habitación de la parte de atrás. No es, no era, lo que se dice un huésped considerado, pero básicamente la situación nos venía bien a los dos. Él vigilaba la casa y ya estaba aquí cuando le tocaba dar la clase. Quizá les cueste creerlo, pero era buen profesor y conocía el paño. A los clientes les gustaba. El problema de Robin es que es... era informal y voluble. En un momento pasaba de estar locamente entusiasmado con algo a ir detrás de un nuevo proyecto disparatado. Podía ser exasperante, pero nunca quise dejarle. Ni siquiera se me ocurrió. Si pueden explicarme la química que mantiene juntas a personas tan distintas, tendré interés en escucharles.

—¿Y qué hay de la relación de Robin con Rhoda Gradwyn?

—Bueno, esto es más difícil. Él no hablaba mucho de ella, pero evidentemente le gustaba tenerla como amiga. Eso le daba prestigio, que al fin y al cabo es lo que importa.

—¿Importaba el sexo? —preguntó Kate.

—Qué va. Me parece que la señora nadaba con peces más gordos que Robin. Dudo que él la atrajera. A la gente le pasa esto. Quizás era demasiado guapo, un poco asexuado. Como hacer el amor con una estatua. Para él el sexo no era importante, pero ella sí. Creo que Rhoda representaba una autoridad estabilizadora. En una ocasión dijo que se sentía cómodo hablando con ella, y que ella le decía la verdad, o lo que se entienda por verdad. Yo solía preguntarme si a él Rhoda le recordaba alguien que le hubiera influido de este modo, quizás algún maestro. Perdió a su madre cuando contaba siete años. Hay niños que nunca superan algo así. Tal vez estaba buscando una sustituta. Psicología barata, ya sé, pero ahí podría haber algo.

Benton pensó que «maternal» no era la palabra que él habría utilizado para definir a Rhoda Gradwyn, pero claro, ¿qué sabían realmente de ella? ¿No formaba esto parte de la fascinación de su trabajo, la impenetrabilidad de las demás personas?

—¿Le dijo Robin que la señorita Gradwyn iba a quitarse una cicatriz y dónde se realizaría la operación? —preguntó.

—No, y no me sorprende. Es decir, no me sorprende que no me lo dijera. Seguramente ella le pidió que guardara el secreto. Robin era capaz de guardar un secreto si pensaba que le convenía. Sólo me dijo que pasaría unos días en el chalet de huéspedes de Stoke Cheverell. En ningún momento mencionó que Rhoda estaría allí.

—¿Cuál era su estado de ánimo? —preguntó Kate—. ¿Parecía entusiasmado o tuvo usted la impresión de que era sólo una visita rutinaria?

—Como he dicho, tras la primera visita regresó abatido, pero cuando se fue el pasado jueves por la noche estaba excitado. Pocas veces lo he visto más contento. Dijo algo de que a la vuelta me traería buenas noticias, pero no lo tomé en serio. Las buenas noticias de Robin al final solían ser noticias malas o inexistentes.

—Aparte de esa primera llamada, ¿volvió a hablar con usted desde Stoke Cheverell?

—Sí. Me llamó después de que ustedes le interrogaran. Dijo que habían sido muy duros con él, no especialmente considerados con un hombre que lloraba la pérdida de una amiga.

—Lamento que se sintiera así —dijo Kate—. Pero no presentó ninguna queja formal sobre el trato recibido.

—¿Lo habría hecho usted en su lugar? Sólo se enemistan con la policía los idiotas o los muy poderosos. Al fin y al cabo, ustedes no le agredieron con cachiporras. Sea como sea, me telefoneó después del interrogatorio en el chalet y yo le dije que viniera y que dejara que la policía le acribillara a preguntas aquí, donde yo procuraría que estuviera presente mi abogado si era preciso. No era una propuesta totalmente desinteresada. Estábamos hasta arriba de trabajo y lo necesitábamos. Me dijo que estaba decidido a quedarse toda la semana que había reservado. Habló de no abandonarla en la muerte. Un poco histriónico, pero así era Robin. Naturalmente, entonces él ya sabía más cosas sobre el asunto: me dijo que la habían encontrado muerta a las siete y media de la mañana del sábado y que parecía un crimen con complicidad interna. Después yo lo llamé varias veces al móvil y no hubo respuesta. Dejé mensajes diciendo que me llamara, pero en vano.

—Según ha dicho usted antes —dijo Benton—, la primera vez que llamó parecía asustado. ¿No le pareció extraño que quisiera quedarse habiendo un asesino suelto?

—Sí. Le pregunté por qué, y me contestó que tenía un asunto inacabado.

Hubo un silencio. La voz de Kate fue indiferente adrede.

—¿Un asunto inacabado? ¿No le dio ninguna pista?

—No, y no pregunté. Como he dicho, Robin podía ser muy histriónico. Quizá pensaba echar una mano en la investigación. Había estado leyendo una novela policíaca que seguramente encontrarán en su habitación. Querrán ver su habitación, imagino.

—Sí —dijo Kate—, en cuanto hayamos acabado de hablar con usted. Hay otra cosa. ¿Dónde estuvo usted entre las cuatro y media del último viernes por la tarde y las siete y media de la mañana siguiente?

Coxon no mostró ninguna señal de preocupación.

—Sabía que al final me lo preguntaría. Estuve dando clases aquí desde las tres y media hasta las siete y media, tres parejas, con intervalos entre las sesiones. Después me preparé unos espaguetis a la boloñesa, vi la televisión hasta las diez y fui al pub. Gracias a un gobierno benévolo que nos permite beber hasta las tantas, esto es lo que hice. Atendía la barra el dueño, quien podrá confirmar que estuve allí hasta eso de la una y cuarto. Y si tienen la amabilidad de decirme a qué hora murió Robin, quizá pueda presentar una coartada igual de válida.

—Aún no sabemos con exactitud cuándo murió, señor Coxon, pero fue el lunes, seguramente entre la una y las ocho.

—Miren, lo de la coartada por la muerte de Robin es ridículo, pero supongo que deben preguntarlo. Menos mal que no tengo ningún problema. Almorcé aquí a la una y media con uno de mis profesores interinos, Alvin Brent, lo han conocido al llegar. A las tres tenía una sesión de tarde con dos clientes nuevos. Puedo darles sus nombres y direcciones, y Alvin confirmará lo del almuerzo.

—¿A qué hora terminó la lección de la tarde? —preguntó Kate.

—Se supone que dura una hora, pero como después no tenía ningún compromiso la alargué un poco. Ya eran las cuatro y media cuando se marcharon. Luego trabajé aquí en la oficina hasta las seis, hora en que fui al pub, el Leaping Hare, un gastropub nuevo de Napier Road. Me encontré con un amigo, del que puedo darles su nombre y dirección, y estuve allí con él hasta eso de las once, cuando regresé andando a casa. Tengo que buscar los números de teléfono y las direcciones en mi agenda, pero si se esperan lo haré ahora mismo.

Aguardaron mientras se acercaba al escritorio, y, tras hojear la agenda unos minutos, cogió una hoja de papel del cajón, copió en ella la información y se la entregó.

—Si han de hacer la comprobación —dijo—, les agradeceré que dejen claro que no soy sospechoso. Ya es bastante duro intentar aceptar la pérdida de Robin..., si aún no me ha afectado quizá sea porque aún no me lo puedo creer, pero créanme que me afectará..., y no tengo ganas de que me miren como si fuera su asesino.

—Si se confirma todo lo que nos ha dicho —dijo Benton—, no creo que haya ningún riesgo de que eso ocurra, señor.

En efecto. Si los hechos eran exactos, el único rato en que Jeremy estuvo solo fue la hora y media comprendida entre el final de su clase y su llegada al pub, y esto no le daba tiempo siquiera de llegar a Stoke Cheverell.

—Nos gustaría echar un vistazo a la habitación del señor Boyton —dijo Kate—. Supongo que después de su muerte no ha sido cerrada con llave.

—No habría sido posible, pues no tiene cerradura —dijo Coxon—. De todos modos, ni se me ocurrió que hubiera que cerrarla con llave. Si así lo querían, debían haberme telefoneado. Repito, nadie me ha dicho nada hasta que ustedes han llegado.

—No creo que haya nada importante —dijo Kate—. Supongo que desde su muerte no habrá entrado nadie.

—Nadie. Ni siquiera yo. Cuando estaba vivo, el sitio me deprimía. Ahora no puedo soportarlo.

La habitación estaba en la parte trasera del descansillo. Era grande y de buenas proporciones, y tenía dos ventanas que daban a la extensión de césped con su arriate central y, más allá, al canal.

Sin entrar, Coxon dijo:

—Lamento este desorden. Robin se trasladó hace sólo dos semanas, y trajo aquí todo lo que poseía menos lo que regaló a Oxfam y lo que vendió en el pub, aunque no creo que hubiera muchos interesados.

Desde luego la estancia no era nada acogedora. A la izquierda de la puerta había un diván individual con montones de ropa para lavar. Las puertas abiertas de un armario de caoba dejaban ver camisas, chaquetas y pantalones apretujados en perchas metálicas. También había media docena de grandes cajas cuadradas con el nombre de una empresa de mudanzas y encima tres bolsas negras de plástico repletas. En el rincón a la derecha de la puerta, vieron pilas de libros y una caja de cartón llena de revistas. Entre las dos ventanas, un portátil y una lámpara regulable descansaban sobre una mesa de pie central con cajones y un armarito a cada lado. La habitación olía desagradablemente a ropa sucia.

—El portátil es nuevo —dijo Coxon—, se lo compré yo. En principio, Robin iba a ayudarme con la correspondencia, pero nunca se puso a ello. Creo que es lo único de la habitación que vale algo. Siempre fue desordenadísimo. Tuvimos una pequeña pelea justo antes de que saliera para Dorset. Yo me quejaba de que, antes de mudarse, al menos podía haber lavado la ropa. Ahora me siento un mezquino cabrón, claro. Supongo que siempre me sentiré de ese modo. Es irracional, pero es así. En cualquier caso, todo lo que tenía Robin, por lo que sé, está en este cuarto, y por lo que a mí respecta pueden ustedes revolver todo lo que quieran. No hay parientes que vayan a poner objeciones. Sí mencionó alguna vez a su padre, pero según parece no habían estado en contacto desde que Robin era pequeño. Verán que los dos cajones de la mesa están cerrados, pero no tengo la llave.

—No entiendo por qué ha de sentirse usted culpable —dijo Benton—. La habitación está hecha un desastre. Al menos podía haber ido antes a la lavandería. Tiene usted toda la razón.

—Pero ser desordenado no es exactamente delincuencia moral. ¿Qué demonios importaba? No valía la pena gritar por eso. Y yo ya sabía que él era así. A un amigo hay que concederle ciertas licencias.

—Pero no debemos medir nuestras palabras sólo porque un amigo podría morir antes de que tengamos la oportunidad de aclarar las cosas —señaló Benton.

Kate pensó que era cuestión de proseguir. Benton parecía inclinado a entrar en detalles. Si se le presentaba la ocasión, era capaz de iniciar una discusión cuasifilosófica sobre las obligaciones relativas a la amistad y la verdad.

—Tenemos este manojo de llaves —dijo ella—. La de los cajones probablemente está aquí. Si hay muchos papeles, quizá necesitemos una bolsa. Le daré un recibo.

—Pueden llevárselo todo, inspectora. Métalo en una furgoneta de la policía. Alquile un contenedor. Quémelo. Me deprime profundamente. Avísenme cuando estén listos para irse.

Se le quebró la voz. Parecía a punto de llorar. Desapareció sin decir nada más. Benton se acercó a la ventana y la abrió de par en par. Entró aire fresco.

—¿Es demasiado para usted, señora? —dijo.

—No, Benton, déjala abierta. ¿Cómo diablos puede alguien vivir así? Es como si no hubiera hecho el menor esfuerzo para que esto fuera habitable. A ver si tenemos la llave de la mesa.

No resultó difícil identificar la que necesitaban. Era a todas luces la más pequeña del manojo; encajó fácilmente en la cerradura de los dos cajones. Primero se ocuparon del de la izquierda. Kate tuvo que tirar con fuerza porque debido a un calzo de papel en la parte de atrás, el cajón estaba atrancado. Al abrir de golpe, saltaron viejas facturas, postales, un diario desfasado, tarjetas de Navidad no utilizadas y un montón de cartas; todo quedó desparramado por el suelo. Benton abrió el armarito, que también estaba abarrotado de carpetas abultadas, viejos programas de teatro, guiones y fotos publicitarias, y una bolsa de aseo en la que, tras abrirla, vieron maquillaje de teatro.

—Ahora no vamos a liarnos con todo este jaleo —señaló Kate—. Veamos si con el otro cajón tenemos más suerte.

Éste cedió más fácilmente. Contenía una carpeta de papel manila y un libro. El libro era viejo, en rústica, *Untimely Death*, de Cyril Hare; y en la carpeta había sólo una hoja de papel escrita por ambos lados. Era la copia de un testamento con el encabezamiento «Testamento y últimas voluntades de Peregrine Richard Westhall» y fechado a mano en la última página: «Doy fe a siete de julio de dos mil cinco». Junto al testamento había un recibo de cinco libras de la Oficina de Autentificación de Holborn. Todo el documento estaba escrito a mano, una letra negra y recta, fuerte en algunos sitios pero más temblorosa en el último párrafo. En el primero nombraba albaceas testamentarios a su hijo Marcus Saint John Westhall, a su hija Candace Dorothea Westhall y a sus abogados, Kershaw & Price-Nesbitt. En el segundo expresaba su deseo de ser incinerado en privado sin nadie presente a excepción de los familiares más cercanos, sin prácticas religiosas ni funeral posterior. El tercer párrafo, donde la letra era bastante más grande, decía: «Lego todos mis libros al Winchester College. El libro que no quiera el College se venderá, o se dispondrá lo que decida mi hijo Marcus Saint John Westhall. Dejo todo lo demás que poseo, en dinero y bienes muebles, a mis dos hijos por igual, Marcus Saint John Westhall y Candace Dorothea Westhall.»

El testamento estaba firmado, y la firma atestiguada por Elizabeth Barnes, que se describía a sí misma como empleada doméstica y daba como dirección la Casa de Piedra, Stoke Cheverell; y Grace Holmes, enfermera, de la Casa del Romero, Stoke Cheverell.

—A primera vista, aquí no hay nada de interés para Robin Boyton —dijo Kate—, aunque evidentemente se tomó la molestia de conseguir esta copia. Supongo que deberíamos leer el libro. ¿Eres rápido leyendo, Benton?

—Bastante, señora. Y no es especialmente largo.

—Entonces más vale que empieces a leerlo en el coche mientras yo conduzco. Cogeremos una bolsa de Coxon y llevaremos todo esto a la Vieja Casa de la Policía. No creo que haya aquí nada que nos interese, pero será mejor examinarlo a fondo.

—Aunque descubramos que tenía más de un amigo resentido con él —dijo Benton—, por alguna razón no concibo a un enemigo que va a Stoke Cheverell con intención de matarlo, consigue entrar en la casa de los Westhall y mete el cadáver en el congelador. Aunque lógicamente una copia del testamento significará algo, a menos que él sólo quisiera confirmar que el viejo no le había dejado nada. No entiendo por qué está escrito a mano. Obviamente Grace Holmes ya no vive en la Casa del Romero. Está en venta. Pero ¿por qué Boyton intentó ponerse en contacto con ella? La fecha del testamento también es interesante, ¿verdad?

—No sólo la fecha —dijo Kate lentamente—. Dejemos este revoltijo. Cuanto antes llevemos esto a AD, mejor. Pero hemos de ir a ver también a la agente de la señorita Gradwyn. Tengo la impresión de que no tardaremos mucho con ella. Recuérdame quién es y dónde está, Benton.

—Eliza Melbury, señora. La cita es a las tres y cuarto. En su oficina de Camden.

—¡Maldita sea! Esto no nos viene de camino. Preguntaré a AD si quiere que hagamos algo más en Londres mientras estamos aquí. A veces tiene que recoger algo en el Yard. Luego buscaremos un sitio para tomar un almuerzo rápido y después iremos a ver si Eliza Melbury nos cuenta algo. Al menos no hemos perdido la mañana.

2

Con el coche atrapado en el tráfico de Londres, el trayecto hasta la dirección de Eliza Melbury en Camden fue largo y pesado. Benton esperaba que la información que obtuvieran de ella justificara el tiempo y el esfuerzo dedicados a tal fin. La oficina estaba encima de una verdulería, y el olor a frutas y verduras los siguió mientras subían por las estrechas escaleras hasta la primera planta y entraban en lo que con toda evidencia era la oficina general. Tres mujeres jóvenes estaban sentadas frente a sendos ordenadores mientras un hombre de edad avanzada se dedicaba a recolocar libros, todos con sus brillantes sobrecubiertas, en una estantería que cubría toda una pared. Se alzaron tres pares de ojos, y cuando Kate enseñó la orden judicial, una de las muchachas se levantó y llamó a la puerta de la parte delantera del edificio y dijo con tono alegre:

—Está aquí la policía, Eliza. Dijiste que la esperabas.

Eliza Melbury estaba terminando una conversación telefónica. Devolvió el auricular a su sitio, les sonrió y les indicó dos sillas colocadas al otro lado del escritorio. Era una mujer corpulenta y atractiva, con una amplia mata de pelo negro rizado que le caía sobre los hombros y unas mejillas regordetas. Lucía un vistoso caftán adornado con abalorios.

—Han venido para hablar sobre Rhoda Gradwyn, desde luego —dijo—. Lo único que sé es que ustedes están investigando lo que se describe como una muerte sospechosa, o sea un asesinato, tal como lo entiendo yo. En este caso, es algo espantoso, pero no creo que yo pueda contarles nada que les sirva de ayuda. Ella acudió a mí hace veinte años, cuando me fui de la agencia Dawkins-Bower y monté la mía propia, y permaneció conmigo desde entonces.

—¿La conocía usted bien? —preguntó Kate.

—Como escritora, creo que muy bien. Esto significa que yo era capaz de identificar un fragmento de prosa suyo, sabía cómo le gustaba relacionarse con los editores, y podía prever cuál sería su respuesta a cualquier propuesta que yo le hiciera. La respetaba y le tenía simpatía, y estaba contenta de tenerla en mi lista. Almorzábamos juntas una vez cada seis meses, por lo general para hablar de cuestiones literarias. Fuera de eso, no puedo decir que la conociera.

—Nos la han descrito como una persona muy reservada —dijo Kate.

—Sí, lo era. Al pensar en ella, como por supuesto he hecho desde que recibí la noticia, me imagino a alguien cargando con un secreto que necesitaba guardar y que le impedía establecer relaciones íntimas. Al cabo de veinte años la conocía poco más o menos como al principio.

Benton, que había estado mostrando un vivo interés por el mobiliario de la oficina, sobre todo por unas fotografías de escritores alineadas en una pared, dijo:

—Esto parece algo poco habitual entre una agente y un escritor. Siempre he pensado que, para que funcione, la relación ha de ser especialmente estrecha.

—No forzosamente. Ha de haber cariño y confianza, y el mismo punto de vista acerca de lo que es importante. Todos somos diferentes. Con algunos de mis autores he llegado a trabar una buena amistad. Muchos necesitan un grado muy elevado de implicación personal. A veces quieren que hagas el papel de madre confesora, asesora financiera, consejera matrimonial, editora, albacea literaria, de vez en cuando cuidadora de niños. Rhoda no precisaba ningún servicio de éstos.

—Por lo que usted sabe, ¿tenía enemigos? —preguntó Kate.

—Era una periodista de investigación. Quizá llegó a molestar a ciertas personas. Nunca me dio a entender que se hubiera sentido alguna vez en peligro físico. No me consta que nadie la hubiera amenazado. Una o dos personas manifestaron su intención de iniciar acciones legales, pero yo le aconsejé que no dijera ni hiciera nada, y, tal como suponía, nadie recurrió a la justicia. Rhoda no escribía nada que pudiera tacharse de falso o calumnioso.

—¿Ni siquiera un artículo en la *Paternoster Review* en que acusaba a Annabel Skelton de plagio? —preguntó Kate.

—Hubo quien utilizó ese artículo como arma arrojadiza contra el periodismo moderno en general, pero muchos reconocieron que era un trabajo serio sobre un tema interesante. Recibí la visita de una de las personas agraviadas, Candace Westhall, pero no entabló acciones judiciales. Tampoco habría podido hacerlo. Los párrafos que la ofendían estaban escritos en un lenguaje moderado y su veracidad era innegable. Esto pasó hace unos cinco años.

—¿Sabía usted que la señorita Gradwyn había decidido quitarse la cicatriz? —dijo Benton.

—No, no me dijo nada. Jamás me habló de la cicatriz.

—¿Y de sus planes? ¿Pensaba cambiar de actividad?

—Me temo que no puedo hablar de esto. En todo caso, no había nada definitivo, y creo que sus planes estaban todavía en fase de elaboración. En vida, no habría querido que hablara de ellos con nadie salvo con ella; comprenderán que no hable tampoco ahora. Pero les aseguro que no guardan ninguna relación con su muerte.

Ya no quedaba nada por decir, y la señora Melbury estaba dejando claro que tenía cosas que hacer.

Mientras salían de la oficina, Kate dijo:

—¿Por qué esas dudas sobre sus planes?

—A lo mejor ella pensaba en escribir una biografía. Si la persona en cuestión estaba viva, podía haber tenido un motivo para impedirlo antes de que Gradwyn comenzara siquiera.

—Tal vez. Pero a menos que estés sugiriendo que esta persona hipotética consiguió averiguar lo que la propia señora Melbury no sabía, es decir, que la señorita Gradwyn estaría en la Mansión, y que también consiguió convencer a la víctima o a otra persona para que la dejaran entrar, lo que la señorita Gradwyn tuviera pensado respecto a su futuro no va a ayudarnos.

Mientras se abrochaban los cinturones, Benton dijo:

—Me ha gustado bastante.

—Pues cuando escribas tu primera novela, lo cual sin duda harás dado tu abanico de intereses, ya sabes con quién has de ponerte en contacto.

Benton se echó a reír.

—Vaya día, señora. Pero al menos no regresamos con las manos vacías.

3

El viaje de vuelta a Dorset fue una pesadilla. Tardaron más de una hora en salir de Camden y llegar a la M3, donde quedaron atrapados en la procesión de coches que, casi pegados unos a otros, abandonaban Londres al término de la jornada laboral. Tras la salida 5, el lento desfile se detuvo porque se había averiado un autocar, lo que bloqueaba uno de los carriles, de modo que se quedaron parados casi una hora hasta que fue despejada la carretera. Como después de esto Kate no estaba dispuesta a detenerse para comer, ya eran las nueve cuando llegaron a la Casa de la Glicina, cansados y hambrientos. Kate llamó a la Vieja Casa de la Policía, y Dalgliesh les pidió que acudieran en cuanto hubieran comido. Tomaron a toda prisa la comida tan deseada, y resultó que el budín de carne y riñones de la señora Shepherd no había mejorado con la larga espera.

Eran las diez y media cuando se sentaban con Dalgliesh para informar sobre el día.

—Así que de la agente literaria no habéis averiguado nada aparte de lo que ya sabíamos —dijo Dalgliesh—, que Rhoda Gradwyn era una mujer reservada. Evidentemente, Eliza Melbury respeta esto en la muerte tal como hizo en la vida. A ver qué traéis de Jeremy Coxon. Empezaremos con lo menos importante, esta novela en rústica. ¿La has leído, Benton?

—Le he echado un vistazo en el coche, señor. Termina con una complicación legal que no he llegado a captar. Fue escrita por un juez; un abogado sí la entendería. El argumento tiene que ver, en efecto, con el intento fraudulento de ocultar el momento de una muerte. Da la impresión de que pudo ayudar a Boyton a urdir su plan.

—O sea, otro indicio de que en realidad Boyton vino a Stoke Cheverell con la intención de sacarles dinero a los Westhall, idea que, según Candace Westhall, le había llegado originariamente de Rhoda Gradwyn, quien le había hablado de la novela. Pasemos a una información más importante, lo que Coxon os ha dicho sobre el cambio de humor de Boyton. Dice que, tras su primera visita del 27 de noviembre, Boyton regresó a casa desanimado. ¿Por qué desanimado si Candace Westhall le había dado esperanzas? ¿Porque sospecharía que la idea de congelar el cadáver era un disparate? ¿Creemos realmente que Candace Westhall había decidido tomarle el pelo mientras planeaba denunciarlo de una manera más teatral? ¿Actuaría así una mujer sensata? Luego, antes de que Boyton volviera aquí el jueves en que Rhoda Gradwyn ingresó para ser operada, Coxon dice que su amigo estaba de mejor humor, más animado y optimista, y que hablaba de perspectivas de dinero. Envió el mensaje de texto suplicando a la señorita Gradwyn que lo recibiera diciéndole que se trataba de un asunto urgente. ¿Qué pasó, pues, entre la primera y la segunda visita para que cambiara toda la situación? Boyton fue a la Oficina de Autentificación de Holborn y obtuvo una copia del testamento de Peregrine Westhall. ¿Por qué, y por qué entonces? Ya debía de saber que no era beneficiario. ¿No podría ser que, una vez que Candace hubo echado por tierra la acusación de haber congelado el cadáver, le ofreciera realmente ayuda económica o de alguna manera le hiciera sospechar que ella quería poner fin a cualquier disputa sobre el testamento de su padre?

—¿Está pensando en una falsificación, señor? —dijo Kate.

—Cabe la posibilidad. Ya es hora de echar una ojeada al testamento.

Dalgliesh extendió el documento sobre la mesa, y los tres lo estudiaron en silencio.

—El conjunto del testamento es hológrafo, con la fecha escrita en letras, siete de julio de dos mil cinco. El día de los atentados de Londres. Si alguien quería falsificar la fecha, ésta no habría sido la idónea. La mayoría de las personas recuerdan lo que estaban haciendo el 7 de julio, o el 11 de septiembre. Supongamos que el profesor Westhall escribió de su puño y letra tanto la fecha como el propio testamento. La escritura es característica, por lo que casi seguro que se detectaría una falsificación de esta magnitud. Pero ¿qué pasa con las tres firmas? Hoy he telefoneado a un miembro del bufete de abogados del profesor Westhall y le he preguntado por el testamento. Una signataria, Elizabeth Barnes, criada anciana con muchos años de servicio en la Mansión, ya ha muerto. La otra era Grace Holmes, que llevaba una vida solitaria en el pueblo y emigró a Toronto para vivir con una sobrina suya.

—Boyton llega el jueves pasado —dijo Benton— y pasa por la Casa del Romero para averiguar la dirección de Grace Holmes en Toronto. Y fue después de esta visita cuando Candace Westhall supo que, por muy ridículas que fueran las primeras sospechas de Boyton, ahora éste estaba centrando la atención en el testamento. Fue Mog quien nos habló de la visita de Boyton a la Casa del Romero. ¿También fue con el chisme a Candace? Ésta al parecer viaja a Toronto para darle a la señora Holmes una cantidad del legado del profesor Westhall, algo que se podía haber resuelto perfectamente por carta, teléfono o correo electrónico. ¿Por qué esperó tanto a recompensarla por sus servicios? ¿Y por qué era tan importante ver a Grace Holmes en persona?

—Si está pensando en una falsificación —dijo Kate—, hay un motivo claro, sin duda. Supongamos que en un testamento hay defectos de poca importancia que pueden corregirse. Los legados pueden modificarse si todos los albaceas dan su consentimiento, ¿no? Sin embargo, la falsificación es delito. Candace Westhall no podía arriesgarse a poner en peligro el prestigio y la herencia de su hermano. Pero si Grace Holmes aceptó dinero de Candace Westhall a cambio de su silencio, dudo mucho que alguien vaya a sacarle la verdad ahora. ¿Por qué iba a hablar? Quizás el profesor estaba siempre redactando testamentos y de pronto cambió de opinión. Todo lo que ella debe hacer es decir que firmó varios testamentos hológrafos y que no recuerda los detalles. Ayudó a cuidar al viejo profesor. Sin duda aquellos años no fueron fáciles para los Westhall. Ella seguramente pensaría que desde el punto de vista moral era correcto que heredaran el dinero el hermano y la hermana. —Miró a Dalgliesh—. Señor, ¿sabemos lo que estipulaba el testamento anterior?

—Precisamente se lo he preguntado al abogado cuando he hablado con él. La fortuna estaba dividida en dos partes. Robin Boyton recibiría la mitad en reconocimiento del hecho de que sus padres y él habían sido tratados injustamente por la familia; la otra mitad se dividiría a partes iguales entre Marcus y Candace.

—¿Y él estaba enterado de esto, señor?

—Lo dudo mucho. Espero saber más el viernes. He quedado con Philip Kershaw, el abogado que se ocupó de ese testamento y del más reciente. Es un hombre enfermo que vive en una residencia de ancianos situada en las afueras de Bournemouth, pero ha accedido a recibirme.

—Es un motivo claro, señor —dijo Kate—. ¿Está pensando en detenerla?

—No, Kate. Sugiero interrogarla mañana bajo advertencia y grabar la sesión. Aun así, esto va a ser peliagudo. Sería desaconsejable, quizás incluso inútil, revelar estas nuevas sospechas sin más pruebas que las que tenemos. Sólo tenemos la declaración de Coxon de que Boyton estaba abatido tras la primera visita y lleno de júbilo antes de la segunda. Y el mensaje de texto a Rhoda Gradwyn podría significar cualquier cosa. Por lo visto, era un joven un tanto inestable. Bueno, esto ya lo comprobamos por nosotros mismos.

—Estamos avanzando, señor —dijo Benton.

—Pero sin pruebas físicas concluyentes sobre la posible falsificación o las muertes de Rhoda Gradwyn y Robin Boyton. Y para complicar más las cosas, tenemos en la Mansión a una asesina convicta. Esta noche ya no haremos más progresos y además estamos cansados, así que podemos dar por acabado el día.

Faltaba poco para la medianoche, pero Dalgliesh siguió avivando el fuego. Sería inútil ir a acostarse estando su cerebro tan agitado. Candace Westhall tuvo la oportunidad y los medios para cometer ambos asesinatos, era efectivamente la única persona que podía engatusar a Boyton para que fuera a la vieja despensa cuando estuviera segura de que estarían solos. Tenía la fuerza necesaria para meterlo en el congelador, se había asegurado de que sus huellas en la tapa tuvieran una explicación y había procurado que, al descubrirse el cadáver, alguien estuviera con ella y se quedara a su lado hasta que llegara la policía. Pero todo esto venía a ser un conjunto de datos circunstanciales, y Candace era lo bastante inteligente para saberlo. De momento Dalgliesh no podía hacer otra cosa que interrogarla bajo advertencia.

Fue entonces cuando se le ocurrió una idea y actuó movido por la misma antes de pensarlo dos veces y poner en duda su sensatez. Al parecer, Jeremy Coxon bebía hasta altas horas en su pub habitual. Quizás aún tenía el móvil conectado. Si no, volvería a intentarlo por la mañana.

Jeremy Coxon estaba en el pub. El ruido de fondo impedía una conversación coherente. Cuando Coxon supo que era Dalgliesh quien llamaba, dijo:

—Espere un momento, voy afuera. Aquí no le oigo bien. —Y al cabo de un minuto, añadió—: ¿Hay alguna noticia?

—De momento no —contestó Dalgliesh—. Si hay algún avance, nos pondremos en contacto con usted. Lamento llamarle tan tarde. Se trata de algo diferente pero importante. ¿Recuerda usted qué estaba haciendo el 7 de julio?

Hubo un silencio. Luego Coxon dijo:

—¿Se refiere al día de los atentados?

—Sí, el 7 de julio de 2005.

Hubo otra pausa en la que Dalgliesh pensó que Coxon estaba resistiéndose a la tentación de preguntar qué tenía que ver el 7 de julio con la muerte de Robin. Después dijo:

—Pues claro. Es como el 11 de septiembre o el día que mataron a Kennedy. Uno se acuerda de estas cosas.

—En esa época, Robin Boyton era amigo suyo, ¿verdad? ¿Recuerda qué hizo él el 7 de julio?

—Recuerdo que me contó lo que hizo. Se encontraba en el centro de Londres. Apareció en el piso de Hampstead donde vivía yo entonces justo antes de las once de la noche y me tuvo ahí hasta las tantas contándome cómo se había escapado por los pelos y su larga caminata hasta Hampstead. Había estado en Tottenham Court Road, cerca del autobús donde explotó aquella bomba. Se le pegó una viejecita muy conmocionada, y estuvo un rato con ella tranquilizándola. Ella le dijo que vivía en Stoke Cheverell y que había ido a Londres el día anterior a ver a una amiga e ir de compras. Tenía previsto regresar al día siguiente. Robin quería quitársela de encima y consiguió parar un solitario taxi frente a Heal's, le dio veinte libras para la carrera, y ella se marchó ya bastante calmada. Típico de Robin. Dijo que mejor soltar veinte pavos que tener que cargar con la vieja el resto del día.

—¿Le dijo cómo se llamaba?

—No. No sé el nombre de la señora ni la dirección de la amiga... ni, ya puestos, la matrícula del taxi. No fue nada del otro mundo, pero sucedió.

—¿Es todo lo que recuerda, señor Coxon?

—Es todo lo que él me contó. Hay otro detalle. Me parece que sí mencionó que ella era una criada jubilada que ayudaba a sus primos a cuidar a un pariente anciano que les habían endilgado. Lamento no ser de más ayuda.

Dalgliesh le dio las gracias y cerró el móvil. Si lo que Coxon le había dicho era exacto y si la mujer era Elizabeth Barnes, de ninguna manera podía haber firmado el testamento el 7 de julio de 2005. Pero ¿era Elizabeth Barnes? Podía haber sido cualquier mujer del pueblo que trabajara en la Casa de Piedra. Boyton les habría podido ayudar a localizarla. Pero estaba muerto.

Ya eran más de las tres. Dalgliesh seguía despierto e inquieto. El recuerdo que tenía Coxon del 7 de julio era de oídas, y ahora que Boyton y Elizabeth Barnes estaban muertos, ¿qué posibilidad había de localizar a la amiga con la que ella había estado o el taxi que la había llevado? El conjunto de su teoría sobre la falsificación se basaba en datos incidentales. No le gustaba nada efectuar una detención si no iba acompañada de una acusación de asesinato. Si la investigación fracasaba, el acusado quedaba manchado por la sospecha, y el agente adquiría fama de emprender acciones imprudentes y prematuras. ¿Iba a ser uno de esos casos tan poco gratificantes, que por cierto no escaseaban, en que se sabía la identidad de un asesino pero no había pruebas suficientes para practicar una detención?

Aceptando al fin que no tenía esperanzas de dormir, se levantó de la cama, se puso los pantalones y un jersey grueso y se lio una bufanda al cuello. Quizás un paseo rápido y vigoroso por el camino lo cansaría lo suficiente para que valiera la pena volver a acostarse.

A medianoche había caído un chaparrón breve pero fuerte, y el aire olía a limpio y fresco, pero no hacía mucho frío. Andaba a zancadas bajo un cielo cubierto de estrellas, sin otro sonido que el de sus pasos. Luego notó, como un presentimiento, que se levantaban ráfagas de aire. La noche cobraba vida mientras el viento silbaba a través de los setos pelados y hacía crujir las ramas altas de los árboles, sólo para amainar tras el fugaz tumulto tan rápidamente como se había desencadenado. Y de pronto, al aproximarse a la Mansión, vio llamas. ¿Quién estaría haciendo una hoguera a las tres de la madrugada? Se quemaba algo en el círculo de piedras. Sacó el móvil del bolsillo, llamó a Kate y Benton, y, con el corazón aporreándole el pecho, echó a correr hacia el fuego.

4

No puso el despertador a las dos y media, temerosa de que, por deprisa que acallara su ruido, lo oyera alguien. Pero no necesitaba ningún despertador. Durante años había sido capaz de despertarse a una hora determinada, igual que podía fingir sueño de forma tan convincente que su respiración se volvía poco profunda y ella misma apenas sabía si estaba despierta o dormida. Las dos y media era una buena hora. Medianoche era la hora de las brujas, la hora poderosa del misterio y las ceremonias secretas. Sin embargo, el mundo ya dormía a medianoche. Y si el señor Chandler-Powell estaba inquieto, quizá saldría a dar un paseo a las doce, pero no andaría por ahí a las dos y media, ni tampoco los más madrugadores. Mary Keyte fue quemada a las tres de la tarde del 20 de diciembre, pero la tarde estaba descartada para su acto de expiación vicaria, la ceremonia final de identificación que silenciaría para siempre la atribulada voz de Mary Keyte y le daría paz. Las tres de la madrugada sería una buena hora. Y Mary Keyte lo entendería. Lo importante era rendirle el último homenaje, volver a representar lo más fielmente que se atreviera aquellos terribles minutos finales. El 20 de diciembre era tanto el día idóneo como acaso su última oportunidad. Podría ser muy bien que la señora Rayner la pasara a buscar mañana. Estaba lista para irse, cansada de que le dieran órdenes como si fuera la persona menos importante de la Mansión cuando, ojalá lo supieran, era la más poderosa. No obstante, pronto habría terminado toda servidumbre. Sería rica y pagaría a gente para que cuidara de ella. Pero primero estaba esta despedida final, la última vez que hablaría con Mary Keyte.

Menos mal que había hecho los planes con antelación. Tras la muerte de Robin Boyton, la policía había precintado las dos casas. Sería arriesgado siquiera visitarlas después de anochecer, e imposible abandonar en cualquier momento la Mansión sin que la viera el equipo de seguridad. Pero había actuado tan pronto como la señorita Cresset le dijo que llegaba un huésped al Chalet Rosa el mismo día que la señorita Gradwyn había ingresado para ser operada. Su trabajo consistía en fregar los suelos o pasar la aspiradora, quitar el polvo y abrillantar muebles, y hacer la cama antes de que llegara la persona en cuestión. Todo había cuadrado. Todo había salido según lo planeado. Incluso tenía el cesto de mimbre con ruedas para llevar la ropa limpia y recoger las sábanas y toallas sucias, el jabón para la ducha y el lavabo y la bolsa de plástico con los productos de limpieza. Podría utilizar el cesto para acarrear dos de las bolsas de astillas desde el cobertizo del Chalet Rosa, una cuerda para tender que había ahí tirada, y dos botes de parafina envueltos con periódicos viejos que llevaba siempre para aplicar la parafina sobre los suelos recién fregados. La parafina, aunque estuviera bien guardada, tenía un olor fuerte. Pero ¿en qué lugar de la Mansión podía esconderla? Decidió meter los botes en dos bolsas de plástico y, después de oscurecer, esconderlos bajo la hierba y las hojas de la zanja que había junto al seto. La zanja era lo bastante profunda para impedir que los botes se vieran, y el plástico los mantendría secos. Podía guardar la leña y la cuerda en su maleta grande, debajo de la cama. Allí nadie las encontraría. Ella era la responsable de limpiar su habitación y hacer su cama, y en la Mansión todos eran muy puntillosos con respecto a la privacidad.

Cuando el reloj marcó las dos cuarenta, se preparó para salir. Se puso el abrigo más oscuro, que tenía una caja grande de cerillas en el bolsillo, y se envolvió la cabeza con una bufanda. Tras abrir la puerta despacio, se quedó de pie un instante sin atreverse apenas a respirar. La casa estaba en silencio. Ahora que ya no había peligro de que ningún miembro del equipo de seguridad patrullara de noche, podía moverse sin miedo de que ojos y oídos vigilantes estuvieran alerta. Sólo los Bostock dormían en la parte central de la Mansión, y no tenía por qué pasar frente a su puerta. Con las bolsas de astillas y la cuerda de tender enrollada alrededor del hombro, se desplazó en silencio, con pasos cuidadosos, por el pasillo, y luego por la escalera lateral hasta la planta baja, hacia la puerta oeste. Como antes, tuvo que ponerse de puntillas para descorrer el cerrojo. Se tomó su tiempo, procurando que ningún chirrido metálico alterara el silencio. Luego hizo girar la llave con cuidado, salió a las tinieblas nocturnas y cerró la puerta a su espalda.

Era una noche fría, titilaban las estrellas en lo alto, el aire parecía ligeramente luminoso, y unos jirones de nubes navegaban por el cielo hacia el brillante gajo de la luna. De pronto se levantó el viento, no soplaba de manera uniforme sino a ráfagas, como un aliento expulsado. Ella se desplazaba como un fantasma por la senda de los limeros, corriendo de un tronco a otro para ocultarse. De todos modos, en realidad no tenía miedo de que la vieran. El ala oeste estaba a oscuras, y no había otras ventanas que dieran a la senda. Cuando llegó al muro de piedra y las piedras blanqueadas por la luna estuvieron totalmente a la vista, una racha de viento silbó a lo largo del negro seto haciendo crujir las ramas desnudas y susurrar y oscilar la alta hierba más allá del círculo. Lamentó que el viento fuera tan irregular. Sabía que avivaría el fuego, pero su misma imprevisibilidad sería peligrosa. Esto iba a ser una conmemoración, no un segundo sacrificio. Debía procurar que el fuego no estuviera nunca muy cerca. Se lamió el dedo y lo levantó, intentando averiguar la dirección en que soplaba el viento, y acto seguido pasó entre las piedras tan silenciosamente como si temiera que hubiera alguien al acecho y dejó las bolsas de leña junto a la piedra central. Luego se dirigió a la zanja.

Tardó unos minutos en encontrar las bolsas de plástico con los botes de parafina; por alguna razón pensaba que los había dejado más cerca de las piedras, y la luna itinerante, con sus breves intervalos de luz y oscuridad, la desorientaba. Se deslizó agachada a lo largo de la zanja, pero sus manos tocaban sólo hierbajos y limo frío. Al fin encontró lo que buscaba y se llevó los botes hasta las bolsas de astillas. Ojalá hubiera cogido un cuchillo. El nudo de la primera bolsa estaba atado tan fuerte que debió dedicar unos minutos a deshacerlo hasta que por fin se abrió de golpe y las astillas se derramaron por el suelo.

Se puso a construir un círculo de leña dentro de las piedras. No debía estar demasiado desparramado, en cuyo caso el anillo de fuego sería incompleto, ni demasiado cerca por si prendía en ella. Inclinada y trabajando de manera metódica, al final concluyó el círculo a su entera satisfacción, y acto seguido desenroscó el tapón del primer bote de parafina con gran cuidado, y doblada en dos recorrió el círculo de astillas untándolas una por una. Reparó en que había sido demasiado generosa con la parafina, así que con el segundo bote fue más prudente. Ansiosa por encender el fuego y convencida de que la leña ya estaba bien rociada, utilizó sólo la mitad.

Cogió la cuerda de tender y comenzó a atarse a la piedra central. Resultaba más complicado de lo que había previsto, pero al final descubrió que lo mejor era rodear la piedra dos veces con la cuerda y luego pasar dentro del doble anillo que formaba la cuerda, subir ésta a lo largo de su cuerpo y apretarla. Le ayudó el hecho de que la piedra central, su altar, fuera más alta pero más lisa y estrecha que las otras. Hecho esto, se ató la cuerda en la parte delantera de la cintura dejando que los largos extremos quedaran colgando. Tras coger las cerillas del bolsillo, permaneció rígida un momento, con los ojos cerrados. El viento soplaba, y de pronto todo estuvo en calma. Dijo a Mary Keyte: «Esto es para ti. Es en tu memoria. Es para decirte que sé que eras inocente. Me van a separar de ti. Es la última vez que te visito. Háblame.» Pero esa noche no respondió ninguna voz.

Prendió una cerilla y la arrojó al círculo de leña, pero el viento apagó la llama tan pronto se hubo encendido. Lo intentó una y otra vez con manos temblorosas. Estaba a punto de llorar. No funcionaría. Tendría que acercarse más al círculo y luego correr hacia la piedra del sacrificio y atarse de nuevo. Pero ¿y si el fuego tampoco así se encendía? Mientras miraba el sendero, los grandes troncos de los limeros parecían crecer y acercarse unos a otros; sus ramas superiores se fundían y se enredaban agrietando la luna. El camino se estrechó formando una caverna, y el ala oeste, que había sido una forma lejana y oscura, se disolvió en la oscuridad.

Ahora alcanzaba a oír la llegada de multitud de vecinos del pueblo. Se abrían paso a empujones por la estrechada senda de los limeros, sus voces distantes elevándose en un grito que le aporreaba los oídos. «¡Quemad a la bruja! ¡Quemad a la bruja! Ella mató nuestro ganado. Envenenó a nuestros niños. Asesinó a Lucy Beale. ¡Quemadla! ¡Quemadla!» Ya estaban en el muro. Pero no saltaron. Se apelotonaron junto a él, la muchedumbre fue creciendo y, con las bocas abiertas como una colección de calaveras, le gritaron su odio.

Y de repente cesó el griterío. Una figura se separó del grupo, saltó el muro y se le acercó. Una voz que ella conocía habló suavemente con tono de reproche: «¿Cómo se te ha ocurrido pensar que dejaría que hicieras esto sola? Sabía que no la decepcionarías. Pero tal como lo haces no saldrá bien. Yo te ayudaré. He venido en calidad de verdugo.»

Ella no lo había planeado así. La acción tenía que ser única y exclusivamente suya. Aunque quizá sería bueno tener un testigo, y al fin y al cabo éste era un testigo especial, el que comprendía, aquel en quien ella podía confiar. Ahora ella poseía el secreto de otro, un secreto que le daría poder y la haría rica. Que estuvieran juntos quizás era lo más acertado. El verdugo escogió una astilla fina, la protegió del viento, la encendió y la sostuvo en alto, luego se desplazó por el círculo y la metió entre la leña. De repente brotó una llama y el fuego corrió como un ser vivo, chisporroteando, crepitando y soltando chispas. La noche cobró vida, y ahora las voces del otro lado del muro alcanzaron un crescendo, y ella experimentó un momento de triunfo extraordinario, como si se estuviera consumiendo el pasado, el de ella y el de Mary Keyte.

El verdugo se le acercó más. Ella se preguntó por qué aquellas manos eran tan pálidas y sonrosadas, tan traslúcidas. ¿Y a qué venían los guantes quirúrgicos? Entonces las manos agarraron el extremo de la cuerda de tender y, con un movimiento rápido, la arrollaron alrededor de su cuello. A continuación la apretaron con un tirón violento. Ella notó una salpicadura fría en la cara. Le estaban tirando algo. Se intensificó el tufo de la parafina, sus gases la asfixiaban. Sentía caliente en la cara el aliento del verdugo, y los ojos que la miraban fijamente eran como de mármol jaspeado. Los iris parecieron crecer de tal modo que no había rostro, nada salvo charcos oscuros en los que veía sólo un reflejo de su propia desesperación. Intentó gritar, pero no tenía aliento ni voz. Tiró de los nudos que la ataban, pero no tenía fuerza en las manos.

Apenas consciente, se desplomó contra la cuerda y esperó la muerte: la muerte de Mary Keyte. Y entonces oyó lo que sonaba como un sollozo seguido de un chillido tremendo. No podía ser su propia voz; la había perdido. De pronto, el bote de parafina fue alzado y arrojado al seto. Vio un arco de fuego, y el seto estalló en llamas.

Y ahora estaba sola. Medio desmayada, empezó a tirar de la cuerda que le rodeaba el cuello, pero no tenía fuerza para levantar los brazos. La gente se había marchado. El fuego empezaba a extinguirse. Se desplomó contra sus ataduras, las piernas dobladas, y no supo nada más.

De repente se alzaron voces, vio un resplandor de antorchas que la deslumbraba. Alguien franqueó el muro de piedra, corrió hacia ella, y saltó por encima del fuego agonizante. Sintió unos brazos a su alrededor, los brazos de un hombre, y oyó la voz de él.

—Estás bien. Ha pasado el peligro. ¿Me entiendes, Sharon? Ha pasado el peligro.

5

Antes de llegar a las piedras, oyeron el sonido del coche que arrancaba. No tenía sentido intentar seguirle a la desesperada. Sharon era la máxima prioridad. Dalgliesh se dirigió a Kate.

—Quédate aquí y encárgate de todo. Consigue una declaración en cuanto Chandler-Powell diga que ella está en condiciones. Benton y yo perseguiremos a la señorita Westhall.

Los cuatro hombres de seguridad, alertados por las llamas, se afanaban alrededor del seto encendido, que, humedecido por la lluvia anterior, enseguida quedó apagado y convertido en ramitas carbonizadas y humo acre. Ahora una nube baja se desplazó descubriendo la cara de la luna y la noche adoptó un aspecto sobrenatural. Las piedras, plateadas por la anómala luz lunar, brillaban como tumbas espectrales, y las figuras, que Dalgliesh sabía que eran Helena, Lettie y los Bostock, se transformaron en formas incorpóreas que desaparecieron en la oscuridad. Dalgliesh observó cómo Chandler-Powell, hierático en su largo batín y acompañado por Flavia, acarreaba a Sharon al otro lado del muro, y luego los tres desaparecían también por la senda de los limeros. Fue consciente de que alguien se quedaba, y de súbito a la luz de la luna surgió la cara de Marcus Westhall, semejante a una imagen flotante e incorpórea, el rostro de un hombre muerto.

Dalgliesh se le acercó y le dijo:

—¿Adónde es probable que ella vaya? Hemos de saberlo. La dilación no servirá de nada.

Cuando se alzó, la voz de Marcus fue ronca.

—Irá al mar. Le encanta el mar. Estará donde le gusta nadar. Kimmeridge Bay.

Benton se había puesto rápidamente los pantalones y se había embutido a duras penas un grueso jersey mientras corría hacia el fuego. Ahora Dalgliesh se dirigió a él.

—¿Recuerdas la matrícula del coche de Candace Westhall?

—Sí, señor.

—Ponte en contacto con la delegación local de tráfico. Que empiecen a buscar. Sugiéreles que empiecen por Kimmeridge. Nosotros iremos en el Jag.

—Bien, señor. —Y en un instante Benton estaba corriendo con brío.

Marcus había recuperado la voz. Andaba a trompicones detrás de Dalgliesh, torpe como un viejo, gritando con voz quebrada:

—Voy con usted. ¡Espéreme! ¡Espéreme!

—No hace falta. Al final la encontraremos.

—Debo ir. Tengo que estar allí cuando la encuentren.

Dalgliesh no perdió tiempo discutiendo. Marcus Westhall tenía derecho a estar con ellos y podía ayudar a identificar el tramo correcto de playa.

—Póngase un abrigo, pero apúrese.

Su coche era el más rápido, aunque la velocidad apenas era importante, ya que tampoco se podía correr en la sinuosa carretera rural. Tal vez fuera ya demasiado tarde para llegar al mar antes de que ella caminara hacia la muerte, si ahogarse era lo que tenía pensado. Era imposible saber si su hermano decía la verdad, pero, recordando su rostro angustiado, Dalgliesh pensó que seguramente sí. Benton tardó sólo unos minutos en ir a buscar el Jaguar a la Vieja Casa de la Policía y estaba esperando cuando Dalgliesh y Westhall llegaron a la carretera. Sin decir palabra, Benton abrió la portezuela trasera para que entrara Westhall y Dalgliesh le siguió. Ese pasajero era demasiado imprevisible para dejarle solo en la parte posterior de un coche.

Benton sacó la linterna y leyó en voz alta el recorrido que

debían seguir. El olor a parafina de la ropa y las manos de Dalgliesh impregnaba el coche. Bajó la ventanilla, y el aire nocturno, fresco y agradable, le llenó los pulmones. La estrecha carretera se desplegaba ante ellos con subidas y bajadas. A ambos lados se extendía Dorset, con sus valles y colinas, los pueblecitos, las casitas de piedra. A aquellas horas de la noche había poco tráfico. Todas las casas estaban a oscuras.

De pronto notó un cambio en el aire, una frescura que era más una sensación que un olor, aunque para él resultaba inconfundible: el aroma salobre del mar. La carretera se estrechó cuando descendieron por el silencioso pueblo y siguieron hasta el muelle de Kimmeridge Bay. Ante ellos, el mar rielaba bajo la luna y las estrellas. Siempre que Dalgliesh estaba cerca del mar se sentía atraído hacia el mismo como un animal a una charca de agua. Aquí, siglos después de que el hombre se mantuviera erguido en la orilla, el mar, con su plañido inmemorial, inquebrantable, ciego, indiferente, provocaba muchas emociones, no siendo la menor, como ahora, la conciencia de la fugacidad de la existencia humana. Se encaminaron a la playa en dirección este, bajo la imponente negrura del acantilado de pizarra, en lo alto oscuro como el carbón y en la base alfombrado de hierba y matorral. Los bloques de pizarra se adentraban en el mar, formando un camino de rocas azotadas por las olas, que se deslizaban por encima siseando al retirarse. A la luz de la luna, relucían como ébano lustrado.

Haciendo crujir las piedras a su paso, barrieron con las linternas la playa y el sendero elevado de negra pizarra. Marcus Westhall, que había estado callado durante todo el trayecto, parecía reanimado y avanzaba a vigorosas zancadas por la franja de guijarros de la orilla como si fuera inmune al cansancio. Rodearon un promontorio y se hallaron frente a otra playa estrecha, otra extensión de negras piedras agrietadas. No encontraron nada.

Ya no podían avanzar más. La playa se acababa y los acantilados, descendiendo hacia el mar, les cerraban el paso.

—No está aquí —dijo Dalgliesh—. Miremos en la otra playa.

La voz de Westhall, elevada para superar el rítmico bramido del mar, fue un grito áspero.

—Ella no va a nadar allí. Es aquí donde vendría. Andará cerca, en alguna parte.

—Volveremos a buscar de día —dijo Dalgliesh con calma—. Creo que es mejor no seguir.

Sin embargo, Westhall ya estaba otra vez avanzando por las piedras, en equilibrio precario, hasta que llegó al borde del rompiente. Y allí se quedó, perfilado en el horizonte. Tras intercambiar una mirada, Dalgliesh y Benton fueron saltando sobre los bloques barridos por las olas y se dirigieron hacia él. Westhall no se volvió. El mar, bajo un cielo moteado en el que nubes bajas amortiguaban el brillo de la luna y las estrellas, le pareció a Dalgliesh un caldero interminable de agua de baño sucia, cubierta de espuma que se colaba por las grietas de las rocas. La marea subía con fuerza, y vio que los pantalones de Westhall estaban empapados y, cuando se situó a su lado, una ola repentina y poderosa estalló contra las piernas de la rígida figura, y a punto estuvo de tirarlos a ambos de la roca. Dalgliesh lo agarró del brazo y lo sujetó con firmeza.

—Vámonos —dijo con calma—. No está aquí. No hay nada que usted pueda hacer.

Sin decir palabra, Westhall dejó que lo ayudaran a cruzar el traicionero tramo de pizarra y lo acompañaran con amable prisa hasta el coche.

Se hallaban a mitad de camino de la Mansión cuando chisporroteó la radio. Era el agente Warren.

—Hemos encontrado el coche, señor. No fue más allá de Baggot's Wood, a menos de un kilómetro de la Mansión. Ahora estamos buscando en el bosque.

—¿Estaba abierto el coche?

—No, señor, cerrado. Y dentro no hay señales de nada.

—Muy bien. Prosigan; pronto me reuniré con ustedes.

No era una búsqueda que le hiciera mucha ilusión. Como ella había aparcado el coche y no había utilizado el tubo de escape para suicidarse, todo apuntaba a que se había ahorcado. A

Dalgliesh la horca siempre le había horrorizado, y no sólo porque había sido tanto tiempo el método británico de ejecución. Por mucha compasión con que se llevara a cabo, había algo singularmente degradante en el inhumano ahorcamiento de otro ser humano. Ahora tenía pocas dudas de que Candace Westhall se había suicidado, pero, por favor Dios mío, no de este modo.

Sin volver la cabeza, se dirigió a Westhall.

—La policía local ha encontrado el coche de su hermana. Vacío. Ahora lo acompañaré a la Mansión. Necesita secarse y cambiarse. Y debe esperar. No tiene absolutamente ningún sentido hacer nada más.

No hubo respuesta, pero cuando se abrió la verja y el coche se detuvo frente a la puerta principal, Westhall dejó que Benton lo llevara adentro y lo dejara en manos de Lettie Frensham, que estaba aguardando. Westhall la siguió como un niño obediente hasta la biblioteca. Un montón de mantas y una alfombra estaban calentándose junto a un crepitante fuego y en la mesita junto al sillón había frascos de brandy y de whisky.

—Creo que debería tomar un poco de la sopa de Dean —dijo ella—. Ya la tiene preparada. Ahora quítese la chaqueta y los pantalones y envuélvase con estas mantas. Iré en busca de sus zapatillas y su albornoz.

—Están por el cuarto de baño —dijo él sin entonación.

—Ya los encontraré.

Hizo lo que se le decía dócil como un niño. Los pantalones, como un montón de harapos, humeaban frente a las llamas saltarinas. Se arrellanó en el sillón. Se sentía como un hombre recuperándose de la anestesia, sorprendido al descubrir que podía moverse, resignándose a estar vivo, deseando volver a perder el conocimiento porque así cesaría el dolor. Pero a buen seguro se durmió unos minutos en el sillón. Al abrir los ojos vio a su lado a Lettie, que le ayudó a ponerse el albornoz y las zapatillas. Tenía delante un tazón de sopa, caliente y de sabor fuerte, y observó que era capaz de tomársela, aunque sólo notó el sabor del jerez.

Al cabo de un rato, durante el cual Lettie estuvo sentada a su lado en silencio, él dijo:

—Debo decirte algo. Tendré que decírselo a Dalgliesh, pero necesito hacerlo ahora. He de decírtelo a ti.

La miró fijamente y advirtió la tensión en los ojos de ella, la naciente ansiedad por lo que estaba a punto de oír.

—No sé nada sobre los asesinatos de Rhoda Gradwyn ni de Robin —dijo él—. No es eso. Pero mentí a la policía. Si no me quedé con los Greenfield aquella noche, no fue porque el coche tuviera problemas. Me fui para ver a un amigo, Eric. Tiene un piso cerca del Hospital Saint Angela, donde trabaja. Quería darle la noticia de que me iba a África. Sabía que esto lo afligiría, pero debía intentar hacérselo entender.

—¿Y lo entendió? —preguntó ella en voz baja.

—La verdad es que no. Lo eché todo a perder, como siempre.

Lettie le tocó la mano.

—Yo no molestaría a la policía con esto a menos que necesite hacerlo o ellos pregunten. Ahora no les parecerá importante.

—Para mí lo es. —Tras un silencio, añadió—: Déjame ahora, por favor. Estoy bien. Te aseguro que estoy bien. Necesito estar solo. Avísame si la encuentran.

Estaba seguro de que Lettie era la única mujer que comprendería su necesidad de que lo dejaran en paz y no discutiría.

—Bajaré la intensidad de la luz —dijo ella, que colocó un cojín sobre un escabel—. Recuéstese y ponga los pies en alto. Volveré dentro de una hora. Procure dormir.

Y se fue. Pero él no tenía ninguna intención de dormir. Se trataba de vencer el sueño. Si no quería volverse loco, sólo había un sitio donde necesitaba estar. Tenía que pensar. Tenía que intentar comprender. Tenía que aceptar lo que su mente le decía que era verdad. Tenía que estar donde hallara más paz y cordura de las que podía encontrar aquí, entre esos libros muertos y los ojos vacíos de los bustos.

Salió discretamente de la habitación, cerró la puerta tras él, y cruzó el gran salón, ahora a oscuras, hasta la parte trasera de la casa, atravesó la cocina y salió al jardín por la puerta lateral. No sentía la fuerza del viento ni el frío. Pasó frente al viejo establo y luego cruzó el jardín clásico en dirección a la capilla de piedra.

Mientras se acercaba a través de la luz del amanecer, observó que en las piedras de delante de la puerta había una forma oscura. Habían tirado algo, algo que no debía estar allí. Confuso, se arrodilló y tocó la pegajosidad con dedos temblorosos. La olió y, alzando las manos, vio que estaban cubiertas de sangre. Se arrastró de rodillas y, tras levantarse a duras penas, logró descorrer el pasador. La puerta estaba cerrada con llave. Y entonces lo supo. Golpeó el batiente, sollozando, gritando el nombre de ella hasta quedarse sin fuerzas y cayó lentamente de rodillas, las enrojecidas palmas apretadas contra la inflexible puerta.

Y fue allí, todavía arrodillado en la sangre de ella, donde lo encontraron veinte minutos después.

6

Kate y Benton habían estado de servicio más de catorce horas, y cuando por fin fue retirado el cadáver, Dalgliesh les ordenó que descansaran un par de horas, cenaran pronto y se reunieran con él en la Vieja Casa de la Policía a las ocho. Ninguno dedicó ese rato a dormir. En la habitación cada vez más oscura, la ventana abierta a la luz evanescente, Benton yacía tan rígido como si sus nervios y músculos estuvieran tensados, listos para entrar en acción en cualquier momento. Las horas transcurridas desde el momento en que, tras recibir la llamada de Dalgliesh, habían vislumbrado el fuego y oído los gritos de Sharon parecían una eternidad. Los largos ratos de espera a que llegaran el patólogo, el fotógrafo y la furgoneta de la morgue, estaban jalonados por momentos recordados tan vívidamente que sentía que iban pasando en su cerebro como diapositivas en una pantalla: la delicadeza de Chandler-Powell y la enfermera Holland, mientras casi transportaban a Sharon por encima del muro de piedra y la ayudaban a recorrer la senda de los limeros; Marcus de pie solo en el bloque de pizarra, mirando hacia el mar gris y palpitante; el fotógrafo procurando rodear el cadáver para evitar la sangre; las articulaciones de los dedos que la doctora Glenister hacía crujir una a una para extraer la cinta del puño de Candace. Ahí estaba, tendido, sin ser consciente del cansancio pero sintiendo aún el dolor en el brazo y el hombro magullados a causa de esa embestida final en la puerta de la capilla.

Él y Dalgliesh habían estrellado sus hombros contra el panel de roble, pero el cerrojo no había cedido. «Nos estamos estorbando —había dicho Dalgliesh—. Coge carrera, Benton.»

Se había tomado su tiempo para escoger un recorrido que evitara la sangre, y con este fin retrocedió unos quince metros. La primera arremetida había hecho temblar la puerta. Al tercer intento, se abrió de par en par contra el cadáver. Después Benton se apartó mientras entraban Dalgliesh y Kate.

Yacía en el suelo, acurrucada como un niño dormido, el cuchillo al lado de la mano derecha. Tenía un solo corte en la muñeca, pero era profundo, parecido a una boca abierta. Con la mano izquierda agarraba una casete.

La imagen se hizo añicos debido al estrépito del despertador y a los golpes de Kate en la puerta. Benton se puso en marcha. En cuestión de minutos los dos se habían vestido y estaban abajo. La señora Shepherd dejó en la mesa salchichas de cerdo muy calientes, alubias con tomate y puré de patatas y se retiró a la cocina. No solía servir esa clase de platos, pero parecía saber que lo que ellos anhelaban era comida casera y reconfortante. Se sorprendieron al notar que tenían tanta hambre y comieron con avidez, casi todo el rato en silencio, y acto seguido se pusieron en camino hacia la Vieja Casa de la Policía.

Al pasar frente a la Mansión, Benton observó que la caravana y los coches del equipo de seguridad ya no estaban aparcados frente a la verja. Las ventanas resplandecían de luz como para una fiesta. Era una palabra que nadie de la casa habría utilizado, pero Benton sabía que todos se habían quitado un gran peso de encima, se habían librado por fin de la sospecha, la ansiedad y el miedo cada vez mayor de que quizá nunca llegara a saberse la verdad. La detención de uno de ellos habría sido preferible a esto, pero una detención habría significado prolongar el suspense, la posibilidad de un juicio, el espectáculo público de la tribuna de los testigos, la dañina publicidad. Para Candace, la solución razonable y más clemente era una confesión seguida de suicidio, osaron decirse a sí mismos. No era un pensamiento que expresaran con palabras, pero al regresar a la Mansión con Marcus, Benton lo había visto escrito en sus rostros. Ahora serían capaces de despertar por la mañana sin esa nube de temor a lo que pudiera deparar el día, podrían dormir sin cerrar con llave las puertas de los dormitorios, no tendrían por qué medir las palabras. Mañana o pasado mañana ya no habría presencia policial. Dalgliesh y su equipo deberían regresar a Dorset para las pesquisas judiciales, pero en la Mansión ya no les quedaba nada que hacer. No les echarían de menos.

Se habían hecho y autentificado tres copias de la cinta del suicidio, cuyo original estaba al cuidado de la policía de Dorset para ser presentado como prueba en las pesquisas. Ahora volverían a escuchar como un equipo.

Para Kate resultaba evidente que Dalgliesh no había dormido. En la chimenea había un montón de troncos, un baile de llamas, y como de costumbre, un olor a madera quemándose y a café recién hecho, aunque faltaba el vino. Se sentaron a la mesa, y Dalgliesh puso la cinta en el reproductor y lo encendió. Esperaban oír la voz de Candace Westhall, pero sonó tan clara y segura de sí misma que por un instante Kate pensó que estaba en la habitación con ellos.

«Le hablo al comandante Adam Dalgliesh sabiendo que esta cinta será entregada al juez de instrucción y a todo aquel que tenga un interés legítimo en saber la verdad. Lo que voy a decir ahora es la verdad, y no creo que para usted resulte una sorpresa. Hacía más de veinticuatro horas que yo sabía que iba a detenerme. Mi plan de quemar a Sharon en la piedra de las brujas era mi último y desesperado intento de librarme de un juicio y una condena a cadena perpetua, con todo lo que esto supondría para los míos. Si hubiera sido capaz de matar a Sharon, habría estado a salvo, aunque usted hubiera sospechado la verdad. Morir en una hoguera habría parecido el suicidio de una asesina neurótica y obsesionada, un suicidio que yo no habría llegado a tiempo de evitar. ¿Y cómo podría usted acusarme del asesinato de Gradwyn con alguna esperanza de condena mientras Sharon, con su historial, se contaba entre los sospechosos?

»Oh, sí, ya lo sabía. Me encontraba presente cuando fue entrevistada para el empleo en la Mansión. Flavia Holland estaba conmigo, pero ella enseguida vio que Sharon no sería adecuada para ningún trabajo con los pacientes, y me dejó decidir si para ella había sitio entre el personal doméstico. Entonces andábamos escasísimos de gente. La necesitábamos. Yo tenía curiosidad, desde luego. ¿Una mujer de veinticinco años sin esposo, sin novio, sin familia, al parecer sin historia? ¿Sin ambición para otra cosa que estar en lo más bajo de la jerarquía doméstica? Debía haber una explicación. Este irritante deseo de agradar mezclado con un retraimiento silencioso, una sensación de que se encontraba a gusto en una institución, de que había estado encerrada, acostumbrada a que la observaran, de que en cierto modo se hallaba bajo vigilancia. Sólo había un crimen que encajara con todo eso. Al final lo supe porque ella me lo dijo.

»Había otro motivo por el que ella tenía que morir. Sharon me vio cuando yo salía de la Mansión después de haber matado a Rhoda Gradwyn. Y ahora ella, que siempre tenía un secreto que guardar, sabía el secreto de otro. Yo veía su triunfo, su satisfacción. Y me contó lo que pensaba hacer en las piedras, su homenaje final a Mary Keyte, conmemoración y despedida. ¿Por qué no me lo iba a contar? Las dos habíamos matado, estábamos unidas por ese atroz crimen iconoclasta. Y al final, tras haberle pasado la cuerda por el cuello y vertido parafina encima, no pude encender la cerilla. En ese momento comprendí lo que yo había llegado a ser.

»Tengo poco que contarle sobre la muerte de Rhoda Gradwyn. La explicación simple es que la maté para vengar la muerte de una amiga íntima, Annabel Skelton, pero las explicaciones simples nunca revelan toda la verdad. ¿Fui esa noche a su habitación con la intención de asesinarla? Al fin y al cabo, yo había hecho todo lo posible para disuadir a Chandler-Powell de admitirla en la Mansión. Después pensé que no, que sólo pretendía aterrorizarla, decirle la verdad sobre sí misma, hacerle saber que había destruido una vida joven y un gran talento, y que si Annabel había plagiado unas cuatro páginas de diálogos y descripciones, el resto de la novela era exclusiva y maravillosamente suyo.

Y cuando alcé la mano de su cuello y supe que entre nosotras ya no habría comunicación nunca más, sentí un alivio, una liberación tanto física como mental. Mediante ese acto único parecía que me había quitado de encima toda la culpa, la frustración y la pena de los últimos años. En un momento excitante todo había desaparecido. Aún noto algunos restos de esa liberación.

»Ahora creo que fui a su habitación sabiendo que quería matarla. ¿Por qué, si no, habría llevado puestos aquellos guantes quirúrgicos que corté en pedazos en el cuarto de baño de una de las suites vacías? Fue en esa suite donde me oculté; luego abandoné la Mansión por la puerta principal como de costumbre, volví a entrar más tarde por la puerta trasera con mi llave antes de que Chandler-Powell la cerrara para la noche, y tomé el ascensor hasta la planta de los pacientes. No había ningún peligro real de que me descubrieran. ¿A quién se le ocurriría registrar una habitación desocupada en busca de un intruso? Después bajé en el ascensor pensando que debería descorrer el cerrojo, pero éste no estaba echado. Sharon había salido antes que yo.

»Lo que dije tras la muerte de Robin Boyton era básicamente cierto. Él había concebido la insólita idea de que habíamos falseado el momento de la muerte de mi padre congelando su cadáver. Dudo de que fuera idea suya. Eso también era cosa de Rhoda Gradwyn. Planeaban llevarlo todo a cabo juntos. Es por eso por lo que, al cabo de más de treinta años, ella decidió quitarse la cicatriz y que la operación se hiciera aquí. Por eso Robin estuvo aquí en la primera visita de Rhoda y cuando ésta ingresó para ser intervenida. El plan era ridículo, naturalmente, pero había hechos que acaso lo hicieran verosímil. Por esa razón fui a Toronto a ver a Grace Holmes, que estaba con mi padre cuando éste murió. Pero la visita tenía una segunda explicación: pagarle una cantidad única en vez de la pensión que a mi juicio merecía. A mi hermano no le expliqué lo que Gradwyn y Robin estaban maquinando. Yo tenía suficientes pruebas para acusarles a los dos de intentar chantajearme, si éste era su propósito. No obstante, decidí seguirle el juego a Robin hasta que estuviera totalmente involucrado y luego disfrutar del placer de desengañarlo y desquitarme.

»Le cité en la vieja despensa. La tapa del congelador estaba cerrada. Le pregunté qué clase de arreglo proponía, y él contestó que tenía derecho moral a una tercera parte de la herencia. Si se le pagaba eso, no habría exigencias futuras. Señalé que difícilmente podría divulgar que yo había falsificado la fecha de la muerte sin que él mismo fuera acusado de chantaje. Admitió que estábamos recíprocamente uno en manos del otro. Le ofrecí una cuarta parte de la herencia con cinco mil para empezar. Le dije que lo tenía en efectivo en el congelador. Yo necesitaba sus huellas en la tapa y sabía que él era demasiado avaricioso para resistirse. Robin podía haber dudado, pero tenía que mirar. Nos acercamos al congelador, y cuando alzó la tapa yo le agarré de pronto por las piernas y lo tiré adentro. Soy nadadora y tengo brazos y hombros fuertes, y él no pesaba mucho. Cerré la tapa y eché el cierre. Me sentía sorprendentemente agotada y respiraba con dificultad, pero no podía estar cansada. Fue tan fácil como tirar a un niño. Oía los ruidos dentro del congelador, gritos, golpes, súplicas apagadas. Permanecí allí unos minutos apoyada en la tapa, escuchando sus chillidos. A continuación fui a la casa de al lado a preparar una tetera. Los sonidos se fueron debilitando, y cuando cesaron fui a la despensa para dejarle salir. Estaba muerto. Yo sólo quería asustarlo, pero ahora, si intento ser totalmente sincera —¿y quién de nosotros puede llegar a serlo?—, creo que me alegró ver que había muerto.

»No siento pena por ninguna de mis víctimas. Rhoda Gradwyn destruyó un talento genuino y causó daño y aflicción a personas vulnerables, y Robin Boyton era un tábano, un insignificante don nadie, ligeramente gracioso. No creo que nadie les eche de menos ni haya llorado su muerte.

»Esto es todo lo que tengo que decir, aparte de dejar claro que siempre actué completamente sola. No se lo dije a nadie, no consulté con nadie, no pedí a nadie ayuda, no involucré a nadie más ni en las acciones ni en las posteriores mentiras. Moriré sin arrepentimiento ni miedo. Dejaré esta cinta donde esté segura de que será descubierta. Sharon contará su historia, y usted ya sospechaba la verdad. Espero que con ella todo vaya bien. En cuanto a mí, no tengo nada que temer ni esperar.»

Dalgliesh apagó la grabadora. Los tres se echaron hacia atrás, y Kate reparó en que ella misma estaba respirando profundamente, como si estuviese recuperándose de una dura prueba. Entonces, sin decir nada, Dalgliesh llevó la cafetera a la mesa, y Benton la cogió, llenó las tres tazas y pasó a los demás la leche y el azúcar.

—Teniendo en cuenta lo que me contó Jeremy Coxon anoche —dijo Dalgliesh—, ¿en qué grado damos credibilidad a esta confesión?

Tras pensarlo unos instantes, fue Kate quien respondió:

—Sabemos que ella mató a la señorita Gradwyn, hay un hecho que lo demuestra por sí solo. No dijimos a nadie de la Mansión que teníamos pruebas de que los guantes de látex habían sido cortados en trozos y arrojados al inodoro. Y esta muerte no fue un homicidio involuntario. Si sólo quiere asustar a la víctima, uno no va con guantes. Luego está la agresión a Sharon. Eso no fue una simulación. Tenía la intención de matarla.

—¿Seguro? —dijo Dalgliesh—. Tengo mis dudas. Mató a Rhoda Gradwyn y a Robin Boyton y nos ha explicado los motivos. La cuestión es si el juez y el jurado, caso de haberlo, lo creerán.

—¿Importan los motivos ahora, señor? —dijo Benton—. Quiero decir que importarían si el caso llegara ante un tribunal. Los jurados quieren un motivo, nosotros también. Pero usted siempre ha dicho que las pruebas son las evidencias físicas, los datos concretos, no los motivos. Los motivos pueden conservar siempre un halo de misterio. No podemos leer la mente de los demás. Candace Westhall nos ha abierto la suya. Puede parecer insuficiente, pero un motivo para asesinar siempre lo es. No entiendo por qué hemos de impugnar lo que dice.

—No estoy proponiendo esto, Benton, al menos no de manera oficial. Ella ha hecho lo que en esencia es una confesión in artículo mortis, creíble, respaldada por pruebas. Pero me cuesta creerla. El caso no ha sido precisamente un triunfo para nosotros. Ahora ha terminado, o habrá terminado después de las pesquisas judiciales. Se me ocurren varias cosas raras sobre su descripción de la muerte de Boyton. Fijémonos, para empezar, en esa parte de la cinta.

Benton no pudo resistir la tentación de interrumpir.

—¿Por qué necesitaba volver a contarlo? Ya conocíamos su declaración acerca de las sospechas de Boyton y su decisión de seguirle el juego.

—Es como si necesitara grabarlo en la cinta —dijo Kate—. Además dedica más tiempo a describir cómo murió Boyton que al asesinato de Rhoda Gradwyn. ¿Está intentando desviar la atención de algo mucho más perjudicial que la ridícula sospecha de Boyton sobre el congelador?

—Creo que sí —dijo Dalgliesh—. Ella había decidido que nadie debía sospechar una falsificación. Por eso para ella era vital que se encontrara la cinta. Si la dejaba en el coche o en un montón de ropa en la playa, había riesgo de que se perdiera. De modo que se muere con la cinta apretada en el puño.

Benton miró a Dalgliesh.

—¿Va usted a impugnar esta cinta, señor?

—¿Para qué, Benton? Podemos tener nuestras sospechas, nuestras teorías sobre los motivos, que pueden ser razonables, pero todo son datos circunstanciales y no podemos demostrar nada. No podemos interrogar ni acusar a los muertos. Esta necesidad de conocer la verdad quizá sea una señal de arrogancia.

—Hace falta valor para suicidarse con una mentira en los labios —dijo Benton—, pero tal vez hablo influido por mi formación religiosa. Suele pasar en los momentos más inoportunos.

—Mañana tengo la cita con Philip Kershaw —dijo Dalgliesh—. Oficialmente, con la cinta del suicidio, la investigación ha acabado. Mañana por la tarde ya podréis marcharos.

Y quizá mañana por la tarde la investigación habrá terminado para mí, pensó. Ésta podría ser muy bien la última. Lamentaba que no hubiera concluido de otra manera, pero al menos aún cabía la esperanza de terminar conociendo tanta verdad como cualquiera pudiera pensar, aparte de Candace Westhall.

7

El viernes al mediodía, Benton y Kate ya se habían despedido. George Chandler-Powell había reunido a toda la gente en la biblioteca, y todos se habían estrechado las manos y habían murmurado su adiós o lo habían expresado claramente con, al parecer de Kate, diversos grados de sinceridad. Ella sabía, sin sentir rencor por ello, que el ambiente de la Mansión se notaría más limpio una vez ellos se hubieran ido. Quizás esta despedida colectiva había sido organizada por Chandler-Powell para mostrar una cortesía necesaria con el mínimo de alboroto.

Habían tenido una despedida más afectuosa en la Casa de la Glicina, donde los Shepherd los habían tratado como si fueran huéspedes habituales y queridos. En todas las investigaciones había lugares o personas que se grababan felizmente en el recuerdo, y para Kate los Shepherd y la Casa de la Glicina entrarían en esa categoría.

Kate sabía que Dalgliesh estaría ocupado parte de la mañana, pues debía entrevistarse con el funcionario del juez de instrucción, despedirse del jefe de la policía y expresarle su gratitud por la ayuda y la cooperación que su fuerza había brindado, en especial el agente Warren. Luego él pensaba ir a Bournemouth a entrevistarse con Philip Kershaw.

Ya se había despedido formalmente del señor Chandler-Powell y del pequeño grupo de la Mansión, pero regresaría a la Vieja Casa de la Policía a recoger su equipaje. Kate le pidió a Benton que se detuviera y esperara en el coche mientras ella verificaba que la policía de Dorset había retirado todo su material.

Sabía que no hacía falta mirar en la cocina para comprobar si estaba limpia y, una vez arriba, vio que la cama estaba deshecha y las sábanas y mantas pulcramente dobladas. Durante los años en que había trabajado con Dalgliesh, ella siempre había experimentado esta punzada de pesar nostálgico cuando un caso se acababa y el lugar en el que se habían reunido, se habían sentado y habían hablado al final del día, por corta que fuera la estancia, quedaba finalmente vacío.

La bolsa de viaje de Dalgliesh estaba abajo, lista, y ella supo que el kit estaría con él en el coche. Lo único que quedaba por guardar era el ordenador, y, llevada por un impulso, Kate tecleó su contraseña. En la pantalla apareció un e-mail.

Querida Kate. Un e-mail es una manera inadecuada para transmitir algo importante, pero quiero estar seguro de que te llega y, si lo rechazas, será menos importante que una carta.

Durante los últimos seis meses he estado viviendo como un monje para demostrarme algo a mí mismo y ahora sé que tú tenías razón. La vida es demasiado valiosa y demasiado corta para perder el tiempo con personas que no te importan, y también demasiado valiosa para renunciar al amor. Hay dos cosas que quiero decir y que no dije cuando te fuiste porque habrían parecido excusas. Supongo que eso es lo que son, pero necesito que lo sepas. La chica con la que me viste fue la primera y la última desde que empezamos a ser amantes. Sabes que nunca te miento.

En un monasterio, las camas son muy duras y solitarias, y la comida es horrorosa.

Con todo mi cariño,

PIERS

Se sentó un momento en silencio, que seguramente duró más de lo que pensaba porque fue interrumpido por el claxon del coche de Benton. Pero no necesitaba pararse más de un segundo. Sonriendo, escribió su respuesta.

Mensaje recibido y comprendido. Aquí el caso ha terminado, aunque sin final feliz. Estaré de vuelta en Wapping a las siete. ¿Por qué no te despides del abad y vienes a casa?

KATE

8

A Huntington Lodge, situado en un acantilado alto a unos cinco kilómetros al oeste de Bournemouth, se llegaba tras un corto trayecto lleno de curvas entre cedros y rododendros, que finalizaba ante una puerta principal con unas columnas imponentes. Las proporciones por lo demás agradables de la casa quedaban estropeadas por una ampliación moderna y un gran aparcamiento a la izquierda. Se había tenido cuidado de no angustiar a las visitas con letreros del tenor de «jubilados», «ancianos», «clínica» o «residencia». En una placa de bronce, muy abrillantada y colocada discretamente en la pared contigua a la verja de hierro, se leía simplemente el nombre de la casa. Respondió enseguida al timbre un empleado con una blanca chaquetilla, que condujo a Dalgliesh hasta un mostrador situado al final del pasillo. Allí, una mujer canosa, con un peinado impecable, un conjunto de punto y un collar de perlas, verificó su nombre en el libro de visitas y sonriendo le dijo que el señor Kershaw lo esperaba en Vista del Mar, la estancia delantera de la primera planta. ¿Prefería el señor Dalgliesh subir por las escaleras o en ascensor? Charles lo acompañaría.

Tras optar por las primeras, Dalgliesh siguió por las amplias escaleras de caoba al joven que le había abierto la puerta. En las paredes y el pasillo de arriba colgaban acuarelas, grabados y una o dos litografías, y en unas mesitas pegadas a la pared había jarrones con flores y adornos de porcelana cuidadosamente dispuestos, la mayoría de empalagoso sentimentalismo. En Huntington Lodge, con su reluciente limpieza, todo era impersonal y, para Dalgliesh, deprimente. A su entender, cualquier establecimiento que segregara a las personas, por necesario o benigno que fuera eso, suscitaba en él un malestar que se remontaba a la época de la escuela primaria.

Su acompañante no tuvo necesidad de llamar a la puerta de Vista del Mar. Ya estaba abierta, y Philip Kershaw lo esperaba apoyado en unas muletas. Charles se fue discretamente. Kershaw le estrechó la mano y, haciéndose a un lado, dijo:

—Entre, por favor. Ha venido para hablar de la muerte de Candace Westhall, naturalmente. No he visto la confesión, pero Marcus ha telefoneado a nuestra oficina de Poole y luego me ha llamado mi hermano. Menos mal que usted llamó con antelación. A medida que se acerca la muerte, uno pierde la capacidad de sorpresa. Por lo general me siento en el sillón junto a la chimenea. Acerque otra butaca, haga el favor, creo que la encontrará cómoda.

Tomaron asiento, y Dalgliesh dejó el maletín sobre la mesita que había entre los dos. A Dalgliesh le pareció que Philip Kershaw estaba prematuramente envejecido debido a la enfermedad. El escaso pelo estaba peinado con cuidado sobre un cráneo cubierto de cicatrices, acaso indicios de viejas caídas. La piel amarilla se veía estirada sobre los angulosos huesos de la cara, que en otro tiempo tal vez fue atractiva pero ahora tenía manchas y estaba entrecruzada por lo que parecían los jeroglíficos de la edad. Iba vestido pulcramente como un novio de edad avanzada, pero el apergaminado pescuezo surgía de un cuello de camisa blanco e inmaculado que era al menos una talla mayor de la cuenta. Tenía un aspecto tanto vulnerable como lastimoso, pero su apretón de manos, aunque frío, había sido firme y, cuando hablaba, su voz era baja pero las frases se formaban sin tensión aparente.

Ni el tamaño de la estancia ni la calidad y variedad de los heterogéneos muebles podían ocultar el hecho de que se trataba de la habitación de un enfermo. Había una cama individual pegada a la pared, a la derecha de las ventanas, y un biombo que, desde la puerta, no ocultaba del todo la bombona de oxígeno y el botiquín. Junto a la cama había una puerta que, supuso Dalgliesh, sería la del cuarto de baño. Sólo se veía abierta una ventana superior, pero el aire era inodoro, sin la menor evocación del cuarto de un enfermo, una esterilidad que a Dalgliesh le pareció más molesta que el olor a desinfectante. En la chimenea no ardía ningún fuego, algo lógico en la habitación de un paciente de andar inseguro, pero el ambiente estaba caldeado, incluso demasiado. La calefacción central debía de funcionar a tope. Pero la chimenea vacía tenía un aire triste, en la repisa sólo se veía la figura de porcelana de una mujer con sombrero y miriñaque que sostenía incongruentemente una azada de jardín, adorno que Dalgliesh dudó de que hubiera sido elegido por Kershaw. Sin embargo, había habitaciones peores en las que soportar un arresto domiciliario, o algo parecido a eso. A juicio de Dalgliesh, el único elemento del mobiliario que Kershaw había traído consigo era una larga estantería de roble, con los libros tan apretados que parecían pegados con cola.

Mirando hacia la ventana, Dalgliesh dijo:

—Desde aquí tiene una vista formidable.

—La verdad es que sí. A menudo me recuerdan que soy afortunado por tener esta habitación; y también por poderme permitir un sitio así. A diferencia de otras residencias, aquí se dignan amablemente atenderle a uno, hasta la muerte si es preciso. Quizá le gustaría ver el panorama más de cerca.

Era una propuesta poco común, pero Dalgliesh siguió los penosos pasos de Kershaw hasta la ventana en saledizo, flanqueada por otras dos ventanas más pequeñas, desde donde se veía el canal de la Mancha. La mañana era gris, con un sol escaso e intermitente, el horizonte una línea apenas percibida entre el cielo y el mar. Bajo las ventanas había un patio de piedra, con tres bancos de madera colocados a intervalos regulares. Detrás, el terreno descendía unos veinte metros hasta el mar en un revoltijo de árboles y arbustos entrelazados, rebosantes de fuertes y lustrosas hojas perennes. Sólo donde el matorral se hacía menos espeso alcanzó Dalgliesh a vislumbrar los ocasionales paseantes, que andaban como sombras efímeras con pasos silenciosos.

—Yo sólo veo el panorama si me pongo de pie —dijo Kershaw—, lo que cada vez supone más esfuerzo. He llegado a familiarizarme con los cambios estacionales, el cielo, el mar, los árboles, algunos de los arbustos. La vida humana está debajo de mí, fuera de mi alcance. Como no deseo inmiscuirme en la vida de esas figuras casi invisibles, ¿por qué me siento privado de una compañía que no hago nada por buscar y me desagradaría profundamente? Mis compañeros de aquí (en Huntington Lodge no hablamos de pacientes) hace tiempo que han agotado los pocos temas sobre los que tenían algún interés en hablar: la comida, el buen o mal tiempo, el personal, el programa de televisión de la noche pasada o sus irritantes manías. Es un error vivir hasta que uno da la bienvenida a la luz cada mañana, no con alivio y sin duda tampoco con alegría, sino con decepción y una pena que a veces roza la desesperación. Aún no he llegado a este punto, pero llegaré. Igual que, desde luego, a la oscuridad final. Menciono la muerte no para introducir en nuestra conversación una nota morbosa ni, Dios no lo permita, para suscitar compasión. Pero antes de hablar es bueno saber dónde estamos. Inevitablemente, usted y yo, señor Dalgliesh, veremos las cosas de forma distinta. Pero usted no está aquí para hablar del panorama. Quizá será mejor que vayamos al asunto.

Dalgliesh abrió el maletín y dejó sobre la mesa la copia que Robin Boyton había hecho del testamento de Peregrine Westhall.

—Le agradezco que haya accedido a verme —dijo—. Por favor, dígame si le canso.

—Comandante, no creo que usted vaya a cansarme o aburrirme hasta hacerse insoportable.

Era la primera vez que utilizaba el rango de Dalgliesh. Éste dijo:

—Tengo entendido que usted representó a la familia Westhall en los testamentos tanto del abuelo como del padre.

—No yo, sino el bufete familiar. Desde mi ingreso aquí hace once meses, el trabajo rutinario lo ha llevado a cabo mi hermano más joven en la oficina de Poole. De todos modos, me ha tenido informado.

—Así que usted no estuvo presente cuando el testamento fue redactado o firmado.

—No estuvo presente nadie del despacho. En su momento no se nos envió una copia, y ni nosotros ni la familia supimos de su existencia hasta tres días después de la muerte de Peregrine Westhall, cuando Candace lo encontró en un cajón cerrado de un armario del dormitorio donde el viejo guardaba documentos confidenciales. Como seguramente ya le habrán contado, Peregrine Westhall era muy dado a redactar testamentos cuando estaba en la misma residencia de ancianos que su difunto padre. La mayoría eran codicilos escritos de su puño y letra y con las enfermeras por testigos. Parecía disfrutar tanto destruyéndolos como escribiéndolos. Imagino que aquello tenía por objeto dejar claro a su familia que podía cambiar de opinión en cualquier momento.

—Entonces, ¿el testamento no estaba escondido?

—Por lo visto no. Candace dijo que había un sobre sellado en un cajón del armario del dormitorio cuya llave él guardaba bajo la almohada.

—En el momento de la firma —dijo Dalgliesh—, ¿el padre de Candace aún podía levantarse de la cama sin ayuda para ponerlo ahí?

—Seguramente, a menos que uno de los sirvientes o alguna visita lo pusiera ahí a petición suya. Ningún miembro de la familia ni de la casa admite saber nada de ello. Por supuesto, no tenemos ni idea de cuándo fue guardado realmente en el cajón. Quizá poco después de ser redactado, cuando sin duda Peregrine Westhall era capaz de caminar por sus propios medios.

—¿A quién iba dirigido el sobre?

—Nunca lo vimos. Candace dijo que lo había tirado.

—Pero a usted le enviaron una copia del testamento.

—Me la mandó mi hermano. Él sabía que yo estaba interesado en todo lo concerniente a mis antiguos clientes. Quizá quería hacerme sentir que yo aún estaba implicado. Esto se está pareciendo a un contrainterrogatorio, comandante. Por favor, no crea que pongo reparos. Es que hacía tiempo que no se me pedía que pensara tanto.

—Cuando vio el testamento, ¿tuvo alguna duda sobre su validez?

—Ninguna. Y ahora tampoco. ¿Por qué? Como supongo que usted ya sabe, un testamento hológrafo es tan válido como cualquier otro, siempre y cuando esté firmado, fechado y atestiguado, y nadie que estuviera familiarizado con la letra de Peregrine Westhall podía dudar que él escribió ese testamento. Las disposiciones son precisamente las de un testamento anterior, no del inmediatamente precedente, sino de uno que fue pasado a máquina en mi oficina en 1995 y que yo llevé a la casa donde él vivía entonces y que firmaron como testigos dos miembros del despacho que me acompañaron a tal fin. Las disposiciones eran sumamente razonables. Con la excepción de su biblioteca, que legaba a su *college* si éste la quería y de lo contrario se vendería, todos sus bienes serían a partes iguales para su hijo Marcus y su hija Candace. Así que en esto fue justo con el sexo despreciado. Tuve y ejercí cierta influencia en él mientras estuve en activo.

—¿Hubo algún otro testamento anterior a éste que fuera autentificado?

—Sí, uno redactado el mes antes de que Peregrine Westhall abandonara la residencia de ancianos y se mudara a la Casa de Piedra con Candace y Marcus. Quizás usted lo haya visto. También estaba escrito a mano. Le daré la oportunidad de comparar la letra. Si es tan amable de abrir el buró y levantar la tapa, verá una caja de escrituras negra. Es la única que he traído conmigo. Tal vez la necesitaba a modo de talismán, una garantía de que algún día volvería a trabajar.

Metió los largos y deformes dedos en un bolsillo interior y sacó una llave. Dalgliesh trajo la caja de escrituras y la dejó delante de Kershaw. La llave más pequeña del manojo la abrió.

—Fíjese, como puede ver —dijo el abogado—, revoca el testamento anterior y deja la mitad de la herencia a su sobrino Robin Boyton, de modo que la mitad restante habría que dividirla a partes iguales entre Marcus y Candace. Si comparamos la letra de los dos testamentos, vemos que los ha escrito la misma mano.

Igual que sucedía con el testamento posterior, la escritura era firme, negra e inconfundible, algo sorprendente siendo un hombre anciano, las letras eran altas, los trazos descendentes decididos, finas las líneas ascendentes.

—Y naturalmente ni usted ni nadie de su bufete notificaron a Robin Boyton su posible buena fortuna.

—Habría sido algo muy poco profesional. Por lo que sé, él no lo sabía ni lo preguntó.

—Aunque lo hubiera sabido —dijo Dalgliesh—, difícilmente habría podido impugnar el último testamento una vez había sido ya autentificado.

—Y me atrevo a decir que usted tampoco puede, comandante. —Tras una pausa, prosiguió—: He accedido a responder a sus preguntas, ahora quiero hacerle una yo. ¿Está usted totalmente convencido de que Candace Westhall mató a Robin Boyton y a Rhoda Gradwyn e intentó matar a Sharon Bateman?

—Sí a la primera parte de su pregunta —contestó Dalgliesh—. No me creo la confesión en su totalidad, pero en un aspecto es cierta. Ella mató a la señorita Gradwyn y fue responsable de la muerte del señor Boyton. Confesó haber planeado el asesinato de Sharon Bateman. Para entonces ya habría decidido suicidarse. En cuanto sospechó que yo sabía la verdad sobre el último testamento, no podía arriesgarse a someterse a un interrogatorio severo ante un tribunal.

—La verdad sobre el último testamento —dijo Philip Kershaw—. Sabía que llegaríamos a esto. Pero ¿sabe usted la verdad? Y aunque la supiera, ¿convencería a un tribunal? Si ella estuviera viva y fuera condenada por falsificar las firmas, de su padre y de los dos testigos, las complicaciones legales sobre el testamento, estando Boyton muerto, serían considerables. Lástima que no pueda discutir algunas de ellas con mis colegas.

Parecía casi animado por primera vez desde que Dalgliesh entrara en la habitación.

—Y bajo juramento, ¿qué diría usted? —preguntó Dalgliesh.

—¿Sobre el testamento? Que lo consideré válido y no tuve sospechas acerca de las firmas tanto del testador como de los testigos. Compare la letra de los dos. ¿Hay alguna duda de que están escritos por la misma mano? Comandante, no hay nada que usted pueda o necesite hacer. Este testamento sólo podía haber sido impugnado por Robin Boyton, y él está muerto. Ni usted ni la Policía Metropolitana gozan de ningún *locus standi*, derecho de audiencia, en este asunto. Tiene usted su confesión. Tiene a su asesina. El caso está cerrado. El dinero fue legado a las dos personas que acreditaban más derecho al mismo.

—Acepto que, dada la confesión, lógicamente no se puede hacer nada más —dijo Dalgliesh—. Pero no me gustan las cosas a medio hacer. Necesitaba saber si estaba en lo cierto y si era posible comprender. Usted me ha ayudado mucho. Ahora conozco la verdad en la medida en que puede conocerse, y creo entender por qué Candace lo hizo. ¿Es una afirmación demasiado arrogante?

—¿Saber la verdad y entenderla? Sí, con todos mis respetos, comandante, creo que sí. Arrogante y, tal vez, impertinente. Como cuando desguazamos las vidas de los muertos famosos, como pollos chillones que picotean en todos los chismorreos y escándalos. Y ahora tengo una pregunta para usted. ¿Estaría usted dispuesto a infringir la ley haciendo algo que reparase un daño o beneficiase a una persona amada?

—Respondo con una evasiva, pero es que la pregunta es hipotética —dijo Dalgliesh—. Dependería de la importancia y la sensatez de la ley que incumpliera y de si el bien para la supuesta persona amada, o incluso el bien público, fuera, a mi juicio, mayor que el daño de quebrantar la ley. Con ciertos crímenes... el asesinato o la violación, por ejemplo... sería del todo imposible. No se puede plantear la cuestión en abstracto. Soy agente de policía, no un teólogo moral ni un especialista en ética.

—Oh, sí lo es, comandante. Debido a la muerte de lo que Sydney Smith describía como religión racional y debido a que los defensores de lo que sigue transmiten mensajes tan confusos e inciertos, todas las personas civilizadas han de ser éticas. Hemos de resolver nuestra propia salvación con diligencia basándonos en aquello en lo que creemos. Así que dígame, ¿en alguna circunstancia violaría usted la ley para beneficiar a alguien?

—¿Beneficiar en qué sentido?

—En cualquier sentido en el que se pueda conceder un beneficio. Satisfacer una necesidad. Proteger. Reparar un daño.

—Entonces, hablando en plata —dijo Dalgliesh—, creo que la respuesta es sí. Me veo, por ejemplo, ayudando a la persona amada a tener una muerte compasiva si ella estuviera pasando las de Caín en este mundo implacable y sólo respirar ya supusiera un tormento. Espero no tener que hacerlo. Pero ya que usted lo pregunta, pues sí, me imagino a mí mismo quebrantando la ley para favorecer a alguien a quien amase. Sobre lo de reparar un daño no estoy tan seguro. Eso supondría tener la sabiduría para decidir lo que está bien y lo que está mal, y la humildad de considerar si alguna acción que yo pudiera emprender mejoraría o empeoraría las cosas. Ahora le formulo yo una pregunta. Perdone si le parece impertinente. ¿La persona amada sería para usted Candace Westhall?

Kershaw se levantó con dificultad y, tras coger las muletas, se acercó a la ventana y estuvo unos instantes mirando como si el mundo exterior fuera una pregunta que jamás se enunciaría, o, en su caso, no requeriría respuesta. Dalgliesh esperó. De pronto, Kershaw se volvió hacia él, y el comandante le observó mientras, como si fuera alguien que está aprendiendo a caminar, el abogado regresaba a su silla con pasos vacilantes.

—Voy a decirle algo que nunca he dicho ni diré a ningún otro ser humano —dijo Kershaw—. Lo hago porque creo que con usted no hay peligro. Y además quizás al final de la vida llega un momento en que un secreto se convierte en una carga que uno desea traspasar a los hombros de otro, como si el mero hecho de que alguien más lo sepa y lo comparta redujera el peso de algún modo. Supongo que es por eso por lo que la gente religiosa se confiesa. ¡Qué increíble limpieza ritual debe de ser la confesión! De todos modos, esto no es para mí, y no pienso cambiar la no creencia de toda una vida por lo que al final me parecería un consuelo falaz. Así que le explicaré. Esto no supondrá para usted carga ni angustia alguna, y estoy dirigiéndome a Adam Dalgliesh el poeta, no a Adam Dalgliesh el detective.

—En este momento no hay ninguna diferencia entre ellos —dijo Dalgliesh.

—En su mente no, comandante, pero quizá sí en la mía. De todos modos, hay otra razón para hablar, no digna de admiración, pero claro, ¿hay alguna que lo sea? No se imagina el placer que es hablar con un hombre refinado sobre algo distinto del estado de mi salud. Lo primero y lo último que el personal o cualquier visita pregunta es cómo me encuentro. Así es como me defino ahora, en función de la enfermedad y la mortalidad. Sin duda le parecerá difícil ser educado cuando la gente insiste en hablar sobre su poesía.

—Intento ser cortés cuando ellos quieren ser amables, pero lo detesto y no resulta fácil.

—Así, yo dejaré en paz su poesía si usted deja en paz el estado de mi hígado.

Se rio, una intensa y dura expulsión de aire interrumpida bruscamente. Pareció más un grito de dolor. Dalgliesh aguardó sin hablar. Daba la impresión de que Kershaw estaba reuniendo fuerzas, mientras acomodaba su esquelética figura en la butaca.

—En esencia es una historia corriente —dijo—. Pasa en todas partes. No tiene nada de especial ni atrayente salvo las personas afectadas. Hace veinticinco años, cuando yo tenía treinta y ocho y Candace dieciocho, ella tuvo un hijo mío. Yo era socio del bufete desde hacía poco, y pasé a encargarme de los asuntos de Peregrine Westhall. No eran particularmente difíciles ni interesantes, pero le hice suficientes visitas para ver lo que pasaba en aquella gran casa de piedra de los Cotswolds, donde vivía entonces la familia. La frágil y bonita mujer que utilizaba su enfermedad como una defensa contra su marido, la silenciosa y asustada hija, el introvertido hijo. Creo que en aquella época yo me las daba de ser alguien interesado en la gente, sensible a las emociones humanas. Quizá lo era. Y cuando digo que Candace estaba asustada, no estoy insinuando que su padre la maltratara o la golpeara. Él tenía una sola arma, la más mortífera: su lengua. No creo que llegara a tocarla nunca, desde luego no de manera afectuosa. Era un hombre al que no le gustaban las mujeres. Para él,

Candace fue una decepción desde el momento de nacer. No quiero que se lleve usted la impresión de que era un hombre deliberadamente cruel. Yo le tenía por un académico distinguido. A mí no me asustaba. Podía hablar con él, cosa que Candace nunca pudo hacer. Sólo con que ella le hubiera hecho frente, él ya la habría respetado. El hombre aborrecía la sumisión. Y lógicamente también habría mejorado las cosas que ella hubiera sido bonita. Con las hijas siempre es así, ¿no?

—Es difícil enfrentarse a alguien si se le tiene miedo desde la infancia —dijo Dalgliesh.

Kershaw prosiguió como si no hubiera oído el comentario.

—Nuestra relación, no estoy hablando de aventura, comenzó cuando yo estaba en la librería de Blackwell, en Oxford, y vi a Candace, que había ingresado en el trimestre de otoño. Parecía deseosa de charlar, lo que no era habitual, y la invité a un café. Sin su padre, parecía cobrar vida. Ella hablaba y yo escuchaba. Quedamos en volver a vernos, y para mí llegó a ser una especie de hábito ir a Oxford cuando ella se encontraba allí y llevarla a almorzar fuera de la ciudad. Los dos éramos caminantes llenos de energía, y yo esperaba con ganas esos encuentros otoñales y nuestros paseos por los Cotswolds. Sólo nos acostamos una vez, una tarde inusitadamente calurosa, en el bosque, bajo un dosel de árboles bañados por el sol, cuando supongo que una combinación de la belleza y el aislamiento de los árboles, el calor, nuestra satisfacción tras haber almorzado bien, dieron pie al primer beso y a partir de ahí a la inevitable seducción. Creo que después ambos supimos que había sido un error. Además éramos lo bastante perspicaces sobre nosotros mismos para saber cómo había pasado. Ella había tenido una mala semana en el *college* y necesitaba consuelo, y la capacidad de consolar es tentadora..., no quiero decir sólo en el aspecto físico. Ella se sentía sexualmente inepta, alejada de sus iguales y, se diera cuenta o no, buscaba una oportunidad para perder la virginidad. Yo era mayor, amable, cariñoso con ella, estaba disponible, era el compañero ideal para una primera experiencia sexual, que ella deseaba y temía. Conmigo podía sentirse segura.

»Y cuando, demasiado tarde para abortar, me dijo que estaba embarazada, los dos sabíamos que su familia no debía enterarse, en especial su padre. Ella decía que él la despreciaba y que la despreciaría aún más, no por haberse acostado con un hombre, lo cual seguramente no le importaría, sino porque había elegido a la persona equivocada y por haber sido una idiota al quedarse embarazada. Candace podía decirme exactamente lo que él le diría, lo que me indignó y me horrorizó. Yo me acercaba a la mediana edad y no estaba casado. No tenía ningún deseo de asumir la responsabilidad de un hijo. Ahora, cuando es demasiado tarde para arreglar nada, sé que tratábamos al niño como si fuera una especie de tumor maligno que hubiéramos de extirpar, o en todo caso quitarnos de encima, y luego pudiéramos olvidarnos de él. Si hablamos de pecados..., y usted, por lo que tengo entendido, es hijo de un sacerdote y sin duda la influencia familiar aún significa algo..., los pecadores fuimos nosotros. Ella mantuvo el embarazo en secreto y, cuando ya corría el riesgo de ser descubierta, fue al extranjero, regresó y dejó el bebé en una clínica de maternidad de Londres. A mí no me costó arreglar lo de la acogida privada y la adopción. Era abogado; tenía los conocimientos y el dinero. Y en aquella época había menos control sobre estos asuntos.

»Candace mantuvo desde el principio una actitud estoica. Si amaba a su hijo, consiguió disimularlo. Después de la adopción, ella y yo no nos veíamos. Supongo que no teníamos una verdadera relación, e incluso vernos era dar pie a la turbación, la vergüenza, a recordar inconvenientes, mentiras, carreras desbaratadas. Más adelante, ella recuperó en Oxford el tiempo perdido. Imagino que estudió Clásicas en un intento de ganarse el afecto de su padre. Lo único que sé es que no lo logró. No volvió a ver a Annabel, cuyo nombre también fue escogido por los eventuales padres adoptivos, hasta que cumplió dieciocho años, pero creo que estuvo en contacto con ella, aunque fuera indirectamente y sin reconocerla como hija suya. Como es lógico, sabía en qué universidad se había matriculado Annabel y consiguió un trabajo ahí, pese a no ser una opción natural para una licenciada en Clásicas con un doctorado en Filosofía.

—¿Volvió usted a ver a Candace? —preguntó Dalgliesh.

—Sólo una vez al cabo de veinticinco años. También fue la última. El viernes 7 de diciembre regresó de visitar en Canadá a la vieja enfermera, Grace Holmes. La señora Holmes es la única testigo superviviente del testamento de Peregrine. Candace fue a entregarle una cantidad de dinero, creo que dijo diez mil libras, como muestra de agradecimiento por su esfuerzo en el cuidado de Peregrine Westhall. La otra testigo, Elizabeth Barnes, era una empleada jubilada de la casa de los Westhall y estaba recibiendo una pequeña pensión cuyo cobro, naturalmente, cesó a su muerte. Candace consideraba que Grace Holmes debía ser recompensada. También deseaba tener la declaración de la enfermera sobre la fecha de la muerte de su padre. Me contó la ridícula acusación de Robin Boyton de que el cadáver había sido escondido en un congelador hasta que hubieron transcurrido veintiocho días desde el fallecimiento del abuelo. Aquí está la carta que Grace Holmes escribió y le entregó. Ella quiso que yo tuviera una copia, quizá para mayor seguridad. Si hacía falta, yo se la pasaría al responsable del bufete.

Levantó la copia del testamento y de debajo sacó una hoja de papel de escribir que dio a Dalgliesh. La carta llevaba fecha del 2 de diciembre de 2007. La letra era grande, redonda, con una caligrafía muy cuidada.

Muy señor mío:

La señorita Candace Westhall me ha pedido que le mande una carta que confirme la fecha de la muerte de su padre, el doctor Peregrine Westhall. Ésta se produjo el 5 de marzo de 2007. En los dos días anteriores había empeorado mucho su estado, y el doctor Stenhouse lo vio el 3 de marzo, pero no le recetó ningún medicamento nuevo. El profesor Westhall dijo que quería ver al cura local, el reverendo Matheson, que acudió enseguida. Lo trajo en coche su hermana. En aquel momento yo estaba en la casa pero no en la habitación del enfermo. Alcancé a oír los gritos del profesor pero no lo que decía el señor Matheson. No se quedaron mucho rato, y cuando salieron el reverendo parecía consternado. El doctor West-hall murió dos días después. En el momento del fallecimiento yo estaba en la casa con su hijo y la señorita Westhall. Fui yo quien lo amortajó.

También fui testigo en su último testamento, que escribió de su puño y letra. Sucedió en el verano de 2005, pero no recuerdo la fecha. Fue el último testamento que firmé como testigo, aunque el profesor Westhall había redactado otros en las semanas precedentes, que Elizabeth Barnes y yo atestiguamos, pero que, en mi opinión, él rompió.

Todo lo que he escrito es verdad.

Atentamente,

GRACE HOLMES

—A Grace Holmes se le pidió que confirmara la fecha de la muerte —dijo Dalgliesh—. Entonces no entiendo a qué viene el párrafo que se refiere al testamento.

—Como Boyton había planteado dudas sobre la fecha en que murió su tío, tal vez ella consideró importante mencionar algo relativo a la muerte de Peregrine que más adelante pudiera ser puesto en entredicho.

—Pero el testamento nunca fue puesto en entredicho, ¿verdad? ¿Y por qué hizo falta que Candace Westhall volara a Toronto y viera a Grace Holmes en persona? Los arreglos económicos no requerían visita ninguna, y la otra información sobre la fecha de la muerte se la habría podido dar por teléfono. ¿Por qué necesitaba esta confirmación? Sabía que el reverendo Matheson había visto a su padre dos días antes de morir. El testimonio de Matheson y su hermana habría bastado.

—¿Está insinuando que las diez mil libras eran en pago por esa carta?

—Por el último párrafo —señaló Dalgliesh—. A lo mejor Candace Westhall quería eliminar todo riesgo de que el único testigo vivo de la muerte de su padre revelara algo. Grace Holmes había ayudado a la enfermera de Peregrine Westhall y sabía lo que la hija había tenido que aguantar. Sería feliz si al final se hacía justicia a Candace y Marcus. Desde luego, cogió las diez mil libras. En todo caso, ¿qué se le pedía que hiciera? Tan sólo decir que había sido testigo de la firma de un testamento escrito a mano cuya fecha no recordaba. ¿Cree usted por un momento que algún día alguien la convencerá de que cambie su versión, de que diga algo más? Por otra parte, ella no había sido testigo del testamento anterior. No sabía nada sobre la injusticia sufrida por Robin Boyton. Seguramente se convenció a sí misma de que estaba diciendo la verdad.

Durante casi un minuto permanecieron sentados en silencio; luego habló Dalgliesh.

—¿Me responderá a la pregunta de si en esta última visita que le hizo Candace Westhall hablaron sobre la verdad del testamento de su padre?

—No, y no creo que usted espere que lo haga. Por eso no preguntará. Pero sí le diré algo, comandante. No era una mujer capaz de agobiarme con más cosas de las que yo necesitara saber. Quería que yo guardara la carta de Grace Holmes, pero ésta era la parte menos importante de la visita. Me dijo que nuestra hija había muerto y cómo. Teníamos asuntos pendientes. Había cosas que los dos necesitábamos decir. Me gustaría creer que, cuando se hubo marchado, había desaparecido casi toda la amargura de los últimos veinticinco años, pero esto sería un sofisma romántico. Nos habíamos hecho demasiado daño el uno al otro. Creo que murió más feliz porque sabía que podía confiar en mí. Eso era todo lo que había y había habido jamás entre nosotros: confianza, no amor.

Pero Dalgliesh aún tenía otra pregunta.

—Cuando le telefoneé y usted accedió a recibirme, ¿se lo dijo a Candace Westhall?

Kershaw lo miró fijamente y respondió al instante:

—La llamé y se lo dije. Y ahora, si me permite, debo descansar. Me alegro de que haya venido, pero no volveremos a vernos. Si es tan amable de pulsar el botón que hay junto a la cama, Charles lo acompañará a la salida.

Extendió la mano. El apretón seguía siendo firme, pero el resplandor en los ojos se había apagado. Se había cerrado algo. Charles ya le esperaba en la puerta, y Dalgliesh se volvió para echar a Kershaw la última mirada. Estaba sentado en el sillón, en silencio, con los ojos clavados en la vacía chimenea.

Dalgliesh apenas se había abrochado el cinturón de seguridad cuando sonó su móvil. Era el detective Andy Howard. La nota de triunfo en la voz era contenida pero inequívoca.

—Lo hemos cogido, señor. Un chico del barrio, como sospechábamos. Había sido interrogado antes cuatro veces acerca de agresiones sexuales, pero nunca había sido acusado. Al departamento de justicia le tranquilizará saber que no es otro inmigrante ilegal ni alguien en libertad bajo fianza. Por supuesto también tenemos el ADN. Me preocupa un poco el modo de mantener la prueba del ADN si no hay cargos, pero no es el primer caso en que ha sido útil.

—Enhorabuena, inspector. ¿Cree que hay alguna posibilidad de que se declare culpable? Estaría bien ahorrarle a Annie el mal trago del juicio.

—Yo diría que todas, señor. El ADN no es la única prueba que tenemos, pero es categórica. De todas maneras, aún pasará un tiempo hasta que la chica esté en condiciones de acudir a la tribuna de los testigos.

Dalgliesh apagó el móvil más tranquilo. Ahora necesitaba encontrar un sitio donde pudiera estar un rato a solas y en paz.

9

Condujo hacia el oeste desde Bournemouth hasta que, por la carretera de la costa, encontró un lugar donde pudo aparcar el coche y contemplar el mar frente a Poole Harbour. Durante la última semana, había estado entregado en cuerpo y alma a las muertes de Rhoda Gradwyn y Robin Boyton, pero ahora debía encarar su futuro. Tenía ante él varias opciones, la mayoría interesantes o exigentes, pero hasta el momento no había pensado mucho en ellas. Sí era seguro algo trascendental: su boda con Emma, y sobre esto no cabía ninguna duda, nada salvo la certeza de la dicha.

Al menos sabía la verdad acerca de esas dos muertes. Quizá Philip Kershaw tenía razón. Había cierta arrogancia en querer saber siempre la verdad, en especial la verdad sobre móviles humanos, el misterioso funcionamiento de la mente de otro. Estaba convencido de que Candace Westhall jamás tuvo intención de matar a Sharon. Seguramente animó a la chica en su fantasía, quizá cuando estaban solas y Sharon la ayudaba con los libros. De todos modos, lo que sí quiso y planeó Candace fue un medio seguro de convencer al mundo de que ella y sólo ella había matado a Gradwyn y Boyton. Dada su confesión, el veredicto del juez era inevitable. El caso quedaría cerrado, y ahí terminarían sus responsabilidades. No había nada más que pudiera, o quisiera, hacer.

Como pasaba con todas las investigaciones, ésta le dejaría

recuerdos, personas que, sin un especial deseo por parte de él, se instalarían como presencias silenciosas en su mente y sus pensamientos durante años, pero que podían cobrar vida gracias a un lugar, la cara de un desconocido, una voz. Por lo general, no quería revivir el pasado, pero estas breves apariciones le despertaban la curiosidad por saber el motivo de que determinadas personas estuvieran alojadas en su memoria y qué había sido de ellas. Rara vez eran la parte más importante de las investigaciones, y ahora creía saber ya qué personas de la semana anterior permanecerían en su recuerdo. El padre Curtis y su prole de niños rubios, Stephen Collinsby y Lettie Frensham. En los últimos años, ¿cuántas vidas habían afectado fugazmente la suya, a menudo en el horror y la tragedia, el terror y la angustia? Sin saberlo, ellas habían inspirado algunos de sus mejores poemas. ¿Qué inspiración hallaría en la burocracia o los privilegios del cargo?

Pero ya era hora de regresar a la Vieja Casa de la Policía, recoger sus cosas y ponerse en camino. Se había despedido de todos los de la Mansión y había llamado a la Casa de la Glicina para agradecer a los Shepherd la hospitalidad mostrada a su equipo. Ahora sólo había una persona a la que deseaba ver.

Llegó a la casa y abrió la puerta. El fuego había sido encendido de nuevo, pero la estancia se hallaba a oscuras salvo por una lámpara de una mesita situada junto al sillón de la chimenea. Emma se puso en pie y se le acercó, su rostro y el oscuro pelo estaban bruñidos por la luz de la lumbre.

—¿Te has enterado? —dijo ella—. El inspector Howard ha practicado una detención. Ya no tenemos por qué imaginárnoslo por ahí, quizás haciéndolo de nuevo. Y Annie está mejorando.

—Andy Howard me ha llamado —dijo Dalgliesh—. Es una noticia fantástica, cariño, sobre todo lo de Annie.

—Me he encontrado con Benton y Kate en Wareham antes de que salieran para Londres —dijo Emma acudiendo al abrazo de él—. Pensaba que igual te gustaría volver a casa acompañado.

QUINTA PARTE

Primavera

Dorset, Cambridge

1

El primer día oficial de primavera, George Chandler-Powell y Helena Cressett estaban sentados uno al lado del otro ante el escritorio de la oficina. Durante tres horas habían estudiado y analizado una serie de cifras, inventarios y planos de arquitectos y ahora, como en virtud de un acuerdo tácito, estiraron ambos la mano para apagar el ordenador.

Reclinándose en la silla, Chandler-Powell dijo:

—Así que desde el punto de vista económico es posible. Desde luego, esto depende de que yo esté bien de salud e incremente la lista de pacientes privados en Saint Angela. Los ingresos del restaurante no mantendrán siquiera el jardín, al principio desde luego no.

Helena estaba doblando y guardando los planos.

—Hemos sido prudentes al calcular los ingresos de Saint Angela. Incluso con las visitas actuales, has llegado a los dos tercios de nuestra estimación sobre los tres últimos años. De acuerdo, reformar el edificio del establo es más caro de lo que habías previsto, pero el arquitecto ha hecho un buen trabajo, y debería salir por un coste ligeramente inferior. Si tus acciones de Far East van bien, podrías cubrir el coste con la cartera o pedir un préstamo bancario.

—¿Hemos de anunciar el restaurante en la verja?

—No necesariamente. Pero en algún sitio debemos poner un letrero con los horarios. Hay que ser muy puntilloso, George. O estás dirigiendo una empresa comercial o no.

—Dean y Kimberley Bostock parecen contentos —dijo Chandler-Powell—, pero debe de haber un límite para lo que pueden hacer.

—Es por eso por lo que, cuando el restaurante esté asentado, contrataremos ayudantes a tiempo parcial y otro cocinero —dijo Helena—. Sin pacientes (que en la Mansión siempre han sido exigentes), sólo cocinarán para ti, cuando estés aquí, para el personal residente y para mí. Dean está eufórico. Lo que estamos planeando es ambicioso, un restaurante de primera clase, no un salón de té, que atraerá clientes de la periferia del condado y más allá. Dean es un chef excelente. No lo vas a retener si no le ofreces la posibilidad de desplegar sus habilidades. Ahora que Kimberley está felizmente embarazada, nunca había visto a Dean tan contento y satisfecho mientras me ayuda a organizar un restaurante que podrá sentir como propio. Y el niño no será ningún problema. La Mansión necesita un niño.

Chandler-Powell se puso en pie y estiró los brazos por encima de la cabeza.

—Vamos a pasear por las piedras —dijo—. Hace demasiado buen día para estar aquí sentados.

Se pusieron las chaquetas en silencio y salieron por la puerta oeste. Ya había sido demolida la suite de operaciones, y el material médico que quedaba había sido retirado.

—Tendrás que decidir qué quieres hacer con el ala oeste —dijo Helena.

—Dejaremos las suites tal como están. Si necesitamos más personal, serán de utilidad. Te alegra que la clínica haya desaparecido, ¿verdad? Nunca te gustó la idea.

—¿Tanto se me notaba? Lo siento, pero siempre fue una anomalía. No era propio de este lugar.

—Y dentro de cien años habrá caído en el olvido.

—Lo dudo. Será parte de la historia de la Mansión. Y no creo que nadie olvide nunca a tu última paciente privada.

—Candace me avisó —dijo él—. Nunca la quiso tener aquí. Si yo la hubiera operado en Londres, ella no habría muerto y nuestras vidas serían diferentes.

—Diferentes pero no forzosamente mejores —dijo Helena—. ¿Te creíste la confesión de Candace?

—La primera parte, la del asesinato de Rhoda, sí.

—¿Asesinato u homicidio involuntario?

—Creo que perdió los estribos, pero no fue amenazada ni provocada. Me parece que un jurado habría emitido un veredicto de asesinato.

—Eso si el caso hubiera llegado a un tribunal —dijo ella—. El comandante Dalgliesh no tenía suficientes pruebas para detener a nadie.

—Creo que estaba cerca.

—Entonces corría un riesgo. ¿Qué pruebas tenía? No había informe forense. Podía haberlo hecho cualquiera de nosotros. Sin la agresión contra Sharon y la confesión de Candace, el caso no se habría resuelto nunca.

—Si es que se ha resuelto, naturalmente.

—¿Crees posible que ella mintiera para proteger a alguien? —dijo Helena.

—No, esto es absurdo, ¿y por quién lo haría salvo por su hermano? No, mató a Rhoda Gradwyn y creo que intentó matar también a Robin Boyton. Eso lo admitió.

—Pero ¿por qué? ¿Qué sabía o imaginaba él que lo convirtiera en alguien tan peligroso? Antes de agredir a Sharon, ¿estaba ella realmente en peligro? Si hubiera sido acusada de asesinar a Gradwyn y Boyton, cualquier abogado competente habría podido convencer al jurado de que había una duda razonable. Lo que demostró su culpabilidad fue el ataque a Sharon. Entonces, ¿por qué lo hizo? Dijo que porque Sharon la había visto salir de la Mansión aquel viernes por la noche. Pero ¿por qué no mentir sobre ello? ¿Quién creería la historia de Sharon si Candace la negaba? Y esa forma de agredir a Sharon... ¿Cómo llegó a imaginar que se saldría con la suya?

—Creo que Candace ya estaba harta. Quería poner punto final —dijo George.

—¿Punto final a qué? ¿A la sospecha y la incertidumbre constantes? ¿Al riesgo de que alguien quizá creyera que su hermano era el responsable? ¿O quería limpiar el nombre del resto de nosotros? No parece probable.

—A sí misma. Creo que para ella ya no valía la pena vivir en su mundo.

—Todos sentimos esto a veces —dijo Helena.

—Pero luego no pasa nada, no es real, sabemos que no es real. Para poder sentir esto, yo tendría que sufrir un dolor continuo e insoportable, ver que me falla la cabeza, que pierdo mi independencia, mi trabajo.

—Creo que a Candace le fallaba la cabeza, que sabía que estaba loca. Vamos al círculo de piedras. Está muerta, y ahora todo lo que siento por ella es lástima.

—¿Lástima? —De repente George habló con voz áspera—. Pues yo no siento lástima. Mató a mi paciente. Hice un buen trabajo con aquella cicatriz.

Ella lo miró y luego se volvió, pero en esa mirada fugaz él había captado algo inquietantemente próximo a una mezcla de sorpresa y complicidad divertida.

—La última paciente privada de la Mansión —dijo Helena—. Bueno, sin duda lo era. Privada. ¿Qué sabíamos los demás sobre ella? ¿Qué sabías tú?

—Sólo que quería librarse de la cicatriz porque ya no la necesitaba.

Echaron a andar uno al lado del otro por la senda de los limeros. Los brotes se habían abierto y los árboles exhibían el primer verdor transitorio de la primavera.

—Los planes para el restaurante... —dijo Chandler-Powell—, claro, todo depende de si estás dispuesta a quedarte.

—Necesitarás a alguien que se haga cargo. Llámalo administrador, organizador general, encargado o secretaria. Básicamente las funciones no serán muy distintas. Desde luego puedo quedarme hasta que encuentres a la persona adecuada.

Caminaban en silencio. De pronto, sin pararse, él dijo:

—Yo pensaba en algo más permanente, más exigente, supongo. Tú quizá dirás menos atractivo, al menos para ti. Para mí ha sido algo demasiado importante para exponerme a un desengaño. Por eso no he hablado antes. Te estoy pidiendo que te cases conmigo. Creo que juntos podemos ser felices.

—No has pronunciado la palabra amor, muy honesto de tu parte.

—Supongo que es porque nunca he sabido realmente qué significaba. Cuando me casé con Selina creía que estaba enamorado de ella. Fue una especie de locura. Me gustas. Te respeto y te admiro. Llevamos más de dos años trabajando juntos. Quiero hacer el amor contigo, como querría cualquier hombre heterosexual. Cuando estoy contigo nunca me siento aburrido ni irritado, compartimos la misma pasión por la casa, y cuando regreso y tú no estás siento una desazón difícil de explicar. En cierto modo es como advertir la ausencia de algo, echar en falta algo.

—¿En la casa?

—No, en mí mismo. —De nuevo se hizo el silencio. Luego él preguntó—: ¿Se puede llamar amor a eso? ¿Es suficiente? Para mí sí, ¿y para ti? ¿Necesitas tiempo para pensarlo?

Ella se volvió hacia él.

—Pedir tiempo sería hacer teatro. Es suficiente.

No la tocó. Se sentía un hombre lleno de energía, pero pisaba un terreno delicado. No debía mostrarse torpe. Ella podría despreciarlo si él hacía lo obvio, lo que quería hacer, estrecharla entre sus brazos. Se quedaron de pie mirándose. Luego él dijo con calma:

—Gracias.

Habían llegado a las piedras.

—Cuando era niña —dijo ella—, solíamos andar alrededor del círculo y dar un ligero puntapié a cada piedra. Para tener buena suerte.

—Pues quizá deberíamos hacerlo ahora.

Caminaron juntos alrededor. Él fue dando sucesivamente suaves puntapiés.

Ya de nuevo en la senda de los limeros, George dijo:

—¿Y qué hay de Lettie? ¿Quieres que se quede?

—Si le apetece. Francamente, al principio sería difícil sin ella. Pero no querrá vivir en la Mansión una vez nos hayamos casado, y tampoco nos convendría. Podríamos ofrecerle la Casa de Piedra cuando la hayamos limpiado y pintado de nuevo. A Lettie le gustaría participar en eso, desde luego. También le encantaría hacer algo con el jardín.

—Podríamos proponerle que se quede la casa. O sea, legalmente, cedérsela. De lo contrario, con la fama que tiene sería difícil venderla. Así ella tendría cierta seguridad en su vejez. ¿Quién podría querer la casa? ¿La querrá la misma Lettie? Parece oler a asesinato, desdicha, muerte.

—Lettie tiene sus defensas contra esas cosas —dijo Helena—. Creo que estaría contenta en la Casa de Piedra, pero no la querría como regalo. Seguro que preferiría comprarla.

—¿Podría permitírselo?

—Creo que sí. Siempre ha sido muy ahorradora. Y la casa sería barata. Al fin y al cabo, como has dicho, con la historia que tiene sería difícil de vender. En todo caso, voy a preguntarle. Si se muda a la casa, necesitará un aumento de sueldo.

—¿No será esto un problema?

Helena sonrió.

—Olvidas que tengo dinero. Después de todo, hemos acordado que el restaurante será una inversión mía. Guy quizás era un cabrón infiel, pero no un cabrón mezquino.

Así que el problema quedó resuelto. Chandler-Powell pensó que seguramente éste sería el patrón de su vida conyugal. Una dificultad identificada, una solución razonable propuesta, sin necesidad de ninguna acción concreta por su parte.

—Como no podemos prescindir del todo de ella, al menos al principio —dijo él con calma—, todo eso parece sensato.

—Soy yo la que no puedo arreglármelas sin ella, ¿no te has dado cuenta? Es mi brújula moral.

Siguieron andando. Ahora Chandler-Powell veía que buena parte de su vida iba a estar planificada. La idea no le provocó ningún desasosiego y sí una considerable satisfacción. Tendría que trabajar de firme para mantener tanto el piso de Londres como la Mansión, pero siempre había trabajado mucho. El trabajo era su vida. No estaba del todo seguro sobre lo del restaurante, pero ya era hora de hacer algo para rehabilitar el edificio del establo, y además los clientes del restaurante no tendrían por qué entrar en la Mansión. Y era importante conservar a Dean y Kimberley. Helena sabía lo que estaba haciendo.

—¿Has sabido algo de Sharon? —preguntó ella—. Dónde está, si le han encontrado empleo.

—Nada. Apareció de la nada y regresó a la nada. Menos mal que no es responsabilidad mía.

—¿Y Marcus?

—Recibí una carta ayer. Por lo visto se está adaptando bien a África. Probablemente es el mejor sitio para él. No cabía esperar que se recuperase del suicidio de Candace si seguía trabajando aquí. Si ella quería separarnos, lo hizo muy bien, desde luego.

No obstante, George hablaba sin rencor, casi sin interés. Después de las pesquisas judiciales rara vez habían hablado del suicidio de Candace, y en todo caso siempre con cierta incomodidad. ¿Por qué, se preguntaba ella, había él escogido este momento, este paseo juntos, para volver sobre el doloroso pasado? ¿Era su modo de cerrar el asunto de manera formal, de decir que ya era hora de dejar de hablar y especular?

—¿Y Flavia? ¿También ha desaparecido de tu mente, como Sharon?

—No, hemos estado en contacto. Va a casarse.

—¿Tan pronto?

—Con alguien que conoció en internet. Según parece, es un abogado, viudo desde hace dos años y con una hija de tres. De unos cuarenta años, solitario, que busca una esposa a quien le gusten los niños. Ella dice que se siente muy feliz. Al menos tendrá lo que quería. Si uno sabe lo que quiere en la vida y encauza todas las energías hacia este fin, demuestra tener una gran sensatez.

Habían abandonado la senda y estaban entrando por la puerta oeste. George echó una mirada a Helena y sorprendió una sonrisa disimulada.

—Sí, ha sido muy sensata —dijo ella—. Así es como siempre he actuado yo misma.

2

Helena le dio la noticia a Lettie en la biblioteca.

—No te parece bien, ¿verdad? —dijo.

—No tengo derecho a que me parezca bien o mal, sólo a preocuparme por ti. Tú no le quieres.

—Quizás ahora no, no del todo aún, pero esto llegará. Todos los matrimonios son un proceso de enamoramiento y desenamoramiento. No te apures, nos adaptaremos bien el uno al otro en la cama y fuera de ella, y la relación durará.

—Y la bandera de los Cresset ondeará de nuevo sobre la Mansión, y con el tiempo un hijo tuyo decidirá vivir aquí.

—Querida Lettie, qué bien me conoces.

Y ahora Lettie estaba sola, pensando en el ofrecimiento que le había hecho Helena antes de separarse ambas. Paseaba por los jardines pero sin ver nada, para después, como sucedía a menudo, caminar despacio por la senda de los limeros hacia las piedras. Al mirar atrás, a las ventanas del ala oeste, se puso a pensar en la paciente privada cuyo asesinato había cambiado las vidas de todos los que, inocentes o culpables, habían resultado afectados por aquel episodio. Pero ¿no era siempre esto lo que hacía la violencia? Al margen de lo que la cicatriz hubiera significado para Rhoda Gradwyn —una expiación, su *noli me tangere* personal, rebeldía, un recuerdo—, por alguna razón que nadie de la Mansión sabía ni sabría jamás, había encontrado la voluntad para librarse de ella y cambiar el curso de su vida. Le habían robado esa esperanza; fueron las vidas de los demás las que cambiarían de forma irrevocable.

Rhoda Gradwyn era joven, por supuesto, más joven que ella, Lettie, que a los sesenta sabía que parecía más vieja. Sin embargo, quizá tenía por delante veinte años relativamente activos. ¿Había llegado ya la hora de conformarse con la seguridad y la comodidad de la Mansión? Estaba pensando en cómo sería la vida. Una casa que pudiera llamar suya, decorada como ella quisiera, un jardín que cuidaría y conservaría, un trabajo útil que podría llevar a cabo sin tensión y con personas a las que respetaba, sus libros y su música, la biblioteca de la Mansión a su disposición, respirar a diario aire inglés en uno de los condados más bonitos, tal vez el placer de ver crecer a un hijo de Helena. ¿El futuro lejano? Veinte años quizá de vida provechosa y relativamente independiente antes de volverse un estorbo, a sus ojos y acaso a los de Helena. No obstante, serían años buenos.

Sabía que ya se había habituado a considerar el mundo más allá de la Mansión como algo esencialmente hostil y ajeno: una Inglaterra que ya no reconocía, la tierra misma un planeta agonizante donde millones de personas estaban continuamente moviéndose como una mancha negra de langostas humanas que invadían, consumían, corrompían, destruían el aire de lugares remotos antaño hermosos, un aire que se había vuelto rancio con el aliento humano. Pero aún era su mundo, aquel en el que había nacido. Ella formaba parte de su corrupción como también de sus maravillas y sus alegrías. ¿Cuánto de eso había experimentado en aquellos años vividos tras los muros falsamente góticos de la prestigiosa escuela de niñas en la que había estudiado? ¿Con cuánta gente se había relacionado realmente que no fuera como ella, de su misma clase, que no compartiera sus valores y prejuicios, que no hablara la misma lengua?

Pero no era demasiado tarde. Un mundo diferente, otros rostros, otras voces estaban ahí fuera para ser descubiertos. Todavía existían lugares poco visitados, caminos no endurecidos por el martilleo de millones de pies, ciudades legendarias que estaban en paz en estas horas tranquilas antes de la primera luz, antes de que los visitantes salieran en tropel de sus hoteles. Viajaría en barco, en tren, en autobús y a pie, dejando apenas ligerísimas huellas de pisadas. Había ahorrado lo suficiente para pasar tres años fuera y comprar una casa en algún lugar de Inglaterra. Además era fuerte y competente. En Asia, África y Sudamérica habría trabajo útil para ella. Durante años, había tenido que viajar con una compañera durante las vacaciones escolares, la peor época, cuando todo está más concurrido. Pero este viaje de ahora, que emprendería sola, sería distinto. Lo habría denominado periplo de autodescubrimiento, si bien rechazó las palabras al considerarlas más pretenciosas que verdaderas. Al cabo de sesenta años, sabía quién era y lo que era. Sería un viaje, pero no de autoconfirmación sino de cambio.

Finalmente, dio la espalda a las piedras y caminó con brío hacia la Mansión.

—Lo lamento, pero seguro que aciertas, como siempre. De todos modos, si te necesito...

—No me necesitarás —dijo Lettie con calma.

—Entre nosotras sobran los habituales tópicos, pero te echaré de menos. Y la Mansión siempre estará aquí. Si te cansas de dar vueltas, puedes volver a casa.

Pero las palabras, sinceras como bien sabían ambas, eran rutinarias. Lettie advirtió que Helena tenía los ojos fijos en el edificio del establo, donde el sol de la mañana se desplazaba por la piedra como una mancha dorada. Ya estaba planificando cómo se llevaría a cabo la reconstrucción, estaba viendo en su imaginación cómo llegaban los clientes, consultando el menú con Dean, barajando la posibilidad de una estrella Michelin, quizá dos, mientras el restaurante daba buenos beneficios, y Dean estaba instalado para siempre en la Mansión para satisfacción de George. Allí de pie ella soñaba, feliz, mirando al futuro.

3

En Cambridge, la ceremonia de la boda había terminado y los invitados empezaban a pasar a la antecapilla. Clara y Annie se quedaron sentadas, escuchando el órgano. El organista había interpretado a Bach y Vivaldi, y ahora se daba el gusto, y se lo daba a la congregación, de una variación de una fuga de Bach. Antes del oficio religioso, unos cuantos invitados tempraneros, rezagados al sol, se habían presentado unos a otros, entre ellos una chica con un vestido de verano y un pelo corto y castaño claro que enmarcaba un rostro atractivo e inteligente. Dijo que era Kate Miskin, integrante de la brigada del señor Dalgliesh, y presentó al joven que la acompañaba, Piers Tarrant, y a un joven y atractivo indio que era sargento de la misma brigada. Habían ido llegando otros, el editor de Adam, compañeros escritores y poetas, algunas compañeras del *college* de Emma. Era un grupo agradable y alegre, que se demoraba como si fuera reacio a cambiar la belleza de los muros de piedra y el césped iluminado por el sol de mayo por la fría austeridad de la antecapilla.

La ceremonia había sido breve, con música pero sin homilía. Quizás el novio y la novia creían que la liturgia antigua decía todo lo que era necesario sin la competencia de los habituales y triviales consejos, y el padre de Emma, sentado en un banco delantero, sin duda rechazaba el viejo simbolismo de entregar su bien al cuidado de otro. Emma, con su traje de novia color crema, una guirnalda de rosas en su reluciente pelo recogido, había recorrido el pasillo sola y despacio. Al ver su serena y solitaria belleza, a Annie se le llenaron los ojos de lágrimas. Había habido otra ruptura con la tradición. En vez de estar frente al altar dando la espalda a la novia, Adam se había vuelto y, sonriendo, había tendido la mano.

Y ahora sólo quedaban unos cuantos invitados escuchando a Bach.

—Como boda creo que hay que considerarla un éxito —dijo Clara en voz baja—. Una tiende a imaginar a nuestra inteligente Emma elevándose por encima de las convenciones femeninas habituales. Es tranquilizador ver que comparte la evidente ambición de todas las novias en el día de su boda: hacer que la congregación se quede sin habla.

—No creo que estuviera preocupada por la congregación.

—Jane Austen parece apropiada —dijo Clara—. ¿Recuerdas los comentarios de la señora Elton en el último capítulo de *Emma*? «¡Muy poco satén, muy pocos velos de encaje, algo lamentable!»

—No obstante, recuerda cómo termina la novela. «Pero a despecho de estas deficiencias, los deseos, las esperanzas, la confianza y los presagios de aquel pequeño grupo de parientes y amigos fieles que presenciaron la ceremonia hallaron plena respuesta en la perfecta felicidad de Knightley y Emma.»

—Felicidad perfecta es pedir mucho —dijo Clara—. Pero serán felices. Y al menos, a diferencia del pobre señor Knightley, Adam no tendrá que vivir con su suegro. Tienes las manos frías, cariño. Vamos con los otros al sol. Necesito comer y beber algo. ¿Por qué será que la emoción despierta el hambre? Conociendo a los novios y la calidad de la comida de la cocina del *college*, no saldremos decepcionadas. Nada de canapés mustios y vino blanco tibio.

Pero Annie aún no estaba preparada para afrontar presentaciones nuevas, conocer a gente, para la cháchara de felicitaciones y las risas de una congregación liberada de la solemnidad de una boda por la iglesia.

—Quedémonos hasta que acabe la música —susurró.

Había imágenes y pensamientos espontáneos que debía afrontar aquí, en ese lugar tranquilo y austero. Estaba otra vez con Clara en el tribunal, el Old Bailey. Pensaba en el joven que la había agredido y en ese momento en que volvió los ojos hacia el banquillo de los acusados y lo miró. No recordaba lo que había esperado, pero desde luego no ese chico de aspecto corriente, obviamente incómodo en el traje con el que pretendía causar buena impresión al tribunal, ahí de pie sin emoción aparente. Se declaró culpable con un tono resentido y sin énfasis y no manifestó arrepentimiento. No la miró. Eran dos desconocidos unidos para siempre por un instante, un acto. Ella no sentía nada, ni compasión ni perdón, nada. Era imposible comprenderle o perdonarle, y ella no pensaba en estos términos. Sin embargo, se dijo a sí misma que era posible no alimentar la falta de perdón, no encontrar consuelo vengativo en la contemplación de su encarcelamiento. Le correspondía a ella, no a él, decidir cuánto era el daño hecho. Él no podía tener poder duradero sobre ella sin su connivencia. Un verso de las Escrituras que recordaba de la infancia le habló con un inequívoco tono de verdad: «Cualquier cosa que entre en el hombre desde fuera no puede deshonrarlo, porque no ha entrado en su corazón.»

Y tenía a Clara. Deslizó su mano en la de Clara y sintió el consuelo y el apretón receptivo. Pensó: *El mundo es un lugar hermoso y terrible. Cada día se cometen actos horrendos, y al final mueren aquellos a quienes amamos. Si los gritos de todos los seres vivos de la Tierra fueran un solo grito de dolor, seguramente haría temblar las estrellas. Pero tenemos el amor. Acaso parezca una defensa débil contra los horrores del mundo, pero hemos de agarrarlo fuerte y creer en él, pues es lo único que tenemos.*

Índice

OTROS TÍTULOS DE LA COLECCIÓN

Muerte de un extraño

ANNE PERRY

Para las prostitutas de Leather Lane, la enfermera Hester Monk es la única tabla de salvación. Además de velar por su salud, les ofrece apoyo moral cuando el violento clima del barrio se ve agravado con un asesinato: el del magnate Nolan Baltimore en un burdel.

Al mismo tiempo, el investigador William Monk, esposo de Hester, recibe la visita de una misteriosa y bella mujer que sospecha que tras el homicidio se halla un fraude de grandes dimensiones. A medida que Monk se sumerge en el caso, afloran a su memoria recuerdos que creía relegados al olvido y cuya presencia lo empujan a una situación límite.

Anne Perry desentraña en estas páginas el pasado del investigador, dando vida a la Inglaterra victoriana y a una sociedad plagada de oscuros secretos.

Retrato en sangre

JOHN KATZENBACH

Miami, Nueva Orleans, Kansas City, Omaha, Chicago, Cleveland... Un hombre, una mujer, un coche, una cámara fotográfica... no es un viaje normal por carretera, pues él se dedica a secuestrar, matar y, después, fotografiar a sus víctimas; ella, a escribir sobre lo ocurrido y a asegurarse de que ha plasmado correctamente la historia, porque sabe que luego su captor lo revisará todo. La detective Mercedes Barren, de la policía de Miami, tiene motivos de sobra para proseguir a ese psicópata desconocido: su sobrina es una de sus presuntas víctimas. También el psiquiatra Martin Jeffers, especialista en delitos sexuales, está interesado en el caso. El primer sospechoso que encuentran es un fundamentalista islámico, pero pronto descubren que el asunto es más complicado de lo que creían, y que ese islamista nada tiene que ver con el secuestro de la joven.

El libro de los muertos

PATRICIA CORNWELL

La brillante y mordaz doctora Kay Scarpetta se ha instalado en Charleston, donde ha establecido un moderno laboratorio forense en el que trabaja con su equipo: su sobrina Lucy Faranelli, Rose y Pete Marino. En esta ocasión, Scarpetta viaja a Italia para investigar la cruel muerte de Drew Martin, una joven y famosa tenista cuyo cuerpo mutilado ha aparecido en el venerable centro histórico de Roma. El asesino es apodado el Hombre de Arena por el macabro residuo que deja, una de las escasas pistas halladas en la escena del crimen. Las contradictorias pruebas dejan estupefactos a Scarpetta, a Benton Wesley (psicólogo forense amante de la doctora) y a los carabinieri italianos. Pronto, Scarpetta y Wesley descubren una inquietante conexión entre la muerte de la tenista y el cuerpo no identificado de un joven en Carolina del Sur. Todo indica que se enfrentan a un asesino más mortífero de lo habitual.

El Padrino

MARIO PUZO

La publicación de *El Padrino* en 1969 convulsionó el mundo literario. Por primera vez, la Mafia protagonizaba una novela y era retratada desde dentro. Mario Puzo la presentaba no como una mera asociación de facinerosos, sino como una compleja sociedad con una cultura propia y una jerarquía aceptada incluso más allá de los círculos de delincuencia.

El Padrino narra la historia de un hombre: Vito Corleone, el capo más respetado de Nueva York. Déspota benevolente, implacable con sus rivales, inteligente y fiel a los principios del honor y la amistad, Don Corleone dirige un emporio que abarca el fraude y la extorsión, los juegos de azar y el control de los sindicatos. La vida y negocios de Don Corleone, así como los de su hijo y heredero Michael, conforman el eje de esta magistral obra.

Con *El Padrino*, Mario Puzo consiguió crear un género.